HEYNE BÜCHER

W0279536

SCIENCE FICTION

Herausgegeben
von Wolfgang Jeschke

Ein Verzeichnis weiterer
im Heyne-Taschenbuch erschienener Bücher des Autors
finden Sie am Schluß des Bandes

HARRY
HARRISON

Visionen einer Stahlratte

Erzählungen

Neunter Band des
STAHLRATTEN-ZYKLUS

Deutsche Erstausgabe

WILHELM HEYNE VERLAG
MÜNCHEN

HEYNE SCIENCE FICTION & FANTASY
Band 0605297

Titel der englischen Originalausgabe
STAINLESS STEEL RAT VISIONS
und weitere Stories
Deutsche Übersetzungen von Sylvia Pukallus,
Charlotte Winheller, Wulf H. Bergner,
Ulrich Kiesow, Ulrich Nichau, Tony Westermayr,
Michael Windgassen und Norbert Wölfl
Das Umschlagbild malte Karel Thole

Redaktion: Wolfgang Jeschke

Erstausgabe by Legend Books / Random House Group, London
Einzelrechte und Rechte der Übersetzungen der Stories,
Ersterscheinungsdaten und Übersetzer jeweils
am Schluß der Texte

Printed in Germany 1995
Umschlaggestaltung: Atelier Ingrid Schütz, München
Technische Betreuung: M. Spinola
Satz: Schaber, Satz- und Datentechnik, Wels
Druck und Bindung: Elsnerdruck, Berlin

ISBN 3-453-08557-4

Inhalt

Nach dem Sturm

Die Ebbe hatte einen festen Standstreifen freigeschwemmt, über den sich gut joggen ließ. Obwohl gerade erst am Horizont aufgetaucht, strahlte die Sonne warm auf mein Gesicht. Das nächtliche Unwetter war vorüber, aber noch immer rollten mächtige Wellen vom Atlantik herein und brandeten schäumend an den Strand. Der Tag versprach heiß zu werden; um so angenehmer war der kühle Sand unter den Füßen. Gischt spülte mir um die Füße. Joggend war ich im Frieden mit der Welt. Eine gute Zeit, so früh am Morgen.

Plötzlich wurde ich auf einen Gegenstand aufmerksam, der sich dunkel von der weißen Brandung abhob. Treibholz. Prima. Davon ließ sich im Winter ein schönes Feuerchen machen. Es war eine lange Planke. Ich watete darauf zu – und erschauderte.

Über der Planke hing ein Körper, der Körper eines Mannes.

Mir stand nicht der Sinn danach, eine Wasserleiche aus der Nähe zu betrachten. Ich zögerte und blieb stehen. Was sollte ich tun? Die Polizei rufen? Aber womöglich würde Planke samt Leiche zurück aufs Meer getrieben. Ich mußte sie bergen, sträubte mich aber, näher ranzugehen. Eine Welle schwappte darüber weg. Zwischen den langen Haaren hing Seetang. Der Kopf hob sich und sackte zurück.

Er lebte noch.

War aber kalt wie der leibhaftige Tod, was ich zu

meinem Entsetzen feststellen mußte, als ich seine Hände ergriff, um ihn durch das flache Wasser an Land zu ziehen. Dort rollte ich ihn auf den Bauch, legte das Gesicht auf seinen Unterarm und stemmte mich ihm in den Rücken, rhythmisch und immer wieder, bis er zu husten anfing und würgend Wasser spuckte. Dann schnappte er nach Luft, und als ich ihn auf den Rücken wälzte, öffneten sich flatternd seine Lider. Die Augen waren blaßblau und starrten ins Leere, ehe sie auf das Licht reagierten.

»Sie sind an Land und in Sicherheit«, sagte ich. »Ist alles in Ordnung?«

Er zog die Stirn kraus. Es schien, als habe er mich nicht verstanden. »Sprechen Sie Englisch?«

»Ja ...«, röchelte er und fuhr mit dem Handrücken über die Lippen. »Wo bin ich?«

»In Manhasset, am Nordstrand von Long Island.«

»Das gehört doch zu den Vereinigten Staaten, oder?«

»Sind Sie Ire?«

»Ja, und verdammt weit von zu Hause weg.«

Mühsam richtete er sich auf, stand schwankend auf den Beinen und wäre der Länge nach hingestürzt, wenn ich ihn nicht aufgefangen hätte.

»Halten Sie sich an mir fest«, sagte ich. »Ich wohne ganz in der Nähe und werde Ihnen ein paar trockene Sachen zum Anziehen geben und was Warmes zu trinken.«

Wir erreichten die Veranda, wo er sich sogleich seufzend auf die Bank fallen ließ. »Ja, 'ne Tasse Tee würde mir jetzt guttun.«

»Ich hab leider keinen Tee. Wie wär's mit Kaffee?«

»Ist mir auch recht, danke.«

»Mit Zucker und Milch?« fragte ich und tippte die Bestellung in die Wähltasten an der Wand. Er nickte und kniff die Brauen zusammen, als ich einen dampfenden Becher aus dem Entnahmeschacht zum Vorschein holte. Vorsichtig nippte er daran und trank dann mit gierigen Schlucken, bis der Becher leer war.

»Ein hübscher Zaubertrick, den Sie da vorgeführt haben. Können Sie den wiederholen?«

Ich fragte mich, woher er wohl kam, da es schien, als habe er noch nie einen Getränkeautomaten gesehen. Ich warf den gebrauchten Becher in die Wiederaufbereitung und reichte ihm einen vollen.

»Aus Irland«, antwortete er auf meine unausgesprochene Frage. »Wir sind von Arklow aufgebrochen und waren fünf Wochen unterwegs, als uns der Sturm überraschte. Wir wollten nach Kanada und hatten gegerbte Felle geladen. Aber jetzt ist alles futsch, Ladung und Mannschaft. Gott sei ihr gnädig. Mein Name ist Byrne, Cormac Byrne.«

»Bil Cohn-Greavy. Wollen Sie nicht raus aus den nassen Klamotten?«

»Nur keine Umstände, Mr. Greavy. Es tut gut, hier in der Sonne zu sitzen ...«

»Cohn-Greavy. Wir tragen hier die Namen beider Elternteile, *de jure,* und das schon seit mindestens hundert Jahren. Ich schätze, daß man auf der anderen Seite des Atlantik nur den väterlichen Namen weiterführt.«

»So ist es. In Irland bleibt alles beim alten. Aber hab ich richtig verstanden, daß man hier den Doppelnamen von Rechts wegen tragen muß?«

Ich nickte und wunderte mich darüber, daß ein einfacher Seemann den lateinischen Ausdruck verstand, den ich verwendet hatte. »Die feministische Partei hat in den dreißiger Jahren des vorigen Jahrhunderts ein entsprechendes Gesetz durch den Kongreß gebracht. Damals war Mary Wheeler Präsidentin. Entschuldigen Sie mich, ich muß mal kurz telefonieren. Ruhen Sie sich eine Weile aus. Ich bin gleich wieder da.«

Als Eigentümer eines Strandgrundstücks hatte ich die Verpflichtung, bei der Küstenüberwachung mitzuwirken. Ich besaß sogar eine Waffe, um jeden, der an Land zu kommen versuchte, abzuschrecken. Die Grenzen zu den Vereinigten Staaten sind streng gesichert. Ich mußte also Meldung davon machen, daß ein schiffbrüchiger Matrose angespült worden war.

»Küstenwache. Dringend«, sagte ich, und sofort leuchtete der Bildschirm auf. Der grauhaarige Offizier vom Dienst musterte meine Kennung, die ihm automatisch zugespielt wurde.

»Berichten Sie, Cohn-Greavy.«

»Ich habe hier einen Mann, Sir. Er ist schiffbrüchig und an Land geschwemmt worden. Ein Ausländer.«

»Okay. Halten Sie ihn fest. Wir schicken eine Patrouille raus.«

Es war meine Pflicht, so zu handeln. Die Regierung hatte Gründe für ihre restriktive Einwanderungspolitik. Ich ging auf die Glastür zu. Als sie vor mir zur Seite glitt, hörte ich eine vertraute Stimme.

»Bist du's, Kriket?«

»Wer sonst?«

Sie war vom Strand heraufgekommen, die Beine voller Sand, so auch das Hinterteil. Sie trug wie die meisten Mädchen im Sommer nur ein Bikinihöschen. Die Brüste waren braungebrannt wie der Rest. Eine Schönheit; kam ganz auf ihre Mutter raus. Erst jetzt fiel mir auf, daß Byrne aufgestanden war und aufs Meer hinausschaute. Hals und Ohren waren puterrot. Ich stutzte, verstand aber dann und schmunzelte.

»Kriket, das ist Mr. Byrne aus Irland.« Er nickte flüchtig, blickte aber stur geradeaus. Ich winkte sie zu mir. »Hast du ein Weilchen Zeit? Ich würde dir gern was zeigen.«

Sie sah mich fragend an. Ich wartete, bis sich die Tür hinter ihr geschlossen hatte, und sagte: »Ich vermute, unser Gast ist den Anblick nackter Mädchen nicht gewöhnt.«

»Was soll das heißen, Paps? Ich hab doch was an.«

»Aber nur unten rum. Sei brav und zieh dir ein Hemd an. Ich wette hundert zu eins, daß die Mädchen da, wo er herkommt, nicht oben ohne rumlaufen.«

»Wie altmodisch«, empörte sie sich und verschwand im Schlafzimmer. Als ich auf die Terrasse zurückkehrte, setzte gerade ein großer weißer Hubschrauber vorm Haus zur Landung an. Der Ire machte Augen, als hätte er noch nie eine solche Maschine zu Gesicht bekommen. Vielleicht war's tatsächlich das erste Mal. Ein Hauptmann der Küstenwache sprang heraus, gefolgt von zwei Patrouillebeamten. Sie eilten herbei. Der Hauptmann baute sich vor Mr. Bryne auf; er war einen Kopf größer als der Ire und musterte ihn vom Scheitel bis zur Sohle. Die beiden anderen hielten Abstand und legten die Hände auf ihre Pistolen.

»Ich hätte da ein paar Fragen«, sagte der Hauptmann. »Name? Geburtsort? Alter? Name des Schiffs? Wo registriert? Aus welchem Hafen sind Sie zuletzt ausgelaufen? Wie kommen Sie dazu, illegal an Land zu gehen …«

»Ich bin schiffbrüchig, Euer Ehren, schiffbrüchig«, sagte er mit weicher Stimme, ohne die Spur von Ironie. Trotzdem verdüsterte sich der Gesichtsausdruck des Hauptmanns. Er zückte seinen Handy, um die Antworten einzutippen.

»Sie bleiben vorläufig hier«, sagte er, als alle Daten aufgenommen worden waren, und wandte sich an mich. »Ich muß einen Anruf machen. Können Sie mir zeigen, wo das Telefon steht?«

Wozu brauchte er ein Telefon? Was er in den Handy eingegeben hatte, war längst im Zentralcomputer abgespeichert.

Außer Hörweite des Iren sagte er: »Wir haben Grund zur Annahme, daß es sich hier nicht bloß um einen einfachen Fall von Havarie handelt. Deshalb ist beschlossen worden, daß der Verdächtige, statt sofort in Gewahrsam genommen zu werden, erst einmal hierbleibt, damit Sie ihn beobachten können.«

»Unmöglich«, entgegnete ich. »Tut mir leid, ich muß arbeiten.«

Ich hatte den Satz kaum ausgesprochen, als er einen Befehl in den Handy tippte. Sekunden später setzte sich mein Drucker in Gang und spuckte ein Blatt Papier aus.

»Mr. Cohn-Greavy, Sie sind soeben in den aktiven Dienst der Küstenwache einberufen worden, haben Gehorsam zu leisten und sind gemäß Artikel zwei, Absatz eins der Notstandsverordnung von 2085 zur absoluten Geheimhaltung verpflichtet. Zuwiderhandlung wird standesrechtlich geahndet.« Er drückte mir das bedruckte Stück Papier in die Hand. »Hier ist eine Kopie Ihres Auftrags. Der Verdächtige bleibt hier. Sämtliche Mikrophone hier im Haus sind eingeschaltet; jedes gesprochene Wort wird aufgezeichnet. Gespräche außerhalb des Hauses sind Ihnen streng untersagt. Sobald sich der Verdächtige vom Haus entfernt, haben Sie unverzüglich Meldung zu machen. Verstanden?«

»Ay ay, Sir.«

Er überhörte den spöttischen Unterton in meiner Stimme, drehte sich um und stapfte hinaus. Mir blieb keine Wahl. Ich biß die Zähne aufeinander und folgte. Auf der Terrasse schickte er die beiden Patrouillebeamten vor in den Hubschrauber und wandte sich noch einmal an den Iren.

»Es werden zwar prinzipiell keine Einwanderer ins Land gelassen, aber für Schiffbrüchige gilt eine Sonderregelung. Bis eine Entscheidung in Ihrem Fall getroffen ist, wohnen Sie hier bei Mr. Cohn-Greavy. Er wird auch für Ihren Unterhalt aufkommen. Das wär's.«

Byrne schaute dem Hubschrauber nach, bis er am

Horizont verschwunden war. Dann sah er mich an und sagte: »Sie sind sehr freundlich, Mr. Cohn-Greavy.«

»Nennen Sie mich Bil.« Ich wollte keinen Dank für etwas, wozu ich gezwungen worden war.

»Vielen Dank, Bil. Mein Vorname ist Cormac.«

Die Tür glitt auf, und Kriket kam heraus. Sie trug eins meiner Hemden und hatte die Zipfel vorm Bauch zusammengeknotet. »Was ist los? Ich habe einen Hubschrauber gehört.«

»Das war die Küstenwache. Sie hat anscheinend mitbekommen, daß ich Cormac aus dem Wasser gefischt habe.« Das war die erste von vielen Lügen. »Er wird für eine Weile hier bleiben.«

»Prima. Ein neuer Pudel sorgt für Abwechslung im Zwinger.«

Cormac wurde rot und zupfte verlegen an den nassen Sachen. »Entschuldigen Sie. Ich sehe wohl wirklich aus wie ein begossener Pudel...«

Ihr Kichern ließ sein Gesicht noch dunkler anlaufen. »Sie haben mich wohl mißverstanden«, sagte sie. »Das war nur so eine Redensart. Sind Sie verheiratet, Cormac?«

»Ja.«

»Gut. Ich mag verheiratete Männer. Die zu erobern ist besonders geil und aufregend. Ich bin übrigens geschieden. Das zweite Mal schon.«

»Du entschuldigst uns, Kriket«, fuhr ich dazwischen. »Ich zeige Cormac, wo die Dusche ist, und lege ihm ein paar trockene Sachen raus. Dann wollen wir auf der Terrasse frühstücken, bevor's zu heiß wird.«

»Einverstanden«, sagte sie. »Ich werfe derweil einen Blick in die Zeitung. Und beeilt euch, sonst muß ich annehmen, daß ihr unter der Dusche widernatürliche Spielchen treibt.«

Cormac war inzwischen rot wie eine Tomate. Das lose Mundwerk meiner Tochter schien ihn zu befremden. Aber so reden nun mal die jungen Leute von heute; auch ich hatte mich daran gewöhnen müssen. Ich führte ihn ins Bad.

»Bil«, rief er mir nach, als ich losging, um passende Kleider für ihn rauszusuchen. »Können Sie mir helfen? Ich sehe hier an der Dusche nirgendwo Armaturen.«

Ich verkniff mir ein Lachen und antwortete: »Sie müssen einfach nur laut sagen, was Sie wollen. Augenblick, ich mach's Ihnen mal vor.« Ich steckte den Kopf in die Duschkabine. »Fünfunddreißig Grad, Seife, an.« Sofort sprudelte dampfendes Wasser. »Nach dem Einseifen sagen Sie ›spülen‹, und wenn Sie fertig sind: ›aus‹.«

Ich war schon bei der zweiten Tasse Kaffee, als er auf der Terrasse aufkreuzte, mit schwarzer Hose und einem dunklen, langärmeligen Hemd. Ich hatte ihm mehrere Sachen zur Auswahl zurechtgelegt, obwohl eigentlich vorauszusehen gewesen war, welche Art von Kleidung er bevorzugte.

»Was darf's denn sein?« fragte Kriket. Ihre Hand lag schon auf den Tasten, was Cormac sichtlich irritierte.

»Zum Essen? Egal. Was auf dem Feuer ist. Ich bin ziemlich ausgehungert.«

»Dann lassen Sie sich überraschen«, sagte Kriket und tippte eine Bestellung ein. Der Mann interessierte mich; ich wollte mehr erfahren über seine Heimat. Ein offenes Feuer in der Küche! Ich stellte mir brennende Torfbriketts vor, Rauch, der sich unter der Decke kringelte.

Sein Teller tauchte auf, gefüllt mit Rührei, Koteletts, Bratkartoffeln, Reis und Nudeln. Typisch Kriket. Aber ihm schien die Zusammenstellung zu gefallen. Er langte zu und schien der gewaltigen Portion durchaus gewachsen zu sein.

»Erzählen Sie von Irland«, sagte Kriket. Lächelnd spülte er den Bissen, der ihm beide Backen füllte, mit Kaffee hinunter, bevor er antwortete.

»Was soll ich sagen, Miss? Irland ist so, wie es immer schon war.«

»Und wohl ganz anders als unsere Ecke, he? Mir ist aufgefallen, daß Sie den Hubschrauber angestarrt haben, als wäre Ihnen so ein Ding noch nie zu Augen gekommen.«

»Weiß Gott, davon habe ich bisher nur gelesen. Völlig neu ist mir auch, daß so vorzügliches Essen aus einem Loch in der Wand kommt oder daß man mit einer Dusche sprechen kann. Ihr Land ist offenbar voller Wunder.«

»Und wie sieht's bei Ihnen daheim aus?«

Er legte die Gabel ab, trank einen Schluck Kaffee und antwortete schließlich: »Im Vergleich zu Ihnen leben wir sehr schlicht und einfach. Aber es geht uns gut. Wir haben genug zu essen und sind so glücklich, wie man sein kann als Sterblicher in dieser Welt. Die grüne Insel ist seit eh und je dünn besiedelt und wird landwirtschaftlich genutzt. Im Unterschied zu England hatten wir kaum Schwierigkeiten, als die Ölquellen versiegten. Bei uns gab's weder Aufstände noch Schießereien. Aber natürlich mußten auch wir uns neu orientieren, was nicht allen leicht fiel. Als die Stromversorgung eingestellt wurde und kein Auto mehr fuhr, zogen die Menschen von den Städten aufs Land. Doch Torf brennt gut, und ihn mit dem Spaten zu stechen wärmt auch nicht schlecht. Mit dem Eselskarren kommt man überall hin; außerdem fahren Züge zwischen Dublin und Cork, zweimal die Woche. Das Meer ist voller Fische, auf den Wiesen weiden Rinder und Schafe. Es geht uns nicht schlecht.«

»Klingt ja herrlich primitiv, so wie das Leben in der Steinzeit.«

»Sei nicht so frech, Kriket.«

»Wie, hab ich Sie etwa beleidigt, Cormac?«

»Aber nein.«

»Siehst du, Paps? Was sagten Sie noch gleich über England? Ist das nicht ein Teil von Irland?« Kriket war schwach in Geographie.

»Nicht direkt, obwohl Teile von Irland jahrhundertelang unter englischer Hoheit standen. Aber England ist ebenfalls eine Insel, benachbart von uns. Es war bis zum Ende des zwanzigsten Jahrhundert hoch industrialisiert. Doch seine Wirtschaft brach zusammen, als das Öl nicht mehr sprudelte. Und schließlich kam's zum Zweiten Bürgerkrieg. Der Süden gegen den Norden, hieß es, aber in Wirklichkeit standen sich Arm und Reich gegenüber. Die UNO weigerte sich einzugreifen, doch als sich die Briten eines verregneten Morgens aus Nordirland zurückzogen, rückten schwedische Truppen ein. Heute sind die Verhältnisse in England so wie in Irland, abgesehen von den Städten, die völlig am Boden liegen. In den Midlands gibt es noch ein paar Fabriken, aber in der Hauptsache leben die Menschen von der Landwirtschaft. Sie haben den Krieg am Ende doch gewonnen. Euereins ist besser dran. Sie sind von unseren Kriegen im großen und ganzen verschont geblieben, was nicht heißen soll, daß auch Sie Ihre Probleme hatten. So steht's jedenfalls in den Geschichtsbüchern geschrieben.«

»Kommunistische Propaganda«, sagte Kriket unwirsch, so, als wollte sie ein Kind korrigieren. »Das kennen wir. Nichts als Eifersucht auf seiten derer, die in der Scheiße stecken, während wir in Amerika in Wohlstand und Sicherheit leben.«

»Ich glaube, es ist wohl eher so, daß Ihre Bücher die Unwahrheit sagen«, erwiderte er ganz unverblümt. »Soweit ich weiß, haben die Staaten ihre Grenzen hermetisch zugemacht und eine Mauer errichtet, die …«

»Uns blieb keine andere Wahl«, fuhr Kriket dazwischen. »Wie hätten wir uns sonst der Hungerleider erwehren sollen, die aus der Dritten Welt bei uns unterzukommen versuchen?«

»Hat Amerika nicht dazu beigetragen, daß es der Dritten Welt so schlecht geht?«

Unerhört, was er da sagte. Und jedes Wort wurde aufgezeichnet! Ich konnte nur hoffen, daß er sich ein wenig mehr zurückhalten würde.

»Das ist doch hanebüchener Unsinn, geradezu kriminell. Ich habe Geschichte studiert und weiß, worauf Sie anspielen. Ja, es gab illegale Einwanderer, und die mußten ausgewiesen werden.«

»Und was ist mit den Massendeportationen, zum Beispiel in Detroit und Harlem?«

Kriket war wütend. »Ich weiß nicht, was man auf Ihrer mit Kuhfladen zugeschissenen Insel ...«

»Kriket! Cormac ist unser Gast. Und er erwähnt doch nur Ereignisse, die sich tatsächlich zugetragen haben.« Um selbst nicht in Bredouille zu geraten, wählte ich meine Worte sehr sorgfältig. »Ich habe vor deiner Geburt Geschichte an der Universität von Harvard gelehrt. Damals, bevor der Lehrbetrieb eingestellt wurde, saßen die Studenten noch in den Seminaren und nicht wie heute vor ihren Terminals zu Hause. Das waren schlimme Zeiten; es wurde sogar gehungert, und überall kam es zu Ausschreitungen. Du hast doch sicherlich schon einmal von General Schultz gehört, der im Gefängnis starb; er war aufgrund von Übergriffen während der Deportationen von Harlem eingesperrt worden. Es gab Exzesse, und die mußten bestraft werden, denn immerhin galt es, Recht und Ordnung zu gewährleisten.« Diese Feststellung konnte mir niemand zum Vorwurf machen. Dennoch hielt ich es für angebracht, das Thema zu wechseln. »Irland hat eine der ältesten und renommiertesten Universitäten. Das Trinity College. Wird da noch studiert?«

»Am TCD? Wer würde es wagen, seine Tore zu schließen? Ich selbst habe am Bellfield-College studiert, Jura, aber ein Jahr nur. Dann ging mir das Geld aus, und ich mußte auf der Werft mein Brot verdienen und schließlich zur See fahren, wie alle anderen auch. Habe ich richtig verstanden, daß Harvard, diese berühmte Universität, dichtgemacht hat? Ich kann's nicht glauben. Wie ist es dazu gekommen?«

Ich lächelte und schüttelte den Kopf. »Nein, Cormac, Harvard existiert weiter, allerdings nur noch als CD. Augenblick, Sie werden gleich sehen, was das heißt.« Ich ging zum Computer, holte die schwarze Scheibe aus dem Laufwerk und kehrte damit auf die Terrasse zurück. »Da ist alles drin«, sagte ich.

Er musterte das Ding von beiden Seiten und blickte auf. »Ich fürchte, ich verstehe nicht ganz.«

»Das ist ein Datenträger der neusten Generation. Auf dieser Scheibe lassen sich inzwischen weit mehr als zehn hoch sechzehn Bytes abspeichern. Sagt Ihnen diese Zahl etwas?«

Er war sichtlich perplex und konnte nur den Kopf schütteln.

»Das ist die Speicherkapazität des menschlichen Gehirns«, klärte ihn Kriket auf. »Auf dieses Ding paßt das X-fache.«

»Es enthält sozusagen die komplette Harvard-Universität«, sagte ich. »Sämtliche Bibliotheken, Dozenten, Laboratorien und Vorlesungen. Heutzutage kann jeder darauf zugreifen; er muß sich nur für fünfundzwanzig Dollar diese Scheibe anschaffen. Ich bin stolz darauf, sagen zu können, daß auch meine Vorlesungen und Schriften darauf enthalten sind. Ich bin sogar mit einer US zum Thema ›Sklavenhandel im frühen neunzehnten Jahrhundert‹ vertreten.«

»Mit einer US?«

»Unterrichtssimulation. Ein interaktives Lernprogramm. Das heißt, grob vereinfacht: Der Student sitzt vorm Bildschirm, stellt Fragen, und ich antworte.«

»Heilige Mutter ...« Mit großen Augen starrte er auf

die Universität von Harvard. Dann gab er mir die Scheibe schnell zurück, als fürchtete er, sich die Finger daran zu verbrennen.

»Sie haben auf einer Schiffswerft gearbeitet?« fragte Kriket, und ich war dankbar dafür, daß sie die Politik vergessen hatte.

»Ja, in Arklow. Dort werden großartige Schiffe gebaut, aus erstklassigem Eichenholz, das in den nahegelegenen Wäldern der Berge von Wicklow wächst.«

»Soll das heißen, in Irland werden noch hölzerne Schiffe gebaut?« fragte sie und lachte. Cormac war ein gleichmütiger Mann. Zur Erwiderung nickte er lächelnd. »Ist es denn möglich? Das sind ja Verhältnisse wie in der Vorgeschichte. Paps, kann ich mal kurz an deinen Terminal?«

»Nur zu. Kennst du noch das Paßwort?«

»Weißt du denn nicht mehr? Das habe ich mir doch schon vor Jahren unter den Nagel gerissen und für astronomische Gebühren gesorgt. Bin gleich wieder da.«

Cormac blickte zu Boden und verzog keine Miene, als Kriket mit aufreizenden Hüftbewegungen ins Haus ging. Jeder Amerikaner hätte ihr nachgegafft oder Komplimente gemacht. »Entschuldigen Sie meine Neugier«, sagte er. »Wie unterrichten Sie denn jetzt, da die Universitäten geschlossen sind?«

»Überhaupt nicht. Ich habe mich umschulen lassen. Das ist bei uns so üblich. Alte Arbeitsplätze gehen verloren, neue entstehen. Zur Zeit handle ich mit Metallen.«

Er sah sich neugierig um, fühlte sich dabei von mir ertappt und sagte verlegen: »Das Geschäft geht wohl recht gut. Wo lagern Sie die Ware? Doch nicht hinterm Haus, oder?«

Daß ich laut auflachte, machte ihn noch verlegener, aber ich konnte mir nicht helfen. Offenbar glaubte er, daß ich mit einem klapprigen Lastwagen in der Gegend herumkutschierte und Schrott sammelte. »Nein«, sagte ich. »Ich erledige meine Arbeit am Computer und stehe in ständiger Verbindung mit sämtlichen Importeuren, Erzeugern und Verwertern, das heißt, der Computer registriert die jeweiligen Umsätze und Bestände, so daß ich jederzeit aufs Gramm genau weiß, wieviel Metall an welchen Orten gebraucht wird. Ich nehme Bestellungen entgehen, sorge für entsprechende Lieferungen, stelle Rechnungen aus und leite die Zahlungen weiter, abzüglich meiner Provisionsgebühren. Die Programme dafür habe ich selbst geschrieben. Im Grunde erledigt der Computer die Arbeit ganz von allein. So funktionieren heutzutage fast alle Geschäfte. Es vereinfacht manches.«

»Das wäre in Irland undenkbar. In ganz Arklow gibt es nur zwei Telefonleitungen, und eine davon wird ausschließlich von der Guardai-Kaserne in Anspruch genommen. Wie dem auch sei, per Telefon lassen sich weder Schiffe bauen noch Felder bestellen.«

»Und ob. Unsere Farmen sind vollautomatisiert. In der Landwirtschaft arbeiten nur noch höchstens zwei Prozent der Bevölkerung. Und was den Schiffsbau angeht... Moment, das werde ich Ihnen gleich vorführen.«

Ich schaltete den Tageslichtschirm ein, öffnete den Bibliotheksordner und fand einen Film über den Bau von Schiffen. Cormac staunte nicht schlecht als er sah, wie sich große Formteile zusammenfügten und miteinander verschweißt wurden, ohne daß auch nur ein einziger Arbeiter Hand anlegte.

»Bei uns auf der Werft werden Schiffe aber ganz anders gebaut«, sagte er. Kriket war wieder nach draußen gekommen und hatte zugehört.

»Wie gut kennen Sie sich in dem Handwerk aus?« fragte sie.

»Ziemlich gut. Ich war lange genug dabei.«

»Das will ich hoffen, denn ich habe Ihnen soeben einen Vertrag zugeschustert. Ich bin als Programmberaterin beim Fernsehen angestellt und habe in den Archiven rumgestöbert. Es gibt nirgends was über Holzboote, die in Handarbeit hergestellt werden. Wir stellen Ihnen Material und Werkzeug zur Verfügung, zahlen im voraus und verbuchen den Rest über ...«

»Kriket, ich weiß nicht, wovon Sie reden.«

Bevor sie antworten konnte, meldete ich mich zu Wort. »Sie hat Ihnen Arbeit besorgt, Cormac. Sie bauen ein kleines Boot aus Holz. Darüber wird ein Film gedreht, der Ihnen eine Menge Geld einbringt. Was halten Sie davon?«

»Klingt verrückt, aber ich bin dabei. Dann kann ich mich erkenntlich zeigen für Ihre Gastfreundschaft, die, weiß Gott, größer ist als die Ihrer Regierung. Gibt's in diesem Land eigentlich keine Hilfsfonds für schiffbrüchige Seeleute?«

»Nein, Leistungen empfängt man hier nur gegen Geld. Aber das haben Sie ja jetzt. Also machen Sie sich keine Sorgen.«

Statt dessen machte ich mir Sorgen, und zwar wegen der Zuhörer vom Dienst und all der Fettnäpfchen, in die wir schon getreten waren.

Krikets Leute ließen nicht lange auf sich warten. Am nächsten Tag schon wurde eine komplett eingerichtete Werkstatt per Hubschrauber eingeflogen und hinters Haus gestellt. Cormac machte sich an die Arbeit. Automatische Kameras filmten jeden seiner Handgriffe.

»Das Boot wird aus gehobelten Sparren zusammengesetzt, mit Vorsteven und Rundgattheck.«

»Halt, halt«, rief der Aufnahmeleiter durch den Lautsprecher, der in der Decke installiert war. *»Das müssen Sie alles erklären. Was ist ein Vorsteven ...«*

Mein Pieper meldete sich. Ich ging zum nächsten Telefonapparat. Der Monitor war dunkel, was nur eins bedeuten konnte: Es handelte sich um einen höchst offiziellen Anruf, denn nur die Regierung hatte das Recht, einen Bildschirm auszuschalten.

»Diese Leitung ist nicht sicher. Gehen Sie ins Haus«, sagte die Stimme. Also ging ich in mein Büro, schloß die Tür hinter mir und aktivierte den Anschluß. Der Anrufer hatte nicht nur eine unsympathische Stimme, er sah auch so aus.

»Ich bin Gregory und zuständig für die Observation Ihres Gastes. Er hat sich durch bestimmte Äußerungen verdächtig gemacht. Wir werden ihm auf den Zahn fühlen müssen.«

»Wieso das denn?«

»Insbesondere seine Äußerungen über England sind als subversiv zu bewerten. Ich fordere Sie auf, heute abend mit ihm auf andere europäische Staaten zu sprechen zu kommen, vor allem auf Böhmen, Hessen und Bayern. Haben Sie mich verstanden?«

»Wenn ich richtig verstanden habe, soll ich jetzt als unbezahlter Polizeispitzel fungieren.«

Er bedachte mich mit eisigem Blick, und ich hatte das Gefühl, einen Schritt zu weit gegangen zu sein.

»Falsch«, sagte er nach längerer Pause. »Von ›unbezahlt‹ kann nicht die Rede sein. Sie stehen im aktiven Dienst der Küstenwache und beziehen von ihr ein Gehalt. Werden Sie tun, was ich Ihnen aufgetragen habe, oder hätten Sie's lieber, wenn ich Ihre letzte Bemerkung aktenkundig mache?«

Er gab mir eine zweite Chance. Meine Bemerkung war natürlich aufgezeichnet, also sozusagen aktenkundig, würde aber nicht weiter zur Kenntnis genommen, wenn ich jetzt kooperierte.

»Entschuldigen Sie. Ich war wohl etwas vorlaut und habe nicht weiter nachgedacht. Natürlich werde ich mit Ihrer Behörde zusammenarbeiten.«

Der Bildschirm wurde dunkel. Eine kleine Meldung am unteren Rand zeigte an, daß vier Aufträge eingegangen waren. Ich rief sie auf, froh darüber, mich mit geschäftlichen Dingen ablenken zu können.

Kriket kam in den folgenden Wochen immer öfter zu Besuch, bis sie schließlich fast jeden Abend zum Essen auftauchte. Mir war natürlich klar, daß nicht töchterliche Anhänglichkeit der Grund dafür war; sie hatte sich vielmehr in den Kopf gesetzt, Cormac zu betören, zumal er eine nicht geringzuschätzende Herausforderung für sie darstellte. Der Sommer war heiß, und die beiden gingen allabendlich schwimmen, sobald er mit der Arbeit in der Werkstatt fertig war. Ich paßte auf, wurde täglich von Gregory angerufen, brachte am Abendtisch Themen zur Sprache, für die ich mich nicht interessierte – kurzum, mir stank die ganze Sache allmählich. Dennoch machte ich gute Miene zum bösen Spiel, bis mir eines Tages auffiel, daß Kriket wieder oben ohne herumlief. Es war höchste Zeit einzugreifen. Also zog auch ich mir eine Badehose an.

»Hallo, ihr beiden«, rief ich und watete im schäumenden Wasser auf sie zu. »Verdammt heiß heute. Ihr habt doch nichts dagegen, wenn ich mich zu euch geselle, oder?«

Cormac nahm artig Abstand von Kriket, als ich mich näherte.

»Du bist doch wasserscheu, Paps«, sagte sie und war sichtlich verblüfft.

»Nicht, wenn's so heiß ist. Und ich wette, euch schwimme ich noch davon. Wie wär's? Bis zur Boje und zurück.«

Ich legte den Zeigefinger auf die Lippen, nahm den Pieper vom Armgelenk, öffnete Krikets Halskette mit dem Delphinanhänger, der als Pieper funktionierte, und tauchte beide Teile ins Wasser, bevor ich weitersprach.

»Daß diese Dinger auch als Sender dienen, vergißt man allzu leicht. Was ich jetzt zu sagen habe, soll unter uns bleiben.«

»Paps, du leidest wohl unter Verfolgungswahn ...«

»Ganz und gar nicht. Der Geheimdienst hört jedes Wort mit. Er hält Cormac für eine Art Spion. Wie dem auch sei, ich will nicht, daß dir was passiert.« Daß der Ire ihr was antun würde, hielt ich allerdings für ziemlich ausgeschlossen.

Trotz seiner frischen Sonnenbräune war unverkennbar, daß Cormac wieder rot wurde. Kriket lachte laut auf.

»Wie süß von dir, wie ritterlich! Aber ich kann wirklich selbst auf mich aufpassen, Paps.«

»Das hoffe ich, aber angesichts zweier Scheidungen in nur drei Jahren sind doch Zweifel angebracht. Unter normalen Umständen würde ich sagen: Mach, was du willst. Aber Cormac ist Ausländer, der sich unrechtmäßig in unserem Land aufhält und im Verdacht steht, ein Verbrechen begangen zu haben.«

»Das glaube ich nicht. Seemann, sag meinem Paps, daß er spinnt und daß du kein Spion bist.«

»Dein Vater hat recht, Kriket. Nach euren Gesetzen bin ich illegal hier. Man kann mich jederzeit wegschikken. Kommt, wir schwimmen eine Runde.«

Er machte einen Hechtsprung und plantschte davon. Interessant für mich war, daß er den Spionagevorwurf nicht bestritten hatte. »Denk drüber nach«, sagte ich, gab Kriket die Halskette zurück und kraulte ihm nach.

Die Septemberhitze wurde von den ersten Herbststürmen vertrieben. Ich sah zu, wie die letzte Folge gedreht wurde und Cormac, der Bootsbauer, ein letztes Interview gab. Draußen donnerte es, doch die Mikros filterten alle störenden Geräusche.

»Ein vorsintflutliches Handwerk«, kommentierte der

Interviewer zum Abschluß, »und doch eine Kunst, die von so manchen Ureinwohnern entlegener Erdteile nach wie vor gepflegt wird. Sie haben die Entstehung dieses Bootes mit eigenen Augen verfolgen können, und ich vermute, daß Sie, genauso wie ich, fasziniert waren von Bildern, die aus dem Dunkel der Geschichte ans Lichts gebracht wurden. Das wär's, Schnitt und Abspann.«

»Wir sind fertig?« fragte Cormac.

»Es ist alles im Kasten.«

»Ihnen ist doch wohl klar, daß Sie soeben dummes Zeug von sich gegeben haben.«

»Natürlich. Und Sie werden dafür gut bezahlt, Charley, vergessen Sie das nicht. Wir investieren für ein Fernsehpublikum, das im Durchschnitt die geistige Reife von Zwölfeinhalbjährigen hat.«

»Und das Boot?«

»Ist Eigentum des Senders, Charley. Lesen Sie nach im Vertrag. Es wird wie alles andere morgen abgeholt.«

Cormac fuhr streichelnd mit der Hand über das glattgehobelte Holz. »Paßt gut auf das Prachtstück auf.«

»Wir werden's verkaufen, Charley. Es liegen schon jede Menge Angebote vor.«

»Na schön.« Cormac wandte sich vom Boot ab und mir zu. »Bil, wenn's recht ist, könnte ich jetzt ein Gläschen Bourbon vertragen. Irischer Whiskey wär mir zwar lieber, aber der Ihre wird's auch tun, bis eine Flasche Paddy's angeschwemmt wird.«

Es regnete in Strömen, und geduckt liefen wir die wenigen Meter zum Haus hin. Kriket ging ins Bad, um die Haare zu föhnen. Ich schenkte uns zwei doppelte Drinks ein.

»Auf dein Wohl«, sagte er und hob sein Glas. »Möge dein Weg steil ansteigen, auf daß du im Himmel bist, bevor der Teufel deinen Abgang bemerkt.«

»Nimmst du Abschied?«

»Ja. Ein kleiner Mann mit krummen Beinen und schäbigem Charakter hat mich heute verhört und eine Menge politischer Fragen gestellt – so hast nicht einmal du mich ausgefragt. Sein Name ist Gregory. Er wird in wenigen Minuten zurückkommen, um mich abzuholen. Bevor er hier ist, möchte ich dir Lebwohl sagen.«

»So schnell? Daß ich dich ausgefragt habe, tut mir leid. Ich mußte tun, was von mir verlangt wurde.«

»Ich hätte mich wohl nicht anders verhalten. Jedenfalls bedanke ich mich für deine Gastfreundschaft. Das Honorar vom Sender ist bereits auf dein Konto überwiesen worden. Ich kann sowieso nichts mehr davon ausgeben.«

»Das ist nicht fair …«

»Was soll's?« Er merkte auf, und auch ich hörte das Knattern des Hubschraubers in der Ferne. Er stellte das Glas ab. »Ich gehe jetzt lieber, bevor deine Tochter kommt. Grüße sie von mir; sie ist ein prächtiges Mädchen. Ich ziehe mir nur schnell den Regenmantel an. Mehr brauche ich nicht.«

Dann war er verschwunden. Dabei hätte ich ihm noch so vieles sagen wollen. Die Terrassentür ging auf. Gregory trat ein und ließ Regenwasser auf den Teppich tropfen. Er hatte tatsächlich krumme Beine, außerdem waren sie viel zu kurz im Verhältnis zu seinem Rumpf. Am Telefon machte er wesentlich mehr Eindruck.

»Ich komme wegen Bryne.«

»Das weiß ich. Er holt gerade seinen Regenmantel. Aber warum die Eile?«

»Die Zeit drängt. Wir haben mit der englischen Polizei Kontakt aufgenommen und ihr Fingerabdrücke von Bryne geschickt, die wir von einem Ihrer Gläser abnehmen konnten. Bryne ist nicht der, für den Sie ihn halten.«

»Er ist Seemann, Fischer, Bootsbauer, was weiß ich?«

»Mag sein.« Sein Lächeln war humorlos. »Aber er ist auch Oberst der irischen Armee.«

»Na und? Ich bin Fähnrich der Küstenwache. Ist das ein Verbrechen?«

»Ich bin nicht gekommen, um mit Ihnen zu diskutieren. Holen Sie ihn her?«

»Es gefällt mir nicht, im eigenen Haus herumkommandiert zu werden.«

Ich schwächte meinen Protest ab, indem ich tat, was er verlangte. Die Tür zum Bad stand offen; Kriket trocknete sich noch immer die Haare. »Bin gleich soweit«, rief sie. Ich warf einen Blick in Cormacs Schlafzimmer, zog die Tür zu und kehrte ins Wohnzimmer zurück, wo ich in aller Ruhe auf dem Sofa Platz nahm und einen Schluck Whiskey trank.

»Er ist nicht da«, sagte ich schließlich.

»Wo steckt er?«

»Was weiß ich?«

Er sprang auf, ließ dabei den Stuhl nach hinten wegkippen und stürmte hinaus.

»Der hat's aber eilig«, sagte Kriket, die gerade ins Zimmer gekommen war. »Gibt's was zu trinken.«

»Bourbon mit Eis.«

Ich streichelte ihr mit der Hand übers Haar; es war noch feucht.

»Cormac ist weg«, sagte ich und schenkte ihr ein.

»Das habe ich gehört. Aber er kommt bestimmt nicht weit.«

Sie schmunzelte und machte ein obszönes Fingerzeichen in Richtung Tür. Wenig später stürmte Gregory herbei, triefend und außer sich vor Wut.

»Er ist auf und davon. Mit seinem verdammten Boot. Sie wußten Bescheid.«

»Jedes Wort, das hier fällt, wird aufgezeichnet, Gregory«, entgegnete ich bissig. »Hüten Sie also Ihre Zunge, sonst bringe ich Sie vor Gericht. Ich habe mir nichts zu Schulden kommen lassen. Meine Tochter und ich waren im Haus, als Cormac gegangen ist. Wenn jemand versagt hat, dann sind Sie es.«

»Den schnapp ich mir noch!«

»Das bezweifle ich. Das Meer hat ihn gebracht, und das Meer bringt ihn wieder fort, damit er allen Geheimdiensten auf der ganzen Welt erzählen kann, was er hier erfahren hat.« Ich konnte mir ein Schmunzeln nicht verkneifen.

»Sie lachen mich aus?«

»Ja. Sie und Ihresgleichen. Wir leben in einem freien Land, und ich will, daß es noch freizügiger wird. Die Krisen des zwanzigsten Jahrhunderts sind überstanden. Im Unterschied zum Rest der Welt sind wir glimpflich davongekommen, mußten aber – und müssen noch – einen hohen Preis dafür bezahlen. Jetzt wird es Zeit, daß wir die Grenzen wieder öffnen und mit anderen Nationen zusammenfinden.«

»Ich weiß jetzt, was Cormac im Schilde geführt hat«, sagte Kriket plötzlich. »Er ist wohl wirklich ein Spion, ein Spion, der aus Europa hierher geschickt wurde, um uns unter die Lupe zu nehmen. Warum? Weil er herausfinden sollte, ob man uns im Verein der übrigen Nationen akzeptieren kann.«

Gregory schnaubte empört und marschierte hinaus. Ich für mein Teil war selbst ein bißchen ratlos.

Aber vielleicht hatte Kriket recht.

Originaltitel: ›AFTER THE STORM‹ · Copyright © 1985 by Byron Preiss · Erstmals erschienen in ›THE PLANETS‹, hrsg. von Byron Preiss · Mit freundlicher Genehmigung des Autors und Thomas Schlück, Literarische Agentur, Garbsen · Copyright © 1995 der deutschen Übersetzung by Wilhelm Heyne Verlag, München · Aus dem Amerikanischen übersetzt von Michael Windgassen

---

Bei den Wasserfällen

Nicht der steile Anstieg war der Grund dafür, daß Carter immer wieder ins Stolpern geriet, sondern das feuchte Gras, das, rutschig wie Seifenschaum, über den Weg wucherte. Den Gipfel hatte er noch lange nicht erklommen, aber schon war sein Regenmantel durchnäßt und die Hose bis zu den Knien verdreckt. In der Ferne war ein unablässiges Donnern zu hören, das Schritt für Schritt lauter wurde. Endlich erreichte er die Kuppe, erschöpft und überhitzt. Doch alles Unbehagen fiel von ihm ab, als er hinausblickte über die weite Bucht.

Von klein auf waren ihm die Wasserfälle aus Erzählungen vertraut; er hatte zahllose Fotos gesehen und Filmberichte im Fernsehen. Aber dennoch verschlug es ihm den Atem, als er mit eigenen Augen sah, was ihm bislang nur aus zweiter Hand vermittelt worden war.

Er sah ein fallendes Meer, einen senkrechten Strom. Wie viele Millionen Liter stürzten pro Sekunde in die Tiefe? Die Zahl war ihm einmal zu Ohren gekommen, doch er erinnerte sich nicht. Von einer weit geschwungenen Abrißkante stürzte das Wasser in eine Bucht, deren äußerer Rand hinter Wolken von aufsprühender Gischt verschwand. In der Tiefe brodelte der See, aufgerührt von herabstürzenden Wassermassen. Schaumgekrönte Wellen schlugen vor den Felsenrand. Carter spürte die Wucht des Wassers als ein Vibrieren unter den Füßen. Das gewaltige Donnern schluckte jeden anderen Laut. Schon bald waren seine Ohren wie betäubt, doch das kolossale, andauernde Grollen durchdrang und erschütterte den ganzen Körper. Als er die Hände auf die Ohren preßte, war ihm, als nähme das Rauschen an Lautstärke zu. Schwankend und mit weit aufgerissenen Augen stand er da, umbraust von turbulenten Winden, die vom Fuß des Felsens heraufjagten und zerstäubtes Wasser mit sich führten, mehr als die ergiebigste Regenwolke. So etwas hatte er bislang nicht für möglich gehalten. Um atmen zu können, mußte er in Deckung gehen, so dicht wirbelte das Wasser um ihn herum.

Überwältigt von den ungeahnten Eindrücken, wandte sich Carter ab und schaute über den schwarzglänzenden Grat auf ein Haus, das wie eine steinerne Geschwulst aus dem Fels ragte. Es bestand aus Granit und wirkte nicht weniger solide wie der Berg, aus dem das Material gehauen worden war. Nach wie vor die Hände an die Ohren gepreßt, eilte und rutschte Carter dem Haus entgegen.

Plötzlich wechselte die Windrichtung, und eine heftige Brise wehte die Gischt zur Bucht hinaus, so daß für kurze Zeit die goldene Nachmittagssonne hervorbrach, das Haus überflutete und das steil geneigte Dach zum Dampfen brachte. Ein so fest gemauertes Haus war nicht umsonst gebaut worden. In der grauen Front, die zu den Fällen wies, steckten zwei Fenster, winzig klein und tief eingelassen im Gemäuer, wie zwei argwöhnische Augen. Eine Tür war nicht zu sehen, aber Carter entdeckte einen aus Feldsteinen angelegten Weg, der ums Haus herumführte.

Er folgte dem Weg und fand auf der geschützten Rückseite einen niedrigen Eingang, freigehalten durch einen monolithischen Türsturz, einen halben Meter dick. Geduckt trat Carter näher und suchte vergeblich nach einem Anklopfer an der schweren, eisenbeschlagenen Holztür. Das endlose, allgegenwärtige Donnern der Fälle benahm alles Denken und Fühlen. Im Grunde war unmittelbar einsichtig, warum ein Anklopfer fehlte. Er hätte laut wie eine Kanone sein müssen, um die gewaltige Geräuschkulisse zu übertönen. Carter senkte die Hände und versuchte, sich zu konzentrieren.

Es mußte doch eine Möglichkeit geben, sich bemerkbar zu machen. Als er einen Schritt zurücktrat, entdeckte er einen verrosteten Eisenknauf im Gemäuer. Er langte danach, versuchte ihn zu drehen, hatte aber keinen Erfolg damit. Erst als er daran zog, löste sich der Knauf, wenn auch widerstrebend, von der Wand und setzte eine Kette in Bewegung. Sie war eingefettet und in gutem Zustand, was Carter zuversichtlich stimmte. Er zog daran, bis er einen Meter Kette freigelegt hatte und auf Widerstand stieß. Dann ließ er den Knauf los, der pendelnd vor die rauhe Steinwand schlug, wo er für eine Weile träge herabhing. Doch dann wurde die Kette ruckartig zurückgezogen und verschwand bis zum Anschlag des Knaufs in der Wand.

Wie dieser merkwürdige Mechanismus funktionierte, blieb Carter ein Geheimnis; immerhin führte er die gewünschte Wirkung herbei. Die schwere Tür schwang auf, und in der Öffnung tauchte ein Mann auf, der wortlos den Besucher musterte.

Der Mann hatte durchaus Ähnlichkeit mit dem Haus und der Umgebung. Die gleichen Eigenschaften trafen auf ihn zu: massiv, wettergegerbt, schroff und grau. Zwar war ihm das Alter deutlich anzusehen, doch schien er den Jahren standfest getrotzt zu haben. Er hielt sich aufrecht wie ein junger Mann, und die knotigen Hände waren unverkennbar voller Kraft. Die Augen leuchteten so blau wie das Wasser der Fälle jenseits des Hauses. Er trug kniehohe Gummistiefel, eine einfache Cordhose und einen verfilzten, grauen

Pullover. Ohne eine Miene zu verziehen, winkte er Carter ins Haus.

Als die Tür ins Schloß gefallen und durch mehrere Riegel gesichert worden war, stellte sich eine Ruhe ein, die ihresgleichen suchte. Sie als ein Fehlen von Lauten zu beschreiben, wäre unangemessen gewesen, da ihr vielmehr eine positive Qualität eigen war. Carter hatte den Eindruck, als habe sich eine Glocke des Friedens über ihn gestülpt, die das Wassertosen abschirmte, restlos, wie es schien. Doch er wußte, daß sein Gehör überfordert war und taub für feinere Laute. Der Alte ahnte offenbar, wie dem Gast zumute war; er nickte ihm aufmunternd zu, nahm ihm den Mantel ab und deutete auf einen Sessel am Kamin. Dankbar ließ sich Carter aufs weiche Polster fallen. Der Alte verschwand und kehrte wenig später mit einer Karaffe und zwei Gläsern zurück, die er mit Wein füllte. Carter faßte das ihm angebotene Glas mit beiden Händen, um ihr Zittern auszugleichen. Er tat einen tiefen Schluck, entspannte sich, und langsam wich die Taubheit von den Ohren. Bald hatte er sich wieder erholt.

»Ich bin Ihnen sehr dankbar«, sagte er. »Der Gang hier herauf hat mir ziemlich zugesetzt.«

»Wie geht's Ihnen jetzt? Hat der Wein gutgetan?« sagte der Mann mit überlauter Stimme; er brüllte fast, und Carter begriff, daß der Alte seine Worte nicht verstanden hatte. Anscheinend war er schwerhörig. Ein Wunder, daß er überhaupt noch etwas hören konnte.

»Sehr gut, vielen Dank«, rief Carter. »Sehr freundlich von Ihnen. Mein Name ist Carter. Ich bin Reporter und in dieser Eigenschaft zu Ihnen gekommen.«

Der Alte nickte, flüchtig lächelnd.

»Ich heiße Bodum. Aber das werden Sie wohl wissen. Sie schreiben für eine Zeitung?«

»Ja, die Redaktion hat mich hierher geschickt.« Carter mußte husten; das laute Sprechen irritierte seine Kehle. »In der Tat, ich habe schon von Ihnen gehört, Mr. Bodum. Sie sind der Mann, der bei den Fällen wohnt.«

»Seit dreiundvierzig Jahren«, erklärte er stolz. »In der ganzen Zeit bin ich keine einzige Nacht weggewesen. Nicht, daß es einfach wäre, hier zu leben. Wenn der Wind aus der falschen Richtung bläst, fliegt die Gischt oft tagelang übers Haus. Man kann dann kaum atmen, und das Feuer geht aus. Ich habe den Kamin selbst gebaut. Der zieht sehr gut. Er ist nach oben hin gekröpft und hat mehrere Schleusen eingebaut, die zuklappen, wenn das Wasser kommt. Es läuft dann aus kleinen Luken seitlich ab. Ich kann Ihnen das mal zeigen. Die Mauer ist an der Stelle schwarz von Ruß.«

Während Bodum erzählte, sah sich Carter im Zimmer um. Vom Mobiliar waren nur Umrisse zu erkennen im spärlichen Licht des Kaminfeuers und der zwei kleinen Fenster.

»Die Fenster da«, sagte Carter. »Haben Sie die auch selbst eingesetzt? Darf ich mal hinausschauen.«

»Dann müssen Sie sich auf die Bank stellen. Das Glas ist speziell angefertigt worden, extra verstärkt und so fest wie die Mauern ringsum. Nur zu, steigen Sie auf die Bank. Sehen Sie sich mal an, wie ich den Rahmen verankert habe.«

Carter interessierte sich weniger für das Fenster als für die Aussicht auf die Wasserfälle. Es überraschte ihn zu sehen, das Naturschauspiel so unmittelbar vor sich zu haben. Das Haus hockte direkt am Rand des Granitfelsens, von dem nur rechts ein schmaler Grat zu sehen war. Tief unten tobten die schäumenden Fluten. Vor ihm, über ihm, das ganze Blickfeld füllend: die Wasserfälle. Die dicken Mauern und das doppelt und dreifach verstärkte Glas konnten den Lärm nicht schlucken, und als er die Scheibe mit den Fingerspitzen berührte, fühlte er ein Vibrieren, hervorgerufen durch die Wucht des Wassers.

Das Fenster konnte den überwältigenden Eindruck kaum schmälern, bot aber genügend Schutz, um stillzustehen und Ausschau zu halten, was draußen über einen längeren Zeitraum unmöglich war. Wie ein Blick durchs Schlüsselloch, so bot sich ihm hier das Bild eines naßkalten Infernos. Ein sicherer Ausguck, doch der Schrecken blieb. Ein schwarzer Fleck tauchte für Sekundenbruchteile aus den herabstürzenden Wassermassen auf und verschwand.

»Da ... haben Sie gesehen?« rief er aus. »Da ist was runtergespült worden. Was kann das gewesen sein?«

Bodum schien zu wissen, worauf Carter anspielte, und nickte. »Ich kann Ihnen zeigen, was die Fälle anschwemmen.« Er hielt einen Kienspan ins Feuer und entzündete den Docht einer Lampe. Die Lampe trug er vor sich her und ließ Carter folgen. Am anderen Ende des Zimmers hob er das Licht und deutete auf ein großes rundes Glasgefäß.

»Der wurde vor rund zwanzig Jahren ans Ufer getrieben. Kein einziger Knochen war heil geblieben. Ich hab ihn selbst ausgestopft.«

Carter rückte näher und erkannte zwei starre Knopfaugen, eine aufgerissene Schnauze, spitze Fangzähne. Die Glieder waren steif und unnatürlich verrenkt. Der Leib unter dem Fell wölbte sich an den falschen Stellen. Bodum hatte sich wahrhaftig nicht geschickt angestellt beim Ausstopfen und doch, wie durch Zufall, den Schrecken und die Todesangst des Tiers eingefangen.

»Das ist ein Hund«, sagte Carter. »Ein Hund wie jeder andere.«

Bodum war sichtlich verärgert über Carters Bemerkung. »Das ist er nicht«, antwortete er und brüllte das letzte Wort heraus. »Wie gesagt, da war kein einziger Knochen heil geblieben. Kein Wunder, ich habe ihn schließlich unten in der Bucht aus dem Wasser gefischt.«

»Entschuldigen Sie, ich habe nicht behaupten wollen, daß ... Natürlich ist er von oben herabgestürzt. Ich meinte bloß, daß er aussieht wie ein ganz normaler Hund und daß da oben vielleicht eine andere Welt existiert, die der unseren ähnlich ist. Mit Tieren und allem Drum und Dran.«

»Ich spekuliere nicht«, entgegnete der Alte gelassen. »Ich setze jetzt einen Topf Kaffee auf.«

Er ging mit der Lampe zum Herd und ließ den Gast im Halbdunkel stehen. Carter zog es zum Fenster zurück. »Ich möchte Ihnen ein paar Fragen stellen im Zusammenhang mit dem Artikel, den ich zu schreiben habe«, sagte er. Doch er sprach zu leise; Bodum hörte ihn nicht.

Carter schaute wieder fasziniert zum Fenster hinaus. Angesichts der gigantischen Fälle kam ihm der Zweck seines Besuchs nichtig vor. Der Wind wechselte die Richtung und fegte den dichten Wasserdampf davon. Für einen Moment lang hatte Carter freie Aussicht auf die Wasserwand. Er neigte den Kopf zur Seite und stellte sich vor, einen breiten Strom zu betrachten.

Und da – stromaufwärts tauchte eine Schiff auf, ein großes Schiff mit einer Reihe Bullaugen im Rumpf. Es segelte schneller übers Wasser als jedes andere Schiff, kaum mehr als hundert Meter weit entfernt. Er konnte kaum mit den Augen folgen, so schnell flog es vorbei, und doch sah er es deutlich. Er erkannte Menschen an Bord, die sich an der Reling festklammerten und den Mund aufgerissen hatten, als schrien sie vor Angst. Dann war das Schiff verschwunden, vom endlos rauschenden Wasser überspült.

»Haben Sie das gesehen?« rief Carter und fuhr herum.

»Der Kaffee ist bald fertig.«

»Da draußen!« brüllte Carter und packte Bodum beim Arm. »In den Fällen, ein Schiff. Ich schwöre, da ist ein Schiff herabgestürzt, mit Menschen an Bord. Da oben muß eine Welt sein, von der wir nichts wissen.«

Mit einer kraftvollem Armbewegung befreite sich Bodum von Carters Hand und nahm eine Tasse vom Regal. »Mein Hund ist von da oben runtergekommen. Ich habe ihn gefunden und eigenhändig ausgestopft.«

»Ja, ich weiß. Das bezweifle ich nicht. Aber da waren Menschen auf dem Schiff, so wahr ich hier stehe. Ich habe doch Augen im Kopf. Ihre Haut hatte eine ganz ungewöhnliche Tönung.«

»Haut bleibt Haut und ist hautfarben, was sonst?«

»Ja, hautfarben, so nennen wir die Tönung unserer Haut. Aber es kann doch sein, daß die Haut anderer Menschen anders gefärbt ist. Wir wissen nur noch nichts davon.«

»Zucker?«

»Ja, bitte. Zwei Stück.«

Carter nippte an seinem Kaffee. Er war stark und heiß. Unwillkürlich richtete er den Blick zurück aufs Fenster und schaute hinaus, als ein schwarzes, formloses Etwas mit dem Wasser in die Tiefe stürzte, gefolgt von anderen Gegenständen. Genaues sah er nicht, weil sich der Wind wieder gedreht hatte und Wassernebel auf das Haus zuflogen. Mit dem letzten Schluck, den er aus der Tasse genommen hatte, war ihm Kaffeesatz in den Mund geflossen. Vorsichtig setzte er die Tasse ab.

Und wieder zog der wirbelnde Wind den Nebelvorhang auf, gerade rechtzeitig, um den Blick zu öffnen auf weitere Gegenstände, die vom Wasser mitgerissen wurden.

»Das war ein Haus! Unverkennbar! Wahrscheinlich aus Holz, und schwarz, als hätte es gebrannt. Kommen Sie her, sehen Sie selbst!«

Bodum spülte die Kanne aus und polterte damit im Spülbecken herum. »Was will Ihre Zeitung von mir wissen? Ich lebe seit über vierzig Jahren hier und kann Ihnen einiges erzählen.«

»Was ist da oben, jenseits der Abrißkante? Wohnen dort Menschen? Kann es sein, daß da eine Welt ist, die wir noch nicht kennen?«

Bodum zögerte und legte nachdenklich die Stirn in Falten. »Ich glaube, daß es da oben Hunde gibt.«

»Ja«, sagte Carter ungeduldig und schlug mit der Faust auf den Fenstersims. Er wußte nicht, ob er lachen oder weinen sollte. Die Wassermassen stürzten vom Himmel und ließen das ganze Haus erzittern.

»Da, ständig kommt was runter«, murmelte er vor sich hin. »Aber was? Das da könnte ein Baum sein oder ein Zaunpfahl, womöglich auch Körper von Menschen oder Tieren. Über den Wasserfällen liegt eine andere Welt, und dort muß etwas Schreckliches passiert sein. Und wir wissen von nichts.«

Wiederholt schlug er auf den Sims, bis ihm die Faust weh tat.

Die Sonne fiel aufs Wasser. Es schillerte, hier und da zunächst, dann wechselte sich auf breiter Front die Farbe.

»Herrje, das Wasser verfärbt sich. Es wird rosa... nein, rot! Da, überall, jetzt ist alles rot, rot wie Blut!«

Carter wirbelte herum und blickte in den dunklen Raum. Er versuchte zu grinsen, doch es sah aus, als fletschte er die Zähne. »Blut!« schrie er. »Aber das ist doch unmöglich. Soviel Blut gibt's auf der ganzen Welt nicht.«

Der Alte ließ sich von Carters Geschrei nicht beeindrucken. Er nickte stumm.

»Ich zeig Ihnen was«, sagte er schließlich. »Aber nur, wenn Sie mir versprechen, kein Wort davon in Ihrer Zeitung zu bringen. Die Leute würden mich auslachen. Ich wohne hier seit über vierzig Jahren, darüber gibt's nichts zu lachen.«

»Ehrenwort. Von mir erfährt keiner was. Zeigen Sie's mir. Vielleicht hat es was mit dem zu tun, was da oben vor sich geht.«

Bodum präsentierte seinem Gast eine schwere Bibel und schlug sie auf dem Tisch neben der Lampe auf. Die Seiten waren eng und mit einer strengen Schriftart bedruckt. Er blätterte weiter, bis er ein gewöhnliches Stück Papier aufdeckte.

»Den Zettel habe ich am Ufer gefunden. Im Winter. Zu der Zeit war schon seit Monaten keiner mehr hier gewesen. Er muß also vom Wasser runtergespült worden sein. Oder ich will mal so sagen: Wahrscheinlich ist er von oben gekommen. Sie verstehen?«

»Ja, das ist anzunehmen. Wie sollte er sonst ans Ufer gekommen sein?« Carter streckte die Hand aus und berührte den Zettel. »Ganz normales Papier. Hier und da ein bißchen eingerissen und gewellt. Unverkennbar, es hat im Wasser gelegen.« Er drehte den Zettel um. »Da steht ja was geschrieben.«

»Ja. Aber es ergibt keinen Sinn. Das Wort kenne ich nicht.«

»Ich auch nicht, dabei spreche ich vier Sprachen.«

»Seltsam, nicht wahr?«

»Jedenfalls gehört das Wort nicht zu unserer Sprache.« Carter buchstabierte und artikulierte überdeutlich mit den Lippen. »Ha – i – el – eff – e.«

»HILFE. – Was könnte das wohl bedeuten?« rief Bodum, auch für seine Verhältnisse ungewöhnlich laut. »Das hat bestimmt ein Kind gekritzelt. Ohne Sinn und Verstand.« Er knüllte das Papier zusammen und warf es ins Feuer. »Sie wollen also eine Geschichte über mich schreiben«, sagte er nicht ohne Stolz. »Ich wohne seit über vierzig Jahren hier, und es gibt auf der ganzen Welt wohl niemanden, der die Wasserfälle besser kennt als ich. Ich weiß alles, was man darüber wissen kann.«

Druck

Im gleichen Maß, wie der atmosphärische Druck von außen zunahm, wuchs die Spannung im Schiff, was womöglich daran lag, daß Nissim und Aldo nichts zu tun hatten. Vor lauter Langeweile blieb ihnen nichts anderes übrig als zu grübeln. Ab und zu warfen sie einen Blick aufs Barometer, schauten aber schnell wieder weg, weil sie nicht dem Zwang unterliegen wollten, immer wieder dasselbe zu tun. Aldo spielte mit seinen feuchtkalten Fingern, während Nassim eine Zigarette nach der anderen rauchte. Nur Stan Brandon, der Mann, der die Verantwortung trug, blieb ruhig und konzentriert. Gelassen kontrollierte er die Meßinstrumente, und wenn manchmal Korrekturen an der Steuerung vorzunehmen waren, ging er stets beherrscht und ohne jede Hektik zur Sache. Durch sein Verhalten fühlten sich die anderen Männer insgeheim provoziert, doch das hätten sie nie zugegeben.

»Der Druckmesser funktioniert nicht!« rief Nissim irritiert und beugte sich im Sicherheitsgeschirr nach vorn. »Der Zeiger steht auf Null.«

»Kein Wunder, Doc, wenn man weiß, wie die Dinger gebaut sind«, antwortete Stan schmunzelnd. Er langte mit der Hand aus und bewegte einen Schalter. Die Nadel sprang nach oben und zeigte den gültigen Wert an. »Nur so läßt sich der Außendruck messen, und zwar mit Hilfe von speziellen Metall- und Kristallteilchen im Rumpf, die aufeinanderstoßen, komprimiert werden und dabei kaputtgehen. Darum muß jedesmal auf eine andere Meßeinheit umgeschaltet werden.«

»Ja, ja, ich weiß.«

Nissim biß die Zähne aufeinander und paffte hektisch an der Zigarette. Natürlich wußte er Bescheid; schließlich hatte auch er einen ausführlichen Lehrgang absolvieren müssen. Doch wie die Druckmessung funktionierte, war ihm glattweg entfallen. Die Nadel bewegte sich wieder langsam, aber stetig nach oben. Nissim schaute weg und dachte daran, was wohl jenseits der naht- und fensterlosen Metallhülle zu sehen sein würde. Wider Willen blickte er auf die Meßuhr zurück und rieb sich die feuchten Handteller. Nissim Ben-Haim, der renommierte Physiker an der Universität von Tel Aviv, hatte eine allzu rege Phantasie.

So auch Aldo Gabrielli, und dessen war er sich bewußt. Aufzupassen und abzuwarten war ihm zu wenig. Er wünschte, sich irgendwie betätigen zu können. Dunkelhaarig, mit dunklem Taint und einer großen Nase ausgestattet, sah er aus wie ein waschechter Italiener, doch seine Familie lebte schon seit elf Generationen in Amerika. Als Elektroniker war er mindestens ebenso qualifiziert und tüchtig wie Nissim als Physiker. Mehr noch, Aldo galt als ein Genie; der von ihm entwickelte Scantron-Verstärker hatte die Transmitter-Technik revolutioniert. Er wurde in der Wissenschaft wie ein Guru verehrt.

Das Schiff fiel durch die dicker werdende Saturnatmosphäre. Sein eigentlicher Name lautete *C. Huygens,* doch seine Konstrukteure nannten es schlicht und einfach ›Kugel‹. Und so sah sie auch aus. Das kugelrunde Metallgebilde hatte zwanzig Meter Durchmesser und umschloß einen relativ kleinen Hohlraum in der Mitte. Die großen, keilförmigen Einzelteile waren im Asteroidengürtel geschmiedet und auf der Satellitenstation ›Saturn Eins‹ zusammengebaut worden. Dort, hoch oben im Orbit, jenseits des gewaltigen Planeten mit seinen wunderschönen Ringen, hatte die Kugel Gestalt angenommen. Die Keilsegmente waren in molekularer Schweißtechnik nahtlos zusammengefügt worden, und bevor das letzte Segment eingepaßt wurde, hatte man den MT-Schirm in den Hohlraum befördert. Anschließend, nach Einbau des letzten Keils, war der Zugang zum Kugelinnern nur noch mit Hilfe des Materie-Transmitters möglich. Als die Schweißer mit ihrer Arbeit fertig waren, konnte mit der Einrichtung der Aggregate begonnen werden. Der große MT-Schirm wurde unter der Bodenfläche installiert, darüber der Versorgungsapparat, der ein Überleben in der Kugel ermöglichte. Das Steuerungssystem, die externen Tanks und Motoren schließlich machten aus der Kugel ein atombetriebenes Raumschiff. Und dieses Schiff sollte auf der Oberfläche des Saturns landen.

Vor achtzig Jahren hätte die *C. Huygens* nicht gebaut werden können; zu der Zeit war die verwendete Metallegierung, die unter extremem Druck hergestellt wurde, noch unbekannt gewesen. Vor vierzig Jahren hätte – ohne Kenntnis der molekularen Verbindungstechnik – der Zusammenbau auf die beschriebene Art und Weise nicht vollzogen werden können. Vor zehn Jahren erst waren die Methoden atomarer Differenzierung so weit fortentwickelt worden, daß bei der Installation der internen und externen Aggregate darauf verzichtet werden konnte, die Hülle zu verletzen. Anstelle von separaten Kabelbäumen und Zuleitungen, die das Metall durchstoßen hätten, waren in der Legierung leitende Bahnen zur Übermittlung elektrischer Impulse definiert und differenziert worden. Kurzum, die Kugel stellte das Nonplusultra der technischen Möglichkeiten dar. Sie war aber auch eine versiegelte Gefängniszelle für ihre dreiköpfige Besatzung, die mit ihr durch die 20 000 Meilen dicke Atmosphäre auf die Oberfläche des Saturns abtauchte.

Zwar waren alle drei gegen Klaustrophobie konditioniert worden, aber dennoch litten sie unter der Enge.

»Ruf an Kontrolle. Wie bin ich zu verstehen?« sprach Stan ins Mikrophon und bewegte mit dem Kiefer den Empfangsschalter. Es dauerte ein paar Sekunden, bis auf Frage, die in Form eines besprochenen Tonbands durch den Materie-Transmitter-Schirm flutschte, die Antwort von der Station eintraf, und zwar ebenfalls als besprochenes Band.

»Eins und drei«, tönte es knisternd aus dem Lautsprecher des Abspielgerätes.

»Der Sigma-Effekt setzt ein«, sagte Aldo und blickte auf den Druckmesser. »135 000 Atmosphären. War bei diesem Wert nicht anders zu erwarten.«

»Ich würde mir mal gern das Band ansehen.« Nissim drückte die Zigarette aus und machte sich daran, das Geschirr abzulegen.

»Tu das lieber nicht, Doc«, mahnte Stan und hob warnend die Hand. »Bislang läuft der Abstieg noch glatt, aber bald wird's holperig. Du weißt, was da unter für Winde wehen.«

»Es dauert doch nicht lange«, sagte Nissim, zögerte aber mit der Hand am Gurtöffner.

»Du glaubst nicht, wie schnell du dir den Hals brechen kannst«, entgegnete Stan, und plötzlich, wie um seine Worte zu bestätigen, verschlug es die Kugel mit einem wuchtigen Ruck zur Seite und aus der Achse. Die beiden Wissenschaftler klammerten sich auf ihren Schalenliegen fest, während der Pilot das Schiff wieder auf Kurs brachte.

»Aufs Schwarzsehen verstehst du dich ja gut«, sagte Aldo. »Kannst du auch hellsehen?«

»Nur dienstags«, antwortete Stan ungerührt. Der Druckmesser sackte wieder auf Null zurück, und er schaltete auf den nächsten Meßbereich um. »Fallgeschwindigkeit konstant.«

»Das dauert ja noch eine Ewigkeit«, maulte Nissim.

»Noch zwanzigtausend Meilen, Doc, und dann wollen wir ja nach Möglichkeit sanft aufsetzen.«

»Wie dick die Atmosphäre ist, weiß ich selbst«, entgegnete Nissim mürrisch. »Und nenn mich bitte nicht ständig ›Doc‹. Ich weiß nie, wen du meinst. Aldo hat schließlich denselben Titel.«

»Du hast recht, Doc.« Stan zwinkerte dem Physiker zu, als der vor Wut zu schnauben anfing. »War nur ein kleiner Scherz. Nenn mich Stan, und ich nenn dich Nissim.« Und an Aldo gerichtet: »Wie würdest du dich gern anreden lassen, Doc?«

Aldo Gabrielli tat so, als hörte er nicht. Die Art des Piloten ging ihm gegen den Strich. »Was ist das?« fragte er in Anspielung auf ein leichtes Vibrieren, das die Kugel seit einigen Sekunden erzittern ließ.

»Schwer zu sagen«, antwortete der Pilot und studierte, nachdem er in rascher Folge ein paar Schalter bedient hatte, die Anzeigen auf seinem Kontrollmonitor. »Womöglich bewegen wir uns durch Wolken. Jedenfalls kriegt die Kugel etliche Stöße ab.«

»Kristallisationen«, meinte Nissim und schaute auf den Druckmesser. »Am äußeren Rand der Atmosphäre herrscht eine Temperatur von minus 210 Grad Fahrenheit, aber da ist der Luftdruck so gering, daß es nicht gefriert. Offenbar sind wir schon sehr viel tiefer und fallen durch Wolken von Methan- und Ammoniakkristallen.«

»Mir ist die letzte Radaraufzeichnung durch die Lappen gegangen«, sagte Stan.

»Zu dumm, daß wir keinen Ausblick per Fernsehkamera haben«, sagte Nissim. »Dann könnten wir wenigstens sehen, was da draußen los ist.«

»Was soll da schon los sein?« brummte Aldo. »Wasserstoffwolken und Eiskristalle. Außerdem wäre eine Kamera längst kaputtgegangen. Der Höhenmesser ist das einzige, was wir brauchen.«

»Und der funktioniert einwandfrei«, bestätigte Stan. »Allerdings steht er nach wie vor im grünen Bereich. Wir sind noch zu hoch für eine konkrete Messung.«

Nissim nuckelte Wasser aus dem Schlauch, der aus seiner Liege herausragte. Vom Zusehen bekam Aldo eine trockene Kehle und tat es dem Kollegen gleich. Der scheinbar endlose Fall der Kugel setzte sich fort.

»Wie lange habe ich geschlafen?« wollte Nissim wissen, überrascht darüber, daß er trotz aller Anspannung tatsächlich eingenickt war.

»Ein paar Stunden«, antwortete Stan. »Du hast geschnarcht wie ein Wasserbüffel.«

»Meine Frau spricht in dem Zusammenhang immer von einem Kamel.« Er schaute auf die Uhr. »Du bist jetzt schon seit über zweiundsiebzig Stunden wach. Immer noch nicht müde?«

»Nein. Ich habe ja meine Pillen und bin außerdem daran gewöhnt, die Augen aufzuhalten.«

Nissim machte es sich auf seiner Liege bequem und warf einen Blick auf Aldo, der Zahlen vor sich hin murmelte und auf seinem Handrechner herumtippte. Keine Empfindung hält endlos an, dachte er, nicht einmal Furcht; wir, Aldo und ich, hatten schreckliche Angst, doch die legt sich irgendwann.

Als er auf den Druckmesser schaute, spürte er nur noch ein leichtes Unbehagen.

»Der Höhenmesser reagiert«, sagte Stan, »gibt aber schwankende Werte an.«

»Wahrscheinlich bewegen wir uns durch unterschiedliche Aggregatzustände von Ammoniak und Methan«, antwortete Nissim. »Mal durch Gas, mal durch Flüssigkeit. Bei den Druckverhältnissen da draußen ist alles möglich. Knapp eine Million Atmosphären. Unglaublich.«

»Ich glaub's«, sagte Aldo. »Wie wär's, wenn wir mal ein Stück seitlich ausweichen, bis wir was Festeres unter uns finden?«

»Das versuche ich schon seit einer Stunde. Entweder wir lassen uns tiefer in die Suppe abfallen, oder wir springen noch mal hoch und schlagen eine neue Fallkurve ein. Bei den Schwerkräften, die uns da unten erwarten, habe ich keine Lust auf Experimente mit der Raketensteuerung.«

»Haben wir genug Treibstoff für einen Sprung?«

»Ja, allerdings sollten wir die Reserven schonen. In den Tanks sind ungefähr noch dreißig Prozent.«

»Ich bin für den direkten Weg nach unten«, sagte Nissim. »Wahrscheinlich wird die gesamte Oberfläche von Flüssigkeit überzogen sein. Bei diesen Druck- und Windverhältnissen sind da unten bestimmt alle topographischen Unregelmäßigkeiten, wenn sie denn je existiert haben, mittlerweile längst nivelliert worden.«

»Nicht unbedingt«, widersprach Aldo. »Aber das können andere untersuchen. Um Treibstoff zu sparen, bin ich nämlich auch für den direkten Weg.«

»Dann sind wir einer Meinung, meine Herren. Ab geht's.«

Der stetige Abstieg wurde fortgesetzt. Der Pilot bremste die Fallgeschwindigkeit ein wenig ab, als die Kugel die wechselhafte Fluidosphäre erreichte. Zum Glück blieben beim Eintritt in die flüssigen Schichten größere Erschütterungen aus. Der Übergang war kaum zu spüren.

»Wir haben jetzt einen Meßwert«, sagte Stan und zeigte sich zum erstenmal leicht erregt. »Noch ziemlich genau fünfzehn Kilometer. Wir können offenbar doch mit festem Boden rechnen.«

Die beiden anderen sagten kein Wort, um den Piloten nicht abzulenken. Doch für den war nun alles weitere Routine. Je tiefer die Kugel sank, desto geringer wurden die Turbulenzen. Auf einer Höhe von einem Kilometer gab es keinerlei störende Einwirkungen mehr von außen. Langsam sank die Kugel dem Grund entgegen. Noch fünfhundert Meter. Stan schaltete das computergesteuerte Landeprogramm ein, hielt sich aber bereit für den Fall, manuell eingreifen zu müssen. Die Motoren heulten noch einmal kurz auf und verstummten dann. Die Kugel hatte aufgesetzt.

»Das wär's«, sagte Stan und reckte sich mit Behagen. »Wir sind auf dem Saturn, und darauf muß angestoßen werden.« Beim Versuch aufzustehen fiel er plump auf die Liege zurück, was ihm anscheinend peinlich war, denn er fluchte leise vor sich hin.

»2,64 Ge«, las Nissim von der hochsensiblen Quarzwaage in seiner Konsole ab. »Unter den Voraussetzungen wird die Arbeit nicht leicht sein.«

»Was wir zu tun haben, dauert nicht lange«, sagte Aldo. »Laßt uns erst mal was trinken. Dann kann Stan ein bißchen Schlaf nachholen, während wir uns mit dem MT befassen.«

»Einverstanden«, sagte Stan. »Mein Job ist erledigt. Von jetzt an bin ich nur noch Zuschauer. Zum Wohl.« Mit schwerfälligen Bewegungen hoben sie die Gläser und tranken.

Mit erhöhten Lasten unter einer mehr als verdoppelten Schwerkraft hatten sie gerechnet. Aldo wechselte mit dem Pilot die Liege, um die Instrumente und den MT-Schirm besser einsehen zu können. Nissim löste die Verankerung seiner Liege und rutschte damit vor, bis er den Schirm berühren konnte. Stan hatte sich derweil ausgestreckt und war Sekunden später eingeschlafen. Die beiden anderen achteten nicht auf ihn; sie schickten sich an, ihren Teil der Mission zu erfüllen. Als MT-Spezialist führte Aldo die nötigen Vorbereitungstests durch. Nissim sah ihm dabei zu.

»Sämtliche Fernsteuerungssonden, die wir vorausgeschickt haben, sind beim Fall durch die Atmosphäre durch Sigma-Effekte beeinträchtigt worden«, sagte er. »Der Kontakt ist abgerissen.« Er überprüfte noch einmal sämtliche Meßergebnisse und ließ sich dann zurück auf die Liege fallen.

»Die Kurve sieht gut aus«, meinte Nissim mit Blick auf den Monitor, über den sich eine konstante Sinuskurve schlängelte.

»Ja. Alles andere scheint ebenfalls zu stimmen. Damit wäre zumindest die Hälfte unserer Prognosen bestätigt.«

»Na bitte«, sagte Nissim und grinste, voller Vorfreude darüber, die skeptischen Physikerkollegen, die seiner Theorie nicht hatten trauen wollen, eines Besseren belehren zu können. »Der Transmitter funktioniert doch hoffentlich, oder?«

»Natürlich.«

»Dann laß uns mal sehen, ob wir mit unseren Signalen durchkommen.«

»*C. Huygens* ruft Saturn Eins. Bitte kommen. Könnt ihr uns verstehen?«

Beide sahen zu, wie sich das besprochene Tonband über den Schirm schlängelte und gleich darauf verschwand. Aldo schaltete den MT auf Empfang. Nach einer Minute vergeblichen Wartens wiederholten sie den Funkspruch. Fehlanzeige.

»Damit hätten wir den Beweis«, triumphierte Nissim. »Sender und Empfänger funktionieren einwandfrei. Darauf können wir uns verlassen. Aber die Signale kommen nicht durch. Also stimmt meine Behauptung, daß wir mit einem Distorsionsfaktor rechnen müssen. Sobald wir uns darauf eingestellt haben, wird der Kontakt zustande kommen.«

»Das will ich hoffen«, sagte Aldo leicht verstimmt und blickte unter die Kuppel der engen Zelle. »Denn falls die Korrektur nicht hinhaut, sitzen wir hier fest, in einer rappeldichten Kugel auf dem Grund eines Ozeans aus Ammoniak unter einer zwanzigtausend Meilen dicken, giftigen Atmosphäre.«

»Nur keine Panik. Trink einen Schluck. Ich mache mich sofort an die Arbeit. Wenn die Theorie stimmt, ist alles andere nur noch eine Frage der Hardware.«

»Wie beruhigend«, sagte Aldo und schloß die Augen.

Stan wachte auf, war aber so erschöpft wie zuvor. Bei knapp dreifacher Schwerkraft zu schlafen war alles andere als erfrischend. Gähnend reckte er die Glieder, doch was sonst der Entspannung diente, war hier eine Last. Er wandte sich den beiden anderen zu und sah Nissim konzentriert an seinem Computer arbeiten, während Aldo ein blutgetränktes Taschentuch vor die Nase drückte.

»Gravitationsblutung?« fragte Stan. »Vielleicht sollte ich dir gleich mal eine Adrinalinspritze setzen.«

»Nein, das hat mit der Schwerkraft nichts zu tun«, brummte Aldo durchs Taschentuch. »Der Idiot da hat mich geschlagen.«

»Voll auf den dicken Zinken«, bestätigte Nissim, ohne von seinem Computer aufzublicken. »War gar nicht zu verfehlen.«

»Und wo liegt der Hase im Pfeffer, wenn ich fragen darf?« Stan blickte von einem zum anderen. »Stimmt was nicht am MT?«

»Kann man so sagen«, antwortete Aldo. »Und unser Freund hier gibt mir die Schuld daran ...«

»Die Theorie ist richtig, aber mit der Anwendung hapert's.«

»... und als ich zu bedenken gab, daß er sich eventuell ein wenig verkalkuliert haben könnte, hat er zugeschlagen wie ein trotziges Kind.«

Stan mischte sich ein, bevor der Streit eskalierte.

Seine Kasernenhofstimme übertönte die der anderen. »Jetzt haltet mal die Luft an! Ich verstehe kein Wort, wenn ihr durcheinanderquasselt. Also, was ist los? Und immer schön der Reihe nach.«

Als Aldo zu klagen aufgehört hatte, sagte Nissim: »Zunächst wäre zu fragen: Inwieweit bist du mit der MT-Theorie vertraut?«

»Die Antwort ist einfach. Davon habe ich null Ahnung. Ich bin Pilot; für Konstruktion und Bau der Schiffe sind andere zuständig. Fasse dich also möglichst kurz und so, daß ein Laie was versteht.«

»Ich will's versuchen.« Nissim überlegte und krauste dabei die Stirn. »Zuerst mußt du wissen, daß der MT nicht im herkömmlichen Sinne empfängt oder sendet, wie bei der Fernübertragung von Signalen etwa. Sender und Empfänger bilden sozusagen eine physische Einheit, sind in gewisser Weise deckungsgleich, da sich beide Teile in einem materialen Zustand befinden, der ohne räumliche Begrenzung ist. Entfernungen spielen darum keine Rolle mehr. Der Austausch zwischen beiden vollzieht sich unabhängig von Raum und Zeit. Ach, meine Erklärung ist wohl ziemlich dürftig.«

»Ich kann dir immerhin folgen, Nissim. Sprich weiter.«

»Es existiert zwar im beschriebenen Sinne keine räumliche Trennung zwischen Transmitter und Empfänger, aber dennoch können sich bestimmte Raumbedingungen auswirken ...«

»Jetzt komme ich nicht mehr mit.«

»Ich will's dir an einem Beispiel verständlich machen. Lichtstrahlen sind geradlinig, es sei denn, sie werden gebrochen oder abgelenkt, dann nämlich, wenn sie in den Einfluß eines starken Gravitationsfeldes geraten. Ähnliche Effekte verzeichnen wir im MT-Bereich, und die müssen entsprechend korrigiert werden. So auch die störenden Auswirkungen der eisigen Saturnsuppe. Außerdem kommt es aufgrund der enormen Druckverhältnisse zu Interferenzen, die es auszugleichen gilt. Und das ist, was ich zur Zeit versuche. Es ist alles ausgerechnet, jetzt müssen die Korrekturen nur noch praktisch umgesetzt werden.«

»Nur noch... «, wiederholte Aldo spöttisch, wobei er die Nase betupfte und das Taschentuch untersuchte. »Das ist der springende Punkt. Was er sich da ausgedacht hat, funktioniert nicht. Das sehen wir doch. Und unser Freund will mir einfach nicht glauben, daß es nötig ist, den Output zu verstärken, um diese hochkomprimierte Suppe da oben durchstoßen zu können.«

»Es geht hier nicht um Quantitäten, sondern um ein qualitatives Problem«, schnauzte Nissim den Kollegen an. Stan sah sich wieder genötigt, schlichtend einzugreifen.

»Aldo, bist du etwa der Meinung, daß wir den ganzen MT-Apparat auseinandernehmen müssen?«

»Allerdings. Aber beruhige dich, das Ding ist nicht von ungefähr aus Bauteilen zusammengesetzt worden, die sich neu justieren lassen.«

»Darin rumzufumnmeln würde uns einen ganzen Monat kosten. Und womöglich unser Leben«, brüllte Nissim.

»Übertreib nicht«, sagte Stan und richtete sich mühevoll auf. »Bewegung wird uns guttun.«

Sie brauchten fast vier volle Tage, um den Boden freizuräumen und abzudecken, bis auf einen kleinen Teil, wo nun zwischenzeitlich die Liegen und Testgeräte standen. Für den Notfall, der jetzt eingetreten war, befanden sich an den Geräten Halteringe, um sie mit dem kleinen Lastenkran bewegen zu können. Aber dennoch war die Anstrengung für die Männer so groß, daß sie völlig entkräftet auf ihre Liegen niedersanken und auf den MT-Schirm starrten.

»Was für ein Monstrum«, sagte Stan. »Da kann man ja ein Landeboot durchschicken.«

»Das ist noch das Wenigste«, japste Aldo, immer noch außer Atem. Er hörte das Blut in den Ohren rauschen und sorgte sich um den Zustand seines Herzens. »Warte ab, bis du siehst, was dahintersteckt. Sämtliche Schaltungen sind mehrfach ausgelegt und mit einer hundertfachen Reservekapazität belastbar.«

»Und wie kommen wir an die Innereien, um Korrekturen vornehmen zu können? Ich sehe bloß den Schirm.«

»Nicht von ungefähr«, antwortete Aldo und deutete auf ein Gewindeloch in der Panzerung, aus dem sie einen zwanzig Zentimeter dicken Stöpsel herausgeschraubt hatten. »Durch diesen Revisionsschacht kommen wir an die Steuerung ran. Um Einstellungen vornehmen zu können, müssen wir allerdings noch Teile des Schirms abmontieren. Bevor wir von hier verschwinden, dürfen wir nicht vergessen, den Stöpsel wieder reinzuschrauben. Er wird sich dann selbständig versiegeln.«

»Ich verstehe nur Bahnhof«, meinte Stan.

Geduldig erklärte Aldo: »Sinn und Zweck unserer Expedition ist es doch, den MT-Schirm zum Funktionieren zu bringen. Abgesehen von der Bedeutung für die Forschung, hängt unser Leben davon ab. Wenn wir von hier verschwinden, werden Techniker durchgeschleust, um die einzelnen Aggregate gegen eine komplexe Einheit en bloc auszutauschen. Dann wird der Schirm ausgerichtet auf einen zweiten MT über der Eklipse im Orbit. Automatisch vorgenommene Bohrungen an der Außenwand sollen daraufhin die Kapsel mehr und mehr schwächen, bis sie implodiert. Der Schirm bleibt unbeschädigt und schickt die Trümmerstücke ins All. Nach Abbruch dieses Vorgangs werden wir schließlich freien Zugang zum Grund des Saturnmeers haben. Darauf sind die Kryogeniker und Hochdruckspezialisten schon ganz gespannt.«

Stan nickte. Nissim gaffte mit offenem Mund unter die Kuppel und versuchte sich vorzustellen, wie das gewaltige Giftmeer die massige Kugel zum Einsturz bringen würde.

»An die Arbeit«, sagte er und richtete sich mühsam auf. »Es wird langsam Zeit, daß wir hier wegkommen.«

Mit vereinten Kräften entfernten sie einzelne Schirmsegmente. Doch allein Aldo war dazu ausgebildet, die nötigen Einstellungen an der Steuerung vorzunehmen. Konzentriert ging er zu Werke und fluchte mitunter leise vor sich hin, wenn er mit den Parallelmanipulatoren danebengriff. Ab und zu legte er eine Verschnaufpause ein und schloß die Augen. Nissim beobachtete den Kollegen mit nervösen Blicken, während Stan Essen vorbereitete, Medikamente verteilte und eifrig darum bemüht war, für gute Stimmung zu sorgen. Er erzählte von seinen Erfahrungen in der Raumfahrt, fand bei den anderen zwar nur wenig Gehör, hatte aber selber sichtlich Gefallen daran.

Dann war die Arbeit endlich getan, der erste Test erfolgreich abgeschlossen und das letzte Schirmsegment wieder eingebaut. Aldo langte in den Revisionsschacht und bediente einen Schalter. Die dunkle Schirmoberfläche fing zu schimmern an; der MT war in Betrieb.

»Was sollen wir mal probehalber verschicken?« fragte Aldo.

»Das haben wir gleich«, antwortete Stan und kritzelte auf ein Stück Papier die Worte *Wie kommt das an?* Er warf den Zettel in die Schirmmitte, und alle sahen, wie er unmittelbar darauf verschwand. »Und jetzt auf Empfang schalten.«

Aldo bediente den entsprechenden Schalter. Die Oberfläche des Schirms veränderte sich. Sonst passierte nichts. Atemlos starrten sie auf die blanke Fläche.

Dann, zuerst langsam, aber mit zunehmender Geschwindigkeit kringelte ein Tonband durch den Schirm und häufte sich in der Mitte auf. Nissim war als erster zur Stelle, griff zu und zog daran, bis das Ende auftauchte.

»Es funktioniert!« rief Stan.

»Halbwegs«, schwächte Nissim nüchtern ab. »Die Übertragungsqualität ist nicht optimal. Es müssen noch Feineinstellungen vorgenommen werden. Aber auf der Empfangsseite wird man die Sache analysieren und uns genaue Instruktionen zukommen lassen.«

Er fädelte das Band ins Abspielgerät ein. Ein schepperndes Gedröhn wurde laut, das nur entfernt an eine menschliche Stimme erinnerte.

»Wie gesagt, wir müssen für eine Feinabstimmung sorgen«, sagte Nissim grinsend. Das Grinsen verschwand schlagartig, als die Kugel sich plötzlich zur Seite neigte und sich dann langsam wieder aufrichtete. »Was war das?« rief er entsetzt.

»Eine Strömung wahrscheinlich«, meinte Aldo, festgeklammert auf der Liege. »Oder vielleicht eine Eisscholle. Schwer zu sagen. Jedenfalls wird's höchste Zeit, daß wir von hier verschwinden.«

Daß sie mit den Kräften am Ende und völlig übermüdet waren, versuchten sie zu ignorieren. Die Mission stand kurz vor dem Abschluß; Saturn Eins, die sichere Station, war nicht weit entfernt. Nissim berechnete die Daten für die nötige Justierung, während sich die anderen daran machten, die einzelnen Bauteile wieder zusammenzufügen. Schwerstarbeit unter den Bedingungen einer fast dreifachen Gravitation. Doch nach etwa einem Sonnentag empfingen sie Bänder mit perfekter Tonwiedergabe und Materialproben, die sie zur Analyse sogleich wieder zurückschickten. Die Kugel wurde wiederholt von außen angestoßen, doch die Insassen ließen sich davon nicht mehr irre machen.

»So, wir können jetzt aufs Ganze gehen. Schickt uns was Lebendiges«, sagte Nissim ins Mikrophon und besprach damit ein Band, das kurz darauf im Schirm verschwand. Aldo hatte nicht schlecht Lust, hinterherzuspringen. Er schaltete auf Empfang.

»Ich glaube, so lange habe ich nie an einem Ort verbracht«, sagte Nissim und starrte wie die anderen auf den Schirm. »Selbst als ich im College auf Island war, bin ich jeden Abend nach Israel zurück.«

»Ja, wir haben uns an die MT-Schirme schon allzusehr gewöhnt«, bestätigte Aldo. »Ich bin, solange wir am Projekt gearbeitet haben, zwischen Saturn Eins und New York hin- und hergependelt. Wir nehmen diese Möglichkeit als gegeben hin. Bis mal was passiert. Du, Stan, hast in der Hinsicht wohl weniger Probleme.«

»Was soll das heißen?« Der Pilot blickte fragend auf. »Mir geht es doch genauso. Ich nehme jede Gelegenheit wahr, um nach Neuseeland zu kommen.« Er schaute zurück auf den Schirm.

»Das meine ich nicht. Du bist doch daran gewöhnt, über längere Zeit mutterseelenallein in einem Schiff zu fliegen und insofern bestens vorbereitet. Dir scheint das Eingeschlossensein weniger auszumachen als uns.«

Nissim nickte, obwohl Stan in schallendes Gelächter ausbrach.

»Das kommt euch nur so vor. Aber seid versichert: Ich schwitze genauso wie ihr. Nur habe ich gelernt, meine Angst im Zaum zu halten. Würde ich leicht in Panik geraten, wären wir alle schon tot. Darum genehmige ich mir ab und zu ein Schlückchen vor dem Essen. Wie dem auch sei, wenn ihr jemals Verantwortung für ein Schiff hättet übernehmen müssen, wärt ihr wohl auch etwas abgebrühter.«

»Ach was«, entgegnete Nissim. »Wir sind doch zivilisierte Menschen und verfügen über Willenskraft ...«

»Aber trotzdem boxt du Aldo auf die Nase. So schnell brennt dir die Sicherung durch.«

Nissim grinste verlegen. »Eins zu Null für dich. Zugegeben, ich bin leicht erregbar, aber das ist doch allzu menschlich. Was man von deiner coolen Art nicht gerade behaupten kann.«

»Versuch, mich zu reizen. Sei's drum, ich bin Pilot und muß mich beherrschen können. Das trifft für alle meine Kollegen zu. Wir haben von Anfang an gelernt, Ruhe zu bewahren. Habt ihr schon mal eine Aufzeichnung der Serie ›Stimmen aus dem All‹ gehört?«

Synchron schüttelten die beiden den Kopf, ohne vom Schirm aufzublicken.

»Das solltet ihr aber. Die Aufnahmen machen deutlich, daß sich am Training der Selbstbeherrschung seit fünfzig Jahren nichts verändert hat. Das beste Beispiel liefert Juri Gagarin, der als erster Mensch in den Weltraum vorgestoßen ist. Es sind etliche Tonkonserven von seiner Stimme erhalten geblieben, einschließlich die seiner letzten Worte. Er steuerte ein Flugzeug und geriet in Schwierigkeiten. Er hätte ohne weiteres mit dem Schleudersitz aussteigen und sich in Sicherheit bringen können, doch die Maschine befand sich über Moskau. Um Menschenleben zu schonen, hat er sie von der Stadt weggesteuert und sich selbst in den Tod gestürzt. Seine Stimme klang zum Schluß genauso wie auf allen anderen Aufzeichnungen.«

»Das ist nicht normal«, sagte Nissim. »Dieser Gagarin muß ein Roboter gewesen sein.«

»Du verstehst nicht.«

»Seht!« rief Aldo.

Gebannt schauten sie zu, wie ein Meerschweinchen zum Vorschein kam, heraus sprang und auf den Schirm zurückfiel. Stan nahm es in die Hand.

»Hervorragend«, sagte er. »Glattes Fell, klare Augen, noch warm, aber leider tot.« Er musterte die abgespannten Gesichter der Gefährten und lächelte. »Macht euch keine Sorgen. Wir müssen ja nicht gleich durch den Engelmacher. Es sind offenbar noch ein paar Feineinstellungen nötig. Wollt ihr euch den Kadaver ansehen, oder soll ich ihn zur Analyse zurückschicken?«

Nissim wandte sich ab. »Weg damit. Sie sollen einen detaillierten Bericht liefern. Das nächste Mal muß es klappen.«

Die Physiologen ließen mit ihrem Befund nicht lange auf sich warten. Todesursache war eine funktionale Störung der zerebralen Synapsen, ein Problem, das zu Beginn der MT-Entwicklung häufig auftrat und mittlerweile leicht zu beheben war. Die Korrektur war schnell durchgeführt. Allerdings machte Aldo zwischenzeitlich schlapp; er mußte mit Medikamenten wiederbelebt werden. Auch bei den anderen machte sich allgemeine Erschöpfung drastisch bemerkbar.

»Ich kann kaum einen Finger mehr rühren«, hauchte Aldo und schaltete auf Empfang.

Ein zweites Meerschweinchen stieg aus dem Schirm hervor. Es regte sich nicht. Dann aber zuckte es mit der Nase, rappelte sich auf und versuchte zu fliehen. Der Jubel klang heiser und schwach, aber unverkennbar nach Erleichterung.

»Adieu, Saturn«, sagte Nissim. »Ich habe genug von dir.«

»Dem kann ich mich nur anschließen«, sagte Aldo und brachte das Gerät in Sendebereitschaft.

»Laßt uns erst mal abwarten, was die Ärzte zu dem Tierchen sagen«, meinte Stan und setzte das Meerschweinchen zurück auf den Schirm. Es verschwand vor ihren Augen.

»Ein letzter Test.« Nissim machte aus seiner Ungeduld keinen Hehl.

Endlich kam die Antwort. Das von der Station gesendete Ergebnis war alles andere als zufriedenstellend. Aldo ließ das Band ein zweites Mal ablaufen.

»... und das klinische Gutachten liegt nun vor, meine Herren. Es scheint, als habe das Nervensystem des Versuchstiers einen wenn auch geringen, so doch ernstzunehmenden Schaden davongetragen. Die Reflexe sind meßbar langsamer geworden. Die Ursache läßt sich ohne weitere Tests nicht spezifizieren. Bei Ihnen liegt nun die Entscheidung über das weitere Vorgehen. Wenn Sie zusätzliche Tests in Kauf nehmen wollen, werden Sie noch mindestens 45 Stunden ausharren müssen …«

»Das halte ich nicht aus«, sagte Nissim. »Mein Herz …«

Aldo starrte auf den Schirm. »Ich bin am Ende. Das Ding noch einmal auseinanderzubauen, schaffe ich nicht. Ausgeschlossen. Es bleibt uns nur der eine Ausweg.«

»Durch den Schirm?« fragte Stan. »Viel zu riskant. Laßt uns die Tests abwarten.«

»Wir würden nur noch auf den eigenen Tod warten«, sagte Nissim. »Aldo hat recht. Es wäre uns unmöglich, weitere Korrekturen vorzunehmen, und damit basta.«

»Nein, das glaube ich nicht«, entgegnete Stan, doch die beiden hörten nicht zu. Wie sie stand auch er kurz vor dem Zusammenbruch. »Na schön, dann laßt uns abstimmen. Die Mehrheit setzt sich durch.«

Der Pilot blieb mit seiner Meinung allein.

»Dann stellt sich jetzt nur noch eine Frage«, sagte Stan. »Wer wird in den saueren Apfel beißen? Wer geht zuerst?«

Nach langem Schweigen räusperte sich Nissim. »Soviel steht fest: Aldo muß bleiben, denn er ist der einzige, der, wenn nötig, Korrekturen vornehmen kann, zumindest der technischen Befähigung nach, auch wenn er praktisch dazu kaum mehr in der Lage ist.«

Stan nickte einvernehmlich und ließ dann das Kinn auf die Brust sinken. »Er scheidet also als Versuchskaninchen aus. Und du, Dr. Ben-Haim, bist, wie ich gehört habe, die große Hoffnung der Physik. Du wirst gebraucht. Piloten dagegen gibt's wie Sand am Meer. Wenn einer zuerst geht, dann bin ich es.«

Nissim wollte Einspruch erheben, wußte aber nichts zu sagen.

»Nun denn, ich stelle mich als Versuchskaninchen zur Verfügung. Wann soll's losgehen? Sofort? Haben wir wirklich alles versucht? Und wenn was schiefgeht... könnt ihr durchhalten und die Korrekturen vornehmen?«

»Ich bin jetzt schon fix und fertig«, antwortete Aldo.

»Wenigstens ein paar Stunden, einen Tag vielleicht«, sagte Stan und schaute erst den einen, dann den anderen Kollegen an. »Ich bin kein Wissenschaftler und kann eure Leistung nicht beurteilen. Aber wenn ihr sagt, alles Menschenmögliche getan zu haben, nehme ich euch beim Wort. Allerdings kenne ich mich ziemlich gut in Sachen Erschöpfung aus. Wir könnten noch viel länger aushalten...«

»Nein!« entgegnete Nissim schroff.

»Hör mir doch erst einmal zu. Wir könnten uns Werkzeug und fertig konfigurierte Bauteile zuschicken lassen, was Aldo die Arbeit erheblich erleichtern würde. Wir könnten uns ein paar Tage lang ausruhen und dann wieder auf Medikamente umsteigen. Möglichkeiten gibt es immer genug.«

»Nicht für Tote«, sagte Aldo und betrachtete die hervorquellenden Venen auf dem Handrücken. Die Schwerkraft unterdrückte die freie Zirkulation des Blutes. »Die Pumpe macht nicht mehr lange mit. Sie hält dem Druck nicht stand.«

»Du wirst dich wundern, wie zäh dein Herz in Wirklichkeit ist.«

»Deines vielleicht«, sagte Nissim. »Du bist durchtrainiert und gut in Form. Schau uns dagegen an. Wir haben keine Kondition und zuviel Fett angesetzt. Bei mir ist der Ofen aus. Wenn du nicht gehen willst, dann geh ich.«

»Und wie steht's mit dir, Aldo?« fragte Stan.

»Ich kann nur wiederholen, was Nissim gesagt hat. Die Chancen, lebend durch den Schirm zu kommen, sind größer, als hierzubleiben.«

»Also gut«, sagte Stan und hievte die Beine von der Liege. »Dann wäre alles geregelt. Wir sehen uns in der Station. Es war schön, mit euch zu arbeiten, und wir werden unseren Enkeln viele aufregende Geschichten zu erzählen haben.«

Aldo schaltete den Transmitter ein. Stan schleppte sich auf den Rand des Schirms, winkte den beiden zu, stürzte beim Versuch, einen Schritt zu setzen, der Länge nach auf die Transmissionsfläche und war im selben Augenblick verschwunden.

Wenig später tauchte das Band auf. Mit zitternden Händen fädelte es Aldo in das Abspielgerät.

»... da kommt jemand. Kümmert euch um ihn! Hallo, *C. Huygens,* Major Brandon ist da. Er scheint in ziemlich schlechter Verfassung zu sein. War wohl nicht anders zu erwarten. Die Ärzte untersuchen ihn gerade. Sie sprechen mit ihm ... Augenblick mal ...«

Der Sprecher hatte offenbar eine Hand aufs Mikro gelegt, denn für eine Weile war nur dumpfes Gemurmel zu hören. Schließlich meldete er sich wieder zu Wort. Seine Stimme klang nun ganz anders.

»... tja, was soll ich sagen ... ich übergebe an Dr. Kreer.« Es folgten klappernde Laute. Dann: »Hier spricht Dr. Kreer. Wir haben Ihren Piloten untersucht. Dem äußeren Anschein nach ist er unverletzt. Aber es sieht schlimm um ihn aus; er reagiert nicht. Womöglich sind Gehirnfunktionen gestört wie bei dem Meerschweinchen. Die Reflexe des Majors sind zwar in Ordnung, wenn man seine Erschöpfung mit berücksichtigt, aber es deutet alles darauf hin, daß Sprache, Intelligenz, also alle höheren Funktionen verlorengegangen sind. Ich rate Ihnen dringend, weitere Tests abzuwarten. Tut mir leid, Sie werden sich noch eine Weile gedulden und gegebenenfalls einige Korrekturen vornehmen müssen ...«

Das Ende des Bandes war erreicht; das Abspielgerät schaltete sich automatisch aus. Entsetzt starrten die beiden Männer vor sich hin und wagten es nicht, einander anzusehen.

»Er ist tot«, sagte Nissim. »Schlimmer noch; er liegt im Koma. Schrecklich. Und er war so ruhig und gelassen, als er ging.«

»Wie Gagarin, der in den Tod fliegt, um andere zu retten. Was wäre ihm anders übriggeblieben? Hätte er wie wir in Panik geraten sollen? Wir haben ihn sozusagen zum Selbstmord gedrängt.«

»Das kannst du nicht sagen, Aldo!«

»Aber es ist die Wahrheit. Wir waren damit einverstanden, daß er als erster geht. Und er hat sich darauf eingelassen, weil wir ihm versichert haben, daß wir keinen Finger mehr rühren, geschweige denn Korrekturen vornehmen können.«

»Das stimmt doch auch.«

»Wirklich?« Nissim sah dem Partner nun direkt ins Gesicht. »Willst du etwa jetzt durch den MT steigen? Wohl kaum. Also werden wir wohl oder übel dran arbeiten müssen, bis wir eine echte Chance haben, hier lebend rauszukommen. Wir werden's versuchen. Und es schaffen, wenn wir Glück haben.«

»Wenn wir Glück haben«, wiederholte Aldo.

Und dann war es still im Hohlraum der Kugel.

Der Fahnder

Sagenhaft! Total scharf! Er hatte zuerst nur ein gewöhnliches Zielfernrohr aufmontiert, doch der elektronische Restlichtverstärker, der jetzt dazugeschaltet war, wirkte Wunder. Das breite Eingangsportal vor dem Haus auf der gegenüberliegenden Straßenseite war trotz regnerischer Nacht klar und deutlich zu erkennen. Die Ellbogen auf eine Holzkiste gestemmt, kauerte er vor einem Spalt, den er zuvor in die Außenwand geschlagen hatte.

»Es kommen jetzt fünf Männer raus. Sie knöpfen sich den längsten vor«, souffliert ihm eine Stimme im Ohrstöpsel.

Er sah die Männer vor dem Portal auftauchen. Einer überragte die anderen um Haupteslänge. Er redete, lachte. Jagen zielte auf die weißen Zähne und drehte den Vergrößerer auf, bis der Mund das Visier füllte. Ein breites Grinsen, gebleckte Zähne. Jagen drückte ab, indem er nicht nur den Finger am Abzug, sondern die ganze Hand bewegte. Krachend schlug ihm das Gewehr vor die Schulter.

Schnell, schnell! Es steckten noch fünf Patronen im Magazin. Das Zielfernrohr zurück in Normaleinstellung gedreht, sah er den Mann fallen und schoß erneut. Der Körper zuckte. Feuer. In den Schädel. Noch einmal. Feuer. Da kommt einer in die Quere. Egal, Feuer. Der ist wieder weg. Jetzt in die Brust, ins Herz. Feuer.

»Magazin leer«, sagte er ins Mikro, das vor seinen Lippen hing. »Fünf Treffer. Ein Schuß ist möglicherweise abgefangen worden.«

»Verschwinden Sie«, schnarrte die Stimme im Kopfhörer.

Na klar, dachte Jagen; dazu braucht man mich nicht aufzufordern. Die Sicherheitskräfte des Regimes würden erfahrungsgemäß schnell zur Stelle sein.

Im stockdunklen Raum hinter ihm glühte das orangefarbene Bereitschaftslicht des Transmitters. Der Adreßcode war schon eingetippt. Er eilte herbei, schlug auf den Startknopf und warf sich in den Schirm.

Von grellem Licht geblendet, kniff er die Augen zu. Als er sie wieder öffnete, sah er eine nackte Glühbirne von der Decke hängen, feuchte Felswände ringsum, eine verrostete Metalltür. Anscheinend befand er sich in einem Kellerraum, womöglich irgendwo auf einem Planeten am Rand der Galaxis. Sei's drum, dachte er; ob da oder dort, mit einem Transmitter lag alles nur einen Katzensprung weit entfernt. Schnell eilte er weg vom Schirm.

Eine Gaswolke puffte kurz darin auf. Gut so. Der Transmitter am Ausgangsort war zerstört. Zwar ließ sich für die Polizei auch aus den Resten ablesen, wohin er geflohen war, doch die Ermittlungen würden einige Zeit in Anspruch nehmen, Zeit, die er nutzen konnte, um seine Spuren zu verwischen und unterzutauchen.

Außer der Transmittermaschine befand sich noch ein geschlossener Keramiktank in der steinernen Zelle. Jagen warf einen Blick auf seinen Spickzettel, den er an den Gewehrschaft geklebt hatte. *Waffe vernichten,* stand neben dem Adreßcode geschrieben. Er riß den Zettel ab und steckte ihn in die Gürteltasche. Dann lüftete er den Deckel vom Tank und wandte sich hustend ab, als stickige Dämpfe aus dem blubbernden, teuflischen Gebräu aufstiegen, das jedes Material in Sekundenschnelle zersetzen und auflösen konnte. Mit geübten Handgriffen entfernte er den Plastikschaft des Gewehrs und ließ ihn in den Behälter fallen, worauf ein Zischen und Brodeln laut wurde, daß er unwillkürlich einen Schritt zurückwich.

In der Gürteltasche steckte eine akkubetriebene Säge; die war nicht größer als seine Hand und mit Diamantzähnen bestückt. Damit schnitt er den Gewehrlauf an einer zuvor markierten Stelle ab. Das halbe Rohr schepperte zu Boden. Er ließ es zusammen mit dem leergeschossenen Magazin dem Schaft ins Ätzbad folgen. In der Tasche hatte er ein zweites Magazin, das er nun in die Waffe steckte. Durchgeladen und gesichert wanderte der gestutzte, aber auf kurze Distanz nach wie vor tödliche Schießprügel in den Ärmel der Jacke.

Vom Spickzettel las er den Code für sein nächstes Etappenziel ab; die dazugehörende Anordnung lautete schlicht und einfach: *ab durch die Mitte.* Er trat durch den Schirm.

Rauschen, Licht und scharfer Seegeruch. Vom Meer, irgendeinem Meer, wehte feuchte, salzige Luft herbei. Die Brandung war zu hören. Er befand sich an einem Knotenpunkt, auf einem Platz, der von zahlreichen Transmitterschirmen umringt und voller Menschen war. Aus dem Schirm, den er soeben verlassen hatte, trat ein Mann. Er bahnte sich einen Weg durch die Menge und ging mit eiligen Schritten davon. Vom Zenith herab brannte eine rötlich glühende Sonne. Jagen hatte nicht schlecht Lust, durch einen der umstehenden Transmitter zu verschwinden. Doch er besann sich eines Besseren und beschloß, irgendeiner Person in x-beliebiger Richtung zu folgen, um sich nicht von eigenen Impulsen lenken zu lassen. Eine junge Frau kam vorbei. Er ging ihr nach. Sie trug einen extrem kurzen Rock; die auffällig krummen Beine waren in voller Länge zu sehen. Er folgte ihr über eine Nebenstraße bis zur nächsten Transmitterkabine. Erst jetzt trennte er sich von ihr und schlug eine andere Richtung ein.

Auf einem großem Gebäude pulsierte grünes Licht.

Sein Herz fing schneller zu schlagen an beim vertrauten Anblick des Polizeipräsidium. Doch dann lächelte er flüchtig. Warum nicht? Schließlich handelte es sich um ein öffentlich zugängliches Gebäude, in dem verschiedene Ämter untergebracht waren. Er brauchte sich keine Sorgen zu machen.

Dennoch bekam er es mit der Angst zu tun, aber sie zu überwinden war Teil des Spiels. Er stieg die Stufen hoch und passierte einen unaufmerksamen Wachposten. Inmitten der runden Vorhalle befand sich der Informationsschalter. Von dort aus wurde das Publikum an die Auskunfts- und Meldestellen ringsum verwiesen. Dazwischen entdeckte Jagen eine Reihe von Transmitterschirmen. Zielstrebig steuerte er auf den mittleren Schirm zu und tippte den Adreßcode ein, der an dritter Stelle auf der Liste stand.

Die Luft war dünn und kalt; es fiel ihm schwer zu atmen. Die Augen fingen zu tränen an. Er wollte gerade eine weitere Nummer eingeben und seine Flucht fortsetzen, als er einen Mann auf sich zueilen sah.

»Gehen Sie nicht!« rief der Mann auf intergalakt.

Er trug eine Atemmaske im Gesicht und streckte Jagen eine zweite entgegen, der sich das Ding, ohne lange zu fackeln, überstülpte. Gierig füllte er die Lungen mit der aufgewärmten, angereicherten Luft.

Der Mann hatte ihn offenbar erwartet. Jagen sah sich um und stellte fest, auf der Kommandobrücke eines uralten, verlassenen Raumschiffs zu sein. Die Aggregate waren ausgeschlachtet, die noch vorhandenen Monitore dunkel. An den Metallwänden kondensierte Wasser; auf dem Boden hatten sich Pfützen gebildet. Der Mann bemerkte Jagens verwunderte Blicke.

»Das Schiff kreist im Orbit. Seit Jahrhunderten schon. Beim Einbau des Transmitters hat man auch für künstliche Atmosphäre und Schwerkraft gesorgt. Sobald wir von hier aufbrechen, wird eine atomare Sprengladung das Schiff zerstören. Danach wird Ihre Spur endgültig verwischt sein.«

»Und die restlichen Instruktionen ...?«

»Können Sie vergessen. Die waren nur vorgesehen für den Fall, daß das Schiff nicht rechtzeitig instandzusetzen ist. Aber das hat ja nun geklappt.«

Jagen ließ den Zettel auf den Boden fallen, so auch den Ohrstöpsel. Sie würden mit dem Rest verschwinden. Der Mann schien es eilig zu haben. Er tippte einen Code in den Transmitter.

»Gehen Sie vor«, sagte er.

»Nein, nach Ihnen.«

Der Mann nickte, nahm die Maske vom Gesicht und trat durch den Schirm.

Sie waren in einem Hotelzimmer von der durchschnittlichen Art, wie sie auf Tausenden von Planeten vorzufinden ist. Zwei ganz in Schwarz gekleidete Männer saßen auf Lehnstühlen und betrachteten sie durch dunkle Brillengläser. Jagens Begleiter nickte stumm und verabschiedete sich einen Moment später via Transmitter.

»Ist der Auftrag erledigt?« fragte der eine mit tonloser, unidentifizierbarer Stimme. Er hatte – wie der andere auch – einen Demodulator vor dem Mund und trug schwarze Handschuhe.

»Ja«, antwortete Jagen und stellte sich mit dem Rücken zur Wand. »Die Belohnung ist fällig.«

»Keine Bange, Sie kriegen Ihr Geld früh genug. Aber erzählen Sie uns vorher, wie die Sache gelaufen ist. Wir haben eine Menge investiert.« Die Stimme des anderen war gleichfalls mechanisch und nüchtern, doch seine Hände verrieten Nervosität.

»Zuerst das Geld.« Jagen versuchte cool zu bleiben.

»Also gut«, sagte der erste, nahm eine Kistchen vom Beistelltisch und warf sie Jagen vor die Füße. »Und jetzt berichten Sie!«

Der Deckel der Kistchens sprang auf; goldene Notenchips lagen auf dem Boden verstreut; in der vereinbarten Menge, wie es schien. »Ich habe alle sechs Schüsse auf den Mann abgefeuert, den man mir als Ziel genannt hat. Vier davon trafen voll in den Kopf, einer ins Herz und einer wurde von einer Leibwache abgefangen, ist aber wahrscheinlich durchgeschlagen. Der Schutzschild war, wie vorhergesagt, machtlos gegen die mechanischen Plastikgeschosse.«

»Die Prämie gehört Ihnen«, sagte der zweite. Die emotionslose Stimme stand im krassen Widerspruch zu seiner Erregtheit, erkenntlich an scharrenden Füßen und trommelnden Fingern.

Jagen bückte sich, um das Geld einzusammeln, blieb aber auf der Hut.

Der erste Mann zog eine Pistole unter der schwarzen Jacke hervor und drückte auf Jagen ab, der, darauf gefaßt, blitzschnell seitlich wegrollte, den Lauf der gestutzten Waffe aus dem Ärmel schnellen ließ und mit der freien Hand nach dem Abzug unterm Stoff tastete.

Der Mann kippte, im Bauch getroffen, vornüber. *Yahhhh,* tönte es blechern durch den Verzerrer am Mund. Die Pistole fiel ihm aus der Hand. Er sackte schlaff zu Boden, tot, wie es den Anschein hatte.

»Weichmantelgeschosse«, sagte Jagen. »Hab mir ein Magazin davon als Reserve zurückgelegt. Die Plastikbohnen, die Sie mir gegeben haben, sind nichts dagegen. Das Zeug hier geht klein rein und kommt ganz groß raus. Auch die Knarre hab ich behalten, etwas umgestaltet zwar, aber nach wie vor tauglich. Sie haben recht: Damit keine Spuren zurückbleiben, muß der Prügel verschwinden. Das werde ich nachholen, sobald wir hier fertig sind. Sie dachten also, ich sei unbewaffnet. Für Ihren Freund war dieser Irrtum verhängnisvoll. Und was ist jetzt mit Ihnen?« Jagen hatte inzwischen die Waffe, die durch den Rückschlag in den

Ärmel zurückgerutscht war, wieder herausgezogen und angelegt.

»Bitte, nicht schießen«, sagte der Mann mit flacher Stimme, doch er bebte am ganzen Körper und fuchtelte mit den Händen in der Luft herum. »Daß er Sie umlegen wollte, war einzig und allein seine Idee. Er hatte Angst, man könnte uns auf die Spur kommen, falls Sie erwischt werden.« Er warf einen entsetzten Blick auf die Gestalt am Boden, um die sich eine Blutlache ausbreitete. »Ich bin unbewaffnet. Tun Sie mir nichts. Ich gebe Ihnen auch mehr Geld, wenn Sie wollen.« Er bettelte um sein Leben, doch seine Worte klangen wie beiläufig heruntergeleiert.

Jagen hob das Gewehr. Der Mann zitterte und wand sich im Sessel hin und her.

»Haben Sie denn mehr Geld dabei?«

»Nicht viel. Ein paar Tausend. Aber ich könnte mehr lockermachen.«

»Das würde mir zu lange dauern. Her mit dem, was Sie haben, und zwar ganz vorsichtig!«

Er rückte mit einer stattlichen Summe raus. Wer soviel Geld bei sich trug, hatte offenbar genug davon. Jagen hatte den Finger schon am Abzug, war drauf und dran abzudrücken. Doch in letzter Sekunde entschied er sich dagegen. Statt dessen ging er hin, riß ihm die Maske herunter – und wollte seinen Augen kaum trauen. Er sah in ein altes, aufgeschwemmtes, tränenüberströmtes Gesicht. Angewidert schleuderte Jagen den Kerl zu Boden, versetzte ihm einen Tritt in die Rippen und machte kehrt. Argwöhnisch, wie er war, deckte er die Tastatur mit dem Körper ab, um nur ja zu vermeiden, daß der winselnde Mann sehen konnte, welchen Code er eintippte. Dann trat er durch den Schirm.

Zur selben Zeit, aber Lichtjahre entfernt, nämlich auf jenem Planeten, wo das Attentat stattgefunden hatte, trat ein Roboter aus dem Schirm im Büro des Polizeichefs.

»Du bist ein Fahnder, nicht wahr?« fragte der Beamte.

»Jawohl«, antwortete die Maschine. Sie war über zwei Meter groß und der Gestalt nach humanoid, wenn auch unschwer als Roboter zu erkennen. Seine Metallhülle war mit einem goldglänzenden, extrem widerstandsfähigen Eloxal beschichtet. Der eirunde Kopf hatte keinerlei Konturen, abgesehen von einem t-förmigen Schlitz, einer schmalen Öffnung, in der sich allem Anschein nach Gehör und Optik verbargen wie auch die Sprechwerkzeuge, die eine resonante Männerstimme imitierten.

»Gibt's noch mehr von deiner Art?« fragte der Polizeichef. Er war im Dienst alt und grau geworden, hatte aber nie seine Neugier verloren.

»Ihre Sicherheitseinstufung erlaubt mir, Sie darüber zu informieren, daß ich nicht der einzige Fahnder bin, der in Bereitschaft steht. Die genaue Anzahl kann ich jedoch nicht preisgeben.«

»Recht so. Was hoffst du, tun zu können?«

»Zu dienen, und dazu stehen mir Spürsinne zur Verfügung, die höher entwickelt sind als alle vergleichbaren Apparaturen. Darum ist mein Körper relativ groß. In mir ist das Wissen der umfangreichsten Bibliothek gespeichert, und meine Kapazitäten reichen aus, um dieses Wissen ständig zu erweitern. Ich werde den Attentäter zur Strecke bringen.«

»Leichter gesagt als getan. Er oder sie hat den Fluchttransmitter zerstört.«

»Dem Wrack lassen sich Hinweise entnehmen.«

»Aber er oder sie wird alle Spuren verwischt, beziehungsweise falsche Fährten gelegt haben.«

»Auch das kann mich nicht aufhalten.«

»Viel Glück, wenn man denn einer Maschine überhaupt Glück wünschen kann ...«

»Sehr freundlich von Ihnen. Allerdings verspüre ich keine menschlichen Emotionen, wiewohl ich sie durchaus nachvollziehen kann. Ich weiß Ihren Wunsch zu würdigen und verbuche darum einen Vertrauenspunkt zu Ihren Gunsten. Ich möchte jetzt alle Ermittlungsunterlagen einsehen und suche dann den Tatort auf.«

Jagen war kaum gealtert während der letzten zwanzig Jahre durchweg leichten Lebens. Die Fältchen an den Augen und die leicht ergrauten Schläfen taten seinem jugendlichen Aussehen keinen Abbruch. Er brauchte sich nicht mehr als Killer zu verdingen und lebte fast ausschließlich dem eigenen Vergnügen. Jahrelang zog er von Ort zu Ort und wechselte ständig Namen und Identität. Dann war er zufällig auf einem entlegenen Planeten gelandet, wo es ihm so gut gefiel, daß er beschloß, auf Dauer zu bleiben. Zum Zeitvertreib ging er in den ausgedehnten Urwäldern auf Jagd. Das erworbene Kopfgeld war klug angelegt, so daß er keinen Mangel hatte und sich obendrein ein paar teure Extravaganzen leisten konnte.

Über eine davon machte er sich nun Gedanken. Er war gerade von einem einwöchigen und sehr erfolgreichen Jagdausflug zurückgekehrt, hatte sich gewaschen, erfrischt und ausgeruht und sann über Abwechslung nach. In der Nähe gab es einen Vergnügungssalon. Der war natürlich sehr exklusiv und teuer, bot aber alles, was er sich wünschte. Die Füße hochgelegt und mit einem Drink in der Hand lehnte er sich zurück und schaute durch die transparente Wand seines Appartements hinaus auf den Wald, über dem die Sonne gerade unterging. Für Schönheit hatte er nie viel Sinn gehabt, aber nur einem Blinden wäre der Zauber entgangen, der von diesem einzigartigen Lichtspiel ausging.

Dann meldete ihm ein angenehmes Läuten, daß sein Transmitter angesteuert worden war. Er drehte den

Kopf und sah den Fahnder durch den Schirm ins Zimmer treten.

»Hab ich Sie endlich gefunden, Killer«, sagte der Roboter.

Jagen ließ das Glas aus der Hand fallen; es rollte über den Parkettboden und zog eine feuchte Spur hinter sich her. Er war zwar stets bewaffnet, fürchtete aber, daß die Strahlenpistole, die unter seinem goldenen Morgenmantel steckte, der stabil gebauten Maschine nichts würde anhaben können.

»Ich weiß nicht, wovon du redest«, sagte er und stand auf. »Ich werde jetzt die Polizei rufen.«

Er ging auf den Kommunikator zu – und floh mit einem Hechtsprung ins Zimmer nebenan. Der Roboter setzte sich in Bewegung, blieb aber nach wenigen Schritten stehen, als Jagen Sekunden später wieder auftauchte, im Anschlag ein großkalibriges Jagdgewehr, mit dem er tonnenschwere Amphibien erlegte. Das Magazin enthielt zehn granatenschwere Geschosse mit Sprengköpfen, die er allesamt auf die Maschine abfeuerte.

Das Zimmer war verwüstet, kaum ein Gegenstand verschont geblieben von den umherspritzenden Querschlägern. Er selbst trug zwei Fleischwunden davon, eine im Nacken, eine im Schenkel, doch davon nahm er keine Notiz. Die Maschine stand reglos da; ihre goldene Hülle war völlig unversehrt geblieben.

»Setzen Sie sich«, befahl der Roboter. »Ihr Herz ist in Aufruhr und könnte streiken.«

»Wie schön, daß du um meine Gesundheit besorgt bist.« Jagen fing wie irre zu kichern an. Dann biß er sich auf die Lippen. Das Gewehr glitt ihm aus den Händen, als er auf einen zerfetzten Sessel zuwankte und sich hineinfallen ließ.

»Mein Auftrag ist es, Sie zu stellen. Richten tun Sie andere.«

»Du wirst mich ausliefern. Aber sag mir, wie hast du mich gefunden? Oder darfst du darüber nicht reden?«

»Nicht über Einzelheiten. Aber ich kann sagen, daß ich alle verfügbaren Ortungstechniken und Transmitteraufzeichnungen zur Verfolgung Ihrer Person genutzt und ausgewertet habe. Als Maschine verfüge ich über ein perfektes Gedächtnis und über die nötige Ausdauer, die ein solcher Job verlangt.«

Jagen dachte an die Möglichkeit der Flucht. Der Maschine konnte er nichts anhaben, aber vielleicht gelang es, ihr ein zweites Mal zu entwischen. Um Zeit zu gewinnen, versuchte er, sie in ein Gespräch zu verwickeln.

»Was hast du mit mir vor?«

»Statt Ihnen zu antworten, würde ich gern ein paar Fragen stellen.«

Jagen schmunzelte insgeheim, verzog aber keine Miene. Er wußte sehr wohl, daß das Regime ausschließlich an seinem Tod interessiert war und ihn nicht zwanzig Jahre lang hatte hetzen lassen, um Fragen zu stellen.

»Nur zu. Von mir kannst du alles erfahren.«

»Wußten Sie, welchen Mann Sie erschossen haben?«

»Ich bestreite energisch, überhaupt jemanden erschossen zu haben.«

»Ihr Angriff auf mich ist indirekt als Geständnis zu werten.«

»Na schön, sei's drum.« Laß dich auf das Spielchen ein, dachte Jagen bei sich; Hauptsache, das Ding läßt sich eine Weile hinhalten. »Nein, ich kannte ihn nicht. Ich bin mir nicht einmal sicher, in welcher Welt es war. Es hatte geregnet. Mehr weiß ich nicht mehr.«

»Wer hat Sie angeheuert?«

»Namen wurden nie erwähnt. Die Rede war nur von dem Job an sich und von der Belohnung, die mir dafür angeboten wurde.«

»Ich glaube Ihnen. Da sich Ihre Pulsfrequenz offenbar wieder normalisiert hat, interessiert es Sie vielleicht, daß Sie im Nacken eine kleine Wunde davongetragen haben.«

Lachend fuhr Jagen mit der Hand an den Hals und ertastete Blut. »Wie rücksichtsvoll. Aber die Verletzung ist halb so wild.«

»Trotzdem sollte die Wunde saubergemacht und verbunden werden. Erlauben Sie mir, daß ich dafür sorge?«

»Warum nicht. Nebenan findest du einen Verbandskasten.« Wäre das Ding erst einmal im Nebenzimmer, würde er den Transmitter erreichen können.

»Zuerst muß ich die Wunde untersuchen.«

Der Roboter rückte näher – seine kolossale Gestalt konnte durchaus einschüchtern – und berührte mit kühlem Metallfinger die Haut im Nacken. Kaum war der Kontakt hergestellt, fühlte sich Jagen wie gelähmt. Das Herz pumpte regelmäßig; er konnte auch frei atmen. Doch die Augen waren starr, er konnte kein Glied rühren, keinen Laut von sich geben. Die stummen Schreie verhallten in der Stille seiner Hirns.

»Ich habe Sie überlisten müssen, denn es ist nötig, daß Ihr Körper völlig entspannt ist, bevor ich die Operation an Ihnen vornehmen kann. Keine Angst, von dem Eingriff spüren Sie nichts.«

Die Maschine verschwand aus seinem starren Blickwinkel, und er hörte, daß sie das Zimmer verließ. Eingriff? Was für ein Eingriff? Welchen Auftrag hatte der Fahnder erhalten? Wie bedeutend war der Mann gewesen, den er, Jagen, ermordet hatte? Angst und Schrecken überfielen ihn, doch der Körper blieb ohne Reaktion. Langsam und gleichmäßig strömte Atemluft durch seine Lungen, während das Herz in stetem Takt pulsierte. Sein Bewußtsein war, ohnmächtig und hysterisch, eingeschlossen in einer kleinen Windung des Gehirns.

Er hörte, wie die Maschine nun hinter ihn trat. Er schwankte, wurde hin und her bewegt. Was trieb sie bloß mit ihm? Plötzlich sah er einen Schatten am Rand des Gesichtsfelds vorbeifliegen. Dann folgte mehr davon. Ein dunkles, besprenkeltes, schaumiges Etwas fiel schließlich vor ihm zu Boden. Sein Entsetzen war so groß, daß er erst mit Verzögerung erkannte, worum es sich handelte.

Im Schaum steckten büschelweise Haare von seinem Kopf. Die Maschine hatte anscheinend eine ganze Dose Enthaarungsmittel über ihm entleert. Warum bloß? Seine Panik ebbte langsam ab.

Die Maschine trat nun vor ihn hin und wischte die metallenen Hände an seinem Morgenmantel ab.

»Ich habe Ihr Haar entfernt.« *Ich weiß, ich weiß. Aber warum?* »Das war nötig für den Eingriff und hinterläßt keinen dauerhaften Schaden. Übrigens genausowenig wie der Eingriff selbst.«

Während er sprach, vollzog sich am Torso des Fahnders eine Veränderung. Die goldene, so unverwüstliche Beschichtung klaffte in der Mitte auf und rollte zu beiden Seiten hin weg. Jagen konnte den Blick nicht abwenden und mußte zu seinem Entsetzen mitansehen, wie sich im Rumpf der Maschine eine silbrige Höhlung auftat, die von rätselhaften Armaturen umgeben war.

»Es tut nicht weh«, sagte sie, faßte Jagens Kopfs mit beiden Händen und führte ihn langsam und millimetergerecht auf die Höhlung zu, bis das Gesicht die Metallform berührte. Dann fiel er gnädigerweise in Ohnmacht.

Jagen konnte die dünnen Nadeln nicht spüren, die aus der silbrigen Schale hervortraten, die Stirn durchbohrten und ins Gehirn vorstießen. Doch es gingen ihm Gedanken durch den Kopf, scharfe, klare Gedanken, Erfahrungen und Erinnerungen, die aufgerufen, untersucht und wieder beiseite gelegt wurden, ohne daß er mit eigener Konzentration daran beteiligt gewesen wäre: Kindheitserlebnisse, Gerüche, Laute, die er allesamt längst vergessen hatte; ein Zimmer, Gras unter den Füßen, ein junger Mann, der ihn betrachtet – das eigene Spiegelbild.

Die Erinnerungsflut dauerte an, gelenkt von einer elektronischen Steuerung im Innern des Fahnders. Die Maschine zapfte ihm Bit für Bit an Informationen ab. Und als sie endlich genug in Erfahrung gebracht hatte, wichen die feinen Nadeln zurück und Jagens Kopf war wieder frei. Er saß wieder aufrecht im Sessel, und so plötzlich, wie die Lähmung über ihn gekommen war, trat nun wieder Leben in seine Glieder. Mit einer Hand umklammerte er die Lehne, während er sich mit der anderen über den glatten, kahlen Schädel strich.

»War das der Eingriff? Was hast du mit mir angestellt?«

»Ich habe Ihre Gedanken sondiert und weiß jetzt, welche Leute Sie zu dem Attentat angestiftet haben.«

Mit diesen Worten wandte sich die Maschine ab und trat auf den Transmitter zu. Sie war gerade dabei, den Code einzutippen, als Jagen mit heiserer Stimme Protest anmeldete.

»Halt! Wohin willst du? Und was geschieht jetzt mit mir?«

Der Fahnder drehte sich um. »Was kann ich denn noch für Sie tun? Wollen Sie, daß ich Ihnen die Schuldgefühle tilge?«

»Mach dich nicht über mich lustig, Maschine. Ich bin ein Mensch, du bist bloß ein Gerät aus Metall. Ich befehle dir, antworte auf meine Fragen! Gehörst du zu den Sicherheitskräften des Regimes?«

»Ja.«

»Dann mußt du mich doch auch verhaften.«

»Nein. Ich lasse Sie hier zurück. Vielleicht wird Sie die örtliche Polizei festnehmen, aber soviel ich gehört habe, ist sie an Ihrem Fall nicht sonderlich interessiert. Wie dem auch sei, ich habe Ihr ganzes Vermögen konfisziert als Ausgleich für die Kosten der langjährigen Fahndung.« Wieder schickte er sich an zu gehen.

»Hiergeblieben!« Jagen sprang auf. »Na schön, du hast mein Geld. Sei's drum. Aber ich lasse nicht zu, daß man mich an der Nase herumführt. Du wirst mich doch wohl jetzt nicht im Stich lassen, nachdem du mir zwanzig Jahre lang auf den Fersen warst? Ich bin immerhin der gesuchte Attentäter.«

»Das weiß ich wohl. Darum habe ich Sie ausfindig gemacht. Und ich weiß inzwischen auch, welche Meinung Sie von sich haben. Aber lassen Sie sich gesagt sein: Ihre Selbsteinschätzung ist völlig überzogen, denn Sie sind alles andere als einzigartig, talentiert oder auch nur annähernd interessant. Zu töten ist kein Kunststück. Im Krieg zünden junge Soldaten Bomben per Knopfdruck, töten Menschen, ohne mit der Wimper zu zucken, und werden dafür sogar noch belobigt, weil sie angeblich irgendeiner gerechten Sache gedient haben. Sie als professioneller Killer morden auf Bestellung und streichen Geld dafür ein. Was wäre daran so besonders? Sie haben einen Mann getötet. Durch Vergeltung wird er nicht wieder lebendig. Wenn Sie mich jetzt bitte entschuldigen wollen ...«

»Nein! Ich will wissen, warum du mich über all die Jahre hin verfolgt hast. Nur für ein paar Informationen?«

»Allerdings. Sie und die Männer, die Ihnen den Mordauftrag gegeben haben, sind ohne Belang. Was zählt, sind Informationen, Erkenntnisse darüber, was Sie und Ihresgleichen zu solchen Taten bewegt und fähig macht. Das Regime herrscht über Hunderttausende von Planeten. Es befaßt sich nicht mit Einzelwesen. Sein Augenmerk gilt vielmehr dem Großen und Ganzen. Darum muß nun Ihr Umfeld und vor allem das Ihrer Auftraggeber untersucht werden. Was hat die Tat veranlaßt? Wieso konnte der Irrglaube greifen, daß Probleme durch Gewalt zu lösen sind? Welche Gesellschaftsformen und -verhältnisse begünstigen die Bereitschaft zum Mord? Letztlich tötet nicht der Einzelne, sondern die Gesellschaft.«

Und als folgte er einem gehässigen Impuls, fügte der Fahnder hinzu: »Sie sind ein Nichts«, trat durch den Schirm und war verschwunden.

Originaltitel: ›FROM FANATICISM, OR FOR REWARD‹ · Copyright © 1969 by The Condé Nast Publications, Inc. · Erstmals erschienen in ›Astounding Science Fiction‹, März 1969 · Mit freundlicher Genehmigung des Autors und Thomas Schlück, Literarische Agentur, Garbsen · Copyright © 1995 der deutschen Übersetzung by Wilhelm Heyne Verlag, München · Aus dem Amerikanischen übersetzt von Michael Windgassen

---

Die Straßen von Ashkelon

Irgendwo über der ewigen Wolkendecke von Weskerwelt ertönte ein gedämpftes Donnergrollen, das allmählich lauter wurde. Als Händler Gath das Geräusch vernahm, blieb er unvermittelt stehen. Er hielt eine Hand hinter sein gesundes Ohr und lauschte, während seine Stiefel langsam in den Morast einsanken. Das Rumoren schwoll in der dichten Atmosphäre an, es kam offenbar näher.

»Es ist das gleiche Geräusch, das auch dein Himmelsschiff macht«, stellte Itin fest. Mit der beharrlichen Logik aller Wesker zergliederte er die eben gewonnene Erkenntnis in seinen Gedanken, um dann die Bruchstücke einer eingehenden Untersuchung zu unterwerfen. »Aber dein Schiff steht immer noch dort, wo es gelandet ist. Das muß so sein, auch wenn wir es nicht sehen können, denn du bist der einzige, der es bedienen kann. Und selbst wenn jemand anderer es bedienen würde, hätten wir hören müssen, wie es sich in den Himmel erhob. Da das aber nicht der Fall war, und das Geräusch dort oben ein Himmelsschiffgeräusch ist, kann das nur bedeuten ...«

»Ja, ein zweites Schiff«, warf Gath ein. Er war zu sehr in seine Gedanken versunken, als daß er darauf hätte warten mögen, wie sich ein Kettenglied der weskerschen Logik in ein anderes hakte. Natürlich kam da ein anderer Raumer heran. Früher oder später mußte es so kommen. Das fremde Schiff benützte gewiß denselben S. S. Radarleitstrahl, dem er selbst gefolgt war.

Sein eigenes Schiff mußte auf dem Schirm des Neuankömmlings bereits deutlich zu sehen sein. Der Fremde würde wahrscheinlich so nah wie möglich bei Gaths Schiff landen.

»Du mußt dich jetzt sputen, Itin«, sagte Gath. »Nimm den Weg durchs Wasser, dann bist du schneller im Dorf. Sag allen, daß sie sich in die Sümpfe verziehen sollen, herunter vom festen Boden. Das Schiff macht eine Instrumentenlandung. Wer sich unter ihm befindet, wenn es niedergeht, wird unweigerlich gebraten.«

Das kleine, weskerische Amphibienwesen hatte die Bedrohung sofort erkannt. Noch bevor Gath den letzten Satz beendet hatte, falteten sich Itins geriffelte Ohrmuscheln wie Fledermausflügel zusammen, und er glitt geräuschlos ins Wasser. Gath stapfte durch den Schlamm und kam so schnell voran, wie es der zähe Boden eben zuließ. Er hatte gerade den Rand der Lichtung, auf der das Dorf stand, erreicht, als sich das Rumoren in ein markerweichendes Getöse verwandelte. Der Raumer brach durch die niedrige Wolkendecke. Händler Gath schützte seine Augen mit der Hand vor der gleißenden Feuerzunge und musterte den Rumpf des schwarzgrauen Schiffes mit gemischten Gefühlen.

Fast ein Standardjahr hatte er auf Weskerwelt verbracht. Er verspürte ein starkes Verlangen nach menschlicher Gesellschaft, das er nur mühsam unterdrücken konnte. Der Herdentrieb aus der Zeit der Menschenaffen war noch lebendig in ihm, doch seine Krämerseele addierte lange Zahlenkolonnen und errechnete die Gesamtsumme. Womöglich gehörte das fremde Schiff einem Händler, dann war es um Gaths Monopol auf die Weskerwelt geschehen. Andererseits konnte der Raumer auch alles andere als ein Handelsschiff sein; das war der Grund, warum Gath im Schutz der riesigen Farnwedel stehenblieb und die Pistole im Holster lockerte.

Das Schiff hatte den Boden auf einer Fläche von zweihundert Quadratmetern steinhart gebacken. Jetzt erlosch die brüllende Flamme, und aus dem Rumpf schoben sich die Landestützen, deren Füße knirschend durch die harte Erdkruste brachen. Metallteile schoben sich quietschend auf ihren Platz, während Schwaden aus Rauch und Dampf träge durch die feuchte Luft schwebten.

»Gath, du erpresserischer Eingeborenenbetrüger, wo steckst du?« dröhnte es aus dem Außenlautsprecher. Die Formen des Schiffes waren Gath vertraut erschienen; der rasselnde Klang der Stimme zerstreute seine letzten Zweifel. Mit einem säuerlichen Grinsen trat Gath hinaus auf die Lichtung, hob zwei Finger an den Mund und stieß einen Pfiff aus. Ein Richtmikrofon schob sich aus der Schiffsmühle und reckte sich dem Händler entgegen.

»Was führt dich hierher, Singh?« brüllte Gath ins Mikrofon. »Bist wohl zu bequem, um dir einen eigenen Planeten zu suchen. Deshalb kommst du her, um einem ehrbaren Handelsmann das Geschäft zu vermasseln.«

»Ehrbar!« höhnte die überlaute Stimme. »Das sagt ein Mann, der mehr Gefängnisse von innen gesehen hat als Hurenhäuser, von denen er natürlich auch eine beträchtliche Menge kennt... Es tut mir leid, Freund meiner Jugendzeit, aber du wirst dieses sumpfige Dreckloch auch weiterhin allein ausbeuten müssen. Ich bin auf dem Weg zu einer Welt, die mit einer reizvolleren Atmosphäre lockt. Dort werde ich ein Vermögen machen. Ich habe meine Reise nur deswegen hier unterbrochen, weil ich ein kleines Zusatzgeschäft als Taxiunternehmer machen konnte. Ich verschaffe dir Gesellschaft, einen vollkommenen Gefährten. Der Mann betreibt ein völlig anderes Geschäft als du. Vielleicht kann er dir gar bei deinem behilflich sein. Ich würde selbst aussteigen und dir die Hand schütteln, aber diese Bio-Desinfektion ist mir zu lästig. Der Passagier kommt gleich durch die Schleuse. Vielleicht bist du so nett, und gehst ihm beim Gepäckausladen ein wenig zur Hand?«

Wenigstens würde es auf dem Planeten keinen zweiten Händler geben, dachte Gath. Diese Sorge war ihm genommen. Aber er fragte sich, was das für ein Mensch sein mochte, der eine so weite Reise zu einer unbewohnten Welt auf sich nahm. Warum hatte Singhs Stimme so amüsiert geklungen? Gath ging um das Schiff herum, aus dem auf der anderen Seite soeben eine Rampe ausgefahren wurde, und schaute hinauf zu der Frachtluke, wo sich ein Mann verzweifelt mit einer großen Kiste abmühte. Der Fremde wandte sich um; Gath erkannte den schmalen, weißen Kragen eines Geistlichen, und nun wußte er, was Singh erheitert hatte.

»Was wollen Sie hier?« fragte Gath. Er hatte sich bemüht, die Selbstbeherrschung zu wahren, aber seine Stimme zitterte dennoch vor Zorn. Dem Fremden war nicht anzumerken, ob er Gaths Empörung bemerkt hatte, denn er lächelte freundlich, und während er die Rampe hinunterstieg, streckte er dem Händler die Hand entgegen.

»Vater Mark«, stellte er sich vor, »von der Missionsbruderschaft. Ich freue mich sehr, Ihre ...«

»Ich habe Sie gefragt, was Sie hier zu suchen haben.« Gath hatte seine Stimme jetzt unter Kontrolle. Sie war kühl und beherrscht. Er wußte, was zu tun war. Wenn er es nicht sofort hinter sich brachte, war es zu spät.

»Aber das liegt doch auf der Hand.« Vater Mark sprach voll ausgeglichener Heiterkeit. »Unsere Bruderschaft hat Geld gesammelt, um in vielen fremden Welten Missionen einzurichten. Ich hatte das Glück ...«

»Suchen Sie Ihr Gepäck zusammen und steigen Sie

wieder ins Schiff. Sie werden hier nicht gebraucht, und Sie besitzen auch keine Landeerlaubnis. Sie werden uns allen zur Last fallen. Auf Weskerwelt gibt es niemanden, der sich um Sie kümmern könnte. Nun steigen Sie schon wieder ein!«

»Ich weiß nicht, wer Sie sind, Sir, und warum Sie mich belügen.« Der Missionar sprach noch immer mit ruhiger Stimme, aber das Lächeln war von seinem Gesicht verschwunden. »Ich habe das Raumrecht und die Geschichte dieses Planeten sehr gründlich studiert. Es gibt hier keine Krankheiten oder wilden Tiere, vor denen ich mich fürchten müßte. Weskerwelt ist ein offener Planet, und solange die Raumbehörde die Bestimmungen nicht ändert, habe ich das gleiche Recht, mich hier aufzuhalten, wie Sie.«

Der Mann hatte natürlich recht, aber das hätte Gath niemals zugegeben. Er hatte einen Bluff versucht, in der Hoffnung, daß der Priester seine Rechte nicht kennen würde. Der Versuch war gescheitert. Also blieb Gath nur noch eine, häßlichere Möglichkeit. Er mußte sofort handeln, solange noch Zeit dazu war.

»Zurück ins Schiff!« brüllte er. Er gab sich keine Mühe mehr, seinen Zorn zu verbergen. Mit glattem Schwung zog er die Pistole aus dem Holster und hielt dem Missionar die russig-schwarze Mündung vor die Brust. Der Mann wurde sehr blaß, aber er bewegte sich nicht.

»Was, zum Teufel, hast du nunmehr vor, Gath?« klang Singhs erschreckter Ruf aus dem Lautsprecher. »Der Bursche hat für die Fahrt bezahlt, und du hast nicht das Recht, ihn vom Planeten zu jagen!«

»Das hier ist mein Recht!« erwiderte Gath und hob die Pistole, so daß die Mündung nun auf die Stirn des Priesters zeigte. »Ich gebe ihm dreißig Sekunden. Dann drücke ich ab.«

»Mir scheint, du hast entweder den Verstand verloren, oder du machst einen schlechten Scherz.« Singhs empörte Stimme schallte von oben herab. »Wenn es ein Witz sein soll, muß ich dir sagen, daß du einen üblen Geschmack hast. Auf jeden Fall wirst du damit nicht durchkommen. Bei diesem Spiel kann ich nämlich mitmischen, und ich habe die besseren Karten.« Über Gaths Kopf ertönte ein mahlendes Geräusch. Der vierläufige Geschützturm auf der Rumpfseite schwenkte langsam herum; die Läufe richteten sich auf den Händler. »Also dann …! Waffe weg! Und dann hilfst du Vater Mark, das Gepäck aufladen.« In der Stimme schwang jetzt fast wieder die alte Fröhlichkeit mit. »Ich würde dir gerne helfen, alter Freund, aber ich kann es nicht. Vielleicht unterhältst du dich einmal mit dem Vater. Ich habe seit dem Start von der Erde mit ihm geplaudert.«

Gath rammte die Pistole ins Holster. Die Niederlage versetzte ihm einen Stich. Vater Mark trat einen Schritt auf ihn zu. Das gewinnende Lächeln war auf seine Lippen zurückgekehrt. Er hielt eine Bibel in der Hand, die er aus seiner Kutte gezogen hatte. »Mein Sohn«, sagte er.

»Ich bin nicht Ihr Sohn«, war alles, was Gath in seiner Wut und Verzweiflung hervorbringen konnte. Der Ärger führte seine Faust. Es gelang Gath gerade noch, sie zu öffnen, so daß er nur mit der flachen Hand zuschlug. Dennoch war der Schlag so heftig, daß der Priester zu Boden stürzte. Die Bibel flog klatschend in den Schlamm.

Itin und die anderen Wesker hatten die Szene mit scheinbar teilnahmslosem Interesse verfolgt. Gath machte keinen Versuch, ihre unausgesprochenen Fragen zu beantworten. Er ging zu seinem Haus hinüber, doch als er sah, daß sich die Eingeborenen noch immer nicht bewegt hatten, kehrte er wieder um.

»Ein neuer Mann ist angekommen«, erklärte er: »Er weiß nicht, wo er die Dinge, die er mitgebracht hat, unterstellen kann: Vielleicht könnt ihr sie einstweilen in das große Lagerhaus tragen...«

Er sah den Weskern dabei zu, wie sie über die Lichtung zum Schiff watschelten, dann trat er in sein Haus: Es bereitete ihm eine grimmige Genugtuung, die Tür so festzuzuschlagen, daß eine der eingesetzten Scheiben zersprang. Mit dem gleichen Gefühl finsterer Befriedigung öffnete er eine der Flaschen irischen Whiskys, die er sich für einen besonderen Anlaß aufgespart hatte. Nun, dies war ein besonderer Anlaß; auch wenn er sich ihn anders vorgestellt hatte. Der Whisky war nicht sehr gut. Gath konnte mit ihm den schlechten Geschmack im Mund nicht völlig verbrennen; es blieb ein Rest. Wenn seine Taktik erfolgreich gewesen wäre, hätte der Erfolg alle Mittel gerechtfertigt. Aber er war gescheitert. Und nun hatte er nicht nur mit dem schemenhaften Gefühl des Versagens zu kämpfen, er mußte sich außerdem eingestehen, daß er sich zum Narren gemacht hatte. Singh war ohne Abschiedsgruß gestartet. Es war nicht abzusehen, welchen Reim sich Shing auf den Vorfall machte, aber gewiß würde er auf dem Großmarkt eine seltsame Geschichte zum besten geben. Nun, darüber kann ich mir später noch den Kopf zerbrechen, dachte Gath. Zunächst mußte er mit dem Missionar ins reine kommen. Er schaute hinaus in den Regen und beobachtete, wie der Mann sich mit einem zusammenklappbaren Zelt abmühte, während die gesamte Einwohnerschaft des Dorfes in geordnetem Kreis um ihn versammelt war und ihm zuschaute. Natürlich boten sie ihm keine Hilfe an.

Als das Zelt endlich stand und alle Kisten und Kästen in seinem Inneren verstaut waren, hörte der Regen auf: Der Flüssigkeitsspiegel in Gaths Flasche war beträchtlich gesunken; der Händler war jetzt eher im Stande, dem unvermeidlichen Treffen ins Auge zu schauen. In Wahrheit freute er sich sogar darauf, mit dem Fremden sprechen zu können. Wenn man die ärgerliche Sache einmal beiseite ließ, hatte die Aussicht auf menschliche Gesellschaft nach einem Jahr der Einsamkeit durchaus etwas Anziehendes. *Wie wäre es, wenn Sie zum Abendessen zu mir kämen,* schrieb Gath auf die Rückseite einer alten Rechnung. Vielleicht traut sich der Bursche nicht her, dachte er dann. So würde sich nie ein gutes Verhältnis entwickeln können. Gath kramte eine Weile unter seinem Bett, schließlich fand er eine Schachtel von geeigneter Größe und legte seine Pistole hinein. Als er die Tür öffnete, stand natürlich Itin davor, denn dieser versah zur Zeit das Amt des Wissenssammlers. Gath gab ihm den Zettel und die Schachtel.

»Kannst du dies bitte dem neuen Mann bringen?« fragte er.

»Heißt der neue Mann Neuer Mann?« fragte Itin zurück.

»Nein, selbstverständlich nicht!« versetzte Gath. »Sein Name ist Mark. Aber ich habe dich um einen Botengang gebeten und nicht um ein Gespräch.«

Wie immer, wenn Gath die Geduld verlor, ging die Runde an den stoischen Wesker. »Du hast mich nicht um ein Gespräch gebeten«, entgegnete Itin bedächtig, »aber Mark bittet vielleicht um eine Unterredung. Und andere werden mich nach seinem Namen fragen. Wenn ich aber seinen Namen nicht weiß ...« Gath knallte die Tür ins Schloß, und die Stimme des Weskers war nicht mehr zu hören. Auf lange Sicht brachte ihm dies Verhalten nichts ein, das wußte Gath. Denn wenn er Itin zum nächstenmal begegnete, in einem Tag, einer Woche oder gar einem Monat, dann würde Itin seine Rede genau an der Stelle fortsetzen, wo er unterbrochen worden war, und seine Gedanken bis hin zur allerletzten Schlußfolgerung ausbreiten. Gath unterdrückte einen Fluch und goß Wasser über zwei einigermaßen schmackhafte Konzentrate.

»Kommen Sie herein!« sagte er, als er ein leises Klopfen an der Türe hörte. Der Priester trat ein und hielt ihm die Schachtel mit der Pistole entgegen.

»Vielen Dank dafür, daß Sie sie mir geliehen haben, Mr. Gath. Ich weiß diese Geste zu schätzen. Mir ist nicht klar, wie es zu der häßlichen Szene bei meiner Ankunft kommen konnte, aber ich denke, wir tun gut daran, wenn wir die Sache vergessen. Schließlich müssen wir ja einige Zeit miteinander auskommen.«

»Möchten Sie etwas trinken?« Gath nahm dem Missionar die Schachtel aus der Hand und deutete auf die Flasche, die auf dem Tisch stand. Dann füllte er zwei Gläser und gab eines dem Priester. »Der Meinung bin ich auch. Aber ich bin Ihnen noch eine Erklärung für mein Verhalten schuldig.« Er starrte eine Zeitlang mit gerunzelter Stirn in sein Glas, dann hob er es: »Auf die Gesundheit! Das Universum ist groß, wir wollen das Beste aus unserer Lage machen.«

»Gott sei mit dir«, erwiderte Vater Mark, indem er ebenfalls sein Glas hob.

»Er ist nicht mit mir und nicht mit diesem Planeten«, entgegnete Gath mit fester Stimme. »Das ist nämlich der Haken an der Sache.« Er leerte sein Glas zur Hälfte und stieß einen Seufzer aus.

»Wollen Sie mir mit diesen Worten einen Schrecken einjagen?« fragte der Priester lächelnd. »Ich kann ihnen versichern, das ist Ihnen nicht gelungen.«

»Ich wollte Sie nicht erschrecken. Was ich sagte, meine ich ganz wörtlich. Ich bin das, was Sie wahrscheinlich als Atheist bezeichnen würden. Religiöse Verkündigungen interessieren mich nicht: Die Eingeborenen, einfältige, ungebildete Steinzeitwesen, haben es bis zum heutigen Tage geschafft, ohne irgendeinen

Aberglauben – oder, meinetwegen, Gottglauben – auszukommen. Ich hatte gehofft, daß sie so weiterleben könnten.«

»Was sagen Sie da?« Der Priester hob kritisch die Augenbrauen. »Sie behaupten, die Eingeborenen kennen überhaupt keine Götter. Sie glauben nicht an ein Leben nach dem Tod. Sie sterben, ohne ...«

»Ja, sterben müssen sie – und zu Staub werden, wie alle anderen Lebewesen auch. Sie kennen Donner, Wasser und Bäume und haben doch keine Donnergötter, Baumgeister und Wasserdämonen. Sie besitzen keine kleinen, häßlichen Götter, Tabus oder Zaubersprüche, die ihnen das Leben versauern und beschränken. Sie sind unter allen primitiven Völkern, denen ich begegnet bin, das einzige, das völlig frei von Aberglauben ist. Und eben deshalb scheinen sie gesünder und glücklicher als alle anderen zu sein. Ich möchte, daß sie so bleiben, wie sie sind.«

»Sie wollen Sie von Gott und der Erlösung fernhalten?« Der Missionar hatte die Augen weit aufgerissen.

»Nein«, entgegnete Gath. »Ich will den Aberglauben so lange von ihnen fernhalten, bis sie über mehr Wissen verfügen, bis sie ihn realistisch betrachten können, und nicht von ihm aufgesogen und möglicherweise zerstört werden.«

»Sie beleidigen die Kirche, wenn Sie sie mit einem Aberglauben gleichsetzen ...«

»Ich bitte Sie!« Gath hob die Hand. »Keinen theologischen Disput! Ich kann mir nicht vorstellen, daß die Brüderschaft Ihnen die Fahrt finanziert hat, damit sie versuchen, mich zu bekehren. Akzeptieren Sie einfach die Tatsache, daß mein Standpunkt durch jahrelanges, sorgfältiges Nachdenken zustande gekommen ist. Eine Metaphysik für Erstsemester wird ihn nicht verändern. Ich werde nicht versuchen, Sie zu bekehren, wenn Sie mir das gleiche versprechen.«

»Einverstanden, Mr. Gath. Sie haben mich selbst daran erinnert, worin meine Mission besteht: Ich muß diese Seelen retten, und das werde ich tun. Aber warum stört Sie meine Absicht so sehr, daß Sie versuchten, mich an der Landung zu hindern, daß Sie zur Pistole griffen und mir sogar ...« Der Missionar brach ab und schaute in sein Glas.

»... eine Ohrfeige versetzten?« fragte Gath mit überraschendem Ernst. »Dafür gibt es keine Entschuldigung, und ich möchte Ihnen versichern, daß es mir leid tut. Schlechte Manieren und ein unbeherrschtes Temperament. Wenn man lange genug allein gelebt hat, ist man zu solchen Dingen fähig.« Sein Blick senkte sich auf die großen Hände, die auf der Tischplatte lagen, und deren Narben und Schwielen Erinnerungen in ihm wach riefen. »Nennen Sie es Verzweiflung, ein besseres Wort fällt mir nicht ein. In Ihrem Job haben Sie gewiß schon häufig auf die dunkleren Stellen in der menschlichen Seele geblickt und haben eine gewisse Vorstellung von Antrieben und dem Streben nach Glück. Ich war immer viel zu beschäftigt, um darüber nachzudenken, ob ich mich niederlassen und eine Familie gründen sollte. Bis vor kurzem habe ich mich auch nie danach gesehnt. Vielleicht hat die Sickerstrahlung mein Gehirn aufgeweicht, aber manchmal habe ich das Gefühl, als ob diese pelzigen, fischigen Wesker so etwas wie meine Kinder wären. Ich fühle mich für sie verantwortlich.«

»Wir sind alle Seine Kinder«, erwiderte Vater Mark leise.

»Nun, hier leben einige Seiner Kinder, die sich nicht einmal Seine Existenz vorstellen können!« versetzte Gath, der sich darüber ärgerte, daß er dem Priester sein Gefühlsleben enthüllt hatte.

Doch Augenblicke später hatte er seinen Zorn wieder vergessen. Sein Anliegen war ihm so wichtig, daß es ihn ganz in Anspruch nahm. »Begreifen Sie denn nicht, welche Bedeutung in dieser Sache liegt? Wenn Sie eine Weile mit den Weskern gelebt haben, werden Sie ein Glück und eine Einfalt entdecken, die verblüffend jenem Gnadenszustand ähneln; den Leute ihres Schlages ständig im Munde führen. Sie erfreuen sich an ihrem Leben, und sie tun niemandem etwas zuleide. Die Umstände haben es so gewollt, daß sie sich auf einer fast unbewohnbaren Welt entwickelten; darum haben die das Steinzeitalter nie hinter sich gelassen. Aber geistig sind sie uns ebenbürtig, wenn nicht gar überlegen. Sie alle haben meine Sprache gelernt, und ich kann ihnen mit Leichtigkeit alles erklären, was sie wissen wollen. Wissen, das Ansammeln von Wissen verschafft ihnen eine echte Befriedigung. Hin und wieder mögen sie etwas schwerfällig erscheinen, aber sie müssen jede neu erlernte Tatsache in die Struktur aller anderen Dinge einfügen. Doch je mehr sie erfahren, desto schneller läuft dieser Vorgang an. Eines Tages werden sie den Menschen auf allen Gebieten einholen und auf einigen übertreffen. Wenn ... Würden Sie mir einen Gefallen tun!«

»Wenn ich kann.«

»Lassen Sie sie in Frieden! Wenn Sie es unbedingt tun müssen, dann lehren Sie sie – Geschichte, Wissenschaften, Philosophie, Recht, alles, was ihnen hilft, das Universum, von dessen Existenz sie bis vor kurzem nichts ahnten, besser zu verstehen. Aber verwirren Sie sie nicht, mit Ihrem Haß und Ihrem Schmerz, der Schuld, Sünde und Bestrafung. Wer die harm ...«

»Sie werden beleidigend, Sir!« Der Priester war erregt aufgesprungen. Sein grauer Schopf reichte dem Raumfahrer kaum bis unter das Kinn, aber der Missionar kannte keine Furcht, wenn es darum ging, das, woran er glaubte, zu verteidigen. Gath war ebenfalls aufgestanden. Er spürte keine Reue mehr. Zornerfüllt standen sie sich gegenüber, zwei unbeugsame Männer, die sich ihrer gerechten Sache sicher sind.

»Jedes Ihrer Worte ist eine Beleidigung!« brüllte Gath. »Diese zusammengesuchte, kleinliche Mythologie, die sich nur in Nuancen von unzähligen anderen Lehren unterscheidet, die immer noch die Menschheit bedrücken, kann gar nichts anderes leisten, als diese unschuldigen Seelen in Verwirrung zu stürzen! Wenn Sie nicht so egoistisch wären, würden Sie das begreifen. Die Wesker glauben an die Wahrheit, verstehen Sie? Sie haben noch nie gehört, daß es so etwas wie die Lüge gibt! Es hat sie noch niemand gelehrt, daß es Wesen gibt, deren Verstand in anderen Bahnen denkt. Können Sie ihnen diese Lehre nicht ersparen …?«

»Ich werde meine Pflicht tun, denn sie ist Sein Wille, Mr. Gath. Ich werde Sein Wort unter sie tragen, damit sie errettet werden!«

Als der Priester die Tür aufstieß, riß der Wind sie ihm aus der Hand. Vater Mark verschwand in der sturmgepeitschten Dunkelheit. Die Tür klappte wieder und wieder gegen die Hauswand, Regentropfen wehten ins Zimmer. Gaths Stiefel hinterließen feuchte Spuren auf dem Boden, als er die Türe wieder ins Schloß zog. Nun war auch Itin nicht mehr zu sehen, der stumm und geduldig im Sturm vor dem Haus hockte und darauf hoffte, daß Gath einen Augenblick Zeit fände, ihm etwas von dem wunderbaren Wissen zu überlassen, das er in so reichlicher Menge besaß.

Gemäß einer unausgesprochenen Übereinkunft erwähnte keiner der beiden Männer je wieder jene erste Nacht. Nach ein paar Tagen der Einsamkeit, die um so drückender auf ihnen lastete, als sie um die Nähe des anderen wußten, fanden sie bei Gesprächen über unverfängliche Themen wieder zueinander. Gath schaffte seine Handelsware nach und nach ins Schiff. Er wollte sich nicht eingestehen, daß seine Arbeit beendet war, und er jederzeit abreisen konnte. Er besaß eine Menge interessanter Drogen und Pflanzenpräparate, die einen guten Preis erzielen würden. Dann waren da noch die kunstgewerblichen Geräte der Wesker, die auf dem verwöhnten galaktischen Markt für eine Sensation sorgen würden. Die Handwerkskunst war vor Gaths Ankunft auf Weskerwelt nur schwach entwickelt gewesen. Er hatte nur ein paar Schnitzereien gefunden, die mühselig mit Stein aus Holz herausgearbeitet worden waren. Dann hatte er die Wesker mit Rohmaterialien und Werkzeugen versorgt; mehr hatte er nicht getan. In wenigen Monaten hatten die Wesker nicht nur gelernt, mit den fremden Werkstoffen umzugehen, sie hatten ihre eigenen Formen und Muster an das neue Material angepaßt, und so waren die fremdartigsten – und schönsten – Kunstgegenstände entstanden, die Gath je gesehen hatte. Jetzt brauchte er nur noch für eine erste Nachfrage zu sorgen; dann konnte er nach Wesker zurückkehren, um sein Lager aufzufüllen. Alles, was die Wesker als Gegenleistung verlangten, waren Bücher, Werkzeuge und Wissen. Durch ihre eigenen Anstrengungen würden sie sich bald zu vollwertigen Mitgliedern der galaktischen Union entwickelt haben.

So hatte es sich Gath erhofft. Doch nun blies der Wind der Veränderung durch die kleine Ansiedlung, die sich rings um sein Schiff gebildet hatte. Längst war er nicht mehr der Mittelpunkt der allgemeinen Aufmerksamkeit. Wenn er sich dieses Machtverlustes bewußt wurde, mußte Gath unwillkürlich lächeln, doch es lag keine Fröhlichkeit in seiner Miene. Es gab immer noch ernste; aufmerksame Wesker, die ihre Pflicht als Wissenssammler taten, aber ihr nüchternes Zusammentragen trockener Fakten stand in scharfem Kontrast zu dem geistigen Wirbelsturm, von dem der Priester umgeben war.

Gath hatte die Wesker für jedes Buch und jedes Werkzeug arbeiten lassen; der Priester verschenkte alles, ohne eine Gegenleistung zu verlangen. Gath hatte sich immer bemüht, den Weskern das Wissen schrittweise zu vermitteln, er hatte sie behandelt wie aufgeweckte, aber ungebildete Kinder. Er wollte, daß sie Gehen lernten, bevor sie zu rennen versuchten, daß sie einen Fuß vor den anderen setzten.

Vater Mark verteilte die Wohltaten des Christentums. Die einzige körperliche Arbeit, die er den Weskern abverlangte, war die Errichtung einer Kirche; ein Ort der Lehre und des Gebets sollte entstehen. Aus den endlosen Planetensümpfen waren weitere Wesker aufgetaucht, und nach wenigen Tagen stand bereits, getragen von einem Balkengerüst, das Dach des Bauwerks. An jedem Morgen arbeitete die Gemeinde an den Wänden. Dann eilten alle unter das Dach, um die alles versprechenden, alles umfassenden unermeßlich bedeutungsvollen Lehren über das Universum zu vernehmen.

Gath hatte den Weskern nie mitgeteilt, was er über ihre neue Leidenschaft dachte, und das kam vor allem daher, daß ihn niemand nach seiner Meinung gefragt hatte. Sein Ehrgefühl und sein Stolz hinderten Gath daran, einen bereitwilligen Zuhörer zu ergreifen, und all seine Bedenken und Sorgen über ihm auszuleeren. Vielleicht hätte er sich anders verhalten, wenn Itin das Amt des Wissenssammlers innegehabt hätte, denn dieser schien ihm unter allen Weskern der Klügste zu sein, aber Itin war am Tag nach der Ankunft des Priesters abgelöst worden, und seither hatte Gath nicht mehr mit ihm gesprochen.

So war Gath einigermaßen überrascht, als – nach siebzehn langen Wesker-Tagen – eine Delegation auf seiner Türschwelle hockte, als er nach dem Frühstück ins

Freie trat. Itin war ihr Sprecher, und sein Mund stand einen Spalt weit offen. Auch viele andere Weskermünder waren geöffnet, einer von ihnen schien zu gähnen – die doppelte Reihe der scharfen Zähne war entblößt, und Gath konnte tief in den purpur und schwarz gefleckten Schlund hineinsehen. Der Händler wußte sofort, daß die Wesker aus einem ernsten Grund gekommen waren. Einen Gesichtsausdruck der Amphibienwesen hatte er rasch deuten gelernt: Ein offener Mund deutete immer auf starke Erregung hin. Ob es sich aber um Schmerz, Freude, Zorn oder Trauer handelte, war nicht so leicht festzustellen. Normalerweise waren die Wesker von bedächtigem Wesen, und Gath hatte selten genug herausfinden können, warum einem Wesker der Mund offenstand. Jetzt war er von offenen Mäulern umgeben.

»Wirst du uns helfen, Gath?« fragte Itin. »Wir haben eine Frage.«

»Ich werde sehr gerne alle eure Fragen beantworten«, erwiderte Gath, von einer düsteren Ahnung ergriffen. »Worum geht es denn eigentlich?«

»Gibt es einen Gott?«

»Was meinst du mit ›Gott‹?« fragte Gath zurück. Wie sollte er ihnen antworten? Warum waren sie mit dieser Frage zu ihm gekommen. Was mochte in ihren Köpfen vorgehen?

»Gott ist unser Vater im Himmel, der uns alle erschaffen hat und uns behütet. Den wir um Hilfe bitten, und der uns nach unserer Errettung …«

»Das ist genug«, unterbrach ihn Gath. »Es gibt keinen Gott.«

Jetzt standen allen Weskern die Münder offen, selbst Itin. Sie schauten den Händler an und dachten über seine Antwort nach. Wenn Gath die Sumpfbewohner nicht so gut gekannt hätte, hätten ihm die vielen, rosafarbenen Zahnreihen vielleicht Furcht eingeflößt. Einen

Moment lang fragte er sich, ob sie vielleicht schon völlig indoktriniert wären und in ihm einen Ketzer sähen, aber diese Befürchtung verflog.

»Danke«, sagte Itin, drehte sich um und ging. Die anderen folgten ihm.

Obwohl der Morgen recht kühl war, stellte Gath fest, daß er schwitzte, und er fragte sich, wieso ihm der Schweiß ausgebrochen war.

Die Reaktion auf Gaths Behauptung ließ nicht lange auf sich warten. Am gleichen Nachmittag kehrte Itin zurück. »Willst du mit uns zur Kirche kommen?« fragte er. »Wir lernen viele schwierige Dinge, aber keines ist so schwierig wie dieses.

Wir brauchen deine Hilfe, denn wir müssen hören, wie du mit Vater Mark sprichst. Denn er sagt, eine Sache ist wahr, und du sagst, eine andere ist wahr, und es können nicht beide gleichermaßen wahr sein. Wir müssen herausfinden, was die Wahrheit ist.«

»Natürlich werde ich kommen«, versicherte Gath, wobei er ein Gefühl freudiger Genugtuung zu verbergen suchte. Er hatte nichts unternommen, und die Wesker waren dennoch zu ihm gekommen. Noch bestand Hoffnung, daß sie weiter ein freies Leben führen konnten.

In der Kirche war es sehr heiß. Gath war überrascht, in welcher Anzahl sich die Wesker eingefunden hatten; er hatte noch nie erlebt, daß sich so viele an einem Ort versammelt hatten. Es waren viele offene Mäuler zu sehen. Vater Mark saß hinter einem Tisch, auf dem eine Menge Bücher gestapelt waren. Er sah unglücklich aus und sagte nichts, als Gath die Kirche betrat. Gath ergriff als erster das Wort.

»Ich hoffe, Sie wissen, daß es ihre Idee war. Sie sind aus freien Stücken zu mir gekommen und haben mich gebeten, mit ihnen zu gehen.«

»Ich weiß, ich weiß«, murmelte der Priester resigniert. »Manchmal können sie sehr schwierig sein. Aber sie lernen, und sie wollen glauben. Das ist es, worauf es ankommt.«

»Vater Mark, Händler Gath, wir brauchen eure Hilfe«, verkündete Itin. »Ihr wißt beide viele Dinge, die wir nicht wissen. Ihr müßt uns helfen, zum Glauben zu finden, denn das ist nicht leicht.« Gath wollte etwas sagen, doch dann besann er sich anders. Itin fuhr fort: »Wir haben die Bibel gelesen und die anderen Bücher, die Vater Mark uns geschenkt hat, und eine Sache ist uns klar geworden. Wir haben miteinander darüber geredet und sind alle zu einem Schluß gelangt: Diese Bücher unterscheiden sich stark von den Büchern, die Händler Gath uns gegeben hat. In Händler Gaths Büchern gibt es ein Universum, das wir nicht kennen, und es funktioniert ohne Gott, denn er wird nirgendwo erwähnt. Wir haben die Bücher sehr sorgfältig daraufhin überprüft. In Vater Marks Büchern ist Er überall, und nichts geschieht ohne Ihn. Eine dieser beiden Möglichkeiten muß wahr sein und die andere falsch. Wir wissen nicht, wie so etwas angehen kann, aber wenn wir herausgefunden haben, welche Möglichkeit die wahre ist, dann werden wir vielleicht auch diesen Widerspruch lösen können. Wenn es Gott nicht gibt …«

»Natürlich gibt es Ihn, meine Kinder!« rief Vater Mark voller Inbrunst. »Er ist unser Vater im Himmel, der uns alle erschaffen hat …«

»Wer hat Gott erschaffen?« fragte Itin. Das allgemeine Gemurmel erstarb. Alle Wesker richteten ihre Augen auf den Missionar, der unter der Eindringlichkeit ihrer Blicke zusammenzuckte, dann aber lächelte.

»Niemand hat Gott erschaffen, denn Er ist der Schöpfer, Er war immer …«

»Wenn es ihn schon immer gegeben hat, wieso kann es dann nicht auch das Universum schon immer gegeben haben. Ohne daß ein Schöpfer nötig war?« Die Worte sprudelten aus Itin heraus. Offenbar war die Frage für ihn ungeheuer bedeutungsvoll. Der Priester antwortete langsam, mit unerschütterlicher Geduld. »Habt Vertrauen, das ist alles, was ihr braucht. Ihr müßt glauben.«

»Wie können wir glauben, wenn wir keine Beweise haben?«

»Der Glaube braucht keinen Beweis – wenn ihr Vertrauen habt!«

Der Raum war plötzlich von einem wilden Stimmengewirr erfüllt. Viele Wesker hatten die Münder weit aufgerissen, während sie versuchten, im Wirrwarr der Wörter dem Faden der Wahrheit zu folgen.

»Was kannst du uns sagen, Händler Gath?« fragte Itin. Der Klang seiner Stimme dämpfte den allgemeinen Aufruhr.

»Ich kann euch nur raten, die wissenschaftliche Methode anzuwenden, mit der man alle Dinge untersuchen kann – sogar die Methode selbst –, so werdet ihr Antworten finden, die euch ermöglichen, die Wahrheit oder Falschheit einer jeden Behauptung zu erkennen.«

»Genau das müssen wir tun«, sagte Itin, »wir sind zu dem gleichen Schluß gekommen.« Er hielt ein dickes Buch in die Höhe, und vielfaches Kopfnicken lief wie eine Welle über die Häupter der Versammelten. »Wir haben die Bibel gelesen, wie Vater Mark es uns geraten hat, und wir haben die Antwort gefunden. Gott wird für uns ein Wunder vollbringen und so beweisen, daß Er uns sieht. Und an diesem Zeichen werden wir Ihn erkennen, und wir werden zu Ihm kommen.«

»Das ist die Sünde des falschen Stolzes«, tadelte Vater Mark. »Gott bedarf keiner Wunder, um Seine Existenz zu beweisen.«

»Aber *wir* brauchen ein Wunder!« schrie Itin, und

wenn er auch kein Mensch war, so konnte Gath doch die Not vernehmen, die aus seiner Stimme sprach. »Wir haben alles über die kleineren Wunder gelesen: die Brotvermehrung, die Fische, den Wein, die Schlangen – Er hat so viele Wunder vollbracht, manch eines aus einem geringeren Grund. Und jetzt soll Er noch einmal ein Wunder vollbringen, und wir alle werden Ihn anbeten. Eine ganze Welt wird vor Seinem Thron knien, ganz so, wie du es gesagt hast, Bruder Mark. Du hast uns auch erklärt, wie wichtig das alles ist. Wir haben über alles gesprochen und haben herausgefunden, daß es nur ein Wunder gibt, das zur Bedeutung des Anlasses paßt.«

Teils amüsiert, teils gelangweilt hatte Gath die theologischen Haarspaltereien verfolgt, doch jetzt fiel alle Überheblichkeit mit einem Schlage von ihm ab. Er war einfach zu unaufmerksam gewesen, sonst hätte er längst erkennen müssen, worauf das alles hinauslief. Wenn er den Kopf ein wenig zur Seite neigte, konnte er sehen, welche Illustration Itin in seiner Bibel aufgeschlagen hatte; Gath wußte schon im voraus, was für eine Szene das Bild zeigte.

Er erhob sich langsam vom Stuhl, tat so, als wollte er sich strecken, und wandte sich an den Priester.

»Achtung!« flüsterte er. »Achtung!« flüsterte er. »Schleichen Sie sich hinten raus und steigen Sie ins Schiff. Ich werde die Burschen ein wenig ablenken, ich glaube nicht, daß sie mich verletzen würden.«

»Was meinen Sie ...?« Vater Mark blinzelte überrascht.

»Raus hier, Sie Trottel!« zischte Gath. »Von welchem Wunder reden die Wesker, hm? Na, was denken Sie? Welches Wunder hat eine ganze Welt zum Christentum bekehrt?«

»Nein!« stammelte Vater Mark. »Das kann nicht sein ... Das darf einfach nicht sein!«

»Na los! Tempo!« brüllte Gath. Dabei riß er den Priester vom Stuhl hoch und schob ihn zur Rückwand. Vater Mark blieb nach ein paar Schritten unschlüssig stehen und drehte sich um. Gath sprang zu ihm hin, aber es war schon zu spät. Die Amphibien waren klein, aber es gab so viele von ihnen. Gath schlug zu: Seine Faust traf Itin und schleuderte ihn in die Menge zurück. Gath versuchte, sich einen Weg zum Missionar zu bahnen, doch dann waren die Wesker über ihm. Er schlug und trat, aber es war so, als ob er gegen eine Brandung kämpfte, Die pelzigen, nach Moschus duftenden Leiber fluteten über ihn hin und verschlangen ihn. Er wehrte sich mit aller Kraft, bis sie ihn schließlich fesselten. Auch da gab er nicht auf, und die Wesker schlugen ihm so lange auf den Kopf, bis er endlich stillag. Dann zerrten sie ihn hinaus, wo er nichts tun konnte, als im Regen zu liegen, zu fluchen und zuzusehen.

Natürlich hatten sich die Wesker wieder als überragende Handwerksleute erwiesen. Jedes Detail der Illustration war mit peinlicher Sorgfalt rekonstruiert worden. Ein Kreuz stand auf einem kleinen Hügel, glänzende Nägel und ein Hammer lagen auf dem Boden. Man hatte Vater Mark entkleidet und ein fein gefälteltes Leinentuch liebevoll um seine Hüften drapiert. Sie führten ihn aus der Kirche, und beim Anblick des Kreuzes wären ihm beinahe die Sinne geschwunden. Doch nach diesem Anflug von Schwäche trug er den Kopf erhoben. Er war entschlossen, so zu sterben, wie er gelebt hatte: im Glauben.

Doch es wurde sehr hart. Es war sogar für Gath, der nur zusehen mußte, unerträglich. Es ist eine Sache, über die Kreuzigung zu sprechen und im milden Schein der Kerzen einen kunstvoll geschnitzten Körper zu betrachten. Es ist eine andere Sache, einen Menschen zu beobachten, dem die Stricke ins Fleisch schneiden, dort wo er am Querbalken festgezurrt ist.

Es ist etwas anderes, wenn man mitansehen muß, wie ein Nagel mit der Spitze auf die weiche Handfläche gestellt wird, wie der Hammer – geführt mit dem maßvollen Schwung des Fachmannes – auf den Nagel niedersaust, wie der Nagel mit einem Ruck im Fleisch versinkt. Wenn man die Schreie hören muß …

Wenige sind zum Märtyrer geboren, und Vater Mark gehörte nicht zu diesen Menschen. Bei den ersten Hammerschlägen begann Blut aus seinem Mund zu fließen, weil er die Zähne so fest zusammengebissen hatte. Dann riß er die Lippen auseinander, und tierhafte, schreckliche Schreie schallten durch das immerwährende Rauschen des Regens. Wie zu einem stummen Echo hatten sich die Münder der Wesker geöffnet. Der Schmerz des gekreuzigten Missionars schien sich in ihren Gesichtern mit den weit klaffenden Kiefern widerzuspiegeln.

Vater Mark versank in eine gnädige Ohnmacht, und der letzte Nagel wurde eingeschlagen. Blut rann aus seinen Wunden, vermischte sich mit dem Regenwasser und tropfte rosig hell von seinen Füßen. So versickerte sein Leben. Ungefähr zu dieser Zeit verlor Gath, der betäubt von den Schlägen leise schluchzend an seinen Fesseln zerrte, die Besinnung.

Als er erwachte, war es dunkel, und er lag in seinem Lagerhaus. Jemand schnitt an den Stricken, mit denen man ihn gefesselt hatte. Draußen tropfte und platschte noch immer der Regen.

»Itin?« fragte Gath. Es konnte niemand anderer sein.

»Ja«, erwiderte die vertraute Stimme flüsternd. »Die anderen beraten in der Kirche. Lin ist gestorben, weil du ihn auf den Kopf geschlagen hast, und Inon geht es sehr schlecht. Einige sagen, du solltest auch gekreuzigt werden, und ich glaube, das wird auch geschehen. Vielleicht wirst du auch durch Schläge auf den Kopf getötet. Sie haben eine Stelle in der Bibel gefunden, in der es heißt …«

»Ich weiß.« Gaths Stimme klang unendlich erschöpft. »Auge um Auge. Wenn ihr weitersucht, werdet ihr noch viele interessante Stellen finden. Die Bibel ist ein wundervolles Buch.« Sein Kopf schmerzte unerträglich.

»Du mußt gehen, du kannst dich zum Schiff schleichen, ohne daß dich jemand sieht. Es ist genug getötet worden.« Auch Itins Worte hatten einen unsäglich müden Klang.

Gath richtete sich vorsichtig auf. Übelkeit übermannte ihn, und er preßte den Kopf gegen die rauhe Wand, um sie zu bekämpfen. »Er ist tot.« Er betonte den Satz wie eine Feststellung, nicht wie eine Frage.

»Ja, er ist vor einiger Zeit gestorben. Sonst hätte ich mich nicht davonstehlen und zu dir kommen können.«

»Und natürlich ist er schon begraben, sonst hätten sie ja noch keine Zeit gefunden, über mein Schicksal nachzudenken.«

»Und begraben!« Die Stimme des fremden Wesens hatte einen fast gefühlvollen Klang, fast konnte man den Tonfall des Priesters in ihr wiedererkennen. »Er ist begraben, und er wird wieder auferstehen. So steht es geschrieben, und so wird es geschehen. Vater Mark wird sehr glücklich darüber sein, daß sich alles so zugetragen hat.« Die Worte endeten mit einem Laut, der fast wie ein menschlicher Schluchzer klang. Aber das konnte nicht sein, denn schließlich war Itin ein Fremdwesen und ganz gewiß kein Mensch.

Unter Schmerzen tastete sich Gath an der Wand entlang zur Tür. Er mußte sich immer wieder gegen die Mauer lehnen, sonst wäre er gestürzt.

»Wir haben das Richtige getan, nicht wahr?« fragte Itin. Er erhielt keine Antwort. »Er wird wieder auferstehen, Gath. Er wird doch wieder auferstehen?«

Gath hatte endlich die Tür erreicht. Von der hell erleuchteten Kirche fiel soviel Licht herüber, daß er die Schrammen und Risse auf seinen Händen sehen konnte, mit denen er sich am Türrahmen festklammerte. Itins Gesicht war ganz in seiner Nähe, es verschwamm ihm vor Augen. Gath fühlte, wie sich die zarten vielfingrigen Hände mit den scharfen Klauen in seine Jacke krallten.

»Er wird wieder auferstehen, nicht wahr, Gath?«

»Nein«, entgegnete Gath. »Er wird dort liegenbleiben, wo ihr ihn begraben habt. Es wird nichts Außergewöhnliches geschehen, denn er ist tot, und er wird immer tot sein.«

Der Regen floß in Bächen durch Itins Fell. Sein Mund war weit geöffnet, daß es schien, als würde er in die teilnahmslose Nacht hinausschreien. Nur mit äußerster Anstrengung vermochte er zu sprechen, denn er mußte die fremden Gedanken in eine fremde Sprache pressen.

»Dann werden wir nicht gerettet werden? Wir werden nicht rein sein?«

»Ihr wart rein.« Gaths Stimme war eine Mischung aus Schluchzen und Lachen. »Das ist das Häßliche, das Dreckige an der Sache: Ihr wart unschuldig und rein. Jetzt seid ihr ...«

»Mörder«, sagte Itin, und das Wasser troff von seinem gesenkten Kopf, um in der Dunkelheit zu versickern.

Spielzeugladen

Unter den Leuten waren nur wenige Erwachsene. Da Colonel Biff Hawton außerdem über einsachtzig groß war, konnte er die Vorführung in allen Einzelheiten verfolgen. Die Kinder und auch die meisten der Eltern rissen erstaunt die Augen auf. Biff Hawton war zu abgeklärt, um sich noch zu wundern. Er stand nur da, weil er wissen wollte, mit welchem Trick gearbeitet wurde.

»Es steht alles hier in der Gebrauchsanweisung«, sagte der Vorführer und zeigte aus dem bunten Prospekt ein vierfarbiges Diagramm. »Sie wissen alle, wie ein Magnet funktioniert, und ich wette, die meisten von Ihnen wissen auch, daß die Erde ein einziger großer Magnet ist. Deshalb deuten alle Kompaßnadeln immer nach Norden. Das atomare Raumwellenwunder arbeitet mit diesen Raumwellen. Sie umgeben uns unsichtbar und gehen mitten durch uns hindurch: Es sind die magnetischen Wellen der Erde. Auf diesen Wellen fährt das Atomwunder wie ein Schiff auf den Meereswellen. Jetzt passen Sie gut auf.«

Alle Augen waren auf ihn gerichtet. Er stellte das bunte Raketenmodell auf einen Tisch und trat zurück. Die Rakete bestand aus gepreßten Blechteilen und schien ebensowenig fliegen zu können wie eine Konservendose, der sie übrigens nicht unähnlich war. Es gab weder Flügel noch Propeller noch irgendwelche Düsen. Das Ding stand auf drei Gummirädern, und aus dem unteren Ende kamen zwei isolierte Drähtchen heraus. Diese weißen Drähte führten über die Tischplatte zu einem Schaltkasten in der Hand des Vorführers. An dem Kästchen gab es ein Kontrollicht, einen Schalter und einen Drehknopf.

»Ich lege nun den Schalter um und leite dadurch Strom zum Wellenempfänger«, erklärte er. Der Schalter klickte, und das Kontrollicht ging rhythmisch an und aus. Dann begann der Mann langsam an dem Knopf zu drehen. »Mit dem Wellengenerator muß man vorsichtig umgehen, da wir es hier mit der Kraft der ganzen Welt zu tun haben ...«

Ein allgemeines »Aah« ging durch die Menge, als das Atomwunder leise zu zittern begann und sich dann in die Luft erhob. Der Vorführer trat zurück, und das Spielzeug stieg immer höher. Es schaukelte ein wenig auf den unsichtbaren Magnetwellen, die es trugen. Genauso vorsichtig wurde die Kraft zurückgedreht, und es senkte sich wieder auf den Tisch.

»Nur siebzehn Dollar und fünfundneunzig Cent«, rief der junge Mann und stellte ein großes Preisschild auf den Tisch. »Für die komplette Ausrüstung des Atomwunders einschließlich Schaltkasten, Batterie und Gebrauchsanweisung nur ...«

Als der Preis erschien, zerstreuten sich die Zuschauer. Die Kinder liefen hinüber zu den Eisenbahnmodellen. Die letzten Worte des Vorführers gingen im allgemeinen Krach unter. Er machte ein finsteres Gesicht und verstummte. Dann stellte er den Schaltkasten hin, gähnte und hockte sich auf die Tischkante. Colonel Hawton blieb als einziger von den Zuschauern übrig.

»Können Sie mir sagen, wie das Ding funktioniert?« fragte der Colonel. Die Miene des jungen Mannes wurde heller. Er nahm eine der Raketen in die Hand.

»Sehen Sie hier, Sir.« Er öffnete die Spitze des Raketenmodells. »An beiden Enden des Schiffes können Sie die Spulen, die Raumwellen, erkennen.« Er deutete mit einem Bleistift auf seltsam geformte Plastikdinger, die etwa zwei Zentimeter Durchmesser hatten und mit ein paar Kupferdrähtchen umwickelt waren. Bis auf diese Kupferdrähte war das Blechmodell vollkommen leer. Die Spulen waren untereinander verbunden, und weitere Drähte führten durch ein Loch am unteren Ende zu dem Kontrollkasten. Biff Hawton betrachtete das Spielzeug und den Vorführer mit offenkundigem Mißtrauen.

»Die Batterie befindet sich im Schaltkasten«, erklärte der junge Mann, klappte ihn auf und zeigte eine ganz gewöhnliche Taschenlampenbatterie. »Der Strom läuft durch den Schalter und aktiviert den Wellengenerator.«

Biff fragte: »Wollen Sie damit sagen, daß der Saft aus dieser Fünfzehn-Cent-Batterie über einen billigen Drehkondensator in diese sinnlosen Spulen im Modell läuft, wo dann absolut nichts passiert? Das wär's – aber nun sagen Sie mir, warum das Ding wirklich fliegt? Ich habe keine Lust, achtzehn Dollar für ein Blechding auszugeben, das höchstens sechzig Cent wert ist. Vorher will ich wissen, was ich dafür kriege.«

Der Vorführer lief dunkel an. »Tut mir leid, Sir«, stotterte er, »ich wollte wirklich nichts verschleiern. Das ist wie bei einem Zaubertrick: Erst nach dem Kauf kann ich Ihnen sagen, wie es wirklich geht.« Er beugte sich vor und flüsterte vertraulich: »Aber ich will Ihnen die Wahrheit sagen: Das Spielzeug ist viel zu teuer und geht überhaupt nicht. Der Chef hat mir erlaubt, die ganzen Modelle für drei Dollar abzustoßen, falls ich einen Interessenten finde. Wenn Sie das Raumschiff zu diesem Preis erstehen wollen …«

»Gemacht, mein Junge«, rief der Colonel und legte drei Dollarscheine auf den Tisch. »So viel bezahle ich auch, ohne genau zu wissen, wie es funktioniert. Es wird den Jungen in der Werkstatt Spaß machen.« Er deutete auf die Rakete. »Und wie bleibt der Apparat nun wirklich in der Luft?«

Der junge Mann sah sich vorsichtig um, dann deutete er nach oben. »Ein schwarzer Faden«, erklärte er. »Er läuft von der Spitze des Modells hinauf zu einem kleinen Ring an der Decke und wieder herunter in meine Hand. Hier ist er mit meinem Zeigefinger verbunden. Wenn ich zurückgehe, hebt sich das Modell, und wenn ich nach vorn trete, sinkt es wieder herab. So einfach ist das.«

»Alle guten Illusionen sind einfach«, sagte der Colonel und verfolgte den schwarzen Faden mit dem Auge. »Nur muß man die Zuschauer mit Hokuspokus ablenken.«

»Wenn Sie keinen schwarzen Tisch haben, genügt auch ein schwarzes Tuch«, sagte der junge Mann. »Ein Türrahmen eignet sich immer. Nur muß das Zimmer dahinter finster sein.«

»Wickeln Sie das Ding ein, mein Junge, ich bin auch nicht von gestern. Auf diesem Gebiet bin ich ein alter Hase.«

Biff Hawton führte den Trick am Donnerstag beim Pokern vor. Seine Freunde waren durchweg Raketeningenieure und johlten vergnügt bei seiner Einleitung.

»Laß mich das Diagramm abzeichnen, Biff. Diese magnetischen Wellen kann ich für unseren neuen Vogel gut gebrauchen.«

»Das Ding hat Zukunft«, rief ein anderer. »Taschenlampenbatterien sind immer noch billiger als Raketentreibstoffe.«

Nur Teddy Kaner kam hinter den Trick. Er war ein alter Amateurzauberer und merkte die Täuschung sofort. Aber er schwieg aus Höflichkeit den Kollegen gegenüber. Als die anderen nacheinander verstummten, lächelte er ironisch. Der Colonel war ein geschickter Plauderer und machte seine Sache gut. Die anderen glaubten wirklich beinahe an Raumwellen. Als das

Modell wieder gelandet war und er das Kontrollicht ausgeschaltet hatte, ließen sie sich kaum von dem Tisch zurückdrängen.

»Ein Faden«, schrie einer der Ingenieure, beinahe erleichtert, dann brachen sie in allgemeines Gelächter aus.

»Schade«, sagte der Chefphysiker, »ich hatte schon gehofft, daß dieses kleine Atomwunder uns weiterhelfen kann: Lassen Sie es mich mal versuchen.«

»Zuerst Teddy Kaner«, verkündete Biff. »Er ist schon dahintergekommen, als ihr alle noch gestaunt habt. Nur hat er nichts gesagt.«

Kaner schob sich den Ring mit dem schwarzen Faden daran über den Finger und wollte zurücktreten.

»Zuerst den Schalter«, erinnerte ihn Biff.

»Ich weiß.« Kaner lächelte. »Aber das gehört mit zur Irreführung. Ich will zuerst eine Probe machen, bevor ich zur Premiere übergehe.«

Er bewegte seine Hand unauffällig vor und zurück. Das Modell hob sich von der Tischplatte ab und krachte herunter.

»Der Faden ist gerissen«, sagte Kaner.

»Du mußt vorsichtig dran ziehen.« Biff knotete den Faden zusammen. »Komm, ich zeig's dir noch einmal.«

Aber bei Biff riß der Faden ebenfalls. Als ihn die anderen auslachten, wurde ihm der Kragen eng. Dann redeten sie vom Pokern.

Aber sie kamen an diesem Abend nicht mehr zum Spielen. Es stellte sich nämlich heraus, daß sich das Modell an dem Faden nur dann hochziehen ließ, wenn der Apparat eingeschaltet war und der Batteriestrom von zweieinhalb Volt durch die sinnlosen Spulen floß. Bei abgeschaltetem Strom war das Spielzeug zu schwer für den dünnen Faden. Er riß jedesmal ab.

»Ein irrer Gedanke«, sagte der junge Mann. »Eine Woche lang rennt man herum und führt das Spielzeug allen Gören in tausend Meilen Umkreis vor. Dann verkauft man die Dinger für drei Dollar, wo sie doch in der Herstellung mindestens hundert gekostet haben müssen.«

»Aber Sie haben die zehn Stück doch an echte Interessenten verkauft, nicht wahr?« fragte der ältere.

»Ich glaube schon. Es waren ein paar Offiziere von der Luftwaffe dabei und ein Colonel von der Raketenstation. Außerdem erinnere ich mich an einen Beamten vom Patentamt. Glücklicherweise hat er mich nicht erkannt. Schließlich die beiden Universitätsprofessoren, die Sie entdeckt haben.«

»Nun müssen die anderen das Problem lösen. Wir brauchen nur noch auf die Ergebnisse zu warten.«

»Welche Ergebnisse! Diese Leute haben sich doch nicht dafür interessiert, als wir ihnen fast die Türen einrannten. Wir haben uns die Spulen patentieren lassen und können jedem beweisen, daß sie zu einer Gewichtsverringerung führen, sobald sie eingeschaltet werden.«

»Nur zu einer geringen Gewichtsverringerung, und wir wissen nicht, wodurch sie hervorgerufen wird. So etwas interessiert niemanden, eine winzige Gewichtsverminderung an einem ungefügen Modell, nicht einmal genug, um den Generator selbst zu heben. Niemand, der mit Treibstoffverbrauch, Nutzlast und ähnlichen Dingen zu tun hat, findet genügend Zeit, sich mit einem Verrückten abzugeben, der glaubt, einen kleinen Fehler in Newtons Gesetzen entdeckt zu haben.«

»Ob sie sich jetzt wohl dafür interessieren?« fragte der junge Mann.

»Ganz bestimmt. Die Haltbarkeit des Fadens ist genau auf das Modell abgestimmt. Der Faden muß reißen, wenn man versucht, das Modell damit hochzuheben. Trotzdem kann man es heben: Nachdem ein winziger Bruchteil des Gewichts durch die Spulen aufgehoben wurde. Darüber werden sich diese Leute den Kopf zerbrechen. Niemand wird von ihnen verlangen, das Problem zu lösen oder sich damit zu befassen, aber es wird ihnen keine Ruhe lassen, weil sie wissen, daß so etwas unmöglich ist. Sie sehen auf den ersten Blick, daß die Magnetwellentheorie Unsinn sein muß. Oder vielleicht nicht? Sie wissen es nicht. Aber sie werden alle darüber nachdenken und sich den Kopf zerbrechen. Irgend jemand wird dann in seinem Keller Experimente machen, natürlich nur als Hobby, um auf die Ursache zu kommen. Früher oder später muß jemand herausfinden, wie diese Spulen funktionieren und wodurch man sie verbessern könnte.«

»Und wir haben die Patente.«

»Richtig. Sie beschäftigen sich mit Forschungsarbeiten, die das Ende des massiven Antriebs und den Beginn des reinen Raumflugs bedeuten.«

»Und wir werden auf diese Weise steinreich, gleichgültig, wann die Herstellung anläuft«, sagte der junge Mann zynisch.

»Wir werden alle reich sein, mein Sohn«, sagte der ältere und klopfte ihm auf die Schulter. »Glauben Sie mir, in zehn Jahren werden Sie unsere gute alte Welt nicht mehr wiedererkennen.«

Nicht ich, nicht Amos Cabot!

Die Morgenpost war gekommen, während Amos Cabot beim Einkaufen gewesen war. Sie lag auf dem wackeligen Tisch im Hausflur. Amos sah sie durch, obwohl er genau wußte, daß nichts für ihn dabei war. An diesem Tag bestimmt nicht.

Am dreizehnten kam immer der Scheck von der Sozialversicherung und am vierundzwanzigsten der von der Gewerkschaft. Ansonsten bekam er höchstens zu Weihnachten ein paar Glückwunschkarten, die von Jahr zu Jahr weniger wurden. Sonst nichts – das wußte er.

Ein großer blauer Umschlag stand an den Spiegel gelehnt, aber Amos konnte den Namen nicht lesen, da die geizige Mrs. Peavey Strom sparte und immer nur die schwächsten Glühbirnen verwendete. Er beugte sich vor und blinzelte. Dann blinzelte er noch einmal.

Großer Gott, der Umschlag war tatsächlich an ihn adressiert! Er fühlte sich an, als enthalte er eine Zeitschrift oder einen Katalog. Wer mochte ihm das wohl geschickt haben? Amos preßte den dicken Umschlag mit seiner knochigen, sommersprossigen Hand an die Brust und begann den mühsamen Aufstieg drei Treppen hinauf zu seinem Zimmer. Dort warf er das Einkaufsnetz mit den beiden Dosen Bohnen und dem Laib Weißbrot auf die Spüle und ließ sich schwer in den Sessel neben dem Fenster fallen. Er riß den Umschlag auf und sah, daß er ein dickes Kunstdruckheft mit schwarzem Einband enthielt. Er zog es heraus und starrte es entsetzt an.

Der Titel war in schwarzen gotischen Lettern auf ein grüngraues Feld gedruckt:

JENSEITS
Die Zeitschrift der Vorbereitung

Im übrigen war der Heftumschlag mitternachtsschwarz – bis auf ein Foto, das die Form eines Grabsteins hatte und einen Friedhof mit blumengeschmückten Gräbern und düsteren Mausoleen zeigte. Sollte das ein schlechter Witz sein? Amos hatte nicht diesen Eindruck, als er das Magazin durchblätterte und einen raschen Blick auf Särge, Grüfte, Grabanlagen und Urnen warf. Angeekelt schleuderte er die Zeitschrift auf den Tisch – da fiel ein Brief heraus und flatterte zu Boden. Er war auf dem offiziellen Briefpapier des Verlages geschrieben und unmißverständlich an Amos adressiert.

»Sehr geehrter Mr. Cabot,

willkommen in der großen, glücklichen Familie der Leser von ›JENSEITS – die Zeitschrift der Vorbereitung‹. Es ist eine Zeitschrift, die den Weg glättet. Wir grüßen Sie, da Sie im Begriff stehen zu sterben! Ein langes, glückliches Leben liegt hinter ihnen, und vor Ihnen öffnen sich die Pforten der Ewigkeit, um Sie aufzunehmen und zurückkehren zu lassen ans Herz lieber Menschen, die vor Ihnen dahingegangen sind. Haben Sie schon Ihr Testament gemacht? Wahrscheinlich nicht, aber das sollte jetzt nicht mehr beunruhigen! Schlagen Sie Seite 109 auf, und lesen Sie den anregenden Artikel ›Wo ein Wille ist …‹. Daraus erfahren Sie alles, was Sie wissen müssen. Auf Seite 114 finden Sie dann in Originalgröße ein zusammengefaltetes vorbereitetes Testament, das Sie an der Perforierung heraustrennen können. Sie brauchen nur die wenigen freien Stellen auszufüllen, Ihren Namen darunterzusetzen und es vom nächsten Notar beglaubigen zu lassen. Zögern Sie nicht! Dachten Sie an eine Verbrennung? Dann finden Sie ein wunderbares Trostwort von Dr. Phillip Musgrove, dem Pfarrer der Kleinen Kirche hinter dem Krematorium auf Seite ...«

Mit zitternden Händen griff Amos nach der Zeitschrift und schleuderte sie in die hinterste Ecke des Zimmers. Er fühlte sich ein wenig wohler, als er sah, daß sie mitten auseinanderriß.

»Was soll das heißen – ich werde sterben? Was soll das?« schrie er. Dann dämpfte er die Stimme, weil Antonelli, sein nächster Nachbar, an die Wand klopfte. »Wie kann man einem Menschen nur einen solchen Schund ins Haus schicken? Was soll das Ganze?«

Ja, was sollte es?

Er hob die beiden Hälften der Zeitschrift auf, glättete die zerknitterten Seiten und breitete sie auf dem Tisch aus. Für einen schlechten Witz war die Aufmachung viel zu teuer. Es gab hier sogar richtige Anzeigen. Nach einigem Suchen entdeckte er das Inhaltsverzeichnis und entzifferte mühsam den kleinen Druck. Dann kam der Name des Verlegers: Verlagshaus Saxon-Morris. Die Leute mußten Geld haben, denn er wußte, daß diesem Verlag einer der neuen schwarzen Marmorpaläste in der Park Avenue gehörte.

Das durfte man ihnen nicht durchgehen lassen! In Amos Cabots schmächtiger Brust glomm ein Zornesfunke auf. Er hatte die Taxigesellschaft in der Fifth Avenue dazu gebracht, daß sie ihm einen Entschuldigungsbrief schrieb, weil der Fahrer ihn am St.-Patricks-Tag angepöbelt hatte, und die Automatengesellschaft Triborough mußte ihm fünfzig Cent in Briefmarken erstatten, weil einer ihrer Getränkeautomaten die Münzen behalten hatte, ohne dafür etwas zu liefern. Jetzt war Saxon-Morris an der Reihe. Die Leute sollten nur nicht glauben, daß man sich alles gefallen ließ!

Das Wetter war warm, aber der März ist ein so unzuverlässiger Monat, daß Amos sich den dicken Wollschal um die Ohren wickelte. Zwei Dollar mußten die Kosten dieses Unternehmens reichlich decken, dachte er: Busgeld und eine Tasse Tee im Automatenrestaurant. Er zog hinter der Zuckerdose zwei zusammengefaltete Scheine hervor. Nehmt euch nur in acht, Saxon-Morris!

Es war sehr schwierig, im Verlag Saxon-Morris ohne vorherige Anmeldung jemanden zu sprechen. Das Mädchen mit dem ungekämmten roten Haar und dem dick aufgetragenen Make-up wußte nicht einmal genau, ob die Firma eine Zeitschrift mit dem Titel ›JENSEITS‹ herausgab. An der Wand hinter ihrem roten, nierenförmigen Tisch hing eine Liste aller Verlagspublikationen, aber die goldenen Lettern auf dem dunkelgrünen Marmor waren in dem gedämpften Licht nur schwer zu lesen. Amos bestand darauf, daß sie in einem Gesamtverzeichnis nachsah. Sie mußte eingestehen, daß die Zeitschrift doch bei Saxon-Morris erschien.

»Dann möchte ich den Chefredakteur sprechen.«

»Welchen denn?«

»Irgendeinen Redakteur, das ist doch egal.«

Sie wurde noch um eine Spur kühler. »Darf ich fragen, was Sie wünschen?«

»Das ist meine Angelegenheit. Melden Sie mich beim Chefredakteur.«

Es dauerte über eine Stunde, bevor sie jemanden ausfindig machte, der ihn empfangen wollte. Vielleicht war sie es einfach leid, daß er so vor ihr saß und sie dauernd böse ansah. Nach einigen leise geführten Telefongesprächen legte sie den Hörer auf.

»Bitte, gehen Sie dort durch diese Tür, dann gleich

nach rechts und eine halbe Treppe hoch. Die vierte Tür links hat die Nummer siebenhundertzweiundachtzig. Mr. Mercer erwartet Sie.«

Amos verirrte sich prompt in dem Irrgarten von Korridoren und Fluren mit ungezählten graugestrichenen Türen. Als er das zweitemal im Postversand landete, führte ihn ein gelangweilter junger Mann zum Zimmer Nummer 782. Er schob ihn hinein, ohne anzuklopfen.

»Sind Sie Mr. Mercer, der Chefredakteur von ›JENSEITS‹?«

»Ja, ich heiße Mercer«, sagte ein rundlicher Mann mit freundlichem Gesicht und runder Brille, der hinter einem mächtigen Schreibtisch in einem kleinen, fensterlosen Büro saß. »Aber Sie sind hier beim Vertrieb und nicht in der Redaktion. Das Mädchen vom Empfang meinte, Sie hätten ein Vertriebsproblem.«

»Ein Problem? Das schon. Warum schicken Sie mir eine Zeitschrift zu, die ich gar nicht haben will?«

»Hm, vielleicht kann ich Ihnen weiterhelfen. Welche Zeitschrift meinen Sie?«

»›JENSEITS‹.«

»Ja, die gehört zu meiner Verlagsgruppe.« Mercer suchte eine Weile, bevor er den richtigen Ordner fand. Dann holte er ein Blatt Papier heraus. »Ich fürchte, da kann ich Ihnen auch nicht weiterhelfen, Mr. Cabot. Tut mir leid, aber Sie müssen auf der Liste für Freiexemplare stehen, und dort können wir Sie nicht streichen.«

»Was soll das heißen, es tut Ihnen leid? Ich will diesen Schund nicht mehr sehen und verlange, daß Sie ihn mir nicht zusenden.«

Mercer brachte mit einiger Mühe ein gekünsteltes Lächeln zustande. »Seien Sie doch vernünftig, Mr. Cabot: Es handelt sich um eine gut ausgestattete, hochwertige Zeitschrift, die Sie umsonst bekommen, während ein Jahresabonnement zehn Dollar kostet. Wenn

Sie schon das Glück hatten, für ein Freiexemplar ausgewählt zu werden, sollten Sie ...«

»Ich habe doch gar nicht verlangt, daß Sie mir das Ding kostenlos zuschicken.«

»Nein, das brauchen Sie auch nicht. Wahrscheinlich stand Ihr Name auf einer der Listen, die wir regelmäßig von Versicherungsgesellschaften, Altenheimen und so weiter bekommen. ›JENSEITS‹ ist eine Art Zugabe. Wir versenden die Zeitschrift an eine sorgfältig ausgewählte Gruppe von Empfängern, aber sie trägt sich nicht aus dem Verkauf, sondern sie wird durch die Inserenten finanziert. Man kann also sagen, daß es sich um eine Art Dienst an der Öffentlichkeit handelt. So lassen wir uns beipielsweise von den Krankenhäusern Listen junger Mütter geben und schenken ihnen ein Halbjahresabonnement der Zeitschrift ›IHR KIND‹.«

»Aber ich bin doch keine junge Mutter!«

»›JENSEITS‹ unterscheidet sich natürlich in einigen Punkten von ›IHR KIND‹. Trotzdem erfüllen wir damit ein echtes Bedürfnis. Es ist eine Frage der Statistik, Sir. Jeden Tag sterben soundso viele Menschen in einem bestimmten Alter aus einer bestimmten Bevölkerungsschicht und so weiter. Diese Fakten werden von Fachleuten der Versicherungsgesellschaften zusammengetragen und in Graphiken dargestellt. Ich kann Ihnen versichern, daß diese Listen und Graphiken sehr genau sind. Man hat dort die Berechnung der Lebenserwartung zu einer hohen Kunst entwickelt. An Hand dieser Listen kann man bei einem bestimmten Menschen – zum Beispiel bei Ihnen – nach den verfügbaren Daten den Zeitpunkt des Todes sehr genau berechnen. Nicht gerade Tag und Stunde, aber für unsere Zwecke genügt schon ein Zeitraum von zwei Jahren. Auf diese Weise haben wir immer einige Monate Gelegenheit, den Abonnenten mit unserer Zeitschrift vertraut zu machen und ihm die Angebote unserer Inserenten vorzulegen.

Wenn der Abonnent dann stirbt, ist er optimal von der Anzeigenstreuung erfaßt worden.«

»Soll das etwa heißen, daß ich in den nächsten zwei Jahren sterben werde?« schrie Amos heiser vor Zorn.

»Das will ich damit nicht sagen, Sir, wirklich nicht.« Mercer zog sich einen halben Meter zurück und putzte mit einem Taschentuch den Speichel des alten Mannes von seiner Brille. »Der Computer hat Ihren Namen ausgewählt und mir geschickt. Danach werden Sie also innerhalb von zwei Jahren sterben. Nun schicken wir Ihnen großzügigerweise unsere Zeitschrift ›JENSEITS‹. Es ist eine kostenlose Dienstleistung, nichts weiter.«

»Aber ich werde nicht in zwei Jahren sterben. Nicht ich, nicht Amos Cabot.«

»Das liegt ganz bei Ihnen, Sir. Ich habe hier nur reine Routinearbeit auszuführen. Ihre Adresse steht auf der Liste und wird erst gestrichen, wenn ein Exemplar mit dem Vermerk ›Empfänger verstorben‹ zurückkommt.«

»Aber ich werde nicht sterben.«

»Das kann durchaus sein, auch wenn mir im Augenblick kein Präzedenzfall einfällt. Aber da es sich um ein Zweijahresabonnement handelt, wird es nach Ablauf dieser zwei Jahre vermutlich automatisch gelöscht.«

Für Amos war der ganze Tag verpfuscht, auch wenn die Sonne noch so warm vom Himmel schien. Er fuhr nach Hause und dachte so angestrengt über die Sache nach, daß er nicht schlafen konnte. Am nächsten Tag ging es ihm auch nicht besser. Er begann sich schon zu fragen, ob nicht die Zusendung der Zeitschrift gerade das bezwecken sollte. Wenn der Tod schon so nahe war, wie diese Leute glaubten, konnte er sich doch mit den Tatsachen abfinden, nicht wahr? Ein Testament aufsetzen, seinen Nachlaß ordnen, Grabstelle und Grabstein bestellen und in Frieden dahinscheiden.

»Nein«, schrie er, »nicht mit mir!« Zuerst hatte er vor, die nächste Ausgabe abzuwarten, auf den Umschlag ›Empfänger verstorben‹ zu schreiben und die Sendung zurückgehen zu lassen, damit er von der Abonnementsliste gestrichen wurde. Aber dann fiel ihm der dicke, kleine Mercer ein, und er sah förmlich das glückliche Lächeln des Vertriebsleiters in dem Augenblick, wo die Abbestellung auf seinen Schreibtisch flattern würde. Pünktlich wie immer, würde Mercer denken. Der alte Narr hätte wissen müssen, daß man Statistiken nicht umgehen kann. Aber Amos würde es ihnen schon zeigen. Trotz aller Statistik waren die Cabots eine langlebige Rasse, und auch eine starrköpfige. So leicht ließ er sich nicht unterkriegen.

Nach einigem Überlegen suchte er seinen alten Hausarzt auf und bat ihn um eine gründliche Untersuchung.

»Gar nicht übel für einen so alten Burschen«, sagte der Arzt, während Amos sich das Hemd zuknöpfte.

»Ich bin erst zweiundsiebzig, das ist kein Alter.«

»Natürlich nicht«, sagte der Arzt besänftigend, »nur die Statistik, wissen Sie... Ein Mann Ihres Alters mit Ihrem Lebenslauf...«

»Lassen Sie mich mit der verdammten Statistik in Ruhe, deshalb bin ich nicht hergekommen. Wie sieht der Befund aus?«

»Was Ihren Gesundheitszustand betrifft, können Sie sich nicht beklagen«, sagte der Doktor. »Der Blutdruck ist in Ordnung, aber Sie neigen zu Anämie. Essen Sie denn genug Leber und frisches Gemüse?«

»Leber hasse ich, und frisches Gemüse ist zu teuer.«

»Das liegt bei ihnen, aber vergessen Sie nie, daß man nichts mitnehmen kann. Geben Sie für Ihre Ernährung ruhig mehr Geld aus. Und gönnen Sie Ihrem Herzen eine Pause, steigen Sie nicht zu viele Treppen.«

»Wie soll ich das machen, wenn ich im dritten Stock wohne?«

»Auch das liegt bei Ihnen. Sie sollten Ihrem alten

Herzen zuliebe ins Erdgeschoß ziehen. Dazu Vitamin D im Winter und ...«

Es kamen noch mehr Ratschläge dieser Art. Nachdem Amos die erste Wut hinuntergeschluckt hatte, begann er sich Notizen zu machen: Ernährung, Vitamine, Schlaf, frische Luft und so weiter. Angesichts des Zweijahresabonnements auf ›JENSEITS‹ schenkte er diesen Notizen doch einige Aufmerksamkeit.

Er merkte gar nicht, wie rasch die nächsten Monate vergingen. Er hatte alle Hände voll zu tun: ein Zimmer im Erdgeschoß suchen, die Eßgewohnheiten ändern, das neue Heim einrichten. Zuerst warf er die Zeitschrift ›JENSEITS‹ immer gleich in den Müll, wenn der blaue Umschlag durch den Briefschlitz fiel, aber nach einem Jahr wurde er allmählich kühner. Er riß die Anzeige eines Mausoleums aus schönstem Marmor heraus, schrieb mit Bleistift quer darüber ›Für dich reserviert! Nicht für mich!‹ und nagelte sie an die Wand. Dann folgten weitere Bilder von freundlichen Totengräbern, die auf eine gähnende Öffnung in der Erde zeigten, von maßgezimmerten Särgen mit komfortabler Polsterung und so weiter. Nach achtzehn Monaten vergnügte er sich damit, mit Pfeilen auf das Foto des ›Gründers der Incino-Urnen-Gesellschaft‹ zu werfen und jeden Tag im Kalender abzuhaken.

Erst in den letzten Monaten begann er sich wieder Sorgen zu machen. Er fühlte sich wohl, und sein Arzt beglückwünschte ihn zu seiner prächtigen Gesundheit, aber es konnte ja trotzdem sein, daß die Statistiker recht hatten und seine Zeit fast abgelaufen war. Wenn er nicht ein Cabot gewesen wäre, hätte er sich vielleicht zu Tode gegrämt. So aber nahm er sich vor, sein Schicksal zu besiegen.

Dann waren nur noch wenige Wochen übrig, schließlich ein paar Tage.

Fünf Tage vor dem Eintreffen der Zeitschrift schloß

er sich in seinem Zimmer ein und ließ sich das Essen aus dem Delikatessengeschäft heraufschicken. Es war zwar teuer, aber er wollte jetzt keine Verkehrsunfälle riskieren. Nach vierundzwanzig Monaten mußte sein kostenfreies Abonnement abgelaufen sein.

Der nächste Morgen würde es zeigen. Er konnte die ganze Nacht nicht schlafen, obwohl er wußte, daß regelmäßiger Schlaf für ihn sehr wichtig war. Er nickte gegen Morgen eine Weile ein und wachte erschrocken auf, als er draußen die Schritte des Postboten hörte. Heute war der entscheidende Tag. Würde ein fünfundzwanzigstes Heft kommen? Amos' Herz klopfte, während er bedächtig den Bademantel überzog. Sein Zimmer lag gleich rechts hinter dem Hauseingang. Er brauchte nur auf den Flur hinauszutreten und die Haustür zu öffnen.

»Guten Morgen«, sagte er zu dem Postboten.

»Morgen«, antwortete der Mann und gab ihm einen Stapel Briefe. Amos schloß die Tür und blätterte dann fieberhaft die Post durch.

Es war nicht dabei. Er hatte gesiegt!

Dieser Tag zählte zu den glücklichsten in seinem ganzen Leben. Im Vergleich dazu bedeuteten seine Siege über die Taxigesellschaft und die Automatengangster überhaupt nichts. Diesmal hatte er nicht eine Schlacht, sondern den Krieg gewonnen. Er hatte sie alle besiegt, die Statistiker und Buchhalter, die Computer und Karteien, die Angestellten und Redakteure. Er hatte gewonnen!

Er trank eine Flasche Bier – die erste seit zwei Jahren – und dann noch eine. Er lachte und unterhielt sich mit den anderen Männern an der Bar. Erst spät fiel er ins Bett und schlief wie tot, bis ihn das Klopfen der Hauswirtin weckte.

»Post für Sie, Mr. Cabot.«

Die Angst griff nach ihm und wich nur langsam. Das durfte nicht sein. In zwei Jahren war ›JENSEITS‹ nie zu spät gekommen. Also mußte es eine andere Sendung sein. Er öffnete zögernd die Tür, nahm den großen blauen Umschlag entgegen und hätte ihn um ein Haar fallen lassen.

Er konnte erst wieder aufatmen, als er ihn auf das Bett gelegt hatte. Er fühlte sofort, daß es nicht die Zeitschrift ›JENSEITS‹ war. Der Briefumschlag enthielt allerdings auch eine Zeitschrift. Der Titel lautete ›DAS GREISENALTER‹ Darunter stand ›Zeitschrift für Geriatrie‹. Auf dem Umschlag war ein kranker alter Mann in einem Rollstuhl abgebildet, der ein Teeglas in der zittrigen Hand hielt. Das Heft enthielt Anzeigen für Zimmerklosetts und Hämorrhoidenkissen, Krücken und Krankenbetten, Artikel wie ›Lern Blindenschrift, solange du noch sehen kannst‹, ›Bettlägerig und doch zufrieden‹ oder ›Gelähmt seit fünfundzwanzig Jahren‹.

Aus der Zeitschrift fiel ein Brief heraus. Amos nahm ihn und las hier und da ein paar Worte.

Willkommen in der Familie... Zeitschrift für Geriatrie lehrt Sie die Kunst des Alterns... Noch viele schöne Jahre... Leere Jahre... Was für ein Glück, jeden Monat regelmäßig... Braille-Ausgabe für Blinde und Taube... Monatlich...

Er hatte Tränen in den Augen, als er den Kopf hob. Es war dunkel, ein verregneter, kalter Aprilmorgen, der Wind rüttelte an den Fensterscheiben. Tropfen liefen am Glas hinab wie große, kalte Tränen.

Eingemottet

Ich geh mal ein bißchen näher ran«, sagte Meta und langte zur Steuerung des pyrranischen Spacers.

»Das würde ich an deiner Stelle bleibenlassen«, entgegnete Jason, obwohl er wußte, daß Pyrraner jede Warnung als Affront auffaßten.

»Nur keine Angst. Dafür sind wir schon zu weit vorgedrungen«, sagte Kerk, wie nicht anders zu erwarten war. Er beugte sich näher an den Bildschirm heran. »Zugegeben, das Ding ist enorm groß, drei Kilometer lang, schätze ich, und wahrscheinlich ist es das letzte Kriegsschiff dieser Art. Aber es hat an die fünftausend Jahre auf dem Buckel, und wir sind rund zweihundert Kilometer davon entfernt…«

Ein winziges, gelbrotes Licht blinkte am fernen Kriegsschiff auf; gleichzeitig wurde der pyrranische Spacer mit einem heftigen Ruck zur Seite geschleudert. Alarmlichter flackerten über die Kontrollkonsole.

»Für wie alt hältst du das Schiff?« fragte Jason scheinbar arglos und erntete einen bitterbösen Blick von Kerk.

Meta ließ den Spacer in weitem Bogen umschwenken und rief eine Statusmeldung auf. »Die Backbordfinne ist schwer beschädigt und der Rumpf an drei Stellen leckgeschlagen. Bevor wir zur Landung ansetzen, müssen im Schwebezustand Reparaturen vorgenommen werden.«

»Sehr gut. Ist mir recht, daß wir getroffen worden sind«, sagte Jason dinAlt. »Vielleicht lassen wir in Zukunft ein bißchen mehr Vorsicht walten, denn sonst können wir uns die versprochenen fünfhundert Millionen an den Hut stecken. Ich schlage vor, wir kehren zur Flotte zurück und lassen uns vom Kommandanten über all die kitzligen Details aufklären, die er uns im Vorfeld verschwiegen hat.«

Admiral Djukich, der Kommandant der terranischen Raumstreitkräfte, war ein kleiner Mann, der im Vergleich zur gewaltigen Statur des Pyrraners geradezu zwergenhaft wirkte. Er wich zurück, als sich Kerk über seinen Schreibtisch beugte und drohte: »Uns bleibt nur noch der Rückzug. Die Rim-Horden werden über den Sektor einfallen, und Sie sind geliefert.«

»Nein, dazu wird's nicht kommen. Uns stehen schließlich noch jede Menge Mittel zur Verfügung. Wir könnten eine Flotte bauen, Schiffe dazukaufen, was allerdings eine ziemlich langwierige Geschichte sein würde. Es wäre sehr viel leichter, den alten Kreuzer einzusetzen.«

»Leichter?« erwiderte Jason und krauste die Stirn. »Wie viele sind denn schon draufgegangen beim Versuch, das Ding zu kapern?«

»Siebenundvierzig, um genau zu sein. ›Leicht‹ ist vielleicht übertrieben. Mit ein paar Schwierigkeiten muß gerechnet werden.«

»Haben Sie deshalb Felicity benachrichtigt?« fragte Jason.

»Ja sicher. Wie Sie wissen, ist Ihr Planet Rohstofflieferant für unsere Schwermetallindustrie. Über diese Verbindung haben wir von den Heldentaten der Pyrraner gehört, davon, daß knapp hundert Ihrer Leute eine ganze Welt haben erobern können. Wir dachten, daß es für Sie ein leichtes wäre, das Schiff zu kapern.«

»Sie haben uns allerdings verheimlicht, wer auf diesem Schiff das Kommando führt und dafür sorgt, daß ihm niemand zu nahe kommt.«

»Tja, Sie schneiden da ein Problem an, das auch uns Kopfzerbrechen macht. Das Schiff ist nämlich unbemannt...« Sein Lächeln wirkte sehr künstlich. »Bitte, lassen Sie mich erklären. Dieser Planet hier zählte einmal zu den bedeutendsten im ganzen Imperium. Zwar behaupten mindestens elf weitere Welten, die Wiege der Menschheit zu sein, aber wir auf der Erde sind ziemlich sicher, den eigentlichen Ursprungsplaneten zu bewohnen. Das Kriegsschiff liefert, wie wir meinen, den Beweis. Nach dem vierten galaktischen Expansionskrieg wurde das Schiff eingemottet. An dem Zustand hat sich bis heute nichts geändert.«

Kerk schnaubte verächtlich. »Sie werden mir nicht weismachen können, daß ein unbemanntes und seit fünftausend Jahren eingemottetes Kriegsschiff siebenundvierzig Leute umbringen kann.«

»Ich zweifle keinen Augenblick daran«, sagte Jason, an Kirk gewandt. »Und du wirst auch noch dahinterkommen. Denk doch nur einmal nach. Da draußen schwebt ein drei Kilometer langer, nahezu unzerstörbarer Kreuzer, angetrieben von den größten Atomgeneratoren, die je für Schiffe gebaut wurden. Selbstverständlich ist es auch mit den größten Bordkanonen, mit den raffiniertesten Verteidigungs- und Angriffswaffen ausgerüstet worden, und zwar alles in doppelter Ausführung mit paralleler Steuerung und Computern, die ... na bitte, du schmunzelst ja endlich. Das ist doch der Traum eines jeden Pyrraners: die Superwaffe schlechthin. Stellt euch vor, so ein Ding zu kapern und unter Kontrolle zu bringen. Wäre das kein Vergnügen?«

Kerk und Meta grinsten und nickten beifällig. Doch dann wurden ihre Mienen wieder ernst, als Jason fortfuhr: »Aber das Schiff ist eingemottet. Sämtliche Aggregate sind ausgeschaltet – ausgenommen der Antrieb und die Waffensysteme. Offenbar steht der Zentralcomputer nach wie vor in Bereitschaft. Er schlägt

Alarm, sobald sich jemand an dem Kreuzer vergreifen will. Der Schuß, der auf uns abgegeben wurde, war nur eine Warnung. Wir hätten uns auch einen Volltreffer einhandeln können. Wäre das Schiff bemannt, bliebe uns nicht die geringste Chance. Da dem aber nicht so ist, könnten wir den Computer auszutricksen versuchen. Das wird zwar nicht einfach sein, ist aber immerhin möglich.« Lächelnd wandte sich Jason an Admiral Djukich und sagte: »Wir übernehmen den Job, fordern aber das Doppelte. Wir wollen eine Milliarde.«

»Kommt gar nicht in Frage. Das übersteigt unsere finanziellen Möglichkeiten bei weitem …«

»Die Rim-Horden rücken näher, und sie werden kurzen Prozeß machen. Verstärkung herbeizurufen, nutzt jetzt nichts mehr. Dafür ist es zu spät. Die feindliche Flotte setzt sozusagen schon zur Landung an. Die Jungs werden Ihnen die Tür eintreten und ein Blutbad anrichten …«

»Jetzt reicht's aber«, jammerte der Admiral. Sein Gesicht war kreideweiß. Bürohengst, dachte Jason; einer, der noch nie im Einsatz war. »Na, schön, sei's drum. Aber ich setze Ihnen eine Frist. Sie haben dreißig Tage Zeit. Überziehen Sie auch nur um eine Minute, gehen Sie leer aus. Ist das klar?«

Jason warf Kerk und Meta einen Blick zu, die kurzentschlossen nickten und ihr Einverständnis zum Ausdruck brachten.

»Abgemacht«, sagte Jason. »Eine Milliarde also. Jetzt brauchen wir nur noch die nötige Ausrüstung, Material und Unterstützung von der Raummarine und, wenn's geht, noch ein paar Leute, die uns im Ernstfall zur Seite springen. Sorgen Sie dafür.«

Admiral Djukich stöhnte und kaute auf der Unterlippe herum. »Das wird teuer.«

»Ihr Geiz könnte Ihnen das Leben kosten«, flüsterte Jason.

Dem Admiral standen inzwischen die Haare zu Berge. »Ich lasse sofort den Vertrag aufsetzen. Wann können Sie mit dem Einsatz beginnen?«

»Wir sind schon dabei. Geben Sie uns Ihr Wort darauf; unterzeichnen können wir später.« Er nahm die lasche Hand des Admirals und drückte energisch zu. »Sie haben nicht zufällig irgendwelche Unterlagen, die uns verraten könnten, wie wir aufs Schiff kommen?«

»Wenn wir die hätten, bräuchten wir Sie nicht. Wir haben sämtliche Archive auf den Kopf gestellt, aber nichts gefunden. Was wir an Informationen haben, steht Ihnen zur Verfügung. Ich bezweifle allerdings, daß Sie was damit anfangen können.«

»Wohl kaum. Den siebenundvierzig Freiwilligen haben Ihre Informationen auch wenig genützt. Fünftausend Jahre sind verdammt viel, und über diesen Zeitraum geht selbst der effizientesten Verwaltung einiges durch die Lappen. Leider lassen sich brauchbare Auskünfte weniger leicht einmotten als Raumschiffe. Aber das soll uns nicht weiter stören. Pyrraner bleiben bei der Stange. Lassen Sie uns sämtliche Unterlagen, die Sie haben, zukommen. Wir, meine Kollegen und ich, ziehen uns jetzt in unser Quartier zurück und schmieden Pläne. Schließlich haben wir eine Frist einzuhalten, oder?«

Kaum hatten sie die Tür zu ihrer Wohnung hinter sich zugezogen, fragte Kerk: »Was denkst du dir eigentlich? Wie sollen wir das schaffen?«

»Keine Ahnung«, antwortete Jason und erwiderte die düsteren Blicke seiner Kollegen mit breitem Grinsen. »Aber bevor wir uns darüber Sorgen machen, sollten wir was trinken. Auch wenn es wahrscheinlich nicht zu vermeiden sein wird, daß wir am Ende die Brechstange ansetzen müssen, sollten wir erst einmal gründlich nachdenken und unter Beweis stellen, daß unsere Intelligenz den Maschinen immer noch überlegen ist. Schatz, ich nehme einen Doppelten mit Eis.«

»Bedien dich selbst«, sagte Meta. »Wie konntest du einschlagen, ohne eine Ahnung davon zu haben, wie wir das schaffen sollen?«

Sie ließen die Gläser klirren und tranken. Jason seufzte. »So kommen wir wenigstens schon mal an Bares ran, und das haben wir bitter nötig. Wenn wir das verdammte Ding nicht kapern können, haben wir bloß dreißig Tage verloren und mehr nicht.« Er hatte seine Lektionen gelernt und wußte, daß mit Pyrranern nicht vernünftig zu diskutieren war und daß es im Umgang mit ihnen auch weniger umständliche Wege gab, um ans Ziel zu gelangen. »Ihr habt doch nicht etwa Angst vor dem Schiff, oder?«

Er lächelte zuckersüß, angesichts der wütenden Blick der anderen, die impulsiv mit der Hand nach den gehalfterten Waffen langten, sich aber dann doch schnell besannen.

»Laßt uns an die Arbeit gehen«, sagte Kerk. »Wir haben keine Zeit zu vertrödeln. Womit fangen wir an?«

»Mit Recherchen. Wir sollten zusammenkramen, was an Informationen über Schiffe ähnlichen Typs zu holen ist. Dann sehen wir weiter.«

»Mir leuchtet nicht ein, was es bringen soll, das Schiff mit Steinen zu bewerfen«, sagte Meta. »Wir wissen doch längst, daß alles, was dem Ding nahe kommt, zerschossen wird. Ein solches Vorhaben ist reine Zeitverschwendung. Und jetzt willst du auch noch Lebensmittel verschwenden, all das gute Fleisch ...«

»Meta, Liebling, halt die Luft an. Was du für Unsinn hältst, hat Methode. Da draußen schwebt das Kommandoschiff der Marine. Es hat seinen Radarschirm aufgespannt, registriert jeden abgefeuerten Schuß, wie weit er gekommen, von welcher Waffe er abgefeuert worden ist und so weiter. Dreißig Spacer schleudern unablässig Meteoritengestein auf das Schlachtschiff. Mit solch einem Beschuß haben eingemottete Kreuzer nur selten zu tun. Wie die Abwehrsysteme darauf reagieren, dürfte für uns sehr interessant sein. Wir lassen jetzt noch ein paar Rinderhälften folgen, wovon jede mit Armilon-Plastik ummantelt ist. Sie werden jeweils aus verschiedenen Winkeln und mit unterschiedlicher Geschwindigkeit aufs Ziel zufliegen. Wenn eine davon durchkommt, wissen wir, daß ein Mann im Raumanzug, der aus demselben Material besteht, ebenfalls zum Schiff vordringen kann. Und für den Fall, daß der Schiffscomputer immer noch nicht überfordert ist, habe ich einen ausgewachsenen Planetoiden in Bewegung gesetzt, und zwar auf Kollisionskurs mit unserer eingemotteten Freundin. Entweder wird er von den Bordgeschützen pulverisiert, was jede Menge Energie kosten würde, oder aber das Schiff zur Flucht veranlassen. Was auch geschieht, wir werden unsere Schlüsse daraus ziehen, und mit jeder zusätzlichen Information kommen wir einer Lösung näher.«

»Die erste Rinderhälfte ist unterwegs«, meldete Kerk von seinem Posten. »Ich habe vorher noch ein paar Steaks abgeschnitten, nur vom Feinsten. Das Experiment wird dadurch wohl kaum beeinträchtigt werden, und wir haben jetzt die Gefriertruhe voll.«

»Du wirst auf deine alten Tage wohl noch futterneidisch«, sagte Jason.

»Vergiß nicht, daß ich alles von dir gelernt habe«, entgegnete Kerk. »Da vorne fliegt das Teil.« Er zeigte auf einen winzigen Lichtpunkt, der sich über den Bildschirm bewegte. »Ist 'ne Sprengladung dran, die beim Aufprall hochgeht. Jetzt kommt auch schon die zweite Hälfte. Es scheint, sie dringen weiter vor als die Steinbrocken … aber leider nicht viel weiter.«

Jason zuckte die Achseln. »Tja, da müssen wir uns wohl noch was einfallen lassen. Es bleiben noch zwei Stunden Zeit, bis der Planetoid aufkreuzt. Vielleicht sollten wir uns vorher ein wenig stärken. Wie wär's mit ein paar gebratenen Steaks und einer Flasche Wein?«

Der mit Spannung erwartete Beschuß war ein Flopp. Urgewaltig tauchten aus den Tiefen des Alls Millionen Tonnen soliden Gesteins auf, die sich auf ballistischem Weg dem Schiff näherten. Daß es dazu eines gigantischen technischen wie finanziellen Aufwands bedurfte, ließ Admiral Djukich immer wieder anklingen. Die Schiffsradare piepten emsig, und als der Computer seine Berechnungen ausgeführt hatte, zündeten einige Antriebsmotoren und schoben den Kreuzer ein Stück zur Seite. Der kleine Planet sauste achtern vorbei und setzte seine Reise durchs All fort.

»Sehr dramatisch«, spottete Meta und schlug ihren frostigsten Tonfall an.

»Immerhin haben wir daraus gelernt«, verteidigte sich Jason. »Wir wissen jetzt, daß der Antrieb nach wie vor funktioniert und in kürzester Zeit gezündet werden kann.«

»Und was haben wir davon?« fragte Kerk.

»Das wird sich zeigen. Vielleicht sind wir für diese Information noch einmal dankbar ...«

»Pyrrus Eins, bitte melden!«

Jason eilte zur Funkkonsole. »Hier ist Pyrrus Eins. Was gibt's?«

»Wir haben auf Frequenz 183,4 ein Signal vom Schlachtschiff empfangen. Die Nachricht lautet: ›Nederuebla al navigacio centro. Kroniku cî tio sângôn ...‹«

»Ich verstehe kein Wort«, sagte Meta.

»Das ist Esperanto, die alte Sprache des Imperiums. Der Zentralcomputer hat lediglich den Navigationsbereich angewiesen, den Kurs zu verändern. Wir kennen aber jetzt den Namen des Schiffs. Es heißt *Die Unzerstörbare.*«

»Ist das wichtig?«

»Und ob!« jubelte Jason und programmierte die neue Frequenz in den Kommunikator. »Sobald du jemanden mit Namen anreden kannst, hast du ihn schon halb am Wickel. Das wird dir jeder Handelsvertreter bestätigen können. Und jetzt bitte ich um absolute Ruhe. Ich muß mich konzentrieren.« Er leerte sein Weinglas, räusperte sich und schaltete das Funksprechgerät ein.

Auf esperanto sagte er: »Hallo, *Unzerstörbare,* hier meldet sich der Flottenstützpunkt. Erklären Sie, was Sie dazu veranlaßt hat, den Kurs zu ändern, ohne vorher mit uns Rücksprache genommen zu haben.«

»Gemäß Anordnung 590-L erfolgte Kursänderung, um Zerstörung zu vermeiden.«

»Der neue Kurs wird Sie in Gefahr bringen. Kehren Sie sofort auf den alten Kurs zurück!«

Einige Sekunden verstrichen in gespannter Stille. Dann zündete einer der Antriebe und ließ den Bug des Schiffes violett aufleuchten.

»Du hast es geschafft!« rief Meta freudig und umarmte ihn so stürmisch, daß ihm fast die Rippen knackten. »Es führt deine Befehle aus. Sag ihm jetzt, daß wir an Bord wollen.«

»So einfach ist das nicht. Aber laß mich mal machen. Ich werde das Ding überlisten.«

Wieder meldete er sich beim Zentralcomputer auf esperanto. »Kurskorrektur zufriedenstellend. Sie haben in den letzten Stunden sehr viel Energie verbraucht. Erklären Sie, was Ursache dafür war.«

»Meteoriten, die das Schiff bedrohten und zerstört werden mußten.«

»Mir wurde Meldung gemacht, daß die sekundären Raketenbatterien eingesetzt wurden. Ist das richtig?«

»Richtig.«

»Ihre Reserven gehen zur Neige. Wir werden Nachschub liefern.«

»Nicht nötig. Der Bedarfsfall ist noch nicht erreicht.«

»Ein Computer, der widerspricht«, flüsterte Jason, die Hand übers Mikrophon gestülpt. »Mal sehen, ob er sich in seine Schranken verweisen läßt.

Das Oberkommando verfügt eine Nachrüstung. In siebzehn Stunden wird ein Versorgungsschiff Ihre Laderampe erreichen. Bestätigen Sie, verstanden zu haben.«

»Verstanden. Wir erwarten das vereinbarte Signal, bevor das Versorgungsschiff in die Zweihundert-Kilometer-Zone eintritt.«

»Natürlich. Welches ist das zur Zeit gültige Signal?«

Die Antwort ließ auf sich warten. Jason hielt beide Daumen fest gedrückt.

Dann, nach zehn Sekunden: »Information kann nicht gegeben werden.«

»Sicherheitskontrolle. Handelt es sich lediglich um ein Funksignal?«

»Richtig.«

»Um einen gesprochenen Satz?«

»Falsch.«

»Um ein verschlüsseltes Signal?«

»Richtig.«

»Schenk mir noch einen Drink ein«, sagte Jason, nachdem er das Mikro ausgeschaltet hatte. »Das Spielchen wird wohl noch eine Weile dauern.«

So war es. Aber mit viel Ausdauer und List holte Jason Information um Information aus dem Computer heraus. Schließlich schaltete er das Funkgerät ab und schob den anderen ein bekritzeltes Stück Papier zu.

»Das ist zumindest etwas. Der Code besteht aus zehn Ziffern. Wenn wir die richtige Zahl eingeben, können wir ungehindert an Bord.«

»Und das Geld gehört uns«, sagte Meta. »Könnte unser Computer nicht Zahlen am Fließband generieren und rüberfunken? Irgendwann wird doch bestimmt mal die richtige dabeisein.«

»Daran habe ich auch schon gedacht. Die *Unzerstörbare* hält unseren Kontakt für einen Kommunikations-Check und hat mir verraten, daß sie bis zu siebenhundert Signale in der Sekunde empfangen und verifizieren kann. Unser Rechner wird zu jeder Rückmeldung sein OK geben. Gleichzeitig gehen alle Signale durch den Detektor; wenn also der richtige Code ankommt, öffnet sich uns automatisch der eingemottete Sesam.«

»Auf den Trick würde doch nicht einmal ein Vorschulkind reinfallen«, meinte Kerk.

»Überschätze niemals die Intelligenz eines Computers. Du vergißt, daß es sich um eine Maschine handelt, und die hat nicht das geringste Vorstellungsvermögen. Also, versuchen wir's. Mal sehen, was dabei rausspringt.« Er stellte ein paar Berechnungen an, fluchte dann leise vor sich hin und trat verärgert vor die Konsole. »Mist! Insgesamt gibt's neun hoch zehn verschiedene Zahlenkombinationen. Wenn wir pro Sekunde siebenhundert durchgeben, sind wir erst nach rund fünf Monaten mit allen durch.«

»Und uns bleiben nur drei Wochen.«

»Danke, Meta, den Kalender kann ich noch selbst lesen. Was soll's? Wir müssen es versuchen und lassen uns vom Marinecomputer dabei helfen. Die Chancen stehen fünf zu eins, daß wir den Code rechtzeitig knacken. Derweil können wir uns ja Gedanken über alternative Möglichkeiten machen.«

Die Marine schickte einen kleinen Mann mit großem Koffer. Shrenkly, so sein Name, war der Chef der Decodierabteilung und außerdem begeisterter Hobbytüftler und Zahlenjongleur. Endlich stand er, der in seinem Job nur selten gefordert wurde, wieder einmal vor einer kniffligen Aufgabe. Mit großem Eifer machte er sich sofort an die Arbeit.

»Wunderbar«, sagte er. »Das klappt ja wie am Schnürchen. Der Rechner stößt eine aufsteigende und eine fallende Ziffernreihe aus. In der Zwischenzeit werde ich ein paar Permutationsberechnungen durchgehen, die …«

»Machen Sie das«, unterbrach Jason lächelnd und klopfte dem kleinen Mann auf die Schulter. »Berichten Sie mir später. Wir müssen jetzt zu einer Sitzung. Kerk, Meta, es wird Zeit.«

»Was für eine Sitzung?« fragte Meta, von Jason zum Ausgang hin gedrängt.

»Die habe ich gerade angesetzt, um von diesem Spinner wegzukommen«, antwortete Jason und schloß die Tür. »Soll er seinen Job machen; wir denken uns unterdessen was anderes aus.«

»Aber ich fand sehr interessant, was er zu sagen hat.«

»Na, schön, dann unterhalte dich mit ihm. Aber ohne mich. Ich finde, wir sollten uns lieber zusammensetzen und neue Strategien entwickeln.«

So wurden weitere Pläne geschmiedet, die aber allesamt in der Umsetzung scheiterten. Sie ließen fliegende Miniaturroboter bauen und setzten sie in Marsch. Sie wurden aber samt und sonders abgeschossen, zuletzt auch derjenige, der nicht größer war als eine Münze. Versessen auf Kleinstgeräte, gaben sie den Auftrag zum Bau eines fliegenden Auges, das – stecknadelkopfgroß – einen dünnen Steuerfaden hinter sich herzog und angetrieben wurde von einem mikroskopisch kleinen Ionenreaktor. Es kam bis auf fünfzehn Kilometer an die *Unzerstörbare* heran, konnte aber dann von deren Sensoren geortet und mit einem einzigen Schuß eliminiert werden.

Es gab noch weitere Vorschläge und brillante Ideen,

doch nichts davon erwies sich in der Praxis als tauglich. Das große Schlachtschiff schwebte im All, las siebenhundert Zahlen in der Sekunde und zerschoß derweil alles, was ihm zu nahe kam. Und jeder Versuch kostete Zeit. Die Tage vergingen. Jason entwickelte chronische Kopfschmerzen und konnte kaum schlafen. Das Problem schien unlösbar zu sein. Er saß wieder einmal vor dem Computer und berechnete ballistische Kurven, als Meta hinter ihm auftauchte.

»Falls du mich gleich suchen solltest. Ich bin bei Shrenkly«, sagte sie.

»Viel Vergnügen.«

»Gestern hat er mir die Systematik der Frequenztabellen erklärt. Heute will er mir ein paar einfache Substitutionsformeln beibringen.«

»Wie aufregend.«

»Ja, das ist es. Jedenfalls kommen wir damit weiter als du mit deinen Steinwürfen. Wir haben nur noch zwei Tage Zeit.«

Sie marschierte davon und schlug die Tür hinter sich zu. Jason konnte vor Müdigkeit die Augen kaum mehr offenhalten. Er war schon fast so weit, seine Niederlage einzugestehen, und suchte Trost an der Flasche, als Kerk den Raum betrat.

»Nur noch zwei Tage«, murrte er.

»Hätte ich fast vergessen. Nur gut, daß Pyrraner niemals aufgeben. Ich für mein Teil habe den vagen Verdacht, daß wir am Ende sind.«

»Nein. Wir können kämpfen.«

»So spricht der Pyrraner. Aber ich fürchte, daraus wird nichts. Wir können doch nicht einfach unsere Kampfmontur anlegen und das Schiff stürmen.«

»Warum nicht? Kleinere Feuersalven prallen von uns ab, so auch Strahlen, solange sie nicht allzu stark sind. Wir müssen nur den größeren Geschossen ausweichen und uns durchboxen.«

»Ach ja? Und wie sollen wir das anstellen?«

»Weiß ich nicht. Aber vielleicht fällt uns auf die schnelle noch was ein. Wir müssen uns jedenfalls beeilen.«

»Was du nicht sagst. Vermutlich fällt's dir und deinesgleichen leichter zu sterben als eine Schlappe zuzugeben. Wir werfen uns in Montur, fliegen hinter einem Meteoriten aufs Schiff zu und machen dann den Detektoren weis, daß wir nicht etwa gepanzerte Piraten sind, sondern frei trudelnde Bierfässer, die sich auch mit kleinkalibriger Munition aus dem Weg räumen lassen. So robben wir uns voran, entern das Schiff, kassieren eine Milliarde und leben vergnüglich bis an unser natürliches Ende.«

»Ja, so ungefähr. Ich hole nur schnell die Raumanzüge.«

»Denk lieber vorher noch mal nach. Wie sollen wir den Detektoren weismachen…« Jason stockte mitten im Satz und sperrte die Augen auf. Dann schlug er Kerk auf die Schulter, vor Begeisterung ein wenig zu fest, aber der Pyrraner konnte einiges wegstecken.

»Ja, so könnte es hinhauen!« jubelte Jason und ließ die Finger auf der Tastatur herumtanzen. Kerk wartete geduldig, während Jason einen Wust von Daten in den Rechner eingab und die gewünschten Informationen ausdrucken ließ.

»Da haben wir's«, rief Jason und wedelte mit dem Papier in der Luft herum. »Der Angriffsplan mit Erfolgsgarantie. Er basiert auf dem Umstand, daß der Schiffscomputer nicht mehr als eine blöde Antwortmaschine ist, die bei ihren Rechenaufgaben die Finger zu Hilfe nehmen muß. Das tut sie zwar recht fix, aber stets nach programmierten Regeln. So, und jetzt merke auf! Der verwundbarste Teil des Schiffs ist das Heck, da hier die Haupttriebwerke sitzen. Insgesamt können nur hundertvierzehn Geschütztürme auf diese Stelle ausgerichtet werden, und dafür brauchen sie Zeit.«

»Was soll das heißen?«

»Die Kanonen müssen sich um hundertachtzig Grad drehen; die kleineren brauchen dafür knapp eine Sekunde. Damit können wir rechnen. Darüber hinaus gilt es zu berücksichtigen, welche Ziele anvisiert werden. Schnell fliegende Meteoriten werden, wie wir gesehen haben, früher abgefangen als die langsameren. Außerdem kennen wir die Feuergeschwindigkeit der Kanonen, ihren Aktionsradius und so weiter. All das habe ich in den Computer eingegeben, und der spuckt mir diesen Wisch hier aus.«

»Was steht drauf?«

»Daß wir es schaffen können. Wir werden in der Mitte einer diskusartigen Formation aus abgeschossenen Felsbrocken von hinten auf die *Unzerstörbare* zufliegen. Und zwar sind so viele Brocken an der Attacke beteiligt, daß sämtliche Kanonen, die diesen Bereich abdecken, Sperrfeuer geben. Wir sind in unseren Anzügen nur halb so groß wie die kleinsten Felskaliber, das heißt: auf uns legen nur die leichteren Waffen an. Gleichzeitig wird nun eine zweite massive Wolke aus einem um neunzig Grad verschobenen Winkel aufs Schiffsheck zufliegen und den Zweihundert-Kilometer-Sektor erst dann erreichen, wenn sämtliche Kanonen ihr Feuer auf uns eröffnet haben. Sobald also die erste Salve auf uns abgegeben worden ist, müssen die größeren Kanonen auf die Wolke umschwenken. Wir nutzen die Gelegenheit, fliegen beschleunigt auf die Heckantriebe zu, und ehe die Kanonen auf uns, die wir nun Hauptziele sind, zurückschwenken können, sind wir schon im Raketentriebwerk verschwunden.«

»Klingt unmöglich. Wie lange dauert der kritische Moment, also die Zeitspanne zwischen Erreichen des

Triebwerks und dem frühestmöglichen Kanonenschuß, der auf uns gezielt ist?«

»Ziemlich exakt sechs Zehntelsekunden.«

»Jede Menge Zeit. Worauf warten wir noch?«

Jason hob die Hand. »Nicht so eilig. Wir nehmen Schneidwerkzeuge und Waffen mit. Wenn wir erst einmal im Schiff sind, dürfte es keine größeren Schwierigkeiten mehr geben. Allerdings bin ich dafür, daß nur wir zwei alleine gehen und Meta hier lassen.«

»Zu dritt sind unsere Chancen größer.«

»Der Fall wird nicht eintreten, denn ich bleibe, wenn sie mitgeht.«

»Na schön, dann eben nur wir zwei.«

Meta beschäftigte sich gerade mit ihrem neuen Steckenpferd aus Codes und Chiffren. Der Zeitpunkt war günstig. Die Marineschiffe der Erde hatten ihre Steinschleuderfähigkeiten mittlerweile perfektioniert – und die Nase voll von diesem Spiel. Während die Computer heißliefen und alle Vorbereitungen getroffen wurden, stiegen Kerk und Jason in ihre Kampfanzüge: armierte Monturen voller Tanks und Waffen. Kerk hakte das Spezialwerkzeug ein, als Jason den Melder der Luftschleuse kurzschloß, um zu vermeiden, daß Meta, die in der Kommandozentrale saß, Wind bekam von ihrem Ausstieg. Lautlos schlüpften sie nach draußen.

Frei im Raum zu schweben wird auch den erfahrensten Kosmonauten nie zur Gewohnheit, denn dieser Zustand ist alles andere als vergnüglich. Allzu leicht verliert er die Orientierung, und ihm geht jeder Sinn für Richtung verloren. Jason war mehr als froh, die klobige Gestalt des Pyrraners neben sich zu sehen.

»Die Operation ist angelaufen«, knisterte es durch die Kopfhörer.

Von nun an waren die beiden voll konzentriert. Der Computer informierte sie über die herbeifliegende

Wand aus riesigen Gesteinsbrocken, die sie selbst noch nicht sehen konnten, und wies sie an, in Deckung zu gehen. Dann war das gewaltige Geschwader plötzlich da, sauste vorüber und verlor sich schon in der Ferne, als sie die Düsen des Raumanzugs zündeten. Streng nach Anleitung durch den Computer beschleunigten die beiden und nahmen den für sie freigestellten Platz in der Mitte der fliegenden Steinwüste ein. Ein paar Feinabstimmungen waren nötig, um exakt dieselbe Geschwindigkeit zu erzielen. Dann schalteten sie den Antrieb aus und trieben schwerelos mit den Felsbrocken dahin.

»Du weißt, was zu tun ist?« fragte Jason.

»Allerdings«, antwortete Kerk.

»Trotzdem, mir wär's lieb, wenn wir die Sache noch einmal Punkt für Punkt durchgingen.« Das Schlachtschiff war schon zu erkennen: als ein winziger Splitter im All. »Wir lassen uns reglos treiben und schalten nur im extremen Notfall den Antrieb ein. Wenn uns kleine Munition trifft, können wir von Glück reden, denn dann wissen wir, daß die größeren Kanonen auf andere Ziele ausrichtet sind. Dann kommt, hoffentlich pünktlich, die zweite Steinwolke und gibt uns Flankenschutz. Davon werden wir zwar nichts sehen, aber der Computer hält uns auf dem laufenden. Er gibt uns ein Signal, sobald die großen Kanonen abdrehen. Wir sprinten dann los. Mit Volldampf in Richtung Heckmotoren. Elfhundert Meter vor dem Ziel schalten wir auf Umkehrschub, denn dann sind wir außer Reichweite der Kanonen. Also los, wir sehen uns am Rand des Raketentriebwerks!«

»Und wenn der Schiffscomputer das Ding zündet, um uns rauszupusten?«

»Daran sollten wir besser gar nicht erst denken. Wir können nur hoffen, daß das Abwehrprogramm einen solchen Fall nicht vorgesehen hat.«

Ringsum explodierte gleißendes Licht. Automatisch tönten sich die Helmvisiere der beiden, um die Augen zu schützen. Dennoch war jeder Treffer deutlich zu sehen. Ein Felsbrocken von der Größe eines kleinen Hauses verdampfte lautlos, keine hundert Meter von Jason entfernt. Instinktiv zuckte er in seinem Anzug zusammen. Die Zerstörung dauerte an. Plötzlich wurde die Stille von einem ohrenbetäubenden Geprassel durchschnitten. Jason hatte den Eindruck, wie in einem Cocktailshaker durchgeschüttelt zu werden.

Es hagelte auf ihn ein. Obwohl er damit gerechnet hatte, reagierte er schockiert auf die Wucht und das unglaubliche Getöse beim Aufprall kleiner Geschosse. So plötzlich, wie es begonnen hatte, war das Bombardement zu Ende. Durch den Kopfhörer flüsterte ihm die Computerstimme zu: *Los!*

»Volle Kraft voraus, Kerk. Ab geht's!« schrie er und schaltete den Antrieb ein.

Wie von einem Katapult abgeschossen, schleuderte es ihn nach vorn. Als er sich wieder rühren konnte, langte er mit der Hand nach dem Helm, um die Tönung im Visier herunterzudrehen. Das blendende Licht verglühender Materie ließ seine Augen tränen, und doch konnte er nun vor sich das Heck erkennen. Das Haupttriebwerk starrte ihn an wie ein riesiges schwarzes Auge. Es wuchs und füllte bald sein gesamtes Blickfeld. Ein rotes Kontrollicht am oberen Visierrand verriet ihm, daß er die Elfhundertmetermarke passiert hatte. Von nun an war er vor den großen Kanonen in Sicherheit, aber noch längst nicht außer Gefahr, denn er raste auf den Schiffskörper zu und drohte an ihm zu zerschellen. Die Bremskraft des Umkehrschubs raubte ihm fast die Sinne. Er geriet ins Trudeln, war außerstande, lenkend einzugreifen. Das schwarze Loch des Triebwerks schien ihn aufsaugen zu wollen.

Er konnte nichts mehr sehen. Er befand sich im Innern des Triebwerks. Der Bremsdruck ließ nach. Wo war Kerk? Hatte er es auch geschafft? Jason kam zum Stillstand und schwebte reglos inmitten des mächtigen Rohrs, als ihn ein schwerer Gegenstand rammte und vor die Zylinderwand schleuderte.

»Kerk!« Jason packte die schlaffe Gestalt, mit der er zusammen von der Wand abprallte und richtete den Helmscheinwerfer auf sie. »Kerk!« Keine Antwort. War er tot?

»Gelandet ... wenn auch alles andere als weich.«

»Na, immerhin haben wir's geschafft. An die Arbeit, bevor der Computer auf die Idee kommt, uns ins All zu pusten.«

In Windeseile brachten sie die Molekülsäge zum Einsatz und machten sich daran, ein kreisrundes Loch in den hinteren Zellenring zu schneiden. Zwei Minuten mußten sie bangen, daß das Triebwerk zündete, dann war der Einstieg geöffnet.

Kerk stemmte sich unter den Ausschnitt und startete seinen Antrieb. Sofort war der Pyrraner samt dem abgetrennten Metalldeckel verschwunden. Jason tauchte hinterher in den hellerleuchteten, riesigen Maschinenraum – den plötzlich ein greller Lichtblitz durchzuckte.

Jason wirbelte herum. Flammen stoben aus der Einstiegsluke, erstickten aber sofort wieder. Die Rakete hatte für den Bruchteil einer Sekunde gezündet. »Ein cleverer Computer«, sagte er kleinlaut. »Wirklich clever.«

Kerk hatte den Zwischenfall nicht mitbekommen; er war schon in die Kontrollstation zur Rechten abgetaucht und kehrte nun mit einer großen Karte zurück, die in einen verbogenen Metallrahmen eingespannt war.

»Der Grundriß des Schiffs. Ich habe ihn von der Wand gerissen. Zur Kommandozentrale geht's da lang. Nichts wie hin!«

»Ich komm ja schon«, murmelte Jason und versuchte, mit dem bulligen Pyrraner Schritt zu halten. Das mußte man ihnen lassen: Pyrraner waren schnell.

»Reparaturroboter«, sagte Jason, als sie in einen langen Gang einbogen und sich zwei großen Metallgestalten gegenübersahen. »Die tun uns nichts ...«

Kaum hatte er den Satz beendet, als die beiden Maschinen ihn mit lodernden Schneidbrennern attackierten. Kerk fackelte nicht lange, ließ die Waffe sprechen und verwandelte die beiden zu Schrott.

»Der Computer ist pfiffiger als gedacht. Er wird uns wohl noch ein paar Knüppel zwischen die Beine werfen. Gib acht und halte mir den Rücken frei.«

Zum Palavern hatten sie nun keine Zeit mehr. In der Hoffnung, das Sicherheitssystem täuschen zu können, strebten sie nicht direkt der Kommandozentrale zu, sondern wechselten ständig die Richtung. Doch jede Maschine, der sie unterwegs begegneten, hatte es auf sie abgesehen. Haushaltsroboter bedrohten sie mit ihren Besen, Bildschirme explodierten, Luftschleusen versuchten, die Eindringlinge einzusperren. Elektrifiziert bebte der Boden unter ihren Füßen. Aber die beiden waren aufmerksam und wußten sich zur Wehr zu setzen; die Panzerung tat ihr übriges, um sie ungeschoren davonkommen zu lassen. Schließlich erreichten sie eine Tür mit der Aufschrift CENTRA KONTROLO. Kurzentschlossen schoß sich Kerk den Weg frei und stürmte vor. Helles Licht durchflutete den Raum; die Konsolen blitzten vor Sauberkeit.

»Wir haben's geschafft«, sagte Jason. Er warf einen Blick auf seinen Druckmesser, klappte dann das Visier hoch und schnupperte kühle Atemluft. »Die Milliarde ist unser. Wir haben die Kiste tatsächlich geentert.«

»LETZTE WARNUNG!« donnerte eine Stimme. Die beiden fuchtelten mit ihren Waffen herum auf der Suche nach dem Gegner, stellten aber schnell fest, daß die Stimme aufgezeichnet war und von einem Lautsprecher übertragen wurde. »SIE HABEN SICH UNBEFUGTERWEISE ZUTRITT VERSCHAFFT UND WERDEN AUFGEFORDERT, DAS SCHIFF BINNEN FÜNFZEHN SEKUNDEN ZU VERLASSEN. WENN NICHT, SETZT SICH DIE SELBSZERSTÖRUNGSAUTOMATIK IN GANG. DAS SCHIFF WIRD NIEMALS IN FEINDLICHE HÄNDE FALLEN. VIERZEHN ...«

»Wir kommen nicht mehr rechtzeitig raus!« schrie Jason.

»Und wenn wir hier alles kurz und klein schießen?«

»Hat keinen Zweck. Der Automat für die Selbstzerstörung sitzt woanders.«

»ZWÖLF ...«

»Was können wir tun?«

»Nichts, rein gar nichts.«

»ACHT ...«

Sie starrten einander an. Jason streckte dem pyrranischen Freund die gepanzerte Hand entgegen. Kerk ergriff sie mit der seinen.

»SIEBEN ...«

»Adieu«, sagte Jason und versuchte zu lächeln.

»VIER ... DRRR ...«

Es wurde still. Kurze Zeit später meldete sich die synthetische Stimme zurück, nun aber sehr viel leiser. »Deaktivierung aufgehoben. Verteidigungssysteme außer Kraft. Ich erwarte neue Instruktionen.«

»Was ... was ist passiert?« fragte Jason.

»Signal zur Reaktivierung empfangen. Ich erwarte neue Instruktionen.«

»In vorletzter Sekunde«, sagte Jason und schluckte. »Da haben wir ja noch mal Glück gehabt.« Aufs Geratewohl fummelte er an den Schaltern der Hauptkonsole herum, bis er den Kommunikator in Betrieb gesetzt hatte. Metas Gesicht strahlte ihm auf dem Bildschirm entgegen.

»Da steckt ihr also. Daß ihr ohne mich gegangen seid, werde ich euch nie verzeihen.«

»Ich hoffe doch, daß dich eine Milliarde versöhnlich stimmen«, antwortete Jason.

»Darüber lasse ich mit mir reden.« Sie schmunzelte und warf ihm einen Handkuß zu, was Kerk gar nicht gern sah. Knurrend wandte er sich ab und sagte: »Wenn ihr fertig seid, würde mich interessieren, was passiert ist. Hat der Computer die richtige Zahl gefunden?«

»Nein, die habe ich gefunden.« Daß es den beiden die Sprache verschlagen hatte, amüsierte sie sichtlich. »Wie gesagt, ich habe eine neue Leidenschaft für Codes und Chiffren entdeckt. Eine äußerst spannende Sache, die obendrein auch noch von militärischem Nutzen ist. Shrenkly hat mir alles über Substitutionszeichen beigebracht. Die einfachste Vorschrift sieht vor, daß für den Buchstaben A eine Eins eingesetzt wird, für B eine Zwei und so weiter. Auf diese Weise habe ich ein Wort, das mir spontan einfiel, umgeschrieben. Raus kam die Zahlenfolge 81122021, nur, der fehlten noch zwei Ziffern. Shrenkly gab mir den entscheidenden Tip: Den Ziffern für die ersten neun Buchstaben im Alphabet muß jeweils eine Null vorangestellt werden, damit es nicht zu Transkriptionschwierigkeiten kommt. Das habe ich dann getan, und meine Zahl war ein Volltreffer.«

»Auf Anhieb? Gleich beim ersten Versuch?« staunte Jason. »Das nenne ich Glück.«

»Nicht unbedingt, wenn man weiß, daß Militärs nur über eine sehr begrenzte Phantasie verfügen, und darauf hast du mich doch selbst schon x-mal aufmerksam gemacht. Also habe ich auf die nächstliegende Möglichkeit getippt, im Esperanto-Wörterbuch nachgeschlagen ...«

»Haltu?«

»Genau.«

»Und was soll das heißen?« fragte Kerk.

»Na was wohl?« antwortete Jason. »Halt. Stopp.«

»Verstehe. Das Wort hätte ich auch gewählt«, sagte Kerk und nickte. »Kommt, laßt uns die Belohnung kassieren und nach Hause gehen.«

Unternehmen Stoßtrupp

Der Gefreite Truscoe und der Hauptmann hatten den Lkw, den sie außer Sicht am Dschungelrand abgestellt hatten, verlassen und waren gut hundert Meter weiter die Straße hinabgelaufen. Sie lagen nun im dichten Schatten der Bäume zusammengekauert, das silberne Licht des Vollmondes strahlte jede Wurzel und jede Erdmulde des staubigen Pfades vor ihnen an.

»Still!« flüsterte der Hauptmann und legte warnend die Hand auf den Arm des Soldaten; er lauschte. Truscoe hielt den Atem an und zwang sich dazu, sich völlig still zu verhalten. Hauptmann Carter war ein legendärer Dschungelkämpfer, seine Narben und Orden bewiesen dies. Wenn er glaubte, daß etwas Gefährliches in der Dunkelheit näherkroch … Truscoe unterdrückte ein unwillkürliches Schaudern.

»Es ist schon gut«, sagte der Hauptmann und sprach nun in normaler Lautstärke. »Irgend etwas Großes schleicht herum, ein Büffel oder ein Reh. Doch wir haben den Wind im Rücken, und es ist gleich abgehauen, sobald es uns gewittert hat. Sie können rauchen, wenn Sie wollen.«

Der Soldat zögerte, unsicher, wie er reagieren sollte. Schließlich sagte er: »Sir, sollten wir nicht … Ich meine, jemand könnte doch die Flamme sehen?«

»Wir liegen hier doch nicht im Versteck, Gefreiter Truscoe. William … Oder nennen sie Sie Billy?«

»Äh … ja, Sir.«

»Wir haben diese Stelle ausgesucht, Billy, weil die

Eingeborenen normalerweise nachts nicht hierherkommen. Zünden Sie sie ruhig an. Der Rauch wird die ganze Tierwelt wissen lassen, daß wir hier sind, und sie werden sich in einige Entfernung zurückziehen. Sie haben weit mehr Angst vor uns als wir vor ihnen. Und unser Informant kann uns durch den Geruch ebenfalls finden. Eine Rauchfahne, und er wird gleich wissen, daß das kein hiesiger Tabak ist. Der Pfad dort führt ins Dorf hinab, vermutlich kommt er aus der Richtung.«

Billy sah sich um, konnte jedoch weder einen Pfad noch irgendeine Bresche in der Dschungelwand sehen, wo der Offizier hindeutete. Wenn der Hauptmann es jedoch sagte, so stimmte es. Er umklammerte sein M 16er Gewehr fest und sah hinaus in die summende, knisternde Dunkelheit.

»Es sind nicht so sehr die Tiere, Sir. In Alabama bin ich viel auf der Jagd gewesen und weiß, daß ein Gewehr wie dieses hier gegen alles ankommt. Außer vielleicht gegen ein anderes Gewehr. Ich meine, der Kanake, Sir, den wir da erwarten. Ist er nicht eine Art von Verräter? Wissen Sie, wenn er schon seine eigenen Leute bescheißt, wie können wir sicher sein, daß er es mit uns nicht genauso hält?«

Carters Stimme war geduldig und ließ in keiner Weise spüren, wie sehr er den Begriff ›*Kanake*‹ verabscheute.

»Der Mann ist ein Informant, kein Verräter; und er ist schärfer auf unser Geschäft bedacht als Sie. Er ist ursprünglich ein Flüchtling aus einem Dorf im Süden, das bei dem Erdbeben vor einigen Jahren völlig zerstört wurde. Sie müssen verstehen, daß diese Leute hier sehr rückständig sind und er, solange er lebt, in diesem Dorf ein ›Fremder‹ bleiben wird. Seine Frau ist gestorben, also hält ihn nichts mehr hier. Als wir ihn wegen Informationen angesprochen haben, hat er die Gelegenheit sofort beim Schopf ergriffen. Wir zahlen ihm so viel, daß er niemals wieder arbeiten muß. Er wird sich in ein Dorf in der Nähe dessen, wo er aufgewachsen ist, zurückziehen. Es ist ein gutes Geschäft.«

Die Dunkelheit machte Billy kühn, ebenso wie die Tatsache, daß nur ein einziger Offizier zugegen war. »Und doch scheint es mir irgendwie gemein gegenüber den Leuten, mit denen er lebt. Und er verhökert sie.«

»Niemand wird verhökert.« Der Hauptmann sprach nun mit größerem Nachdruck. »Was wir für sie tun, geschieht zu ihrem eigenen Nutzen. Vielleicht sehen sie das heute nicht so, aber es ist die Wahrheit. Was zählt, ist die langfristige Auswirkung.«

Der Hauptmann klang ein wenig beleidigt. Billy rückte sich unbehaglich zurecht und antwortete nicht. Er hätte wissen müssen, daß man mit Offizieren nicht wie mit normalen Menschen reden kann.

»Stehen Sie auf! Da kommt er«, sagte Carter.

Billy hatte das Gefühl, daß er ihn selbst aus seinem eigenen Hochstand in Alabama nicht entdeckt hätte. Weder sah noch hörte er etwas. Erst als eine kleine Gestalt mit Turban neben ihnen auftauchte, wußte er, daß der Informant zu ihnen gestoßen war.

»Tuan?« flüsterte der Mann, und Carter sprach ruhig in der Eingeborenensprache mit ihm. Für Billy war das nichts als Kanakengeschwätz: zwar hatten sie Unterricht in dieser Sprache erhalten, er hatte sich jedoch nie die Mühe gemacht aufzupassen. Als sie in den hellen Mondschein traten, sah er, daß der Mann auch ein typischer Kanake war: runzlig, klein und alt. In seinem Turban war mehr Tuch verarbeitet als in seinem Lendenschutz. Seine ganze Habe, den Erwerb eines Lebens, trug er zusammengerollt in einer Strohmatte in der Hand. Und seine Stimme klang angsterfüllt.

»Gehen wir zurück zum Laster!« befahl Hauptmann Carter. »Er will hier nicht sprechen. Er hat zu sehr Angst, daß Dorfbewohner ihn entdecken.«

Und er hat auch allen Grund, dachte Billy, als er dem ungleichen Paar zurück zur Straße folgte. Der Hauptmann beugte sich beim Sprechen halb hinab zu dem kleinen Mann.

Sobald der Lkw keuchend angesprungen war und der Fahrer sie zum Lager zurückbrachte, beruhigte sich der Informant. Er redete ununterbrochen mit hoher, piepsiger Vogelstimme, und der Hauptmann zog ein Blatt Papier aus seiner Aktentasche und skizzierte die Details des Dorfes und der Umgebung. Billy nickte gelangweilt, sein Gewehr zwischen den Beinen und sehnte sich nach einem Häppchen und darauf, sich danach aufs Ohr zu legen. In der MP-Messe war rund um die Uhr ein Koch zur Stelle, der einem ein Steak mit Ei backen konnte, wenn man Nachtdienst hatte. Die Stimme zwitscherte weiter, die Karte wurde immer größer.

»Sie wollen doch wohl nicht Regierungseigentum wegwerfen, oder, Billy?« fragte Carter und Billy begriff, daß er eingedöst und die M 16 ihm aus den Händen geglitten war. Der Hauptmann hatte sie jedoch aufgefangen und festgehalten. Das grelle blaue Licht der Quecksilberdampflampen des Lagers ergoß sich auf die offene Ladefläche des Lkws. Billy machte den Mund auf, wußte jedoch nicht, was er sagen sollte. Dann war der Offizier verschwunden, der winzige Eingeborene kroch hinter ihm her, Billy war alleine. Er sprang herunter, Schlamm quietschte unter seinen Stiefeln, er streckte sich. Auch wenn der Hauptmann seine Haut gerettet und nicht Meldung gemacht hatte, war er sich nicht darüber im klaren, ob er ihn mochte oder nicht.

Keine drei Stunden, nachdem er sich schlafen gelegt hatte, strömte Licht ins Zelt, der Weckappell dröhnte aus dem nächststehenden Lautsprecher. Billy blinzelte nach seiner Uhr und sah, daß es kurz nach zwei war.

»Was, zum Teufel, ist da bloß wieder?« brüllte jemand. »Schon wieder so ein verdammtes Nachtmanöver?«

Billy wußte, was los war, noch ehe der befehlshabende Offizier an das Mikrophon trat, und sagte es ihnen zuerst. »Wir brechen auf, Männer! Es ist soweit. Die ersten Einheiten springen in zwei Stunden ab. Stunde X ist beim ersten Tageslicht, genau um 5.15 Uhr. Eure Truppenkommandeure werden euch vollständige und detaillierte Instruktionen geben, ehe wir aufbrechen. Komplettes Marschgepäck. Dafür seid ihr ausgebildet worden – und das ist jetzt der Augenblick, auf den ihr gewartet habt. Werdet nicht nervös, tut eure Arbeit und glaubt nicht an die Scheißhausparolen, die man überall hört. Ich spreche hier besonders zu euch neuen Männern. Ich weiß, ihr seid eine Menge geärgert worden, und man hat euch ›Gefechtsjungfern‹ und Schlimmeres genannt. Vergeßt es! Ihr seid jetzt ein Team – und übermorgen seid ihr keine Jungfern mehr!«

Die Männer lachten darüber, Billy jedoch nicht. Er kannte diesen alten Mist zu gut, den man jedesmal vorgesetzt bekam. Zu Hause, in der Schule, es war überall der gleiche Mist. Kämpf oder stirb für unser Ziel! Mist!

»Vorwärts, vorwärts!« brüllte der Feldwebel und warf die Klappe des Zeltes hoch. »Wir haben ja schließlich nicht die ganze Nacht, und ihr Burschen kriecht herum wie Großmütter beim Sackhüpfen!«

Das klang schon besser. Der Feldwebel redete nicht um den heißen Brei herum. Bei ihm wußte man immer, was los war.

»Rollt eure Schlafsäcke enger, die sehen ja aus wie vollgeschissene Socken!« Der Feldwebel benutzte stets eine Sprache, die von Herzen kam.

Es war immer noch heiß, dunkel, heiß und muffig,

und Billy fühlte schon, wie sein sauberer Drillich sich mit Schweiß vollsaugte. Sie hasteten zum Essen, stopften es in sich hinein und hasteten zurück. Dann Rucksäcke auf und vor dem Quartiermeisterlager aufgestellt. Für den Abmarsch. Ein müder und gelblich aussehender Obergefreiter schrieb Billys M 16 auf, überprüfte die Seriennummer und übergab ihm dann ein M 13 und einen Sack voll Munition. Das kühle Metall glitt durch Billys Hände, daß er es fast fallen ließ.

»Paß bloß auf, daß diese Flitspritze nicht in den Schlamm fällt, sonst kannst du einen lebenslangen Schuldbrief unterschreiben!« Der Obergefreite schalt schon aus Gewohnheit und wandte sich bereits dem nächsten Mann zu.

Billy zeigte ihm den Vogel – sobald er den Rücken gekehrt hatte – und trat hinaus in die Kompanieaufstellung. Unter einer Lampe besah er sich die Straßenkampfwaffe und drehte sie in den Händen. Sie war neu, direkt vom Werk, geschmeidig und glänzend mit breitem Schaft, dickem Lauf und noch dickerer Mündung. Außerdem auch schwer, achtzehn Pfund, es machte ihm jedoch nichts aus.

»Aufstellung, Aufstellung!« klang immer noch die angenehme Stimme des Feldwebels.

Sie nahmen in Reihen Aufstellung und warteten lange Zeit. Sich beeilen und warten, so war das immer, Billy schob sich ein Stück Kaugummi in den Mund, als alle Offiziere ihm den Rücken zudrehten und kaute es langsam. Schließlich wurde seine Gruppe aufgerufen und trabte zu den Hubschraubern, wo Hauptmann Carter auf sie wartete.

»Noch eines, ehe wir an Bord gehen«, sagte der Hauptmann. »Ihr Männer hier gehört zum Stoßtrupp und habt die Drecksarbeit zu tun. Ich möchte, daß ihr die ganze Zeit hinter mir bleibt, in lockerer Formation, euch nach allen Seiten umseht, aber immer im Auge habt, was ich tue. Wir können mit Ärger rechnen. Aber ungeachtet, was geschieht, handelt nicht – und ich wiederhole dies noch einmal – handelt *nicht* aus eigener Initiative! Wartet, bis ich Befehle gebe! Wir möchten, daß dies eine Modelloperation wird, und wünschen keinerlei Verluste.«

Er rollte eine große Geländekarte auf und deutete auf die erste Reihe. »Ihr zwei haltet dies mal hoch, daß die anderen es sehen können. Dies ist das Ziel, das wir angreifen. Das Dorf liegt am Fluß, zwischen dem Wasser und den Häusern erstrecken sich Reisfelder. Das Luftkissenboot kommt über die Felder, so daß hier niemand weg kann. Es gibt eine einzige staubige Straße durch den Dschungel; die werden wir sperren. Einzelne Gruppen sichern jeden Pfad von hier aus. Zwar können sich die Dorfbewohner im Dschungel verkriechen, wenn sie wollen, sie werden jedoch nicht weit kommen. Sie müssen sich ihren Weg freihacken; so daß wir ihnen leicht folgen und sie zurückbringen können. Für all diese Aufgaben sind bereits Männer bestimmt, und sie alle werden zur Stunde X auf ihren Posten sein. Dann schlagen wir zu. Wir kommen tief und schnell, und wir werden zwischen den Häusern aufsetzen, ehe jemand überhaupt merkt, daß wir da sind. Wenn wir dies richtig machen, so haben wir lediglich mit dem Widerstand von Hunden und Hühnern zu rechnen.«

»Die Hunde erschießen wir, die Hühner werden gefressen«, brüllte jemand von hinten, alle lachten. Der Hauptmann lächelte, um zu zeigen, daß er den Scherz zu schätzen wußte, war jedoch nicht erbaut von dem Gemurmel, das darauf entstand. Er tippte auf die Karte.

»Sobald wir gelandet sind, setzen sich die anderen Einheiten in Bewegung. Der Häuptling des Dorfes, dies hier ist sein Haus, ist ein alter Fuchs mit Militärerfahrung und aufbrausendem Temperament. Alle werden wohl zu überrascht sein, um viel Widerstand zu leisten – falls er es nicht befiehlt. Ich werde mich um ihn kümmern. So – noch irgendwelche Fragen?«

Die großen Hubschrauber duckten sich tief herab, ihre breiten Luken knapp über dem Erdboden. Sobald die Männer an Bord waren, dröhnten die Motoren los, und die langen Rotorblätter begannen sich langsam zu drehen. Die Operation hatte begonnen.

Als sie sich über die Bäume emporhoben, konnten sie die Dämmerung am östlichen Horizont sehen. Sie hielten sich tief unten, ihre Räder streiften fast die Blätter, wie eine Schar linkischer Raubvögel. Es war kein langer Flug, doch die plötzliche tropische Morgendämmerung brach über sie herein, ehe sie es so recht begriffen.

Die Signallampe flammte auf, der Hauptmann kam aus dem Cockpit und gab ihnen das Signal mit dem aufgerichteten Daumen. Sie machten sich fertig.

Es war eine harte Landung, fast ein Sturz, die Türen knallten auf, sobald sie aufsetzten. Der Stoßtrupp war sofort draußen, Hauptmann Carter lief voraus.

Der Platz aus gestampftem Lehm war leer. Die Gruppe formierte sich um den Hauptmann und beobachtete die Eingänge der Bambushütten, in denen allmählich Leute auftauchten. Es herrschte völlige Überraschung. Dann vernahm man das Dröhnen von Lkw-Motoren von der Straße her und ein brummendes Geräusch vom Fluß her.

Billy warf einen Blick in die Richtung, und sah, daß das Luftkissenboot in einer Gischtwolke über die Wellen glitt. Dann sprang er auf, riß sein Straßenkampfgewehr hoch, als ein schriller Trillerton gegen seine Ohren dröhnte.

Es war der Hauptmann. Er hatte ein Megaphon mit eingebauter Sirene. Das Geräusch schwoll an, wurde immer schriller und erstarb, als er den Schalter kippte.

Er hob es hoch und sprach ins Mikrophon, seine Stimme tönte durchs ganze Dorf.

Billy konnte das Kanakengequatsche nicht verstehen, es klang jedoch eindrucksvoll. Zum erstenmal begriff er, daß der Hauptmann unbewaffnet war – er trug sogar eine Schirmmütze statt seines Stahlhelms. Das bedeutete ein großes Risiko. Billy hob die Flitspritze in Anschlag und sah sich die Leute an, die ringsum aus den Häusern auftauchten.

Als der Hauptmann zur Straße hindeutete, verhallte seine Stimme. All die Köpfe drehten sich mit einem Ruck zu der von ihm bezeichneten Seite, als seien sie alle von einem einzigen Faden gezogen. Ein Kettenfahrzeug tauchte auf, der Motor dröhnte, es zog eine dicke Staubwolke hinter sich her. Der Motor wurde abgeschaltet, das Fahrzeug kam schleudernd zum Stehen, ein Obergefreiter sprang vom Sitz und rannte ein paar Schritte zum Brunnen der Siedlung. Er hatte einen dicken Gegenstand auf den Armen, den er in den Dorfbrunnen fallen ließ, dann ging er in Deckung.

In einer lauten Explosion barst der Brunnen. Dreck, Schlamm und Wasser spritzten umher. Die Wände des Ziehbrunnens brachen zusammen. An seiner Stelle blieb nur noch eine tiefe, rauchende Grube. Die Stimme des Hauptmanns brach die erschrockene Stille, die darauf gefolgt war.

Und während seine ersten Worte durch den Verstärker über den Platz wehten, unterbrach ihn ein heiserer Aufschrei. Ein grauhaariger Mann war aus dem Haus des Häuptlings gestürzt. Er brüllte, deutete auf den Hauptmann, der stehenblieb und dann antwortete. Noch ehe er zu Ende gesprochen hatte, wurde er unterbrochen. Der Hauptmann versuchte zu diskutieren, der Häuptling rannte jedoch ins Haus zurück.

Er war schnell. Einen Augenblick später kam er wieder raus – mit einem archaischen Stahlhelm über seinem Haupt. Seit vierzig Jahren wurden keine solchen Helme mehr hergestellt. Und ein *Schwert!* Billy hätte fast laut hinausgelacht, bis er begriff, daß es dem Häuptling ernst war. Er stürmte auf den Hauptmann los, hielt das Schwert hoch über sich und beachtete die Worte des Hauptmanns überhaupt nicht. Man fühlte sich wie ein Zuschauer, wie ein Mitspieler in einem Stück, in dem sich niemand regte außer dem Hauptmann und dem alten Mann, die ihre Rollen spielten.

Der Häuptling hörte gar nicht zu. Er griff an, kreischte und schwang sein Schwert, als wollte er den Hauptmann enthaupten. Dieser wehrte den Schlag mit seinem Megaphon ab, das aufdröhnte und erstarb. immer noch versuchte er, mit dem alten Mann zu sprechen, seine Stimme klang jedoch weit unbedeutender und anders – und der Häuptling hörte ihn gar nicht an.

Zweimal schlug er zu, und ein drittes Mal, und jedesmal wich der Hauptmann ein Stück zurück und parierte mit seinem Megaphon, das bald nur noch Schrott war. Als das Schwert wieder hochgehoben wurde, rief der Hauptmann über die Schulter:

»Gefreiter Truscoe, machen Sie den Mann kampfunfähig! Jetzt langt es!«

Billy war gut ausgebildet und wußte, was zu tun war, ohne darüber nachzudenken. Ein Schritt nach vorne, die Flitspritze über die Schulter, entsichern, zielen, und sobald er den alten Mann im Visier hatte, drückte er ab.

Mit einem dröhnenden Husten quoll die Wolke komprimierten Gases heraus und traf den Häuptling voll im Gesicht.

»Masken auf!« befahl Hauptmann Carter, und erneut erfolgten die Bewegungen automatisch.

Den Gewehrschaft in der Linken, die rechte Hand frei zum Griff (Gasmaske auslösen!), unter den Helmrand und ziehen. Die transparente Plastikfolie rollte sich ab, er hakte sie unter dem Kinn ein. Alles der Reihe nach.

Aber dann ging irgend etwas schief. Das Mace IV, welches das Gewehr ausstieß, sollte jedermann kampfunfähig machen. Ohnmächtig werden und aus. Doch der Häuptling ging nicht zu Boden. Er würgte, sein Bauch hüpfte unkontrolliert auf und ab, während Erbrochenes ihm vom Kinn über die nackte Brust lief. Doch immer noch hielt er sein langes Schwert, warf mit seiner freien Hand den Helm auf den Boden und spähte mit einem tränenden Auge umher. Er mußte Billys Silhouette durch seine Tränen hindurch ausgemacht haben, denn er wandte sich nun von dem Hauptmann ab und kam mit erhobenem Schwert taumelnd auf ihn zu.

Billy hob das Flitgewehr, da er es jedoch in der linken Hand hielt, konnte er nicht feuern. Er änderte seinen Griff, fummelte am Abzug, doch der Mann kam näher. Das Schwert blitzte in der aufgehenden Sonne.

Billy schwenkte das Gewehr wie eine Keule und erwischte den Häuptling quer über der Schläfe mit dem dicken Lauf. Der Mann stürzte mit dem Gesicht nach unten zu Boden und blieb reglos liegen. Billy richtete das Gewehr auf ihn und zog den Abzug immer und immer wieder durch. Das Gas strömte aus und legte sich über die ausgestreckte Gestalt …

Bis schließlich der Hauptmann ihm das Gewehr aus den Händen schlug und ihn herumriß, daß er fast gestürzt wäre.

»Sanitäter!« brüllte der Hauptmann und flüsterte durch die zusammengebissenen Zähne: »Sie Idiot! Sie Idiot!«

Billy stand ganz benommen da und versuchte zu begreifen, was geschehen war, als der Krankenwagen ankam. Man gab Spritzen, cremte das Gesicht des Mannes ein, verabreichte ihm Sauerstoff aus einer Flasche, verlud ihn dann auf eine Trage. Der Doktor kam zu ihnen herüber.

»Es sieht schlecht aus, Hauptmann. Möglicherweise einen Schädelbruch, und er hat einen Haufen von eurem Mist eingeatmet. Wie konnte dies geschehen?«

»Das wird in meinem Bericht stehen«, antwortete Hauptmann Carter mit tonloser Stimme.

Der Arzt wollte weitersprechen, besann sich jedoch eines Besseren, drehte sich um und kletterte in den Krankenwagen. Sie fuhren ab und machten einen Bogen um die riesigen Laster, die eben ins Dorf einfuhren. Die Leute standen nun in Gruppen zusammengedrängt vor den Häusern und sprachen kaum hörbar miteinander. Es würde keinerlei Widerstand mehr geben.

Billy bemerkte, daß der Hauptmann ihn ansah, als wollte er ihn umbringen. Plötzlich drückte ihn die Gasmaske, und er zog sie ab.

»Es war nicht meine Schuld, Sir«, erklärte Billy. »Er stürzte auf mich zu ...«

»Er stürzte sich auf mich. Ich habe aber seinen Schädel nicht zertrümmert. Es war *Ihre* Schuld.«

»Nein, eben nicht. Doch nicht, wenn so ein alter Kanake so einen verdammten, rostigen Sauspieß auf einen richtet.«

»Er ist kein Kanake, Gefreiter, sondern Bürger dieses Landes und in seinem Dorf ein Mann von Stand. Er hat seine Heimat verteidigt und befand sich auf dem Boden seiner Rechte ...«

Billy wurde nun zornig. Er wußte, daß es nun vorbei war mit dem Korps und seinen Plänen, und er scherte sich keinen Deut darum. Er wandte sich mit geballten Fäusten dem Offizier zu.

»Er ist ein schäbiger Kanake aus einem Kanakendorf, und wenn er irgendwelche Rechte hätte, warum, zum Teufel, sind wir dann überhaupt hier, können Sie mir das sagen?«

Der Hauptmann antwortete kalt und ruhig. »Der Präsident und das Parlament seines Landes haben uns dazu aufgefordert, das wissen Sie so gut wie ich.« Seine Stimme wurde übertönt, als ein Lkw vorbeifuhr. Er hielt an, Männer sprangen ab und begannen lange Plastikrohre abzuladen. Billy sah dem Hauptmann direkt in die Augen und sagte ihm, was er schon immer gerne sagen wollte.

»Einen Scheiß waren sie angefordert. Irgendein hohes Tier, von dem diese Kanaken hier noch nie gehört haben, sagt okay, und wir drängen uns ihnen auf und verschleudern ein paar Milliarden Dollar vom Geld der US-Steuerzahler, um diesen Kanaken ein gutes Leben zu bescheren, von dem sie nichts verstehen und das sie nicht brauchen – also was soll der Scheiß!« Er brüllte die letzten Worte. Der Hauptmann blieb ganz ruhig.

»Vermutlich sollten wir ihnen so helfen, wie wir Vietnam geholfen haben? Eindringen, sie niederbrennen, erschießen und zurückbombadieren in die Steinzeit?«

Ein weiterer Lkw hielt an und begann Waschbecken, Toiletten und elektrische Öfen abzuladen.

»Nun, warum nicht? Warum nicht! Wenn sie Onkel Sam stören – dann schlagt sie zusammen. Wir brauchen diese Art von Halbwilden nicht. Aber jetzt wird Onkel Sam zum Weihnachtsmann und sorgt sich um die ganze Welt, die Steuerzahler können es ja zahlen …«

»Halten Sie den Mund und hören Sie zu, Gefreiter!« In der Stimme des Hauptmannes lag ein scharfer Ton, den Billy noch niemals gehört hatte, also hielt er den Mund. »Ich weiß nicht, wie Sie ins Hilfskorps gekommen sind, aber ich weiß genau, daß Sie nicht hierher gehören. Wir leben alle auf einer Welt, und die wird jedes Jahr kleiner. Die Eskimos in der Arktis leiden unter den DDT-Vergiftungen von den Farmern im Mittelwesten. Strontium 90 von einem französischen Kernwaffentest im Pazifik verursacht Knochenkrebs bei Kindern in New York. Wir leben auf dem Raumschiff Erde, und wir sind alle zusammen an Bord und versuchen, am Leben zu bleiben. Die reichsten Länder helfen besser den ärmsten, da sie nun mal alle auf dem gleichen Dampfer sind. Und es ist schon fast zu spät. In Vietnam haben wir pro Kopf fünf Millionen Dollar ausgegeben, um die Bürger dieses Landes umzubringen, und unser Lohn war der nie versiegende Haß der Menschen dort im Norden und Süden und die Ablehnung der ganzen zivilisierten Welt. Wir haben unsere Fehler gemacht, jetzt wollen wir aus ihnen lernen.

Für weit weniger als ein Tausendstel der Kosten, die ein Menschenleben verursacht und die es kostet, aus ihren Freunden unsere Feinde zu machen, können wir ein Leben retten und den Menschen zu unserem Freund machen. Zweihundert Flöhe pro Kopf, das kostet diese Operation. Wir haben den Brunnen hochgejagt, da er eine Brutstätte von Infektionen war, und wir graben einen neuen, um reines Wasser aus tiefer liegenden Schichten hochzupumpen. Wir versehen die Häuser mit Toiletten und Waschbecken. Wir vernichten die krankheitserregenden Insekten. Wir legen Strom und bringen eine Krankenstation, um ihre Leben zu retten. Wir eröffnen ein Krankenhaus für Geburtenkontrolle, so daß sie Familien haben können wie Menschen und nicht eine Brut wie Ratten, um die Welt damit zu überschwemmen. Sie werden den Ackerbau wissenschaftlich betreiben können, um sich besser zu ernähren, und werden Unterricht erhalten, um mehr zu sein als nur arbeitende Tiere. Wir bringen ihnen lediglich fünf Prozent jener ›Wohltaten‹, die sie im Bundesstaat Alabama genießen, und wir tun dies aus völlig eigennützigen Motiven. Wir wollen am Leben bleiben. Aber wir tun es zumindest.«

Der Hauptmann sah auf seine geballte Faust hinab, dann öffnete er sie langsam. »Obergefreiter«, rief er, als er sich umwandte. »Stellen Sie diesen Mann unter Arrest und sorgen Sie dafür, daß er sofort ins Lager zurückgeschickt wird.«

Ein Stapel Wassertoiletten landete krachend auf dem Boden vor Billys Füßen, eine Welle des Zorns schwappte in ihm hoch. Wer waren diese Leute, daß man sie so umsorgte? Er war in der Hütte einer Pachtfarm aufgewachsen und war über acht Jahre alt gewesen, als er zum erstenmal eine solche Toilette gesehen hatte. Und nun sollte er sie auch noch wegschenken ...

»Nigger, das sind diese Leute! Und wir servieren ihnen alles auf dem Silbertablett. Es blutet Ihnen das Herz, Hauptmann, Sie weinen sich die Augen aus für die armen, hilflosen Leute, die nichts tun, als Ärger machen!«

Hauptmann Carter blieb stehen und drehte sich langsam um. Er sah sich den jungen Mann an, der vor ihm stand, und empfand nur eine schreckliche Niedergeschlagenheit.

»Nein, Gefreiter William Truscoe, ich weine nicht um diese Leute. Ich weine nicht. Aber wenn ich es könnte – so würde ich um Sie weinen.«

Dann stapfte er davon.

Der Reparateur

Der Alte hatte jenen Ausdruck unbändiger Freude im Gesicht, der verriet, daß ein gewisser Jemand mit dem Schlimmsten rechnen mußte. Da wir allein waren, gehörte keine besonders große Intelligenz dazu, sich auszurechnen, daß ich das sein würde. Ich begann zu reden.

»Ich höre auf. Geben Sie sich keine Mühe, mir zu erzählen, was Sie für eine schmutzige Arbeit für mich ausgesucht haben, weil ich wirklich Schluß mache und nicht möchte, daß Sie Firmengeheimnisse ausplaudern.«

Das Grinsen wurde immer breiter, und er kicherte tatsächlich, als er einen Knopf an seiner Konsole drückte. Aus dem Ausgabefach glitt ein dickes Dokument auf seinen Schreibtisch.

»Das ist Ihr Vertrag«, sagte er. »Erklärt deutlich, wie und wann Sie arbeiten werden. Ein Stahl-Vanadium-Vertrag, den Sie nicht einmal mit einem Molekularspalter angreifen könnten.«

Ich beugte mich vor, packte das Dokument und warf es in die Höhe. Bevor es herunterfallen konnte, hatte ich meine Solarpistole herausgerissen und den Vertrag zu Asche verbrannt, mit einem einzigen Schuß.

Der Alte drückte wieder auf den Knopf, und ein zweiter Vertrag erschien auf seinem Schreibtisch. Das Grinsen war womöglich noch stärker geworden.

»Ich hätte sagen sollen, ein Duplikat von Ihrem Vertrag – wie dieses hier.« Er machte auf der Sekretärplatte einen kurzen Vermerk. »Ich habe Ihnen dreizehn Kreditscheine vom Gehalt abgezogen – soviel kostet ein Duplikat –, außerdem zahlen Sie 100 Kreditscheine Strafe für das Abfeuern einer Solarpistole in umschlossenen Räumen.«

Ich gab auf und wartete auf den K.O.-Schlag. Der Alte streichelte meinen Vertrag.

»Diesem Dokument zufolge können Sie nicht aufhören. Nie. Ich habe deshalb einen kleinen Job für Sie, der Ihnen sicher Spaß machen wird. Reparaturauftrag. Das Centauri-Funkfeuer ist ausgefallen. Ein Modell III ...«

»Was für ein Modell?« fragte ich. Ich hatte Hyperraumleitsender in allen Gegenden der Galaxis repariert und war mir gewiß, alle Typen und Modelle gesehen zu haben. Aber von dieser Sorte hatte ich noch nie gehört.

»Modell III«, erwiderte der Alte freundlich. »Ich habe auch noch nie davon gehört, bis die Beschreibung kam. Sie lag ganz unten im ältesten Lagerhaus. Es handelt sich um die ersten Leitsender, die überhaupt gebaut wurden – von der Erde, ob Sie es glauben oder nicht: Wenn man die Lage auf einem der Proxima-Centauri-Planeten bedenkt, könnte es sehr wohl das erste Funkfeuer überhaupt sein.«

Ich sah mir die Pläne an, die er herüberreichte, und spürte, wie meine Augen vor Entsetzen aus ihren Höhlen traten.

»Das ist ja ein Monstrum! Es sieht eher nach einer Destillerie aus als nach einem Signalfeuer – es muß mindestens ein paar hundert Meter hoch sein. Ich bin Reparaturfachmann, kein Archäologe. Dieser Schrotthaufen ist über 2000 Jahre alt. Laßt ihn sausen und baut eine neue Anlage.«

Der Alte beugte sich über den Schreibtisch und schnaufte mir ins Gesicht. »Eine Neuanlage erfordert über ein Jahr Bauzeit – ganz abgesehen davon, daß sie zu teuer wäre –, und dieses Ding hier steht an einem der Hauptverkehrswege. Zur Zeit müssen manche Schiffe Umwege von fünfzehn Lichtjahren machen.«

Er lehnte sich zurück, wischte sich die Hände mit dem Taschentuch und hielt mir Vortrag Nummer 44 über die Verpflichtungen der Firma und ›Meine Schwierigkeiten‹.

»Diese Abteilung heißt offiziell ›Wartung und Reparatur‹, obwohl wir eigentlich Mädchen für alles sind. Hyperraum-Funkfeuer sind für die Ewigkeit gebaut – beinahe jedenfalls. Wenn eines davon zusammenklappt, handelt es sich nie um einen Zufall, und die Reparatur ist nicht einfach durch Einbau eines Neuteils zu bewerkstelligen.«

Das mir – der ich die Arbeit zu machen hatte, während er in seinem Büro mit Klimaanlage saß und sein dickes Gehalt einschob.

Er fuhr fort: »Wenn nur wirklich nicht mehr dahintersteckte! Ich könnte eine Flotte von Ersatzteilschiffen aufstellen und die Arbeit von Mechanikergehilfen machen lassen. Aber so geht es eben nicht. Ich habe eine Flotte von teuren Raumschiffen, die praktisch für alles da sind – bemannt von einem Haufen verantwortungsloser Burschen, wie Sie einer sind!«

Ich nickte seinem Zeigefinger müde zu.

»Wenn ich euch nur alle hinauswerfen könnte! Aber nein – man braucht eine Kombination aus Raumfahrer, Mechaniker, Ingenieur, Soldat, Gauner und allen anderen Zutaten, damit die Reparaturen durchgeführt werden können. Ich muß euch Schwerverbrecher zwingen, bestechen, erpressen und was weiß ich alles, damit ihr die einfachsten Sachen erledigt. Wenn Sie schon glauben, daß Sie genug haben, dann versuchen Sie sich einmal an meine Stelle zu versetzen. Aber die Schiffe müssen durch! Die Signalfeuer müssen funktionieren!«

Diese berühmten Sätze erkannte ich als Schlußwort.

Ich raffte mich auf. Er warf mir die Unterlagen zu und kritzelte wieder in seinen Papieren herum. Als ich die Tür erreichte, hob er den Kopf und stach wieder den Zeigefinger in die Luft.

»Und kommen Sie mir ja nicht auf die Idee, auszusteigen. Wir haben unsere Hände schneller auf Ihrem Bankkonto auf Algol II, als Sie das Geld dort abheben können.«

Ich lächelte ein wenig gezwungen, als hätte ich nie vorgehabt, die Existenz dieses Kontos geheimzuhalten. Seine Spione wurden von Tag zu Tag tüchtiger. Während ich den Korridor entlangging, versuchte ich mir einen Weg auszudenken, wie sich das Geld transferieren ließ, ohne ihn aufmerksam zu machen – obwohl ich sehr wohl wußte, daß er längst damit beschäftigt war, mir auch diese Tour zu vermasseln.

Das Ganze war höchst deprimierend, also genehmigte ich mir unterwegs einen Schluck, bevor ich zum Raumflughafen hinausfuhr.

Während das Raumschiff überprüft wurde, errechnete ich den Kurs. Das nächste Funkfeuer im defekten Proxima-Centauri-Sender befand sich auf einem der Planeten von Beta Circinus, und ich schlug zunächst den Weg dorthin ein. Der Flug nahm im Hyperraum nur neun Tage in Anspruch.

Um die Wichtigkeit der Signalsender zu begreifen, muß man den Hyperraum kennen. Vielen Leuten gelingt das nicht, aber es ist doch ganz einfach zu verstehen, daß die üblichen Regeln in diesem Nicht-Raum nicht gelten. Geschwindigkeit und Messungen sind eine Frage der Relation und nicht konstante Fakten wie das Universum.

Die ersten Schiffe, die in den Hyperraum traten, hatten kein Ziel – und nicht einmal die Möglichkeit, festzustellen, ob sie sich überhaupt bewegten. Die Signalsender lösten dieses Problem und öffneten den Zugang zum gesamten All. Sie werden auf Planeten errichtet und erzeugen ungeheure Energiemengen. Diese Energie wird in Strahlung verwandelt, die ihrerseits in den Hyperraum hineingepreßt werden muß. Jedes Signalfeuer verfügt über ein Codesignal als Teil seiner Strahlung und stellt einen meßbaren Punkt im Hyperraum dar. Triangulation und Quadratur mit Hilfe der Vermessungspunkte und darauffolgende Quadratur sind die Grundlagen der Navigation – nur hat sie ihre eigenen Gesetze. Die Regeln sind kompliziert und variabel, aber eben Regeln, an die man sich als Navigator halten kann.

Für einen Hyperraum-Sprung brauchte man zur genauen Ortsbestimmung mindestens vier Signalfeuer. Für lange Sprünge benützten die Navigatoren manchmal bis zu sieben oder acht. Jeder Sender ist also wichtig, und alle müssen ständig in Betrieb sein. Dafür waren meine Kollegen und ich da.

Wir fliegen in gutausgerüsteten Schiffen herum, die von allem ein bißchen was enthalten; pro Schiff nur ein Mann Besatzung, weil man nicht mehr Leute braucht, um diese Maschinen zu betreiben. Dank der besonderen Art unseres Berufes verbringen wir die meiste Zeit im Raketenflug durch den normalen Weltraum. Wie sollte man sonst ein Signalfeuer finden, wenn es einen Defekt zeigt?

Nicht im Hyperraum. Man kann höchstens mit Hilfe anderer Signalfeuer so nahe wie möglich herankommen und den Rest des Weges dann im normalen Raum zurücklegen. Das dauert oft Monate.

Ganz so schlimm war es bei diesem Auftrag nicht. Ich zielte auf den Beta-Circinus-Sender und ließ den Automatik-Navigator ein kompliziertes Acht-Punkte-Problem lösen, wobei ich alle Signalsender zugrunde legte, die ich orten konnte. Der Rechenautomat lieferte den Kurs mit einem geschätzten Ankunftspunkt einschließlich eines einkalkulierten Sicherheitsfaktors, den man der Maschine einfach nicht austreiben konnte.

Ich hätte lieber riskiert, in einem Stern aufzutauchen, als Zeit mit dem Flug durch normalen Raum zu verschwenden, aber anscheinend wissen das auch die Konstrukteure. Sie bauten einen Sicherheitsfaktor in das Gehirn ein, damit man nicht mitten in einer Sonne landet, soviel Mühe man sich auch geben mag. Ich bin überzeugt, daß das nichts mit Humanität zu tun hat. Man will nur das Schiff nicht verlieren.

Der Sprung nahm zwanzig Stunden Schiffszeit in Anspruch, und ich tauchte mitten im Nichts auf: Der Robot-Analysator kicherte vor sich hin, ortete alle Sterne und verglich sie mit den Spektren von Proxima Centauri. Schließlich ertönte eine Klingel, gleichzeitig begann ein Lämpchen aufzuglühen. Ich starrte durch das Okular.

Eine letzte Überprüfung mit der Fotozelle lieferte die scheinbare Größe, ein Vergleich mit der absoluten Größe gab mir die Entfernung. Nicht einmal so schlimm, wie ich angenommen hatte – sechs Wochen Flug, plus oder minus einige Tage. Nachdem ich ein Kursband in den Roboter eingeführt hatte, schnallte ich mich im Beschleunigungstank fest und schlief ein.

Die Zeit verging schnell. Ich baute meine Kamera zum zwanzigsten Male um und beendete beinahe einen Fernkurs über Nukleonik. Die meisten Reparaturfachleute machen diese Lehrgänge. Sie haben ihren Eigenwert, weil man nie weiß, was man Nützliches lernen kann. Nicht nur das, die Firma stuft auch die Gehälter nach der Anzahl der Spezialkenntnisse ein, die man sich angeeignet hat. Das alles, zusammen mit ein bißchen Malerei und Gymnastik, vertrieb mir die

Zeit. Ich schlief gerade, als die Alarmklingel Planetardistanz ankündigte.

Planet zwei, wo das Signalfeuer den alten Karten gemäß errichtet worden war, sah ziemlich schmutzig und feucht aus. Ich strengte mich mächtig an, um aus den uralten Entfernungsangaben klug zu werden, bis ich schließlich das richtige Gebiet entdeckte. Ich blieb zunächst einmal außerhalb der Atmosphäre und schickte ein Flugauge hinunter, um mir die Gegend anzusehen. In unserem Beruf lernt man sehr bald, wann und wo man seine eigene Haut riskieren darf. Das Auge war für die erste Überprüfung mehr als ausreichend.

Die Leute damals hatten Grips genug gehabt, eine auffindbare Stelle für den Signalsender herauszusuchen, mitten zwischen den zwei auffälligsten Berggipfeln. Ich fand die Berge ziemlich schnell, startete das ›Auge‹ vom ersten Berg aus und schickte es zum zweiten. Das Auge war mit Heck- und Bugradar ausgerüstet, und ich programmierte die Signale als Amplitudenkurve in ein Fernsehgerät ein. Als die beiden Gipfel zusammentrafen, drehte ich an der Steuerung des Auges und ließ das Ding hinabtauchen.

Ich schaltete die Radaranlagen ab, das Bug-Orthikon ein und lehnte mich zurück, um das Signalfeuer auf dem Bildschirm auftauchen zu sehen.

Das Bild zitterte, wurde scharf – zeigte sich da doch eine riesige Pyramide. Ich fluchte und ließ das Auge kreisen, um die Gegend abzusuchen. Die Landschaft war eben und moorig. Die einzige Erhebung im Umkreis von zwanzig Kilometern war diese Pyramide – und mit einem Signalfeuer hatte sie ganz bestimmt nichts zu tun.

Oder doch?

Ich ließ das Auge tiefer hinabtauchen. Die Pyramide war ein ziemlich ungefüges Ding aus rohen Steinen;

ohne jede Verzierung. An der Spitze schimmerte etwas, und ich sah sie mir näher an. Oben zeigte sich eine flache Vertiefung, angefüllt mit Wasser. Als ich das sah, fiel mir etwas ein.

Ich fixierte einen Kreiskurs für das Auge, nahm mir die Pläne von Modell III vor, und da hatte ich es schon: Das Signalfeuer besaß ein Niederschlagsfeld, und dafür war oben das Wasserbassin eingerichtet; man benützte es zur Kühlung des Reaktors, der das Monstrum betrieb. Wenn das Wasser noch da war, mußte auch der Sender da sein – im Innern der Pyramide. Die Eingeborenen – von den Narren, die das Ding konstruiert hatten, natürlich nicht einmal erwähnt – hatten nichts Eiligeres zu tun gehabt, als eine schwere, dicke Steinpyramide um das Signalfeuer aufzubauen.

Ich warf wieder einen Blick auf den Bildschirm und erkannte, daß ich das Auge auf eine Kreisbahn ungefähr sechs Meter über dem Pyramidengipfel eingestellt hatte. Die Spitze des Steinhaufens war mit Eidechsen bedeckt, anscheinend die hier ansässige Spezies. Sie schienen mit Waffen ausgerüstet zu sein, die wie Wurfstöcke und Armbrüste aussahen. Damit versuchten sie das Auge abzuschießen. Eine dichte Wolke von Pfeilen und Steinbrocken hüllte es ein.

Ich zog das Auge in die Höhe und drückte die Taste, die es automatisch zum Schiff zurückbringen würde.

Dann ging ich in die Kombüse, um mir ein großes Glas Whisky hinter die Binde zu gießen. Mein Funkfeuer lag nicht nur in einem Berg aus handgefertigtem Gestein, ich hatte es auch noch geschafft, jene Wesen zu ärgern, die diese Pyramide errichtet hatten. Ein großartiger Anfang, der stärkere Charaktere als mich zum Teufel Alkohol getrieben hätte.

Normalerweise hält man sich als Reparateur fern von lokalen Kulturen. Sie sind Gift. Den Anthropologen mag es nichts ausmachen, sich um ihrer Wissenschaft willen auseinandernehmen zu lassen, aber ein Reparateur möchte für seine Arbeit solche Opfer nicht gerne bringen. Aus diesem Grund werden die meisten Funkfeuer auf unbewohnten Planeten aufgestellt. Muß ein Sender schon einmal auf einem Planeten mit Kultur gebaut werden, dann möglichst in einer unzugänglichen Gegend.

Warum diese Anlage in Reichweite der ansässigen Spezies gebaut worden war, mußte ich erst noch herausfinden. Aber das hatte Zeit. Als erstes mußte ich Kontakt aufnehmen. Und um Kontakt aufnehmen zu können, mußte ich die hiesige Sprache kennenlernen.

Und dafür hatte ich mir längst ein narrensicheres System ausgedacht.

Ich besaß ein Spion-Auge eigener Konstruktion. Es sah aus wie ein Gesteinsbrocken und war dreißig Zentimeter lang. Wenn es einmal auf dem Boden lag, fiel es nicht auf, obwohl es die Nerven ein bißchen beanspruchte, wenn man es vorbeischweben sah. Ich ortete eine Eidechsenstadt in ungefähr tausend Kilometer Entfernung von der Pyramide und ließ das Auge hinunterfallen. Es zischte hinab und landete nachts am Ufer des dortigen Schlammsees. Er diente als Lieblingstreffpunkt dieser Wesen. Am nächsten Morgen, als die ersten Schlammwälzer auftauchten, schaltete ich das Aufnahmegerät ein.

Nach ungefähr fünf Planetentagen hatte ich einen ganzen Ozean von Gesprächen im Gedächtnis der Übersetzungsmaschine gespeichert und einige Ausdrücke gelernt. Das ist recht einfach, wenn man mit einem Maschinengedächtnis arbeiten kann. Eine der Eidechsen gurgelte einer anderen etwas zu, und diese drehte sich um. Ich übersetzte diese Bemerkung mit dem Ruf: »He, George!« und wartete auf eine Gelegenheit, sie anbringen zu können. Am gleichen Tag entdeckte ich eine von den Eidechsen allein auf weiter

Flur und rief ihr »He, George!« zu. Das gurgelte durch Lautsprecher im hiesigen Dialekt heraus, und sie drehte sich um.

Wenn man genug Ausdrücke im Elektronengedächtnis untergebracht hat, fängt das ÜM-Gehirn an, die fehlenden Worte zu ergänzen. Als die ÜM-Apparate eine laufende Übertragung jedes abgehörten Gesprächs liefern konnten, schien es mir an der Zeit, Kontakt aufzunehmen.

Das war nicht schwierig. Ich fand die Centauri-Version eines Hirtenjungen – er trieb eine besonders abscheuliche Form örtlichen Lebens in den Mooren außerhalb der Stadt vor sich her. Ich ließ eines von den Arbeitsaugen in einen Felsblock eine Höhle graben und dort auf ihn warten.

Als er am nächsten Tag vorbeikam, flüsterte ich ins Mikrophon: »Willkommen, o Hirtenenkel! Hier spricht die Stimme deines Großvaters aus dem Paradies!« Das paßte zu den Dingen, die ich über die hiesige Religion in Erfahrung gebracht hatte.

Der Hirtenknabe blieb wie angewurzelt stehen. Bevor er sich rühren konnte, drückte ich auf eine Taste, und eine Handvoll der hier gebräuchlichen Währung – eine Art Muschelgeld – rollte aus der Höhle vor seine Füße.

»Hier ist etwas Geld aus dem Paradies, weil du ein guter Junge gewesen bist.« Nicht eigentlich aus dem Paradies – ich hatte es in der Nacht zuvor aus der Schatzkammer gestohlen. »Komm morgen wieder, dann können wir uns weiter unterhalten«, rief ich der flüchtenden Gestalt nach. Ich stellte erfreut fest, daß sie wenigstens das Kleingeld mitgenommen hatte.

Danach führte Opa im Paradies regelmäßige Gespräche mit dem Enkel, der den Moneten vom Himmel einfach nicht widerstehen konnte. Opa war seit seinem Tode nicht mehr recht auf dem laufenden, aber sein Enkel brachte ihm begeistert alles Wichtige bei.

Ich erfuhr, was ich wissen wollte, über alte und neuere Geschichte, und sie war alles andere als erfreulich.

Abgesehen davon, daß die Pyramide rund um das Signalfeuer errichtet worden war, wütete auch noch um den Steinhaufen ein mittlerer Religionskrieg.

Alles hatte mit der Landbrücke angefangen. Anscheinend waren die hiesigen Eidechsen in den fernen Mooren zu Hause gewesen, als das Signalfeuer errichtet worden war; die Erbauer schienen nicht viel von ihnen gehalten zu haben. Sie waren von bescheidener Intelligenz und auf einem fernen Kontinent festgenagelt. Die Idee, daß sich die Rasse weiterentwickeln und auch diesen Kontinent erreichen mochte, kam den damaligen Technikern offensichtlich überhaupt nicht. Aber so geschah es.

Eine geologische Veränderung, eine moorige Landbrücke am richtigen Platz, und die Eidechsen begannen ihre Wanderung ins Tal der Funkfeuer. Dort entdeckten sie ihre Religion. Ein schimmernder Metalltempel, aus dem sich ein unaufhörlicher Strom magischen Wassers ergoß – das Reaktorkühlwasser, das vom Kondensator auf dem Dach abgepumpt wurde. Die Radioaktivität des Wassers schadete den Eingeborenen nicht. Sie verursachte Mutationen, die sich durchsetzten.

Man erbaute rings um den Tempel eine Stadt, und im Lauf der Jahrhunderte wurde die Pyramide um das Signalfeuer errichtet. Eine Sonderabteilung der Priesterschaft diente dem Tempel. Alles ging gut, bis einer der Priester den Tempel schändete und die Heiligen Wasser vernichtete. Seither gab es nur noch Aufstände, Unruhen, Mord und Totschlag. Aber die Heiligen Wasser wollten nicht mehr fließen. Jeden Tag kämpften nunmehr bewaffnete Pöbelhaufen um den Tempel, und eine neue Gruppe von Priestern bewachte den sakralen Eingang.

Und ich mußte mitten in dieses Schlamassel hinein und das Ding reparieren.

Es wäre einfach genug gewesen, wenn man sich ein bißchen Spaß erlauben dürfte. Ich hätte die Eidechsen rösten, das Signalfeuer reparieren und wieder davonfliegen können, aber die Eingeborenen sind wohlbeschützt. Es gab Spionzellen in meinem Schiff, die ich längst nicht alle gefunden hatte, und sie würden mich fröhlich verpfeifen, sobald ich zu Hause ankam. Gefordert war also Diplomatie. Ich seufzte und holte die Plasti-Fleisch-Ausrüstung hervor.

Nach dreidimensionalen Aufnahmen des Enkels modellierte ich mir ein passables Reptilienhaupt. Es war am Kiefer ein wenig knapp, weil ich nicht die nötigen zahnreichen Kinnbacken hatte, aber das machte nicht viel aus. Ich brauchte ja nicht genauso auszusehen wie diese Wesen, sondern nur ähnlich, damit sich die Eingeborenen nicht aufregten. Logisch. Wäre ich ein unwissender Eingeborener auf der Erde und träfe ich mit einem Spikan zusammen, der wie ein metergroßer Klumpen aus getrocknetem Schellack aussieht, würde ich auch sofort die Beine in die Hand nehmen. Trüge der Spikan aber einen Anzug aus Plasti-Fleisch, so daß er halbwegs humanoide Züge hätte, dann würde ich zumindest stehenbleiben und mit ihm reden. Und das hatte ich mit den Centauriern auch vor.

Als der Kopf fertig war, nahm ich ihn ab und befestigte ihn an einem Anzug aus grünem Kunststoff, komplett ausgestattet, einschließlich Eidechsenschwanz.

Die Eidechsen trugen keinerlei Kleidung, und ich wollte möglichst viele elektronische Geräte mitnehmen. Ich spannte den langen Echsenschweif über einen Metallrahmen, den ich an den Hüften befestigen wollte. Dann stopfte ich in den Rahmen alle Geräte hinein und begann den Anzug mit Kabeln auszustatten.

Schließlich probierte ich das Ganze vor einem großen

Spiegel an. Entsetzlich, aber sehr wirksam. Der Anzug zwang mich zu einem watschelnden Gang, weil er mich nach hinten zog, aber das paßte gut zu meiner Verkleidung.

In dieser Nacht flog ich mit dem Schiff in die Berge nahe der Pyramide, zu einer abgelegenen trockenen Stelle, wo die amphibischen Eingeborenen sich nie wohl fühlen konnten. Kurz vor dem Morgengrauen befestigte ich das Auge zwischen meinen Schultern, und wir segelten kerzengerade empor. Wir schwebten in ungefähr zweitausend Meter Höhe über der Pyramide, bis es hell wurde, dann tauchten wir hinunter.

Der Anblick muß überwältigend gewesen sein. Das Auge war getarnt als eine Art fliegende Eidechse, man könnte beinahe sagen als Pterodaktylus aus Karton, und die langsamen Schläge der Flügel hatten ganz unzweifelhaft mit unserem Flug nichts zu schaffen. Aber für die Eingeborenen war das Ganze eindrucksvoll genug. Der erste, der uns bemerkte, schrie auf und brach zusammen. Die anderen kamen herbeigerannt. Sie drängten sich durcheinander und machten ein Riesengetümmel. Bis ich auf dem Platz vor dem Tempel landete, erschien auch schon die Priesterschaft.

Ich verschränkte majestätisch die Arme.

»Grüße, o edle Diener des Großen Herrschers«, sagte ich. Natürlich sagte ich das nicht laut, sondern so leise, daß das Kehlkopfmikrophon die Laute aufnahm. Über das Mikrophon wurden die Worte zur ÜM geleitet, und die Übersetzung tönte durch einen Lautsprecher aus meinen Kinnbacken heraus.

Die Eingeborenen stampften und rasselten, und die Übersetzung erreichte mich beinahe ohne Verzögerung. Ich hatte auf große Lautstärke geschaltet; der Platz hallte wie eine Echokammer.

Einige der gläubigeren Eingeborenen warfen sich nieder, andere liefen schreiend davon. Ein zweifelnder

Typ hob den Speer, aber das versuchte keiner mehr, nachdem ihn das Pterodaktylusauge hochgehoben und ins Moor geworfen hatte. Die Priester waren sture Burschen und wollten keine Eidechse im Sack kaufen; sie blieben einfach stehen und salbaderten. Mir blieb nichts anderes übrig, als wieder die Offensive zu ergreifen. »Fort mit dir, o treuer Gefährte«, sagte ich zum Auge und drückte gleichzeitig die Steuertaste.

Das Auge schoß ein bißchen schneller empor, als ich vorgesehen hatte. Kleine Stücke des vom Wind abgerissenen Kunststoffes regneten auf uns herab. Während die Menge diesen Aufstieg entgeistert verfolgte, schritt ich durch die Tempeltüren.

»Ich wünsche mit euch zu reden, edle Priester«, sagte ich.

Bevor sie sich eine Antwort ausgedacht hatten, war ich schon im Tempel.

Er war recht klein, und an der Längsseite der Pyramide erbaut. Hoffentlich hatte ich durch meinen Eintritt nicht gegen allzu viele Tabus verstoßen, aber man hielt mich nicht auf; also konnte es nicht so schlimm sein. Der Tempel war ein einziger Raum mit einem schmutzigen Wasserbecken. Im Wasser schlapfte ein uraltes Reptil, sicherlich einer der Anführer. Ich watschelte auf ihn zu. Er starrte mich kalt mit seinen Fischaugen an, dann brummelte er etwas.

Die ÜM wisperte mir ins Ohr: »Was im Namen der dreizehnten Sünde, bist du, und was tust du hier?«

Ich richtete meine schuppige Gestalt heldenhaft auf und deutete an die Decke. »Ich komme von euren Ahnen, um euch zu helfen. Ich bin hier, um die Heiligen Wasser wieder strömen zu lassen.«

Hinter meinem Rücken erhob sich erregtes Stimmengemurmel, aber der Häuptling war nicht aus der Ruhe zu bringen. Er versank langsam im Wasser, bis man nur noch seine Augen sah. Ich konnte ihn beinahe denken hören, hinter seiner moosigen Stirn. Dann tauchte er blitzschnell hoch und deutete mit triefendem Finger auf mich.

»Du bist ein Lügner! Du gehörst nicht zu unseren Ahnen! Wir werden ...«

»Halt!« donnerte ich ihn an, bevor er sich soweit festlegte, daß er nicht mehr zurückkonnte. »Ich habe gesagt, daß mich eure Ahnen als Boten geschickt haben – ich bin nicht einer von euren Ahnen. Versuche nicht, mir zu schaden, sonst wird sich der Zorn der Verblichenen gegen euch richten!«

Während ich das hinausbrüllte, zuckte meine Hand auf die anderen Priester zu. Mit dieser Bewegung tarnte ich den Wurf einer Münzengranate. Sie riß ein hübsches Loch in den Boden, machte eine Menge Lärm und Rauch.

Die Obereidechse wußte endlich, daß ich nicht mit mir spaßen ließ, und berief sofort eine Besprechung der Schamanen ein. Sie fand natürlich in der öffentlichen Badewanne statt, und ich mußte mich ihnen dort anschließen. Wir plärrten und gurgelten ungefähr eine Stunde lang und einigten uns über alle wesentlichen Punkte.

Ich fand heraus, daß sie alte Neupriester waren; die letzten waren wegen des Versiegens der Heiligen Wasser gesotten worden. Ich erklärte ihnen, ich sei nur hier, um den Wasserstrom wieder hervorzuzaubern. Sie waren widerstrebend einverstanden, wir stiegen gemeinsam aus der Wanne und trampelten triefend durch den Raum. Eine verschraubte und bewachte Tür führte ins Innerste der Pyramide selbst. Während man sie öffnete, sprach mich die Obereidechse an.

»Zweifellos kennst du die Vorschrift«, meinte sie. »Weil die alten Priester spionierten, wurde befohlen, daß nur Blinde die Heilige Stätte betreten dürfen.«

Ich hätte schwören können, daß er lächelte, wenn

dreißig Zähne, die aus einem Loch in einem alten Koffer zu starren scheinen, ein Lächeln zu nennen sind.

Er winkte gleichzeitig einen Unterpriester herbei, der eine Pfanne mit Holzkohlen und rotglühenden Eisen brachte. Ich konnte nichts tun als dastehen und zusehen, während er in den Kohlen herumstocherte, das größte Eisen herauszog und auf mich zuging.

»Selbstverständlich«, sagte ich, »blenden ist genau das Richtige. Aber in meinem Fall müßt ihr mich blenden, bevor ich die Heilige Stätte verlasse, nicht jetzt. ich brauche meine Augen, um die Heilige Quelle zu sehen und zu heilen. Sobald die Wasser wieder strömen, werde ich mich lachend in das glühende Eisen stürzen.«

Er brauchte gute dreißig Sekunden, um es sich zu überlegen, mußte mir aber schließlich recht geben. Der Foltermeister rümpfte die Nase und legte frische Kohlen auf die Pfanne. Die Tür sprang auf, und ich stakte hindurch; dann schlug sie hinter mir zu, und ich war allein im Dunkeln.

Aber nicht lange – ich hörte schlurfen, ging ein Risiko ein und schaltete die Lampe an. Drei Priester tasteten sich auf mich zu; sie hatten keine Augen mehr. Sie wußten, was ich wollte, und führten mich wortlos.

Eine verfallene, rissige Steintreppe brachte uns zu einer massiven Metalltür, auf der in archaischen Schriftzeichen stand: ›Funkfeuermodell III – Eintritt für Unbefugte verboten.‹ Die vertrauensseligen Erbauer hatten sich ganz auf das Schild verlassen, denn die Tür besaß nicht einmal ein Schloß. Eine Eidechse drückte die Klinke nieder, und wir befanden uns in der Signalfeueranlage.

Ich öffnete den vorderen Reißverschluß meiner Maskerade und zog die Pläne heraus. Während die treuen Priester hinter mir herstolperten, fand ich den Steuerraum und schaltete die Beleuchtung ein. Die Ersatzbatterien lieferten gerade noch genug Strom für trübes Licht. Die Meßskalen und Anzeigegeräte schienen noch gut erhalten zu sein, durch ständiges Polieren waren sie sogar unerwartet sauber.

Ich überprüfte sorgfältig die Messungen und fand das Erwartete. Einer übereifrigen Eidechse war es gelungen, einen Schaltkasten zu öffnen. Sie hatte die Schalter poliert. Dabei war ein Hebel verstellt worden, und das hatte den Defekt hervorgerufen.

Oder vielmehr, damit hatte er angefangen. Man konnte ihn nicht einfach dadurch aufheben, daß man die Wasserventilschalter drehte. Das Ventil sollte nur bei Reparaturen benützt werden, sobald der Atommeiler gedrosselt war. Schaltete man die Wasserzufuhr bei Vollbetrieb des Meilers ab, dann begann er sich zu überhitzen, und die automatischen Sicherungsanlagen mußten die Atomladung kappen. Ich konnte das Wasser sehr schnell wieder zum Fließen bringen, aber der Reaktor besaß keinen Brennstoff mehr.

Mit dem Brennstoffproblem gedachte ich mich nicht abzugeben. Es war da doch viel einfacher, gleich einen neuen Energieerzeuger einzubauen. Ich hatte einen im Schiff, der nur ein Zehntel der Größe des alten Kastens hatte und mindestens viermal so viel Energie lieferte. Bevor ich ihn mir schicken ließ, überprüfte ich die übrigen Anlagen. Im Laufe von 2000 Jahren mußte Verschleiß eingetreten sein.

Die alten Knaben hatten gut gebaut, das mußte ihnen der Neid lassen. Neunzig Prozent der Maschinerie war ohne bewegliche Teile und zeigte keinerlei Verschleißerscheinungen. Andere Teile hatte man verstärkt, in der Annahme, daß Verschleiß eintreten würde, wenn auch langsam. Das Wasserrohr zum Beispiel. Die Rohrwandung war mindestens drei Meter dick – die Öffnung nicht größer als mein Kopf. Ich konnte aber einiges tun und stellte eine Liste der Ersatzteile zusammen.

Die Ersatzteile, der neue Energieerzeuger und ein paar andere Kleinigkeiten landeten in säuberlichen Stapeln auf dem Schiffsdeck. Ich überprüfte alles über den Bildschirm, bevor ich sie in eine Metallkiste lud. In der dunkelsten Stunde vor dem Morgen setzte das Schwerarbeiter-Auge die Ladung vor dem Tempel ab und flog ungesehen davon.

Ich beobachtete die Priester durch das Spion-Auge, als sie sich bemühten, die Kiste zu öffnen. Ich brüllte ihnen durch den eingebauten Lautsprecher Anweisungen zu. Sie verbrachten fast den ganzen Tag damit, die schwere Kiste über die schmale Tempeltreppe hinaufzustemmen, während ich mich ausschlief. Als ich wach wurde, stand die Kiste an der Tür.

Die Reparatur dauerte nicht lange, obwohl die blinden Eidechsen aufstöhnten, als sie mich die Wand aufreißen hörten. Ich mußte aber an die Kabel heran. Ich schaltete sogar ein Gerät ans Wasserrohr, damit die Heiligen Wasser ihre erfrischende Radioaktivität lieferten, sobald sie wieder zu strömen begannen. Als ich endlich fertig war, tat ich das, worauf sie die ganze Zeit gewartet hatten. Ich legte den Hebel um, der das Wasser in Bewegung setzte.

Es dauerte ein paar Minuten, bis es durch das trokkene Rohr zu gurgeln begann. Dann ertönte draußen vor der Pyramide ein vielstimmiger Schrei, der die Steinwände erschüttert haben mußte. Ich verschränkte die Hände, hob sie über den Kopf und grüßte wie ein siegreicher Boxer, dann ging ich hinunter zur Blend-Zeremonie.

Die blinden Eidechsen erwarteten mich an der Tür und sahen noch unglücklicher drein als sonst. Als ich die Tür aufmachen wollte, stellte ich fest, daß sie von der anderen Seite zugeschraubt und verbarrikadiert worden war.

»Es ist entschieden worden«, sagte eine Eidechse,

»daß du hierbleiben und für alle Zeiten die Heiligen Wasser bewachen mußt. Wir bleiben bei dir und leisten dir treue Dienste.«

Eine erfreuliche Aussicht, die Ewigkeit mit drei blinden Eidechsen in einem Funkfeuer zu verbringen. Ungeachtet ihrer Gastfreundschaft konnte ich das nicht annehmen.

»Was – ihr wagt es, dem Boten eurer Ahnen ins Handwerk zu pfuschen!« Ich hatte den Lautverstärker voll aufgedreht, und die Vibration hätte mir beinahe die Schädeldecke abgehoben.

Die Eidechsen duckten sich. Ich justierte meine Solarpistole und ließ den Strahl über die Türränder gleiten. Die Barrikade draußen knirschte und krachte, dann öffnete sich die Tür. Bevor jemand protestieren konnte, hatte ich die Priester hinausgeschoben.

Der Rest des Vereins zeigte sich unten an der Treppe und machte großen Lärm, während ich die Tür wieder zuschweißte. Ich rannte durch die Menge und blieb vor der Obereidechse in ihrer Badewanne stehen. Sie sank langsam unter die Oberfläche.

»Grobe Unhöflichkeit!« schrie ich. Der Anführer ließ Luftblasen aufsteigen. »Die Ahnen sind böse und haben beschlossen, den Zugang zum inneren Tempel für alle Ewigkeit zu verbieten. In ihrer Güte wollen sie das Wasser weiterfließen lassen. Ich muß zurückkehren – fangt an mit der Zeremonie!«

Der Foltermeister war zu erschrocken, um sich zu rühren, also nahm ich sein glühendes Eisen. Eine Berührung meines Gesichtes ließ unter dem Plasti-Fleisch eine Stahlplatte über meine Augen gleiten. Dann faßte ich das Eisen …

Die Menge schrie auf, als ich das Eisen fallen ließ und im Kreis herumtorkelte. Ich muß zugeben, daß alles recht gut aussah.

Bevor sie auf andere Ideen kamen, drückte ich die

Taste, und mein Kunststoff-Pterodaktylus segelte durch die Tür herein. Ich konnte ihn natürlich nicht sehen, aber ich wußte, daß er erschienen war, als die Klammern in seinen Klauen sich um die Stahlringe an meinen Schultern schlossen.

Nach der Blendung war ich gedreht worden, und mein Flugauge saß verkehrt auf mir. Ich hatte eigentlich tapfer hinausfliegen wollen, mit blinden Augen in den Sonnenuntergang starrend. Statt dessen war ich der Menge zugewandt, als ich davonschoß. Ich machte das Beste aus der peinlichen Situation und grüßte militärisch. Dann war ich draußen in der frischen Luft und schwirrte davon.

Als ich die Platte hochhob und Löcher in das versengte Plasti-Fleisch riß, sah ich die Pyramide unter mir kleiner werden. Das Wasser strömte unten heraus, und die zufriedenen Reptilien badeten im radioaktiven Guß. Ich zählte meine Klauen ab, um festzustellen, ob ich etwas vergessen hatte.

Erstens: Die Anlage war repariert.

Zweitens: Die Tür war versiegelt, niemand konnte mehr etwas beschädigen, ob absichtlich oder aus Zufall.

Drittens: Die Priester konnten zufrieden sein. Das Wasser strömte wieder, und sie waren wieder im Geschäft. Daraus ergab sich

viertens: Die Tatsache, daß sie vermutlich unter denselben Umständen einen anderen Reparateur heranlassen würden, falls der Leitsender wieder einmal defekt sein sollte. Ich hatte jedenfalls nichts getan, was sie zukünftigen Boten ihrer Ahnen gegenüber feindselig stimmen konnte.

Im Schiff zog ich den zerfetzten Eidechsenanzug aus, nicht ganz unzufrieden darüber, daß sich beim nächstenmal ein anderer mit diesen Kerlen herumärgern mußte.

Der Mensch mag eines Tages über sein Interesse für den Krieg hinauswachsen, aber erleben wird das keiner von uns, der Kampf spielte beim Aufstieg auf der Leiter der Evolution eine so entscheidende Rolle, daß man ihn nicht einfach vergessen kann. Wenngleich uns der Gedanke an den Krieg entsetzt und ekelt, reagieren die prähistorischen Körper, die wir mit uns herumtragen, immer noch mit Begeisterung, sobald die Trommeln gerührt werden und die Kanonen vorbeirasseln. Man denke nur an unsere jetzige Lage: Mit fasziniertem Interesse sehen wir zu, während alle möglichen gescheiten und eifrigen Leute jene Waffen entwickeln, die uns alle auszulöschen vermögen, falls der Knopf jemals gedrückt werden sollte.

Kommt es nicht dazu, dann wird der Mensch sehr wahrscheinlich seine Kriege vergnügt in die Galaxis hinaustragen. Sind die fremden Rassen, auf die man dabei stößt, nicht kriegerisch genug … Pech für sie. Und wenn nicht genügend andere Lebewesen zum Kämpfen da sind, wird der Mensch eben gegen seinen ältesten Feind antreten müssen. Gegen sich selbst. Natürlich helfen ihm dabei seine Begleiter, die Roboter. Und es ist nur allzu deutlich, daß ein Roboter in mancher Beziehung der perfekte Soldat wäre – nicht so leicht umzubringen, tüchtiger im Zerstören … und den Instinkt zum Töten könnte man ihm ja einpflanzen …

Schönere neuere Welt

Livermore genoß die Aussicht vom kleinen, weißen Balkon vor seiner Praxis, obwohl es zu dieser Jahreszeit und dort oben in luftiger Höhe recht kalt war. Fröstelnd stand er am Geländer und schaute auf die hügelige Altstadt mit ihren Bäumen, die junges Frühlingsgrün eingefärbt hatte. Unter und über ihm schichtete sich in weißen Terrassen die Neustadt auf in der Form eines gigantischen A, das an der Basis etwa eine halbe Meile breit war und nach oben hin spitz zusammenlief. Elegante Konstruktion. Livermore konnte das Zittern nicht länger unterdrücken; er spürte, wie sein Herz laut zu pochen anfing. Neue Drogen brachten die alte Pumpe in Schwung. Die inneren Organe waren ebenso clever und übersichtlich aufgebaut wie die Neustadt. Doch an seinem Äußeren blieb einiges zu wünschen übrig. Braune Altersflecken, Runzeln und weißes Haar; er sah so verwittert aus wie die Häuser der Altstadt. Es war verflixt kalt, vor die Sonne hatte sich eine dunkle Wolke geschoben. Mit der Fernbedienung öffnete er die gläserne Schiebetür und eilte zurück in die warme und gefilterte Luft der Praxis.

»Warten Sie schon lange?« fragte er einen alten Mann, der in einem Sessel vorm Schreibtisch saß und verärgert dreinblickte.

»Nun, wenn Sie mich fragen, Herr Doktor. Ich bin zwar keiner von der Sorte, die sich über alles beschwert, aber …«

»Dann belassen wir's dabei. Stehen Sie auf. Knöpfen

Sie das Hemd auf. Wo habe ich denn Ihre Akte? Ahh, Grazer, ich erinnere mich. Ihnen sind doch Nierenzellen implantiert worden, stimmt's? Wie geht's Ihnen?«

»Mies, um ehrlich zu sein. Ich fühle mich schlapp und kann kaum schlafen. Wenn ich dann doch mal kurz wegnicke, wache ich wenig später schweißüberströmt wieder auf. Und vor allem macht mir der Darm zu schaffen. Also wirklich, der Darm ... *heh!*«

Livermore hatte ihm das kalte Stethoskop auf die nackte Brust gedrückt. Der Doktor war unter seinen Patienten durchaus beliebt, doch das Stethoskop haßten alle gleichermaßen. Sie argwöhnten, daß er es eigens für sie abkühlen ließ, und hatten völlig recht damit. Das Kästchen, in dem es aufbewahrt wurde, enthielt ein thermoelektrisches Kühlelement. Livermore fand, daß ein kleiner Schock sehr heilsam sein konnte. »Hmmmm ...«, brummte er und zog die Stirn kraus, dabei war über das Stethoskop kein Laut zu hören. Er hatte schon vor langer Zeit die Ohrstecker mit Wachs zugeschmiert. Die systolischen und diastolischen Pumpgeräusche störten ihn bloß in seiner Konzentration; er hörte genug davon in der eigenen Brust. Außerdem stand alles Wissenswerte in den Unterlagen, und die Diagnosegeräte waren sehr viel zuverlässiger als seine Untersuchungsmethoden. Er blätterte durch Grazers Akte.

»Machen Sie das Hemd zu und nehmen Sie wieder Platz. In Ihrem Zustand brauchen Sie jetzt erst mal zwei von diesen Pillen hier.«

Einem Glasröhrchen, das er aus der Schreibtischschublade hervorgekramt hatte, entnahm er zwei große rote Zuckerpillen und deutete auf den Plastikbecher und die Wasserkaraffe. Grazer langte hastig zu. Endlich bekam er echte Medizin. Livermore suchte unterdes die jüngsten Röntgenaufnahmen heraus und klemmte sie ans Leuchtpult. Prima. Die neue Niere wuchs heran und hatte schon die Form einer kleinen Bohne. Im Vergleich zur älteren Schwester war das Ding zwar noch recht winzig, aber in etwa einem Jahr würden sie nicht mehr voneinander zu unterscheiden sein.

Die Wissenschaft schafft alles, oder zumindest fast alles. Livermore schlug die Akte zu. Schon am Vormittag hatte er alle Hände voll zu tun gehabt, und auch jetzt war das Wartezimmer wieder brechend voll. Seine alten Patienten bestürmten die Praxis, dabei wußten sie von ihm eigentlich nur, daß er einen Doktortitel hatte und so alt war wie sie. Wahrscheinlich brachte ihn niemand in Verbindung mit jenem Doktor Rex Livermore, der das ektogenetische Forschungsprogramm leitete.

»Besten Dank für die Pillen, Doktor. Ich bin diese Spritzen leid. Aber mein Darm …«

»Lassen Sie mich doch mit Ihrem blöden Darm in Ruhe. Der ist völlig in Ordnung. Ihr Problem ist Langeweile, weiter nichts.«

Grazer nickte. Beleidigungen waren immer noch besser als überhaupt nicht zur Kenntnis genommen zu werden. »Langeweile, das ist es, Doktor. Ich sitze stundenlang auf der Toilette …«

»Was haben Sie eigentlich vor Ihrer Pensionierung gemacht?«

»Das ist sehr lange her.«

»Aber Sie werden sich doch wohl noch erinnern können. Wenn nicht, wird's höchste Zeit, daß Sie der Allgemeinheit nicht länger zur Last fallen. Ich schlage vor, wir nehmen Ihnen das Gehirn aus dem Schädel, stecken es in eine Flasche und kleben ein Schild drauf mit der Aufschrift: *Seniles Zerebrum*.«

Grazer kicherte. Von einem jüngeren Arzt hätte er sich solche Worte nicht gefallen lassen. »Nein, so lange ist es nun auch wieder nicht her. Ich war Maler, das heißt Anstreicher, und zwar achtzig Jahre lang, aber dann hat mich die Gewerkschaft in den Ruhestand geschickt.«

»Waren Sie gut in Ihrem Fach?«

»Spitze. Heutzutage wird doch nur noch Pfusch gemacht.«

»Das trifft sich gut. Mir hängt nämlich dieses Eierschalenweiß der unverwüstlichen Superplastikbeschichtung an den Wänden zum Hals heraus. Können Sie mir die Praxis neu streichen?«

»Das Zeug läßt sich nicht einfach überstreichen.«

»Und wenn ich eine Farbe finde, die dennoch haftet?«

»Dann bin ich Ihr Mann, Doktor.«

»Aber die Arbeit wird nicht von heut auf morgen zu schaffen sein. Sie würden ein paar Korbflechtstunden, Teekränzchen und Fernsehprogramme ausfallen lassen müssen.«

Grazer grinste flüchtig und schnaubte zur Antwort.

»Also gut, ich melde mich, wenn es soweit ist. Auf jeden Fall sollten Sie in einem Monat wiederkommen; ich möchte mir dann noch mal Ihre Niere ansehen. Ansonsten sind Sie topfit. Ihre Verjüngungskur hat voll angeschlagen. Wie gesagt, Sie leiden allenfalls unter Langeweile. Korbflechterei und Fernsehen ist nichts für Sie.«

»Das wird sich ja demnächst ändern, wenn ich Ihre Praxis streiche.«

Ein helles Glöckchen klingelte. Livermore wies zur Tür und nahm den Telefonhörer zur Hand, als der Alte gegangen war. Auf dem Bildschirm zeigte sich Leatha Crabb mit bestürzter Miene.

»Oh, Dr. Livermore, wir haben schon wieder einen Ausfall.«

»Schon erfahren. Ich war heute morgen im Labor. So gegen drei werde ich runterkommen, dann können wir darüber reden.« Er legte auf und schaute auf die Uhr.

Noch zwanzig Minuten, Zeit für ein paar weitere Patienten. Geriatrie war nicht sein Gebiet; das Fach interessierte ihn eigentlich auch nicht. Was ihn interessierte, waren die alten Leute, die zu ihm in die Praxis kamen. Im Grunde brauchten sie gar keine Behandlung, da sie inzwischen rund um die Uhr medizinisch überwacht wurden. Sie kamen, um Abwechslung zu finden, und es gefiel ihm, mit ihnen zu reden. Gespräche konnten nicht schaden.

Die nächste Patientin war eine dünne, weißhaarige Frau. Kaum daß sie das Sprechstundenzimmer betreten hatte, fing sie zu klagen an und hörte auch nicht auf damit, als sie die Krücken beiseite stellte und vorsichtig im Sessel Platz nahm. Livermore kritzelte nickend auf einem Stück Papier herum und staunte über den Redefluß der Frau. Sie hatte Beschwerden am Fuß, und das nicht zum erstenmal. Wortreich beschrieb sie die Symptome: heiße Wallungen, Juckreiz und die üblichen Schmerzen. Von besonderem Interesse für den Arzt war der Umstand, daß der besagte Fuß bereits vor sechs Jahren amputiert worden war. Zwar hatte er immer wieder einmal mit Patienten zu tun, die unter Phantomschmerzen litten (ihm war sogar der Fall eines bis zum Hals gelähmten Patienten bekannt, der regelmäßig Phantomorgasmen erlebte), doch was den Fall der alten Frau so ungewöhnlich machte, war die Langlebigkeit ihrer Beschwerden. Ruhig und gelassen hörte er sich ihre Klagen an. Am Ende, als er ihr Zuckerpillen verabreicht und die Tür hinter ihr zugemacht hatte, fühlten sich beide sehr viel wohler.

Catherine Ruffin und Sturtevant saßen bereits im Sitzungsraum, als er hereinkam. Sturtevant war wie immer nervös und tippte mit grün verfärbten Fingern auf die marmorne Tischplatte; zwischen den Lippen steckte wippend eine Zigarette, gedreht aus einem garantiert unschädlichen Tabakersatz. Mit den dicken, runden Brillengläsern und der scharfen Nase sah er aus wie eine Eule, wenngleich seine dünne Mundlinie eher der einer Schildkröte entsprach. Das Gesicht war ein veritables Bestiarium, zumal seine Ohren den Lauschern eines Elches ähnelten.

Livermore rümpfte und rieb sich die Nase. »Ihre Zigaretten stinken nach brennendem Abfall. Ist Ihnen das eigentlich klar?«

»Sie wiederholen sich«, sagte Catherine Ruffin. Sie war zwar schon in jungen Jahren aus Südafrika eingewandert, um Mr. Ruffin zu heiraten (der mittlerweile schon seit Jahren tot war), sprach aber immer noch im schleppenden Tonfall ihrer burischen Muttersprache. Sie hatte die Rundungen einer holländischen Matrone, war aber schnell im Kopf wie ein Computer. Darum hielt sie auch den Posten der Verwaltungschefin.

»Ich laß mir von Ihnen das Rauchen nicht vermiesen.« Sturtevant drückte den Stummel aus und steckte sich sogleich eine neue Zigarette an. »Können Sie nicht einmal pünktlich zur Sitzung kommen?«

Catherine Ruffin klopfte mit den Knöcheln auf die Tischplatte und schaltete den Kassettenrecorder ein.

»Aufzeichnung der Sitzung des Genforschungsausschusses, Neustadt Syracuse, am Dienstag, den 14. Januar 2025. Anwesend: Ruffin, Sturtevant, Livermore. Den Vorsitz hat Ruffin.«

»Ich habe gehört, im Labor ist wieder eine Retorte kaputtgegangen. Was ist an der Sache dran?« wollte Sturtevant wissen.

Livermore winkte. »Ein paar Versuche gehen immer daneben. Ich werde mir den Ausschuß einmal genau ansehen und zur nächsten Sitzung einen Bericht vorlegen. Es handelt sich offenbar um ein mechanisches Problem, das uns im Augenblick nicht weiter zu kümmern braucht. Überlegen wir lieber, welche Prioritäten zu setzen sind. Ich habe einen Vorschlag ausgearbeitet.«

Er suchte in den Taschen des Jacketts nach dem Zettel; Sturtevant verzog das Schildkrötmaul. »Sie und Ihre Listen, Livermore. Wir haben genug davon. Prioritäten zu setzen ist längst nicht mehr aktuell. Wir haben ein Programm, und das muß durchgezogen werden.«

»Und ob dies aktuell ist. Daß Sie anderes behaupten, beweist mir wieder einmal, daß Sie als Soziologe überhaupt keine Ahnung haben von der Dimension der Genforschung.«

»Sie werden ausfallend.«

»Ich sage die Wahrheit. Tut mir leid, wenn sie weh tut.« Er zog einen zerknitterten Zettel aus der Innentasche und strich ihn mit der Hand auf der Tischplatte glatt. »Statt zur Kenntnis zu nehmen, daß Ihre albernen Diagramme und demographischen Kurven allenfalls grobe Anhaltswerte liefern, halten Sie sie offenbar für ein getreues Abbild der Wirklichkeit. Ich möchte Ihnen dagegen vor Augen führen, mit was für komplexen Dingen wir uns befassen. Die Menschheit existiert seit rund fünfhunderttausend Jahren. In dieser Zeit hat es unendlich viele Mutationen, Modifikationen und Kreuzungen gegeben. Jeder Tod, jede Geburt war eine Art Auslese. Gute und schlechte Eigenschaften, günstige und ungünstige Erbanlagen, Wasserköpfe, Hämophilie, Haare in der Achselhöhle und agile Finger... all das kam zum Vorschein und verbreitete sich unter den Menschen. Heute sind wir endlich in der Lage, unsere Gattung durch genetische Selektion zu vervollkommnen. Wir können aus einem riesigen Reservoir an Genen schöpfen, die aus weiblichen und männlichen Keimzellen gewonnen werden. Einzelne Gene lassen sich isolieren und mit Hilfe von Computerberechnungen optimal kombinieren. Die so manipulierten Ei- und Samenzellen werden miteinander verschmolzen und in der Retorte aufgezogen. Wenn alles nach Plan verläuft, werden uns in neun Monaten erste Ergebnisse vorliegen, dann nämlich können wir unseren ersten Säugling sozusagen dekantieren und möglicherweise einen kleinen Fortschritt feiern. Aber was ist Fortschritt, was ist eine günstige Kombination? Dunkle Haut wirkt sich in der Tropen vorteilhaft aus, aber in nördlichen Breiten kann sie dazu führen, daß der Körper zu wenig Vitamin D produziert und womöglich Rachitis entwickelt. Alles ist relativ.«

»Soweit waren wir schon«, sagte Catherine Ruffin.

»Man kann es nicht oft genug wiederholen. Wenn wir unsere Ziele nicht immer wieder neu überdenken, verrennen wir uns in eine Sackgasse. Wir müssen uns darüber im klaren sein, daß einmal ausgemusterte Erbanlagen für immer verschwunden sein werden. Das Team in Neustadt San Diego hat es da einfacher, denn seine Aufgabe ist genauesten spezifiziert. Da arbeitet man an Züchtungen für ganz bestimmte Environments. Zum Beispiel an potentiellen Astronauten mit entsprechenden physischen und psychischen Merkmalen, die jahrzehntelange Weltraumreisen zu anderen Planeten möglich machen. Oder an potentiellen Marssiedlern, die niedrigen Temperaturen und geringem Luftdruck widerstehen können. Die Kollegen sind in der Tat besser dran als wir. Sie können über ihr Genmaterial nach Belieben verfügen, da sie ein klares Ziel vor Augen haben. Wir dagegen befassen uns mit der Vervollkommnung unserer Gattung, haben aber nur eine vage Vorstellung von diesem Ziel. Zum Beispiel stellt sich die Frage, welche Anlagen bei der Entwicklung des Übermenschen verloren gehen. Wird unsere Neuschöpfung rosafarben sein, und wenn ja, was wird aus den Asiaten und Afrikanern werden?«

»Um Himmels willen, Livermore, sollen wir denn wieder von vorn anfangen?« ereiferte sich Sturtevant. »Es ist doch schon alles geplant. Die Prognosen sind x-mal hochgerechnet worden.«

»Ich wollte nur noch einmal darauf hinweisen, daß Sie keine Ahnung von der Genetik und völlig falsche Vorstellungen von der Selektion haben. Die verläuft nämlich alles andere als geradlinig. Mit jedem neugeborenen Kind verändert sich die Ausgangssituation von Grund auf.«

»Sie übertreiben«, bemerkte Catherine Ruffin mit stoischer Gelassenheit.

»Nicht im geringsten. Gene sind keine Mauersteine, mit denen sich planvoll etwas aufbauen ließe. Wir zielen auf ein Optimum, erreichen ein Zwischenergebnis und versuchen es auf neue. Es gibt keine wissenschaftlichen Regeln, nach denen wir vorgehen könnten. Jeder unserer Techniker ist ein kleiner Gott, der über Leben und Tod entscheidet. Und manche dieser Entscheidungen sind, wenn man längerfristig denkt, ziemlich fragwürdig.«

»Dummes Zeug«, sagte Sturtevant, und Catherine Ruffin nickte beifällig.

»Ganz und gar nicht. Das Verfahren kann allerdings sehr teuer werden. Wir müssen jede herbeigeführte Veränderung gründlich untersuchen und jeweils neue Prognosen aufstellen.«

»Das kann doch nicht Ihr Ernst sein, Dr. Livermore«, unterbrach Catherine Ruffin. »Den Vorschlag haben Sie schon einmal gemacht. Daraufhin wurde die Sache durchgerechnet und aus Kostengründen verworfen. Das war, wenn Sie sich bitte erinnern, nicht unsere Entscheidung, sondern die des Direktors unserer Behörde. Wir kommen keinen Schritt weiter, wenn ständig alte Geschichten wieder aufgewärmt werden. Es gibt Wichtigeres zu tun. Wir müssen ans Geschäft denken.«

Livermore spürte die ersten Anzeichen einer Migräne, und er kramte in der Tasche nach seinen Pillen. Die beiden anderen setzten ihr Gespräch fort; er schenkte ihnen keine Beachtung.

Als Leatha Crabb nach dem kurzen Gespräch mit Dr. Livermore den Hörer aufgelegt hatte, war ihr zum Heulen zumute. Seit Wochen schon arbeitete sie Überstunden; sie war in dieser Zeit kaum zur Ruhe gekommen und völlig erschöpft. Die Augen wurden feucht, und sie schämte sich ein wenig über den für sie ganz ungewöhnlichen Schwächeanfall. Ansonsten ließ sie sich kaum erschüttern. Doch nun waren insgesamt schon siebzehn Retorten kaputtgegangen, siebzehn winzige Embryonen hatten aufgehört zu leben, ohne richtig damit angefangen zu haben. Und das tat weh, ging ihr fast so nahe wie einer leiblichen Mutter.

»So klein, daß man sie kaum sehen kann«, sagte Veazy. Die Laborassistentin hielt eine der Retorten ans Licht und schüttelte sie. »Bist du sicher, daß sie tot sind?«

»Hör auf damit!« schnaubte Leatha barsch, doch schnell hatte sie ihre Empörung gezügelt. Sie war stolz darauf, den Untergegeben gegenüber niemals ausfallend zu werden. »Ja, sie sind alle tot, das habe ich überprüft. Abfüllen, einfrieren und etikettieren. Die Untersuchung werde ich später vornehmen.«

Leatha war selbst darüber verwundert, daß sie den Inhalt der Retorte als lebendig erachtete, ja, sogar mütterliche Gefühle dafür aufbrachte. So ein Stuss, dachte sie. Womöglich war sie überarbeitet. In den Flaschen befanden sich Zellen in Teilung, und die hatten so wenig Persönlichkeit wie die Warzenwucherung auf ihrem Handrücken. Sie rieb darüber und dachte wieder einmal daran, das häßliche Ding wegmachen zu lassen. Sie war eine hübsche, gut gebaute Frau Mitte Dreißig; die Haare hatten die Farbe von Honig, das Gesicht war entsprechend gebräunt. Doch sie trug die Haare millimeterkurz und nicht die geringste Spur von Make-up im Gesicht; die üppigen Rundungen verschwanden unter dem weiten, weißen Laborkittel. Trotz ihrer jungen Jahre waren zwischen den Augen bereits Sorgenfalten zu erkennen, die sich nun wieder furchten, als sie, über das Mikroskop gebeugt, die schmierige Substanz auf dem Objektträger untersuchte.

Die Retortenfehler machten ihr sehr zu schaffen, mehr, als sie sich eingestehen wollte. Während der vergangenen Jahre hatte das Versuchsprogramm große Fortschritte gemacht, und sie war fest davon überzeugt gewesen, schon bald eine zweite Generation heranzüchten und neue genetische Möglichkeiten austesten zu können. Es bedurfte all ihrer Willenskraft, die Schlappe wegzustecken und wieder nach vorn zu blicken, um die einfachen mechanischen Probleme der Ektogenese in den Griff zu kriegen.

Von hinten umschlangen sie plötzlich kräftige Arme; die Hände griffen ihr ins Fleisch unter der Taille. Lippen preßten sich auf ihren Nacken.

»Laß das!« sagte sie und schnappte nach Luft. Sie befreite sich aus der Umarmung und warf einen Blick über die Schulter. Hinter Leatha stand Gust, ihr Ehemann. Er ließ die Arme fallen und trat zurück.

»Beruhige dich«, sagte er. »Wir sind schließlich verheiratet und unbeobachtet.«

»Ich arbeite. Das siehst du doch.« Sie musterte ihn mit wütender Miene. Gust war ein stämmiger, schwarzhaariger Mann mit dunkler Haut und dicker Unterlippe, die nun zu schmollen schien. Er stand da wie ein geprügelter Hund. »Du hast keinen Grund, beleidigt zu sein. Jetzt wird gearbeitet und nicht herumgealbert.«

»Zum Rumalbern bleibt uns verdammt wenig Zeit.« Mit einem Seitenblick vergewisserte er sich, daß niemand in der Nähe war. »Und du bist längst nicht mehr so zutraulich wie früher.« Er langte mit der Hand aus und zwickte ihr in den Bauch.

»Benimm dich!« Sie sprang zur Seite und wehrte ihn

ab. »Bei uns ist heute die Hölle los. An den Hormonzuleitungen funktioniert ein Ventil nicht mehr, was uns zu spät aufgefallen ist. Siebzehn Retorten können jetzt weggeworfen werden. Wir können noch von Glück reden, daß uns das nicht zu einem späteren Zeitpunkt passiert ist.«

»Na bitte, ist doch halb so schlimm. Im Kühlfach liegen Milliarden Spermien und Eizellen. Davon werden ein paar zusammengewürfelt, und du kannst wieder zur Tagesordnung übergehen.«

»Was glaubst du, wieviel Mühe und Arbeit in der Selektion steckt.«

»Dafür werden die Techniker auch gut bezahlt. Wie dem auch sei, können wir nicht mal für wenige Stunden die Arbeit vergessen? Nimm dir doch heute abend frei. Wir gehen dann in die Altstadt. Ich kenne da ein ganz nettes Lokal. Sharm's. Trendküche und ein tolles Unterhaltungsprogramm.«

»Laß uns später darüber reden. Jetzt ist wirklich nicht die Zeit ...«

»Himmel, wann wär's dir denn genehm? Ich komme um halb sechs wieder. Vielleicht hast du dir ja bis dahin ein paar Gedanken gemacht.«

Verärgert eilte er hinaus. Die Schließautomatik hinderte ihn daran, die Tür zu knallen. Er liebte Leatha, und sie liebte ihn, dessen war er sich sicher. Aber trotzdem gab es Probleme, nur, er konnte sie nicht benennen. Im Grunde waren sie daran gewöhnt, viel und lange zu arbeiten, mitunter bis zum frühen Morgen, oft auch Hand in Hand und im selben Labor. Wenn es dann dämmerte, tranken sie Kaffee, fielen müde ins Bett und schmusten miteinander. Doch dazu war es nun schon eine Weile nicht mehr gekommen. Gust fand keine Erklärung dafür. Er stieg in den Aufzug und rief ›fünfzig‹. Die Tür ging zu, und der Fahrstuhl fiel unmerklich nach unten. Heute abend würden sie wieder miteinander ausgehen; Gust war zuversichtlich.

Er war schon ausgestiegen, als er feststellte, daß der Fahrstuhl im falschen Stockwerk gehalten hatte. Auf Ebene fünfzehn, nicht fünfzig. Der Stimmendetektor hatte mit diesen beiden Zahlen immer seine Schwierigkeiten. Bevor Gust wieder einsteigen konnte, war die Tür verschlossen. Ihm fielen zwei alte Männer auf, die ihn mit kritischen Blicken bedachten. Er befand sich auf einer der Etagen für Senioren. Anstatt auf den nächsten Fahrstuhl zu warten, kehrte er den beiden Alten den Rücken zu und eilte den Flur entlang. Unterwegs begegneten ihm weitere Senioren; manche schlurften langsam voran, andere fuhren auf Rollstühlen vorbei. Er starrte stur geradeaus, um ihren Blicken auszuweichen. Daß eine jüngere Person in ihrem Bereich aufkreuzte, gefiel den Alten ganz und gar nicht.

Sei's drum, dachte Gust; ihm gefiel es auch nicht, daß die Alten Teile des brandneuen Gebäudes in Beschlag nahmen. Doch er bedauerte sogleich diesen gehässigen Gedanken. Er hatte kein Recht, so zu urteilen, war er doch lediglich Mitglied des Architektenteams, das den Bau entworfen hatte und nun die Bauaufsicht zu Ende führte. Daß die Alten hier wohnten, entsprach einer ausgehandelten Kompromißregelung. Der ›Neustadt‹ genannte Komplex war für die Zukunft entworfen worden, doch die Zukunft stand noch aus. Es ließ sich fast alles beschleunigen, nur nicht embryonales Wachstum. Von der Zeugung bis zur Geburt vergingen nach wie vor neun Monate. Dann kamen die Jahre der Kindheit, der Pubertät. So lange konnte die neue Stadt nicht leerstehen bleiben.

Darum war den Alten hier Wohnraum angeboten worden. Die geriatrische Medizin hielt sie am Leben. Sie, die letzten Überlebenden aus den Zeiten des Überflusses und der Überbevölkerung, wurden immer älter. Hunger, Seuchen und eine allgemein sinkende Lebensqualität hatten die nachfolgenden Generationen dezimiert, und die Geburtenzahlen waren drastisch zurückgegangen. Grund dafür war aber nicht etwa ein neues, verantwortliches Denken. Im Gegenteil, es herrschte nach wie vor der Eigensinn nach dem Motto: Wenn schon Überbevölkerung, dann soll die Welt von *meinen* Kindern übervölkert werden. Nein, die entscheidende Wende brachten Fortschritte in der Geriatrie und Pharmazie. Damit war eine Karotte gefunden worden, mit der sich der Esel Menschheit in eine andere Richtung locken ließ. Die Politik hatte leichtes Spiel und entschied: Je geringer die Zahl der Kinder, desto umfangreicher sollte die medizinische Sonderbehandlung im Alter sein. In kürzester Zeit ging die Geburtenrate fast auf Null zurück. Das Motto des Eigensinns lautete nun: Wenn schon Überbevölkerung, *dann will ich dabei sein.*

Die Folge war, daß jedes Kind im Durchschnitt ein halbes Dutzend alleinstehender Onkel und Tanten hatte und entsprechend verhätschelt wurde. Umgekehrt hatten die Jüngeren für die betagte Verwandtschaft kaum etwas übrig, weder an Wohnraum noch an finanziellen Mitteln. Deren Versorgung blieb allein dem Staat überlassen, und der hatte aufgrund sinkender Steuereinkommen leere Kassen. Doch trotz aller medizinischer Wunder sank schließlich auch die Zahl der Alten. Als die neuen Städte für die Zukunft und für eine wissenschaftlich planbare Bevölkerung entworfen wurden, hatte man eine weise Entscheidung getroffen: Dort sollten alle Alten Unterkunft finden und unter möglichst geringen Kosten und Mühen rundum versorgt werden. Das Leben in den Altstädten würde sich heiterer gestalten können, befreit von der überalterten Nachbarschaft. Und weil die geriatrischen Mittel doch nicht so gut anschlugen wie versprochen, ließen sich nun wieder genaue Berechnungen über das zu erwartende ›Ausscheiden‹ der Alten anstellen. Wörter wie ›sterben‹ oder ›Tod‹ waren verpönt. Die durch Ausscheiden freiwerdenden Wohnungen in der Neustadt konnten nun von der nachrückenden Generation bezogen werden. Alles war hübsch geordnet.

Gusts Auftauchen im Seniorentrakt brachte diese Ordnung ein wenig durcheinander. Darum beeilte er sich davonzukommen und passierte, ohne nach rechts oder links zu blicken, die Dampf- und Schwimmbäder, die tropischen Gewächshallen und künstlichen Sandstrände, die zu beiden Seiten des breiten Gangs lagen. Bald kamen die nächsten Liftstationen in Sicht. Diesmal sagte er laut und deutlich ›fünf-zig‹, als die Tür hinter ihm zuging.

Die Handwerker wollten gerade Feierabend machen, als er das Ende des Gangs erreichte. Hier gab es noch einiges an Bauarbeiten zu tun. Der Fußboden mußte verlegt, die vorfabrizierten Wandelemente verputzt werden. Scheinwerfer standen auf hohen, dünnen Beinen.

»Wir haben Ärger mit dem Squatter, Mr. Crabb«, klagte der Polier. Er und seine Leute kannten nur absolut verläßliche Maschinen und waren hilflos, wenn Probleme auftraten.

»Ich werde einen Blick draufwerfen. Steckt noch was im Tank?«

»Der ist halbvoll. Soll ich ihn ausleeren?«

»Nein, lassen Sie nur. Ich will das Ding noch mal anwerfen, bevor ich den Wartungsdienst rufe.«

Eine Maschine nach der anderen wurde abgestellt. In dem riesigen, höhlenhaften Trakt machte sich eine befremdliche Stille breit. Die Arbeiter verließen die Baustelle, ihre Schritte hallten durch den Flur. Gust blieb allein zurück. Über eine Leiter kletterte er auf das Dach des klobigen Squatters und öffnete den Deckel über der Computersteuerung. Der Diagnosedurchlauf meldete keinerlei Fehler. Diese semi-intelligenten Maschinen konnten Defekte selbständig analysieren und frühzeitig davor warnen, doch bisweilen traten Probleme auf, mit denen ihre programmbegrenzten Fähigkeiten überfordert waren. Gust klappte den Deckel wieder zu und drückte den Start-Schalter.

Zitternd und mit dumpfem Dröhnen setzte sich die schwere Maschine in Gang. Die meisten Signalleuchten blinkten rot auf. Dann war grünes Dauerlicht zu sehen, als die Motoren beschleunigten. Gust warf nun einen Blick auf den Monitor zur Rechten, auf dem der Bodenausschnitt unter dem Squatter abgebildet war. Der frisch verlegte Belag endete abrupt an der Stelle, wo die Maschine ihren Aussetzer gehabt hatte. Er ließ das Ding einen halben Meter zurückrollen, stellte die Sensoren nach und legte den Vorwärtsgang ein. Im Schneckentempo ging der Squatter ans Werk und setzte nahtlos die Beschichtung des Bodens fort. Die Belagmasse wurde vollautomatisch gemischt und aufgetragen. Der Maschinenführer hatte nicht mehr zu tun, als den Start- oder Aus-Schalter zu bedienen. Gust beobachtete am Monitor, wie sich auf dem Estrich eine spiegelglatte Oberfläche ausbreitete, und konnte keine Mängel feststellen. Es bereitete ihm Vergnügen, diese simple und doch so wichtige Arbeit zu tun.

Plötzlich trötete Alarm, Rotlicht blinkte am Steuerpult auf. Am Rand des Monitors sah Gust einen schwarzen Fleck verschwinden. Sofort ließ er die Maschine drei Meter zurückrollen, stellte die Motoren ab und kletterte zu Boden. Der frisch aufgetragene Plastikbelag war noch heiß unter den Füßen, und er trat vorsichtig bis an den Rand. Dort zeigte sich in der Masse eine runde Kehlung, anscheinend durch Blasenbildung entstanden. Offenbar war hier die Maschine ins Spucken geraten. Wie dem auch sei, die Techniker würden den Schaden beheben. Über sein Handy rief er den Wartungsdienst an, löschte alle Lampen bis auf die Standby-Beleuchtung und ging zurück zum Aufzug. Deutlich sprach er die Nummer der gewünschten Etage aus.

Dr. Livermore und Leatha standen im Labor über den Arbeitstisch gebeugt. Ihre Köpfe hingen tief herab, und es schien, als trauerten sie. Vielleicht war es auch so. Gust trat leise näher und hörte zu; er wollte nicht stören.

»Wir hatten hier ein paar vielversprechende Ansätze«, sagte Leatha. »Vor allem von der Reilly-Gruppe habe ich mir einiges erhofft. Ich weiß nicht, wieviel Computerzeit für die Selektion draufgegangen ist, aber die Techniker haben allein für die Befruchtung dieses einen Eies rund hundert Stunden aufgebracht.«

»Ist das nicht ziemlich ungewöhnlich?« fragte Livermore.

»Allerdings, aber es wurde schließlich erstmalig die multifraktionelle Kreuzselektion nach Bershock versucht, und wie mühselig das Verfahren ist, wissen Sie wohl.«

»Ja, das weiß ich. Aber beim nächsten Mal wird's bestimmt einfacher. Schicken Sie die Unterlagen mit entsprechendem Kommentar zurück, und machen Sie Dampf, daß wir schnellstens Ersatz bekommen. Hallo, Gust, ich habe Sie gar nicht kommen hören.«

»Ich wollte nicht stören.«

»Nicht so schüchtern. Wir sind sowieso fertig. Es gab heute wieder ein paar Ausfälle.«

»Schon gehört. Ist die Ursache bekannt?«

»Wenn ich Bescheid wüßte, wäre ich Gott.«

Leatha warf dem alten Mann einen empörten Blick zu. »Aber Doktor, wir wissen doch, wieso die Embryonen eingegangen sind. Das Ventil in der Zuleitung …«

»Aber warum hat das Ventil gestreikt? Hinter jeder Ursache steckt eine weitere.«

»Wir gehen in die Altstadt, Doktor«, sagte Gust, um das Thema zu wechseln. Ihm behagten solche Diskussionen nicht.

»Ich will Sie nicht aufhalten. Aber schleppen Sie keine Infekte ein, hören Sie?«

Livermore zog sich zurück, doch plötzlich sprang die Tür auf. Im Rahmen stand ein Mann. Wortlos blickte er in die Runde, bevor er das Labor betrat. Sein Schweigen und die finstere Miene lösten Beklemmung aus. Als sich die Tür hinter ihm schloß, musterte er jeden einzelnen und nannte mit tiefer Stimme der Reihe nach die Namen: »Dr. Livermore, Leatha Crabb, Gust Crabb. Ich bin gekommen, um mit Ihnen zu reden. Mein Name ist Blalock.«

Livermore war merklich ungehalten. »Machen Sie mit meiner Sekretärin einen Termin aus, wenn Sie mit mir sprechen wollen. Ich bin beschäftigt.« Er setzte sich in Bewegung, doch Blalock hob die Hand und zog dann eine dünne Mappe aus der Tasche.

»Wenn Sie mal einen Blick darauf werfen wollen, Doktor. Meine Kennmarke.«

Livermore hätte den Mann beiseite stoßen müssen, um den Ausgang zu erreichen. Er blieb stehen und blinzelte auf ein vergoldetes Abzeichen.

»FBI? Was suchen Sie denn hier?«

»Einen Mörder.« Für ein paar Sekunden war kein Laut zu hören. »Behalten Sie bitte für sich, was ich Ihnen jetzt mitzuteilen habe. Einer der hier arbeitenden Techniker ist ein Agent von uns. Er liefert in regelmäßigen Abständen Berichte über den Projektverlauf an unser Büro in Washington.«

»Es ist nicht zu fassen«, ereiferte sich Livermore. »Wir werden also ausspioniert.«

»Ich sehe das anders. Die Regierung hat sehr viel

Geld in dieses Projekt gesteckt und ist natürlich auch im Sinne der Steuerzahler daran interessiert, daß diese Investition sinnvoll genutzt wird. Bei Ihnen hat es in letzter Zeit eine Reihe von Rückschlägen gegeben.«

»Pannen. So was kann vorkommen«, sagte Leatha und wurde rot im Gesicht, als Blalock sie mit kaltem Blick fixierte.

»Ach ja? Wir sind da anderer Meinung. In den Vereinigten Staaten gibt es vier weitere Neustädte, und überall dort laufen jeweils ganz ähnliche Projekte. Und es passieren auch Fehler, aber längst nicht so viele wie bei Ihnen.«

»Das besagt überhaupt nichts«, entgegnete Livermore. »Ein paar mißlungene Versuche mehr oder weniger, sind allemal möglich.«

»Sicher. Solange es sich um kleinere Abweichungen handelt. Aber Ihre Verlustrate ist zehnmal höher als in den anderen Laboratorien. Von einer Panne kann da keine Rede mehr sein. Ich muß den Fall untersuchen und möchte Sie bitten, mich dabei zu unterstützen. Ich brauche zunächst eine Genehmigung, die mir freien Zutritt zu allen Räumen gewährt.«

»Meine Sekretärin ist schon zu Hause. Kommen Sie morgen früh ...«

»Der Text ist schon fertig, getippt auf Ihrem Briefpapier. Ich brauche nur noch Ihre Unterschrift.«

Livermores Verärgerung war mehr gespielt als echt. »Das geht zu weit. Sie können doch nicht einfach mein Briefpapier klauen. Unerhört!«

»Immer mit der Ruhe, Doktor. Ihr Briefpapier wird in der Regierungsdruckerei hergestellt. Um mir die Arbeit zu erleichtern, hat man mich entsprechend versorgt. Machen Sie mir jetzt keine Scherereien.«

In der Stimme des Mannes lag ein schneidender Ton, der keinen Widerspruch zuließ. Livermore nestelte seinen Stift aus dem Etui und unterschrieb. Gust und

Leatha sahen tatenlos zu. Blalock faltete den Zettel und steckte ihn in die Tasche.

»Ich werde mich später mit jedem von Ihnen unterhalten«, kündigte er an und verließ das Labor. Livermore wartete eine Weile und ging dann auch, ohne ein Wort zu sagen.

»Ein schrecklicher Kerl«, meinte Leatha.

»Das tut nichts zur Sache; sein Verdacht wiegt schwer. Was hältst zu davon?«

»Wenn hier jemand sabotieren will, hat er leichtes Spiel.«

»Aber was gäbe es für Gründe dafür?« fragte Gust.

»Das ist die Frage, und darauf kann ich mir keinen Reim machen.«

»Soll sich doch dieser Blalock den Kopf darüber zerbrechen. Dafür wird er bezahlt. Ich hatte einen langen Tag und bin hungrig; im Augenblick kann ich nur ans Essen denken. Geh schon mal vor und tau irgendwas aus dem Gefrierschrank auf. Ich muß hier nur noch klar Schiff machen.«

Gust reagierte sauer. »Du hast wohl vergessen, daß ich dich zum Essen in die Altstadt eingeladen habe. Oder hörst du mir schon gar nicht mehr zu?«

»Ach was, ich...« Leatha stockte. Gust hatte recht. Die Arbeit nahm sie voll in Beschlag. Und zu allem Überfluß war nun auch noch dieser Schnüffler aufgetaucht. Sie wußte nicht mehr, wo ihr der Kopf stand. Hastig räumte sie den Arbeitsplatz auf und zog den Kittel aus. Darunter trug sie ein dünnes, enganliegendes Kleid in Dunkelgrau. Für den Aufenthalt in Neustadt, wo überall angenehme Zimmertemperatur herrschte, war der Fummel durchaus angebracht.

»Falls es draußen kalt ist, müßte ich mir noch schnell einen Mantel holen.«

»Natürlich ist es kalt, wir haben März. Ich habe für

alles gesorgt, ein Auto gemietet und Mäntel für uns bereitgelegt.«

Schweigend gingen sie zum Aufzug und fuhren hinunter aufs Parkdeck. Der Wagen stand nur wenige Meter entfernt. Mit der Fernbedienung öffnete Gust den kuppelförmigen Aufbau aus Plexiglas. Bevor sie einstiegen, zogen sie sich die Mäntel an. Gust schaltete die Heizung ein und startete den batteriebetriebenen Elektromotor. Leise surrend rollte das Auto zur Ausfahrt hin. Die beiden Tore der Luftschleuse öffneten und schlossen automatisch. Über eine leicht ansteigende Straße fuhren sie in Richtung Altstadt.

Ihr letzter Ausflug dorthin lag lange zurück. Der Kontrast zur Neustadt war extrem. Auf den Straßen wucherte Unkraut zwischen Rissen im Asphalt. In den Rinnsteinen häufte sich Abfall. Der Wind wirbelte Staub aus einer Abrißruine. Leatha sank tiefer in ihrem Sitz und fröstelte, obwohl die Heizung auf vollen Touren lief. Die Häuser sahen allesamt verwittert und baufällig aus. Vor allem die Holzgebäude waren arg heruntergekommen. Graue Bäume reckten skelettierte Äste ins fahle Licht der Dämmerung. Gust versuchte, die Wegweiser zu entziffern, und verfuhr sich prompt. Schließlich aber fand er doch das von einer funzeligen Lampe beleuchtete Schild mit der Aufschrift SHARM'S. Es schien, daß sie entweder zu früh da waren oder daß die Geschäfte schlecht gingen, denn sie konnten unmittelbar vor dem Eingang parken. Leatha zögerte nicht lange und lief, um dem kalten Wind zu entkommen, eilig ins Haus, während Gust das Auto verriegelte. Sharm, der Besitzer des Lokals, begrüßte sie persönlich.

»Willkommen, willkommen«, sagte er in aufgesetzter Höflichkeit. Ein großer, schwergewichtiger Mann, pechschwarz, mit schillerndem Kaftan und rotem Fez. »Der für Sie reservierte Tisch ist gleich da vorn an der Bühne.«

»Danke«, sagte Gust.

Der Grund für Sharms Beflissenheit lag auf der Hand. Im Restaurant befand sich außer den Crabbs nur ein einziges Paar. Kochdünste hingen schwer und aufdringlich in der Luft. Die Tischdecke war, obwohl frisch gewaschen und gebügelt, voll von alten Flecken.

»Wünschen Sie einen Aperitif?« fragte Sharm.

»Warum nicht? Was empfehlen Sie uns?«

»Die Spezialität des Hauses: Bloody Mary mit Tequila. Kommt sofort.«

Offenbar war der Drink vorgemixt, denn Sharm war Sekunden später mit einer Karaffe zur Stelle. Unter dem Arm klemmten zwei Speisekarten. Er schenkte ihnen ein, genehmigte sich selbst ein Gläschen und rückte einen Stuhl zurecht, um am Tisch Platz zu nehmen. Bei Sharm's ging es sehr ungezwungen zu.

»Prost«, sagte er; sie stießen an und tranken. Leatha verzog das Gesicht, doch Gust mochte den scharfen Drink.

»Unvergleichlich. Und jetzt zum Essen. Was hat Ihre Küche zu bieten?«

»Das Feinste. Meine Frau kocht alle möglichen Trendgerichte. Dickebohnen und Maiskuchen, koschere Hotdogs und gebackene Bohnen. Was Sie wollen? Suchen Sie sich was aus. Gleich geht's los mit Musik, und in etwa einer halben Stunde fängt Aikane zu tanzen an. Trinken Sie; die erste Runde geht auf meine Rechnung.«

»Sehr freundlich«, sagte Gust und nippte an seinem Glas.

»Dafür würde ich gern was von Ihnen wissen, Mr. Crabb. Ich habe Sie nämlich letzte Woche im 3V gesehen; es ging um die Neustadt. Sehr beeindruckend, alle Achtung. Meine Frage an Sie: Hätte ich womöglich eine Chance, dort ein Restaurant zu eröffnen?« Er leerte sein Glas und schenkte sich und den anderen neu ein.

»Schwer zu sagen.«

»Was wäre schon einfach? Däumchen drehen, vielleicht. Aber ich will mich verbessern. Trendkost ist groß im Kommen. Alte Leute fühlen sich an früher erinnert, und die jungen finden's einfach schick. Allerdings gehen in der Altstadt nur wenige aus essen. Das Geld sitzt den meisten hier weniger locker als anderswo. Darum will ich weg, dahin, wo was los ist. In die Neustadt. Was wäre da zu machen?«

»Ich könnte mich mal erkundigen. Aber über eines sollten Sie sich von vornherein im klaren sein, Mr. Sharm ...«

»Für Sie einfach Sharm. Das ist mein Vorname.«

»Sie sollten wissen, daß die alten Leute in der Regel Diäten einzuhalten haben.«

»Wir sind auf Bohnen nicht festgelegt und kennen uns aus, was diätetisches Kochen angeht.«

»Sie verstehen nicht ganz. Ich spreche von ganz speziellen, ärztlich verordneten Ernährungsplänen, die mit einer bestimmten Medikamentierung einhergehen. Das sind ausgeklügelte Rezepte, die in Labors zusammengerührt werden.«

Ein traurig dreinblickender Indianer fing plötzlich nach indianischen Rhythmen zu trommeln an. Dazu spielte im Playback die Aufzeichnung eines israelischen Volksliedes. Sehr beeindruckend und sehr laut.

»Und was essen so die Jüngeren?« rief Sharm gegen den Lärm an. »Leute wie Sie? Sie kommen den ganzen Weg hierher, um Trendkost zu essen. Wäre es nicht besser für Sie, ein Restaurant vor Ort zu haben?«

»Jüngere gibt's nur wenige, vorläufig jedenfalls. Das sind fast ausschließlich Techniker und Bauarbeiter. Und von dem geplanten Nachwuchs ist gerade erst mal zehn Prozent geboren worden. Ich fürchte, die Kundschaft wäre zu klein für Ihr Lokal. In Zukunft wird sich das wohl ändern ...«

»Ja, in Zukunft, in zwanzig Jahren vielleicht.« Sharm ließ, sichtlich enttäuscht, die Schultern hängen. Schweigend trank er sein Glas leer. Die peinliche Situation hatte ein Ende, als neue Gäste eintrafen. Lustlos stand er auf, um sie zu begrüßen.

Leatha und Gust bestellten eine gemischte Spezialitätenplatte und eine Flasche Wein. Von den Bloody Marys hatte Leatha genug. Während die beiden aßen, trat ein dunkelhäutiges Mädchen auf. Sie war dem Anschein nach hawaiianischer Herkunft und tanzte einen Hula, mehr schlecht als recht. Gust fand immerhin Gefallen an ihrer Aufmachung: Sie trug ein schütteres Baströckchen, das tief auf der Hüfte hing, und war füllig genug, um eine Wackelei in Gang zu setzen, die für einen gewissen Reiz sorgte.

»Vulgär«, sagte Leatha und betupfte mit der Serviette die Augen, nachdem sie mit einem Fischhappen zuviel Meerrettich zu sich genommen hatte.

»Finde ich nicht«, meinte Gust. Er legte die Hand unter dem Tisch auf ihr Knie.

»Laß das! Wir sind nicht allein«, zischte Leatha mit starrer Miene und rückte zur Seite.

»Und wenn wir allein sind, zierst du dich auch. Verdammt nochmal, was ist bloß los mit dir? Zugegeben, wir haben beide beruflich viel um die Ohren, aber wir werden doch wohl auch noch ein Privatleben führen können. Was hältst du davon, einen Säugling anzunehmen?«

»Darüber haben wir doch schon gesprochen.«

»Und du hast nein gesagt. Ich weiß. Hör zu, Liebling, es liegt mir fern, dich festzulegen auf eine überkommene Rolle als Frau, die ein Kind an der Hand hat, ein anderes auf dem Arm und ein drittes im Bauch. Zum Glück ist euereins befreit worden von den Lasten und Gefahren der Schwangerschaft, aber, mein Gott, ihr seid doch immer noch Frauen. Und keine andersgebauten Männer. Viele Paare verzichten auf Kinder, schön und gut. Ich bin auch der Meinung, daß Kinderkrippen etliche Vorteile haben. Aber es gibt auch andere Beispiele. Manche Frauen lassen sich sogar hormonell behandeln, um ihr Pflegekind säugen zu können.«

»Das erwartest du doch wohl nicht von mir?«

»Keineswegs. Allerdings verstehe ich nicht, warum du dich so aufregst. Ich finde das gar nicht so schlimm. Wie dem auch sei, ich möchte dich bloß bitten, über die Elternschaft nachzudenken. Wie wär's mit einem Sohn? Wir würden abends und an den Wochenenden zusammen sein und könnten viel Spaß miteinander haben.«

»Unter Spaß verstehe ich was anderes.«

Ihm lag eine spitze Antwort auf der Zunge, die angetan gewesen wäre, den Streit eskalieren zu lassen. Doch bevor er sprechen konnte, packte sie ihn beim Arm.

»Gust, am letzten Tisch, hinten in der Ecke ... sitzt da nicht der Kerl, der uns heute abend im Labor seine unverschämte Aufwartung gemacht hat?«

»Blalock? Ja, sieht ganz so aus. Obwohl, bei dem Licht bin ich mir nicht sicher. Was kümmert er uns?«

»Kapier doch! Wenn er's tatsächlich ist, stehen wir unter Beobachtung. Womöglich hat er den Verdacht, daß wir für die Pannen im Labor verantwortlich sind.«

»Deine Phantasie geht mit dir durch. Vielleicht steht er auf Trendkost. Vom Typ her schätze ich ihn so ein.«

Und dennoch, die Frage, warum er hier war, blieb offen. Jedenfalls machte sein Auftauchen die beiden mehr als nervös. Leatha schob ihren Teller beiseite. Auch Gust hatte keinen Appetit mehr. Er ließ die Rechnung kommen und bezahlte. Sie warfen ihre Mäntel über und eilten hinaus, vorbei an Sharm, der sie grußlos und mit kühlem Blick verabschiedete, beleidigt darüber, daß ihm der sehnlich gewünschte Neuanfang in der Neustadt verwehrt blieb.

Seit eh und je war Catherine Ruffin in allem, was sie tat, extrem penibel und gewissenhaft. Tagsüber fand sie in ihrem Büro zumeist nicht die nötige Ruhe, um ungestört arbeiten zu können. Überstunden konnten das Problem nicht lösen, da auch nach Feierabend das Telefon ständig läutete, und außerdem war sie dann viel zu müde. Arbeit mit nach Hause zu nehmen, kam ebenfalls nicht in Frage. Also blieb nur eines: Sie ging schon in aller Frühe ins Büro, lange bevor die Kollegen auftauchten, die samt und sonders Nachtschwärmer waren und niemals auch nur eine Minute zu früh zur Arbeit erschienen. Wenn die normale Arbeitszeit begann, hatte Catherine bereits einen Großteil ihres Pensums erledigt. So sehr war ihr diese Routine in Fleisch und Blut übergegangen, daß alles, was sie davon abweichen ließ, als Ärgernis empfunden wurde.

Als sie an diesem Morgen das Büro betrat, lag ein Zettel auf dem Schreibtisch. In Maschinenschrift stand darauf zu lesen:

Bitte, kommen Sie runter ins Labor. Dringend. R. Livermore.

Was sie verärgerte, war nicht nur der Stil dieser Aufforderung und die damit verbundene Störung ihrer Alltagsroutine, sondern auch der Umstand, daß tatsächlich jemand früher als sie zur Arbeit erschienen war. Aber womöglich hatte Livermore die ganze Nacht durchgemacht. Das wäre nicht verwunderlich gewesen. Manche Wissenschaftler, und dazu zählte Livermore, konnten nur durch strenge Arbeitszeitvorschriften dazu bewegt werden, Feierabend zu machen und sich auszuruhen. Jedenfalls schien er es eilig zu haben, und Catherine hielt es für angebracht, seiner Bitte unverzüglich nachzukommen. Falls er sie unnötigerweise herbeizitiert hatte, würde sie ihm schon noch ein paar passende Worte dazu sagen. Sie legte die Handtasche in die unterste Schreibtischschublade und ging zum Fahrstuhl.

Im Flur zum Labor war niemand zu sehen, auch nicht im Vorzimmer. Dann glaubte sie, am Blickfeldrand eine Bewegung wahrgenommen zu haben. Sie drehte sich um und sah zur Tür, die zum Retortenraum führte. Ihr war, als sei sie gerade zugezogen worden. Vielleicht war Livermore soeben erst hineingegangen und wartete auf sie. Sie wollte gerade die Tür aufmachen, als dahinter mit grellem Klirren Glas zerbrach, ein ums andere Mal. Im Hintergrund fing nun auch eine Alarmglocke zu bimmeln an. Catherine Ruffin hielt die Luft an und war starr vor Schrecken. Offenbar hatte sich hier jemand in zerstörerischer Absicht Zutritt verschafft. Die Retorten! Wild entschlossen stieß sie die Tür auf und stürmte in den Raum.

Der Boden war mit Glasscherben übersät und voller Pfützen. Sie sah sich um, entsetzt über das Chaos, schockiert über das jähe Ende, das die so sorgsam gepflanzten kleinen Lebewesen genommen hatte. Fast unsichtbare Zellmassen, aus denen die nächste Generation hervortreten sollte, lagen zermatscht vor ihren Füßen. Aus und vorbei; da war nichts mehr zu machen. In einer sich ausbreitenden Lache, gleich neben den Scherben einer zerbrochenen Retorte, lag ein Hammer. Die Mordwaffe? Sie bückte sich und hob den Hammer auf. Plötzlich meldete sich hinterrücks eine Stimme.

»Drehen Sie sich langsam um! Keine falsche Bewegung.«

Catherine glaubte zu träumen, so unwirklich war ihr, was hier passierte.

»Wie? Was?« stammelte sie und warf einen Blick über die Schulter. In der Tür stand ein Mann; er hielt eine Pistole in der Hand.

»Legen Sie den Hammer ab, ganz langsam.«

»Wer sind Sie?« Der Hammer fiel polternd zu Boden.

»Das würde ich gern von Ihnen wissen. Ich heiße Blalock und bin vom FBI«, sagte er und zeigte ihr seine Dienstmarke.

»Catherine Ruffin. Ich bin hierherzitiert worden. Von Dr. Livermore. Was soll das alles bedeuten?«

»Können Sie beweisen, was Sie da sagen?«

»Natürlich. Hier ist die Nachricht. Lesen Sie selbst.«

Er steckte die Pistole weg, nahm dann den Zettel mit spitzen Fingern, warf einen kurzen Blick darauf und ließ ihn in eine Plastikhülle fallen.

»Das hätte jeder tippen können«, sagte er. »Vielleicht waren es sogar Sie selbst.«

»Ich weiß nicht, wovon Sie reden. Der Zettel lag auf meinem Schreibtisch, als ich in mein Büro kam. Das ist nur wenige Minuten her. Ich habe mich sofort auf den Weg hierher gemacht, Glas zerspringen hören und nachgesehen, was los ist. Da lag dieser Hammer auf dem Boden, und ich habe ihn aufgehoben. Weiter nichts.«

Blalock musterte sie mit kritischem Blick, nickte schließlich und forderte sie per Handzeichen auf, ihm ins Vorzimmer zu folgen. »Vielleicht hat es sich so zugetragen, wie Sie sagen. Das werden wir später überprüfen. Jetzt nehmen Sie erst einmal hier Platz und verhalten sich ganz ruhig, während ich ein paar Telefonate führe.«

Die erste Verbindung ließ lange auf sich warten. Schließlich tauchte das verschlafene Gesicht von Leatha Crabb auf dem Monitor auf.

Sie sperrte die Augen weit auf, als sie den Anrufer erkannte. »Was wollen Sie?«

»Ihren Mann. Ich will mit ihm reden.«

»Er … er schläft noch.« Sie wirkte nervös und irritiert, was Blalock natürlich nicht entging.

»Ach ja? Dann wecken Sie ihn, holen Sie ihn an den Apparat.«

»Warum? Sagen Sie mir, warum?«

»Wollen Sie, daß ich persönlich vorbeikomme? Ich könnte in zwei Minuten bei Ihnen sein. Oder würde Sie das in Verlegenheit bringen, Mrs. Crabb? Also, entweder Sie wecken Ihren Mann, oder Sie sagen mir jetzt die Wahrheit.«

Sie senkte den Blick und gab kleinlaut zur Antwort: »Er ist nicht hier. Er war die ganze Nacht über weg.«

»Und Sie wissen nicht zufällig, wo er sich aufhält?«

»Nein. Interessiert mich auch nicht. Wir hatten eine kleine Meinungsverschiedenheit, und er ist daraufhin weggegangen. Mehr will ich Ihnen dazu nicht sagen.« Der Bildschirm wurde dunkel. Sofort wählte Blalock eine andere Nummer, kam aber diesmal nicht durch. Er wandte sich an Catherine Ruffin, die wie benommen auf dem Stuhl saß.

»Ich möchte, daß Sie mich in Dr. Livermores Büro führen.«

Leatha tat, was von ihr verlangt wurde. Die Tür war unverschlossen. Blalock schob sich an ihr vorbei und sah sich im Büro um. Durch die hohe Glaswand flutete das Licht der aufgehenden Sonne. Das Büro war leer. Blalock hob die Nase, als wollte er einen Hinweis erschnüffeln, und deutete dann auf die Tür in der Stirnwand.

»Was ist dahinter?«

»Keine Ahnung.«

»Warten Sie hier.«

Catherine Ruffin mißbilligte seinen Tonfall, doch bevor sie sich beschweren konnte, hatte er das Zimmer durchquert. Vorsichtig öffnete er die Tür. Livermore lag unter einer dünnen Decke schlafend auf der Couch. Blalock trat leise herbei, ergriff die Hand, die den Saum der Decke gepackt hielt, und fühlte den Puls. Livermore öffnete die Augen, blinzelte verstört ins Licht und zog die Hand weg.

»Was, zum Teufel, machen Sie da?«

»Ich wollte mich nach Ihrem Befinden erkundigen. Dagegen haben Sie doch nichts, oder?«

»Und ob ich was dagegen habe.« Er richtete sich auf und warf die Decke zur Seite. »Ich bin hier der Arzt. Den Puls zu fühlen ist meine Sache. Von Ihnen will ich vielmehr wissen, was Sie hier in meinem Zimmer verloren haben?«

»Im Retortenlabor hat es wieder einen Fall von Sabotage gegeben. Ich habe gestern noch eine Alarmanlage installiert und bin sofort zur Stelle gewesen. Da sah ich diese Frau hier mit einem Hammer in der Hand.«

»Catherine! Wie konnten Sie so etwas tun?«

»Jetzt machen Sie aber mal halblang! Auf meinem Schreibtisch lag eine Nachricht von Ihnen. Der bin ich gefolgt und hinunter ins Labor gegangen. Sie haben mich in eine Falle gelockt. Womöglich waren Sie es, der die Retorten zerschlagen hat.«

Livermore gähnte und rieb sich die Augen. Dann beugte er sich nach vorn und tastete unter der Couch nach den Schuhen.

»Das glaubt wohl auch unser Sherlock hier.« Grummelnd zog er die Schuhe an. »Kommt hier hereingeschlichen und fühlt meinen Puls, weil er argwöhnt, daß ich mich schlafend stelle und kurz zuvor mit dem Hammer gewütet habe. Idiot!« Mit dem letzten Wort sprang er von der Couch auf. »Ich bin verantwortlich für das Projekt. Es ist mein Projekt. Bevor Sie mich der Sabotage bezichtigen, hätten Sie besser einmal Ihr Gehirn eingeschaltet. Welche Motive könnte ich für eine solche Wahnsinnstat haben? Suchen Sie lieber denjenigen, der Mrs. Ruffin diese Nachricht hat zukommen lassen. Das wird Sie sehr viel weiter bringen.«

»Keine Sorge, der Spur werde ich nachgehen«, antwortete Blalock. In diesem Moment läutete das Telefon.

»Für Sie«, sagte Livermore und reichte dem FBI-Mann den Hörer. Der nahm schweigend eine Mitteilung entgegen und befahl dann mit scharfem Ton: »Her mit ihm!«

Im Anschluß an das kurze Gespräch tippte er Catherine Ruffins Aussage in Livermores Schreibmaschine und ließ das Protokoll von ihr unterschreiben. Auch das, was Livermore zu sagen hatte, wurde auf diese Weise festgehalten. Ja, er sei nicht in seiner Wohnung gewesen, sondern habe wie so oft bis spät in die Nacht hinein gearbeitet und sich dann gegen drei Uhr morgens im Nebenzimmer auf der Couch schlafen gelegt. Nein, er habe weder etwas gesehen noch gehört. Ja, es sei möglich, das Retortenlabor durch die Hintertür zu verlassen und über den Verwaltungstrakt hierher ins Büro zurückzukehren. Doch das habe er nicht getan. Der Arzt hatte seine Aussage gerade abgeschlossen, als ein Fremder, der Blalock in Ausdruck und Kleidung verblüffend ähnlich war, Gust Crabb ins Zimmer führte. Blalock schickte seinen Mitarbeiter nach draußen und machte sich unverzüglich daran, Gust zu verhören.

»Sie waren die ganze Nacht über nicht in Ihrer Wohnung. Wo sind Sie gewesen?«

»Was geht Sie das an?«

»Es wäre besser, Sie antworten auf meine Fragen. Sie sind vor wenigen Minuten in Ihrem Büro erschienen, und ich würde gern wissen, wo Sie sich davor aufgehalten haben. In der fraglichen Zeit ist jemand ins Labor eingedrungen mit dem Vorsatz, das Projekt zu sabotieren. Ich frage Sie noch einmal. Wo waren Sie?«

Gust, einfältig strukturiert wie er war, führte nun

eine Pantomime vor, die Kummer, Sorge und Unglück zum Ausdruck bringen sollte. Er senkte den Blick zu Boden, und auf der Stirn perlte Schweiß. Livermore empfand Mitleid mit ihm, suchte nach der Krawatte und beschäftigte sich damit, sie um den Kragen zu knoten.

»Reden Sie!« forderte Blalock mit einschüchterndem Nachdruck.

»Sie machen sich völlig falsche Vorstellungen«, antwortete Gust kleinlaut.

»Wenn Sie die Aussage verweigern, lasse ich Sie sofort festnehmen, und zwar unter dem dringenden Tatverdacht der Sabotage an einem Regierungsprojekt.«

Das Schweigen wurde unerträglich lang. Livermore schaltete sich ein.

»Um Himmels willen, Gust, so reden Sie doch. Ausgeschlossen, daß Sie so etwas getan haben könnten. Raus damit… Sie waren bei einer Frau. Stimmt's?« Er schnaubte verächtlich, als er sah, daß Gust im Gesicht rot anlief. »Spucken Sie's aus. Von dem, was Sie hier sagen, dringt kein Wort nach außen. Die Regierung interessiert sich nicht für Ihr Sexleben, und ich bin über das Alter hinaus, in dem man solchen Sachen gesteigerte Bedeutung beimißt.«

»Das geht niemanden was an«, erwiderte Gust bockig.

»Verbrechen gehen die Regierung durchaus was an und…« Blalock wurde von Livermore unterbrochen.

»Seien Sie doch still! Seit wann sind Liebesaffären kriminell? Gust, sagen Sie die Wahrheit, sonst kommen Sie in Teufels Küche. Sie waren bei einer Frau, geben Sie's zu.«

»Ja«, flüsterte Gust und starrte auf die Schuhspitzen.

»Aha. Sie haben bei ihr übernachtet. Nennen Sie ein paar Details, und Sie stehen nicht mehr unter Verdacht.«

Widerwillig nannte Gust Einzelheiten. Die Frau, bei der er die Nacht verbracht hatte, war eine Sekretärin des Bauleitung. Er kannte sie schon seit geraumer Zeit, wußte, daß sie ein Auge auf ihn geworfen hatte, war ihr aber stets aus dem Weg gegangen. Doch nach dem Streit mit Leatha am gestrigen Abend war er unversehens vor Georgettas Tür gelandet – »aber das bleibt wirklich unter uns, nicht wahr?« Sie lud ihn in ihre Wohnung ein, und dann ergab eins das andere, »wie's nun mal so kommt«.

»Na bitte«, sagte Livermore, und an Blalock gewandt: »Machen Sie sich an Ihre Arbeit. Gust wird hier bei mir bleiben, für den Fall, daß Sie Rückfragen haben. Diese Georgetta wird Ihnen Gusts Geschichte bestätigen, und dann hoffe ich, daß Sie uns nicht länger belästigen. Untersuchen Sie diese mysteriöse Nachricht an Catharine, suchen Sie auf dem Hammer nach Fingerabdrücken, tun Sie, was Sie nicht lassen können, aber bitte, halten Sie uns nicht in unserer Arbeit auf. Ich will Sie nicht wieder in meinem Büro sehen, es sei denn, Sie haben Beweise gegen mich und nehmen mich fest.«

Als der FBI-Mann gegangen war, setzte Livermore im Vorzimmer Kaffee auf und bediente Gust mit einer Tasse. Der stand vorm Fenster und schaute auf den von Wolken und Regen verhangenen Hügel.

»Sie halten mich bestimmt für einen Esel«, schmollte Gust.

»Ach was. Zwischen Ihnen und Leatha gibt's offenbar Stunk, und ich glaube, daß Sie durch Ihr Verhalten alles nur schlimmer machen.«

»Ich weiß aber nicht, wie ich mich verhalten soll.«

Livermore ignorierte den wehleidigen Ton in Gusts Stimme und rührte seinen Kaffee, um ihn abkühlen zu lassen. »Sie werden sich schon was einfallen lassen. Es ist Ihr Problem; sie sind alt genug. Gehen Sie von mir aus mit Ihrer Frau zur Ehe- oder Familienberatung, aber bitte verschonen Sie mich. Ich habe im Augenblick andere Sorgen.«

Gust straffte die Schultern und rang sich ein Lächeln ab. »Sie haben recht. So wichtig sind meine Probleme nun auch wieder nicht, und ich werde schon allein fertig damit. Übrigens, ist es nicht merkwürdig? Für den FBI-Mann scheinen Sie, Leatha und ich die Hauptverdächtigen zu sein. Er ist uns gestern abend ins Restaurant gefolgt. Warum hat er ausgerechnet uns auf dem Kieker?«

»Ist doch klar. Er hält sich erst mal an diejenigen, die freien Zugang zu den Retorten haben, und das sind wir und die Techniker. Wie er sagte, ist einer der Techniker als Verbindungsmann eingeschmuggelt worden. Der wird seine Kollegen genau im Visier haben. Also bleiben nur wir als mögliche Täter übrig.«

»Aber ich verstehe das alles nicht. Wer könnte denn ein Interesse daran haben, das Projekt scheitern zu lassen?«

Livermore nickte nachdenklich. »Diese Frage müßte sich vor allem Blalock stellen. An den Täter kommt er nur über das Motiv.«

Wortlos kam Leatha ins Büro und schloß leise die Tür hinter sich. Gust blickte verwundert von seiner Schreibtischarbeit auf. Sie hatte sich hier in seinem Büro nie zuvor blicken lassen.

»Warum hast du das getan?« fragte sie mit heiserer Stimme und häßlich verzerrtem Gesicht. Er war sprachlos. »Ich weiß Bescheid. Dieser Blalock hat mich aufgesucht und über alles informiert. Ich weiß, wo du letzte Nacht gewesen bist. Also leugne nicht.«

Gust war müde und zu einer Kontroverse nicht in der Lage. »Warum hat er dir das auf die Nase gebunden?«

»Da fragst du noch? Ist doch sonnenklar. Wir sind

ihm einerlei; ihn interessiert nur sein Job. Offenbar verdächtigt er auch mich, und darum hat er versucht, mich aus der Reserve zu locken. Was ihm auch gelungen ist. Und nun antworte mir, du Schwein. Warum hast du das getan? Mehr will ich nicht wissen.«

Gust starrte auf seine Hände, die, zu Fäusten geballt, auf dem Schreibtisch lagen. »Ich wollte es so.«

»Nennen wir's doch beim Namen«, schrie Leatha. »Es hat dich gejuckt, und schon hechelst du einer anderen hinterher.«

»Lea, laß uns ein anderes Mal darüber reden. Jetzt ist nicht die Zeit und auch nicht der passende Ort dafür.«

»Ach nein? Was ich von dir halte, kann ich überall und jederzeit sagen. Du bist ein Verräter!«

Daß er schwieg und die Miene nicht verzog, brachte sie nur noch mehr auf. Neben ihr stand auf einem Tisch ein Modell der Neustadt, gebaut während der Planungsphase. Sie packte es mit beiden Händen und schleuderte es in seine Richtung. Doch das Ding war zu leicht, trudelte durch die Luft, streifte ohne Wirkung seinen Arm und zerschellte am Boden.

»Das hättest du nicht tun dürfen«, sagte Gust und bückte sich, um das Modell aufzuheben. »Es hat viel Geld gekostet, und dafür werde ich nun geradestehen müssen.« Als Antwort war nur ein lautes Türschlagen zu hören. Als er aufblickte, war Leatha verschwunden.

Sie empfand eine Wut wie nie zuvor in ihrem Leben. Die Brust war ihr wie zugeschnürt, sie konnte kaum atmen. Nach Luft ringend, hastete sie durch die Flure der Neustadt, ziellos, wie es den Anschein hatte. Es war jedoch kein Zufall, daß sie schließlich den Eingang zu den Büros der Bauleitung erreichte. Aber nun kamen ihr Zweifel. Würde sie sich nicht lächerlich machen? Wäre es nicht besser, wieder umzukehren? Plötzlich trat ein Mann auf den Flur heraus und hielt ihr die Tür auf. Also ging sie kurzentschlossen hinein. An der gegenüberliegenden Wand hing ein Lageplan der einzelnen Büros. Sie drückte den Knopf, der mit ›Sekretariat‹ gekennzeichnet war. Ein aufleuchtender Punkt wies ihr die Richtung.

Bald gelangte sie in einen großen Raum, wo ein Dutzend junger Frauen an Computern und Schreibmaschinen arbeitete. Niemand achtete auf Leatha. Sie stand zögernd da, bis ein Mann mit zwei Armvoll Akten aufkreuzte. Er blieb stehen, als sie ihn ansprach.

»Können Sie mir helfen? Ich suche ... Miss Georgette Booker. Wenn ich richtig informiert bin, arbeitet sie hier.«

»Georgy, natürlich. Sie sitzt da drüben an ihrem Schreibtisch. Da drüben, die mit der weißen Bluse. Soll ich Sie miteinander bekanntmachen?«

»Nicht nötig, vielen Dank. Ich stelle mich ihr selbst vor.«

Leatha wartete, bis der Mann gegangen war, und musterte die Rivalin aus der Distanz. Weiße Bluse, schwarzes Haar, schokoladenbraune Haut. Leatha setzte sich in Bewegung, ging auf Umwegen zwischen den Schreibtischen auf die junge Frau zu und wurde langsamer, je näher sie ihr kam.

Kein Zweifel, sie war sehr hübsch, hatte ein fein geschnittenes Gesicht, eine schmale Nase, aber allzuviel von dem violetten Lippen-Make-up aufgetragen, das zur Zeit angesagt war. Silberpuder glitzerte von der Wange bis hinunter ins offenherzige, prallgefüllte Dekolleté. Der dünne Blusenstoff war fast transparent und ließ nichts in Frage. Georgette fühlte sich beobachtet, blickte auf und schenkte Leatha ein freundliches Lächeln, die sich spontan umdrehte und eiligen Schritts das Weite suchte.

Gegen vier am Nachmittag überkam Dr. Livermore eine bleierne Müdigkeit. Er hatte in der Nacht zuvor nur wenig geschlafen und war schon in aller Frühe von dem FBI-Mann gestört worden. Dann hatte er dafür sorgen müssen, daß der Retortenraum aufgeräumt wurde. Nun wollte er selbst dort nach dem Rechten sehen, um anschließend in aller Ruhe ein Schläfchen halten zu können. Er räumte die Unterlagen, an denen er arbeitete, auf dem Schreibtisch beiseite und stand mühevoll auf. Die Knochen schmerzten; sein Alter machte sich bemerkbar. Vielleicht war es an der Zeit, daß er zu seinen Patienten in den Seniorenflügel zog. Schmunzelnd über den Gedanken machte er sich auf den Weg ins Labor.

Formale Regeln galten in seinem Mitarbeiterstab wenig, und so klopfte er auch nicht an, als er Leathas Büro betrat. Er fand sie weinend am Schreibtisch sitzen, das Gesicht in den Händen vergraben.

»Was ist?« fragte er, bevor ihm der Gedanke kam, daß es wohl klüger wäre, sie jetzt allein zu lassen, zumal er ahnte, was sie bedrückte.

Sie hob ihr tränennasses, gerötetes Gesicht.

»Verzeihung. Ich hätte anklopfen sollen.«

»Sie brauchen sich nicht zu entschuldigen, Dr. Livermore.« Mit einem Taschentuch tupfte sie die Augen trocken. »Es tut mir nur leid, daß Sie mich in diesem Zustand sehen müssen.«

»Ich kann mir denken, wie Sie sich fühlen.«

»Wohl kaum. Es hat nämlich nichts mit den Retorten zu tun.«

»Ich weiß. Sie haben erfahren, wo Ihr Mann vergangene Nacht gewesen ist, nicht wahr?«

Leatha war zu aufgewühlt, um sich darüber zu wundern, wieso er Bescheid wußte. Erneut fing sie bitterlich zu schluchzen an. Livermore wollte gehen, blieb aber, weil ihm keine taktvolle Ausflucht einfiel. An einer Ehetragödie war er allerdings im Augenblick am allerwenigsten interessiert.

»Ich habe sie gesehen«, sagte Leatha. »Ich bin hingegangen, weiß der Himmel, warum. Es war so entwürdigend zu sehen, mit wem er mich betrügt. Mit einem aufgedonnerten, ordinären Flittchen. Sie ist eine *Farbige*. Wie kann er nur …«

Wiederum brach sie in Tränen aus. Livermore hätte sich am liebsten aus dem Staub gemacht.

»Sie stammen aus dem Süden, nicht wahr?« sagte er. »Ich erinnere mich, daß sie einmal davon gesprochen haben.«

Die so abwegige Frage verblüffte Leatha dermaßen, daß sie schlagartig zu weinen aufhörte. »Ja, Mississippi, aus einem kleinen Fischerdorf in der Nähe von Biloxi.«

»Richtig. Und dort sind Sie bestimmt mit einem Wust von Vorurteilen Schwarzen gegenüber aufgewachsen. Daß das Mädchen eine Farbige ist, grämt Sie wohl am meisten.«

»Das habe ich nicht gesagt. Aber es gibt Dinge …«

»Papperlapapp. Es schockiert mich zu hören, daß ausgerechnet Sie als Genetikerin solche Gedanken hegen. Aber so leid es mir tut, ich bin nicht einmal überrascht.«

»Die Frau ist mir einerlei. Mich schmerzt, was Gust mir angetan hat.«

»Was hat er Ihnen denn angetan? Um Himmels willen, Sie sind eine moderne Frau, die sich für Kinderlosigkeit und Selbstbestimmung entschieden hat. Wenn Sie Ihren Mann aus dem Bett werfen, dürfen Sie sich nicht beklagen, wenn er fremdgeht.«

»Was wollen Sie damit sagen?« fragte Leatha konsterniert.

»Entschuldigung. Es steht mir nicht zu, so mit Ihnen zu reden. Aber mir ist der Kragen geplatzt. Von einer erwachsenen Frau erwarte ich, daß sie klare Entscheidungen zu treffen versteht, nicht zuletzt auch in Ehefragen.«

»Nein, das lasse ich so nicht durchgehen. Sie haben etwas anderes gesagt, und ich möchte, daß Sie sich genauer ausdrücken.«

Livermore nahm widerwillig auf einem Stuhl Platz und dachte nach, bevor er antwortete.

»Ich bin ein bißchen altmodisch und werde darum als Arzt zu Ihnen sprechen. Wenn Sie zu mir in die Sprechstunde kämen, um Rat zu erbitten, würde ich Ihnen sagen, daß die Ursache Ihrer Eheprobleme bei Ihnen selbst zu suchen ist. Natürlich trägt auch Ihr Mann eine Mitschuld, immerhin sind Sie lange genug miteinander verheiratet. Es scheint mir aber, daß Ihrerseits vor lauter Ehrgeiz und Arbeit die Sexualität auf der Strecke geblieben ist. Im weitesten Sinne. Das betrifft auch die Art, in der Sie sich kleiden, Ihre ganze Haltung. Denken Sie einmal darüber nach. Im Mittelpunkt Ihres Lebens steht eindeutig der Beruf; an zweiter Stelle und im weiten Abstand folgt Ihr Mann. Der fühlt sich natürlich vernachlässigt und in seinen Bedürfnissen nicht ernstgenommen, vor allem dann, wenn er Vaterwünsche hegt. Ich plädiere nicht für überkommene Familienverhältnisse, bin aber der Meinung, daß in einer Ehe mehr wechselseitiges Geben und Nehmen praktiziert werden sollte. Und das scheint mir in Ihrem Fall viel zu kurz zu kommen. Fragen Sie sich einmal ernsthaft: Was hat Ihr Mann von der Ehe außer sexueller Frustration? Wenn es ihm bloß um gelegentliche Gesellschaft ginge, wäre es womöglich günstiger für ihn, mit einem Kollegen zusammenzuwohnen.«

Das Schweigen zog sich unangenehm in die Länge. Livermore hüstelte und stand auf.

»Tut mir leid, daß ich mich allzu vorlaut in Ihre Belange eingemischt habe.«

Als er auf den Flur hinaustrat, sah er Blalock zielstrebig vorbeieilen. Er blickte dem Mann mit mürrischer Miene hinterher und ging dann ins Labor, um die Neueinrichtung der Retorten zu überprüfen.

Ohne vorher anzuklopfen, stürmte der FBI-Mann in Catherine Ruffins Büro. Sie blickte kurz auf und widmete sich wieder ihrer Arbeit.

»Ich bin beschäftigt und will jetzt nicht gestört werden«, sagte sie frostig.

»Ich möchte Sie um Hilfe bitten.«

»Ausgerechnet mich?« sagte sie spöttisch lachend. »Sie verdächtigen mich, die Retorten zerstört zu haben. Wie könnte ich Ihnen helfen?«

»Ich brauche Informationen, über die nur Sie verfügen. Wenn Sie unschuldig sind, werden Sie mir bestimmt gerne helfen wollen.«

Das Argument überzeugte sie. Den Mann unangenehm zu finden war kein hinreichender Grund, ihn abblitzen zu lassen. Immerhin hatte er den offiziellen Auftrag, den Sabotagefall zu untersuchen.

»Was wollen Sie wissen?« fragte sie.

»Welches Motiv Ihrer Meinung nach hinter den Anschlägen stecken könnte.«

»Keine Ahnung. Ich bin genauso ratlos wie Sie.«

»Das glaube ich nicht. Sie haben Zugang zu allen Unterlagen und können auch mit dem Computer umgehen. Ich möchte Sie um sämtliche Daten über den Inhalt der Retorten bitten. Ich habe mir die Verlustprotokolle angesehen und ein paar Zusammenhänge ausfindig gemacht, Gemeinsamkeiten, die auf den ersten Blick nicht zu erkennen sind. Es sind immer nur bestimmte Retorten zerstört worden, jeweils drei von fünfen. Interessant dürfte auch sein, daß diese Versuche zu einem bestimmten Zeitpunkt mutwillig abgebrochen wurden. Aus Ihren Unterlagen lassen sich mit Sicherheit einige Rückschlüsse ziehen.«

»Das wird aber nicht einfach sein.«

»Falls Sie eine Genehmigung brauchen – die läßt sich ohne weiteres erwirken.«

»Na schön, sei's drum. Ich könnte ein paar Vergleiche anstellen und den Computer nach Auffälligkeiten suchen lassen. Erfolge kann ich Ihnen allerdings nicht versprechen. Womöglich sind die Anschläge planlos ausgeführt worden. In dem Fall würden Ihnen meine Informationen nicht weiterhelfen.«

»Ich habe den begründeten Verdacht, daß sehr wohl planvoll vorgegangen wurde. Bitte geben Sie mir Bescheid, sobald Ergebnisse vorliegen.«

Die verlangte Analyse kostete Catherine Ruffin zwei Tage konzentrierter Arbeit. Den Ergebnissen aber waren, wie sie fand, keine aufschlußreichen Hinweise zu entnehmen. Vielleicht konnte der FBI-Mann mehr damit anfangen. Sie rief ihn an und studierte, während sie auf ihn wartete, die Unterlagen zum wiederholten Mal.

»Ich kann nichts finden«, sagte sie und reichte ihm die Computerausdrucke.

»Lassen Sie das mal meine Sorge sein«, entgegnete er. »Können Sie mir erklären, worum es sich hier im einzelnen handelt?«

»Das ist eine Liste der zerstörten oder beschädigten Retorten«, sagte sie und deutete auf das erste Blatt. »In der ersten Spalte stehen die Codenummern, denen in der Spalte daneben der jeweilige Name zugeordent ist.«

»Was soll das heißen?«

»Über die Namen der Spender lassen sich einzelne Merkmale leichter identifizieren. Hier steht zum Beispiel der Name Wilson-Smith. Von Wilson stammen die männlichen Samenzellen, von Smith die Eizellen. Die übrigen Spalten geben Auskunft über die Art der Selektion, über genetische Besonderheiten und so weiter. Auf den anderen Seiten sind verschiedene Computeranalysen protokolliert. Wie gesagt, ich habe keine Auffälligkeiten entdecken können. Wenn überhaupt, werden wir am ehesten über die Namen der Spender Hinweise erhalten.«

Er blickte von den Unterlagen auf. »Was meinen Sie damit?«

»Nichts Besonderes. Aus Neugier habe ich mich schon immer für die Namen auf den Listen interessiert. Meine Eltern waren Buren. Ich bin in einer weißen Siedlung in Südafrika aufgewachsen und war elf Jahre alt, als meine Familie hierher übersiedelte. Weil ich mich meiner Herkunft nach wie vor verbunden fühle, gehe ich aus Gewohnheit die Listen durch in der Hoffnung, entfernte Verwandtschaft zu entdecken. Hierzulande leben nur wenige Buren. Einige habe ich auf diese Weise ausfindig gemacht.«

»Und? Sind Sie auch auf dieser Liste fündig geworden?«

»Nein. Da stehen nur anglo-irische Namen.«

Blalock zeigte plötzlich lebhaftes Interesse. »Sind Sie ganz sicher?«

Catherine hatte recht. Die Liste enthielt ausschließlich angelsächsische beziehungsweise irische Namen, wovon sich Blalock überzeugte.

»Das ist kein Zufall«, sagte er stirnrunzelnd. »Da scheint in der Tat selektiert worden zu sein. Es stellt sich also die Frage, warum ausgerechnet diese Retorten aussortiert wurden.«

»Man könnte auch fragen, warum andere verschont geblieben sind. Zum Beispiel Retorten, die mit italienischen, deutschen oder afrikaansen Namen ausgewiesen sind.«

»Tatsächlich«, sagte Blalock und beugte sich über die Unterlagen.

Um dreiundzwanzig Uhr traf sich die Forschungsgruppe zu einer Krisensitzung. Livermore kam wie immer zu spät. Am großen Marmortisch stand ein zusätzlicher Stuhl, auf dem Blalock Platz genommen hatte. Vor ihm lagen, ordentlich ausgebreitet, die Computerausdrucke. Catherine Ruffin schaltete den Recorder ein und eröffnete die Sitzung, als Livermore endlich herbeihetzte. Sturtevant drückte hustend seine Bio-Zigarette aus und steckte sich unverzüglich eine neue an.

»Sie werden an diesen Kompoststengeln noch krepieren«, sagte Livermore.

Catherine Ruffin unterbrach den mittlerweile rituellen Streit zwischen beiden und bat um Ruhe. »Diese Sitzung wurde einberufen auf Verlangen von Mr. Blalock, der hier im Auftrag des FBI Untersuchungen durchführt hinsichtlich der Retortenverluste und der mutmaßlichen Sabotageakte. Er wird uns erste Ergebnisse mitteilen.«

»Wird auch Zeit«, meinte Livermore. »Wissen Sie schon, wer dahintersteckt?«

»Ja«, antwortete Blalock mit tonloser Stimme. »Sie, Dr. Livermore.«

»Hört, hört! Wollen Sie ein Geständnis aus mir herausprügeln, oder haben Sie vielleicht sogar Beweise für Ihre dreiste Behauptung?«

»Das habe ich. Zu Anfang und noch bevor der Verdacht aufkam, daß hier sabotiert wird, wanderte jede zehnte Retorte in den Abfall. Allein dieses Verhältnis, der gleichsam biblische ›zehnte Teil‹, spricht für sich. Damit lag der Ausschuß zehnmal höher als in anderen Laboratorien. Ferner enthielten sämtliche zerstörte Retorten Keimzellen von Spendern mit irischen oder englischen Namen.«

Livermore prustete laut. »Ziemlich dünn, diese Beweise. Und was habe ich damit zu tun?«

»Mir liegen eine Reihe von Sitzungsprotokollen vor, in denen nachzulesen ist, daß Sie sich heftig und immer wieder gegen die von Ihnen sogenannte selektive Diskriminierung zur Wehr setzen. Es scheint, Sie verstehen sich als Fürsprecher von Minderheiten. Sie haben des öfteren die Befürchtung zum Ausdruck gebracht, daß zum Beispiel Schwarze, Juden, Italiener oder Indianer ausselektiert werden könnten. Die Unterlagen dokumentieren, daß von den sabotierten oder zufällig verdorbenen Retorten keine einzige auf Spender zurückgeht, die einer dieser Minderheitengruppen angehören. Damit fällt der Verdacht auf Sie, zumal Sie eine der wenigen Personen sind, die sowohl freien Zugang als auch spezifische Kenntnisse haben über den Inhalt der Retorten.«

»Das klingt mir arg nach Spekulation. Von stichhaltigen Beweisen kann wohl keine Rede sein. Haben Sie etwa die Absicht, mit diesen Erkenntnissen vor Gericht zu gehen?«

»Allerdings.«

»Gut. Damit werden Sie dann auch den Mißstand aufdecken, *daß* in der gängigen Selektionspraxis mehr oder weniger bewußt diskriminiert wird. Ihre Ermittlungsergebnisse belegen nämlich, daß viele der von Ihnen erwähnten Minderheitengruppen bei der Selektion tatsächlich unter den Tisch fallen.«

»Davon weiß ich nichts.«

»Aber ich. Und darum bekenne ich mich zu den Vorwürfen.«

Auf seine Worte folgte schockiertes Schweigen. Catherine Ruffin schüttelte ungläubig den Kopf.

»Warum? Ich verstehe nicht, warum Sie das tun konnten?« stammelte sie.

»Ist das denn immer noch nicht klar? Ich habe Sie

für intelligenter gehalten. Ich habe immer wieder darauf aufmerksam zu machen versucht, daß wir und unsere Kollegen in den anderen Ausschüssen auf einem fatalen Holzweg sind. Aber niemand hat auf mich gehört. Die natürliche Zeugung und Geburt von Kindern ist mittlerweile so gut wie passé; die zukünftigen Bürger dieses Landes werden fast ausschließlich aus Genpools stammen. Wenn wir weiter so selektieren wie bisher, wird eine Minderheit nach der anderen aussortiert werden und ein unverzichtbares Potential an Genen für immer verloren sein. Übrig bleibt dann womöglich eine Welt von hellhäutigen, blauäugigen, blonden Durchschnittstypen. Ist das Ihre Vorstellung von einer idealen Gesellschaft. Ich jedenfalls halte das für eine Katastrophe. Ebenso schrecklich wäre es, wenn die Welt nur noch aus Exoten bestünde. Hier in den Vereinigten Staaten von Amerika hat jede Ethnie das Recht auf Leben. Kommen Sie mir also nicht mit dem Vorschlag, daß Italiener oder Israelis in ihren Herkunftsländern ihre jeweils eigenen Genpools einrichten sollten. Nach dieser Logik dürften sich hier in Amerika nur noch die Indianer fortpflanzen. Doch was tun wir? Wir selektieren sie klammheimlich aus. Wir begehen ein großes Verbrechen. Wir betreiben Genozid. Das war mir von Anfang an klar; aber weil sich niemand davon überzeugen ließ, habe ich mich zu drastischen Maßnahmen durchgerungen. Vor Gericht werde ich all dies der Öffentlichkeit vortragen. Vielleicht läßt sich auf dem Weg das Schlimmste verhüten.«

»Sie sind ein törichter alter Mann«, sagte Catherine Ruffin, aber der warme Tonfall strafte ihre Worte Lügen. »Sie haben sich ruiniert. Man wird Sie bestrafen und womöglich ins Gefängnis stecken. Auf jeden Fall aber sind Sie Ihren Posten los. Man wird Sie schassen und nie mehr arbeiten lassen.«

»Meine liebe Catherine, ich habe getan, was ich tun mußte. Der Ruhestand kann mich in meinem Alter nicht mehr schrecken. Tatsächlich sehne ich mich schon lange danach. Ich sage der Forschung Adieu und werde zum Zeitvertreib als Arzt an meinen fossilen Patienten herumdoktorn. Ich bin sicher, daß das Gericht ein Einsehen hat und mich allenfalls mit einem Berufsverbot belegt. Das nehme ich gern in Kauf; Hauptsache, die Öffentlichkeit erfährt, was auf dem Spiel steht.«

»In dem Punkt irren Sie«, sagte Blalock kühl, indem er die Papiere zusammenlegte und in die Aktentasche steckte. »Zu einem öffentlichen Verfahren wird es nicht kommen. Sie haben ein Geständnis abgelegt. Ihre Vorgesetzten werden nun in vertraulichem Kreis beraten, wie zu entscheiden ist.«

»Das ist nicht fair!« sagte Sturtevant. »Er hat das doch alles nur getan, um Öffentlichkeit zu stiften.«

»Mit Fairness hat das nichts zu tun, Mr. Sturtevant. Das Genprogramm wird ungeändert fortgesetzt.« Blalock schien ein Grinsen unterdrücken zu müssen. Livermore sah ihn mit Verachtung an.

»Das würde Ihnen so gefallen, nicht wahr? Nur ja kein Aufsehen erregen, und weg mit allen Quertreibern. So werden gleichzeitig auch kritische Minderheiten ausgemustert.«

»Das behaupten Sie, Doktor. Ich habe davon nichts gesagt. Sie haben Ihre Schuld bekannt, und damit hat sich der Fall erledigt.«

Livermore stand auf und schickte sich an, den Raum zu verlassen. An der Tür drehte er sich noch einmal um.

»Im Gegenteil, Blalock. Ich werde auf einer öffentlichen Anhörung bestehen. Sie haben mich vor meinen Mitarbeitern einer kriminellen Handlung bezichtigt.

Das lasse ich nicht auf mir sitzen. Ich werde meine Unschuld beweisen.«

»Damit kommen Sie nicht weit.« Blalock schmunzelte. »Ihr Geständnis ist auf Tonband aufgezeichnet.«

»Jetzt irren Sie. Ich habe mich nämlich vor wenigen Stunden ein letztes Mal als Saboteur betätigt. An diesem Kassettenrecorder da. Das Band ist leer.«

»Was soll's? Es sind genügend Zeugen im Raum.«

»Ach ja? Wenn ich meine beiden Mitarbeiter richtig einschätze, haben auch sie ein Interesse daran, daß die Wahrheit an die Öffentlichkeit kommt. Stimmt's, Catherine?«

»Mir ist nicht zu Ohren gekommen, daß Sie eine Schuld eingestanden hätten, Dr. Livermore.«

»Mir auch nicht«, sagte Sturtevant. »Wenn dieser Herr das Gegenteil behauptet, führt an einer Anhörung kein Weg vorbei.«

»Wir sehen uns vor Gericht, Blalock«, sagte Livermore und ging hinaus.

»Ich habe dich hier nicht erwartet, sondern bei der Arbeit vermutet«, sagte Gust. Leatha hatte ihm den Rücken zugekehrt und schaute, im Sessel sitzend, zum Wohnzimmerfenster hinaus. »Ich bin nur gekommen, um ein paar Sachen von mir mitzunehmen.«

»Bleib.«

»Tut mir leid, wie's gekommen ist, aber ...«

»Laß uns ein andermal darüber reden.«

Beklommenes Schweigen machte sich breit. Normalerweise achtete er nicht auf ihre Kleidung. Jetzt aber fiel ihm auf, daß sie ungewöhnlich schick herausgeputzt war. Sie trug einen buntgemusterten Stoff, hauchdünn und tief ausgeschnitten. Auch das Haar war anders frisiert und der Mund geschminkt. Sie sah hübsch aus, und er fragte sich, ob er ihr ein Kompliment machen sollte.

»Warum gehen wir nicht wieder einmal in dieses Restaurant in der Altstadt«, schlug Leatha vor. »Es würde mich freuen.«

»Ja, das wäre schön«, antwortete er spontan und überglücklich.

Georgette Brooker blickte zur Uhr und sah, daß es Zeit wurde, Feierabend zu machen. Gut. Dave hatte versprochen, heute abend mit ihr auszugehen. Wahrscheinlich wollte er ihr wieder einen Antrag machen. Ein süßer Kerl. Wer weiß, vielleicht würde sie ihn am Ende noch heiraten, später, nur jetzt noch nicht. Zur Zeit lebte es sich für sie locker und heiter, und sie hatte Spaß an wechselnden Bekanntschaften. Sie würde schon noch früh genug unter die Haube kommen, aber vorläufig stand ihr nicht der Sinn danach.

Sie lächelte. Sie war zufrieden.

Sharm schmunzelte und stopfte den Rest des herzförmigen Gebäckstücks in sich hinein.

»Köstlich«, mummelte er. »Ausgezeichnet. Wie heißt das?«

»Laugenbrezel«, antwortete seine Frau. »Dazu ißt man am besten geräucherten Lachs und Hüttenkäse. Ich habe das Rezept in einem alten Kochbuch gefunden. Ist nicht schlecht, oder?«

»Mehr als gut. Wir backen auf Vorrat und verkaufen das Zeug in Neustadt, denn da kriegt man nur pappiges Brot zu essen. Das wird ein Hit. Die Leute werden uns aus der Hand fressen, denn wir haben ihnen außer Laugenbrezeln noch jede Menge anderer Spezialitäten anzubieten. Und zwar vor Ort. Denn da wird unsere neue Wohnung sein.«

»Das wirst du schon so deichseln, Sharm.«

»Und ob. Der alte Sharm will schließlich auch was vom schönen neuen Leben haben.«

Das Geheimnis von Stonehenge

Ein stürmischer Wind trieb niedrighängende Wolken über den Himmel. Einzelne Regentropfen fielen aus dieser bleigrauen Schicht. Als Dr. Lanning die Tür des Lastwagens öffnete, fiel der Wind über ihn her: ein eisiger Luftstrom frisch aus der Arktis, der ungehindert über die weiten Ebenen bei Salisbury floß. Er vergrub das Kinn im Kragen seiner Jacke und ging um das Fahrzeug herum zu den beiden Hecktüren. Barker stieg ebenfalls aus und klopfte an die Tür des kleinen Hauses, vor dem sie gehalten hatten. Er bekam keine Antwort.

»Das ist schlecht«, stellte Lanning fest, während er behutsam eine sperrige Holzkiste von der Ladefläche rutschen ließ. »Bei uns in den Staaten lassen wir Nationaldenkmäler nicht unbewacht stehen.«

»Tatsächlich?« fragte Barker und ging auf das Tor im Drahtzaun zu. »Dann sind die Initialen am Sockel des Washington Monuments wahrscheinlich neolithische Graffiti. Wie Sie sehen, habe ich den Schlüssel mitgebracht.«

Er schloß das Tor auf, das sich in quietschenden Angeln drehte, und ging dann zu Lanning zurück, um ihm mit der Kiste behilflich zu sein.

Stonehenge ist abends bei beginnender Dämmerung am eindrucksvollsten, weil die Gedenkstätte dann nicht von Eisverkäufern, fotografierenden Touristen und kreischenden Kindern entweiht wird. Die Ebene reicht unter dem düsteren Abendhimmel bis zum Horizont, und nur die gewaltigen Steinpfeiler scheinen noch die Kraft zu besitzen, sich zum Himmel aufzurecken.

Lanning ging voraus; er beugte sich nach vorn, um nicht vom Wind umgeblasen zu werden. »Die Steine sind immer größer, als man sie sich vorstellt«, behauptete er, und Barker äußerte sich nicht dazu, weil er vermutlich der gleichen Meinung war. Die beiden Männer blieben vor dem Altarstein stehen und setzten die Kiste ab. »Jetzt dauert es nicht mehr lange, bis wir die Wahrheit wissen«, sagte Lanning und ließ die Verschlüsse aufschnappen.

»Wieder eine neue Theorie?« fragte Barker unwillkürlich interessiert. »Unsere Megalithe scheinen Sie und Ihre amerikanischen Kollegen geradezu zu faszinieren.«

»Wir befassen uns mit Problemen, wo wir sie finden«, erklärte Lanning ihm. Er schlug den Kistendeckel zurück, so daß das komplizierte Gerät, das auf einem Aluminiumstativ in der Kiste ruhte, jetzt sichtbar wurde. »Ich habe mir keine eigene Theorie über die Entstehung oder den Zweck dieser Dinge gebildet. Ich bin nur hier, um die Wahrheit festzustellen. Ich möchte herausbekommen, warum dieses Ding errichtet wurde.«

»Bewundernswert«, sagte Barker, und sein eisiger Kommentar ging in dem noch eisigeren Wind unter. »Darf ich fragen, was Sie da in der Kiste haben?«

»Einen chronostatischen Zeitschreiber«, antwortete Lanning. Er hob das Gerät aus der Kiste und stellte es neben dem Altar auf. »Mein Team am MIT hat es entwickelt. Wir haben festgestellt, daß jede Art von Bewegung durch die Zeit – außer den üblichen vierundzwanzig Stunden, die wir täglich in Richtung Zukunft zurücklegen – den augenblicklichen Tod jedes Lebewesens bedeutet. Schaben, Ratten und Meerschweinchen sind jedenfalls dabei verendet; wir haben keine Versuche mit menschlichen Freiwilligen angestellt. Aber leblose Gegenstände lassen sich ohne Schwierigkeiten durch die Zeit transportieren.«

»Zeitreisen?« fragte Barker und bemühte sich, nicht allzu interessiert zu wirken.

»Nein, nicht wirklich; Zeitstillstand wäre ein besserer Ausdruck dafür. Die Maschine bleibt unbeweglich und läßt alles andere an sich vorbeiziehen. Auf diese Weise sind wir bisher gute zehntausend Jahre in die Vergangenheit vorgedrungen.«

»Die Maschine steht also still – soll das heißen, daß die Zeit rückwärts läuft?«

»Vielleicht tut sie es tatsächlich; wer könnte das beurteilen. So, jetzt kann es gleich losgehen.«

Lanning drehte an einigen Knöpfen an der linken Seite des Geräts, legte einen kleinen Hebel um und trat zurück. Das Gerät tickte laut, und Barker zog fragend die Augenbrauen hoch.

»Nur ein Zeitschalter«, erklärte Lanning ihm. »Es ist nicht ratsam, sich in der Nähe des Apparats aufzuhalten, solange er in Betrieb ist.«

Das Ticken hörte auf. Dann folgte ein lautes *klick!* Das Gerät verschwand plötzlich.

»Es dauert bestimmt nicht lange«, sagte Lanning, und das Gerät tauchte wieder auf, bevor er ausgesprochen hatte. Als er den roten Knopf an der Rückseite des Gehäuses drückte, glitt eine Hochglanzfotografie aus dem darunter angebrachten Schlitz in seine Hand. Er zeigte Barker die Aufnahme.

»Nur eine Funktionsprüfung – ich habe die Maschine zwanzig Minuten weit in die Vergangenheit zurückgeschickt.«

Obwohl die Kamera in ihre Richtung fotografiert hatte, waren die beiden Männer nicht auf dem Bild zu sehen. Statt dessen zeigte die Fotografie nur die breite Auffahrt, an deren Ende ihr geparkter Lastwagen als winziger Fleck unter dem düsteren Himmel zu erkennen war. Bei näherer Betrachtung konnte man sich sogar einbilden, zwei Männer am Heck des Lastwagens stehen zu sehen, wo sie eine Kiste ausluden.

»Wirklich sehr … sehr eindrucksvoll«, gab Barker widerstrebend zu. »Wie weit können Sie das Gerät zurückschicken?«

»Dafür scheint es keine Begrenzung zu geben«, erklärte Lanning ihm. »Das einzige Problem ist noch die Energieversorgung. Dieses Modell hier hat Nickel-Kadmium-Batterien und operiert damit in einem Zeitraum, der etwa bis zum Jahre zehntausend vor Christus zurückreicht.«

»Und die Zukunft?«

»Die Zukunft bleibt uns ein Buch mit sieben Siegeln, fürchte ich, aber vielleicht lösen wir eines Tages auch dieses Problem.« Er nahm ein kleines Notizbuch aus der Hosentasche, schlug etwas darin nach und trat wieder an das Gerät. »Ich stelle gleich die Jahreszahlen ein, die unserer Meinung nach den Zeitraum der Errichtung von Stonehenge begrenzen. Diesmal handelt es sich gleich um eine Mehrfachaufnahme. Mit diesem Hebel kann ich die Einstellung fixieren und dem Gerät gleich wieder eine neue eingeben.«

Da über zwanzig verschiedene Einstellungen erforderlich waren, hatte Lanning diesmal länger zu tun. Dann schaltete er schließlich das Uhrwerk ein und trat neben Barker zurück.

Der chronostatische Zeitschreiber verschwand diesmal erheblich wirkungsvoller. Er hinterließ ein leuchtendes Abbild seiner selbst, dessen goldene Umrisse in der herabsinkenden Abenddämmerung deutlich zu sehen waren.

»Ist das normal?« fragte Barker.

»Ja, aber nur bei größeren Zeitsprüngen. Bisher weiß noch niemand, worum es sich bei diesem Phänomen handelt, aber wir bezeichnen es als Zeitecho, weil wir glauben, daß es sich um eine Art Resonanzerscheinung handelt, die durch das plötzliche Verschwinden der Maschine hervorgerufen wird. Sie wird allmählich schwächer und ist nach einigen Minuten verblaßt.«

Bevor der goldene Schimmer unsichtbar geworden war, kehrte das Gerät selbst zurück und nahm den Platz seines Zeitechos wieder ein. Lanning rieb sich befriedigt die Hände und drückte dann auf den roten Knopf. Die Maschine begann zu klappern und spuckte ein Dutzend Fotos aus.

»Nicht ganz so gut wie erwartet«, stellte Lanning fest. »Wir haben die richtige Tageszeit erwischt, aber auf den Bildern ist nicht sonderlich viel zu sehen.«

Vielleicht nicht für Lanning – aber Barkers Archäologenherz schlug höher, als er die Fotografien sah, auf denen Stonehenge *vollständig* abgebildet war.

»Viele Steine«, sagte Lanning, »aber keine Spur von den Leuten, die das Ding gebaut haben. Anscheinend sind einige Theorien über die Entstehung von Stonehenge falsch. Haben Sie eine Idee, wann die Gedenkstätte errichtet worden ist?«

»Sir J. Norman Lockyer ist der Überzeugung, sie sei am vierundzwanzigsten Juni des Jahres sechzehnhundertachtzig vor Christus erbaut worden«, antwortete Barker geistesabwesend, weil er noch immer die Bilder anstarrte.

»Meinetwegen – mir ist ein Tag so recht wie der andere.«

Lanning stellte das Gerät neu ein und ließ es verschwinden. Diesmal zeigte die Fotografie eine wesentlich dramatischere Szene. Eine Gruppe von Männern in grauen Wollkitteln kniete auf dem Boden und streckte die Arme nach der Kamera aus.

»Aha, jetzt sind wir auf der richtigen Spur«, meinte Lanning triumphierend. Er drehte das Gerät um hundertachtzig Grad. »Die Männer beten irgend etwas an, das sich hinter der Kamera befindet. Ich nehme es jetzt auf, damit wir wissen, was hier verehrt wurde.«

Das zweite Bild unterschied sich kaum von dem ersten; auch die nächsten, die in einem Winkel von neunzig Grad gemacht wurden, waren fast identisch mit dem ersten.

»Verrückt«, murmelte Lanning vor sich hin. »Die Männer sehen alle in Richtung Kamera – das Gerät muß also *auf* dem Ding stehen, das sie anstarren.«

»Nein, der Bildwinkel beweist, daß das Gerät sich in gleicher Höhe mit den Knienden befindet.« Dann fiel Barker etwas ein, und sein Unterkiefer sank herab. »Könnte Ihr Zeitecho auch in der Vergangenheit sichtbar sein?«

»Hmmm ... das wäre natürlich möglich. Glauben Sie, daß ...?«

»Richtig! Das goldene Leuchten der Maschine muß über Jahrzehnte hinweg gelegentlich sichtbar gewesen sein. Ich bin fast davor erschrocken, als ich es zum erstenmal gesehen habe, und ich kann mir vorstellen, wie es die Leute damals beeindruckt haben muß.«

»Ja, natürlich«, stimmte Lanning zu, während er das Gerät einpackte. »Stonehenge ist also errichtet worden, weil dort das Gerät verehrt werden sollte, das in die Vergangenheit zurückgeschickt worden war, um an Ort und Stelle den Grund für die Errichtung von Stonehenge festzustellen. Das wäre also erledigt.«

»Nein! Das Problem ist größer als zuvor! Hier haben

wir es mit einem Paradoxon zu tun. Was war *zuerst* da – die Maschine oder Stonehenge?«

Das triumphierende Lächeln auf Dr. Lannings Gesicht verschwand langsam.

Rettungsaktion

Ziehen … Gleichmäßig ziehen!« schrie Dragomir und umklammerte das sich straffende Zugseil des Schleppnetzes fester. Neben ihm keuchte Pribislav Polasek vor Anstrengung, als er an den nassen Leinen zerrte. Das Netz war in dem schwarzen Wasser nicht zu sehen, aber das darin gefangene blaue Licht schob sich näher und näher auf die Oberfläche zu.

»Um Himmels willen, es rutscht weg!« keuchte Pribislav und hielt sich mit einer Hand am Bootsrand fest. Einen Moment sah er das blaue Licht über dem Helm – eine Gesichtsplatte, einen Körper im Schutzanzug, der aus dem Netz glitt und wieder in der Dunkelheit verschwand. Ihm war, als habe die Gestalt eine Bewegung gemacht. »Hast du das gesehen?« fragte er. »Sicher hat er uns ein Zeichen gegeben!«

»Sah so aus, als ob er einen Arm bewegte. Kann aber auch an der Bewegung des Netzes gelegen haben. Ob er tatsächlich noch lebt?« Dragomir hatte sein Gesicht fast in die glasige Wasserfläche getaucht, aber es gab nichts mehr zu sehen. »Ja, er kann noch leben …«

Die beiden Fischer setzten sich wieder auf die Ruderbänke und sahen sich im Licht der Acetylenlampe an, die sie auf den Bug gestellt hatten. Die Männer unterschieden sich erheblich voneinander, nur die Kleidung – die fleckigen, ausgebeulten Hosen und die verschossenen Baumwollhemden – war bei beiden gleich. Ihre Hände waren rissig und schwielig, geprägt von einer lebenslangen harten Arbeit, und dieser Rhythmus der Arbeit und der Jahre hatten den Fluß ihrer Gedanken ein wenig verlangsamt.

»Mit dem Netz bekommen wir ihn nicht mehr herauf«, sagte Dragomir endlich, der, wie immer, zuerst das Wort ergriff.

»Dann brauchen wir Hilfe«, ergänzte Pribislav. »Wir verankern hier eine Boje, damit wir die Stelle wiederfinden.«

»Ja, wir brauchen Hilfe.« Dragomir schloß und öffnete seine großen Hände; dann beugte er sich über den Bootsrand, um das Netz einzuholen. »Der Taucher, der bei der Witwe Korenc wohnt, wird wissen, was zu tun ist. Er heißt Kukovic, und Petar sagt, er ist ein Wissenschaftler von der Universität in Ljubljana.«

Sie legten sich in die Riemen, und das plumpe Boot glitt stetig über das glasklare Wasser der Adria. Ehe sie die Küste erreicht hatten, wurde es hell, und als sie in Brbinj ihr Boot vertäuten, schwebte die Sonne schon über dem Horizont.

Joze Kukovic blickte in den feurigen Sonnenball, dessen Strahlen schon heiß auf seiner Haut brannten, gähnte und reckte sich. Die Witwe brachte ihm den Kaffee und stellte das Tablett auf das steinerne Geländer der Veranda. Er nahm in der Nähe Platz und goß den Kaffee aus der kleinen langhenkeligen Kanne in die Tasse. Der dickflüssige türkische Kaffee machte ihn wach, trotz der ungewöhnlichen Stunde. Über das Geländer hinweg konnte er einen Blick auf die ungepflasterte, staubige Straße werfen, die zum Hafen führte, wo es um diese Zeit schon lebendig wurde. Zwei Frauen, Wasserkrüge auf dem Kopf balancierend, blieben unweit des Geländers stehen und unterhielten sich. Die Bauern brachten ihre Produkte zum Markt, Körbe mit Kohl, Kartoffeln und Tomatenkisten, die kleinen Eseln aufgeladen waren. Eines der Tiere schrie laut, ein hartes Geräusch, das die Stille des Morgens wie eine Messerklinge durchschnitt und zwischen den Wänden der gelben Häuser Echos auslöste. Es war schon ziemlich heiß. Brbinj war eine Stadt am Rande des Nichts, eingeschlossen vom Meer und den kahlen Bergen, seit Jahrhunderten schlafend und allmählich sterbend. Es gab keine Sehenswürdigkeiten, wenn man das Meer nicht mitzählte. Doch unter der ruhigen, blauen Wasserfläche existierte eine andere Welt, die Joze liebte. Kühle Schatten, tiefe Täler, in denen es mehr Leben gab als an den sonnendurchglühten Küsten, die es umgaben. Es gab auch Überraschungen. Tags zuvor, zu spät am Nachmittag, um alles gründlicher zu erforschen, hatte er eine halb im Sand vergrabene römische Galeere gefunden. Heute wollte er sich dieses Schiff von innen ansehen, als erster Mensch nach zweitausend Jahren, und der Himmel mochte wissen, was er finden würde. Im Sand lagen Scherben zerbrochener Amphoren; vielleicht gab es im Inneren des Schiffes noch unbeschädigte. Er schlürfte mit Genuß seinen Kaffee, beobachtete das Anlegemanöver des kleinen, plumpen Boots und fragte sich, warum es die beiden Fischer wohl so eilig hatten. Sie sprangen auf den Kai und rannten beinahe auf die Veranda zu. Jetzt hatten sie die Veranda erreicht, und der größere Mann rief hinauf:

»Können wir Sie sprechen, Doktor? Es ist sehr wichtig.«

»Natürlich.« Er wußte nicht recht, weshalb der Mann ihn mit ›Doktor‹ titulierte.

Dragomir kam auf die Veranda und wußte offenbar nicht, wo er anfangen sollte. Er deutete auf das Meer hinaus.

»Es stürzte in der vergangenen Nacht ins Wasser. Wir haben es gesehen. Ein Sputnik, ohne Zweifel.«

»Ein Reisender?« Joze Kukovic krauste die Stirn und wußte nicht, ober er auch richtig gehört hatte. Wenn die Einheimischen aufgeregt sprachen, konnte man ihrem Dialekt nur schwer folgen.

»Nein, es war kein *putnik*, sondern ein Sputnik – eins von diesen russischen Raumschiffen.«

»Oder eins von den amerikanischen«, meldete sich Pribislav zu Wort. Aber er wurde nicht beachtet.

Joze lächelte und trank einen Schluck Kaffee. »Vielleicht habt ihr einen Meteor gesehen«, meinte er. »In dieser Jahreszeit gibt es eine Menge Meteore.«

»Ein Sputnik«, beharrte Dragomir. »Das Schiff stürzte ins Wasser. Wir haben es gesehen. Aber der Raumpilot wäre beinahe auf uns gestürzt …«

»Der – was?« fragte Joze erstaunt, sprang auf und stieß dabei das Kaffeetablett vom Geländer. »In diesem Ding war ein Mann? Und er kam frei?«

Beide Fischer nickten gleichzeitig, und Dragomir fuhr fort: »Wir sahen das Licht aus dem Sputnik fallen und im Wasser verschwinden. Wir konnten nicht erkennen, was es war, nur ein Licht, und wir ruderten, so rasch wir konnten, zu der Stelle. Wir sahen es langsam nach unten sinken, ließen ein Netz hinunter und konnten es halten.«

»Habt ihr den Piloten?«

»Nein – aber einmal war er schon dicht unter der Oberfläche. Er trug einen schweren Anzug mit einem Guckfenster darin wie bei einem Taucheranzug. Er hatte auch etwas auf dem Rücken – so was wie Ihre Sauerstofftanks.«

»Und er winkte mit einer Hand«, sagte Pribislav.

»Er kann eine Handbewegung gemacht haben, ja, aber genau wissen wir es nicht. Nun wollen wir Hilfe holen.«

Weil die Männer nichts mehr sagten, wußte Joze, daß sie diese Hilfe von ihm erwarteten und ihm gleichzeitig die Verantwortung übertragen hatten. Was sollte er also tun? Der Astronaut konnte Sauerstofftanks haben.

Joze wußte nicht, welche Voraussetzungen für eine Landung im Wasser vorhanden waren; aber wenn dem Mann Sauerstoff zur Verfügung stand, war es möglich, daß er noch lebte.

Joze begann auf und ab zu gehen, eine kleine, stämmige Gestalt in Khakishorts und Sandalen. Man konnte ihn nicht als gutaussehend bezeichnen, seine Nase war zu groß, seine Zähne zu vorstehend, aber er strahlte eine beachtliche Energie aus. Jetzt blieb er stehen und deutete auf Pribislav.

»Wir müssen ihn herausholen. Finden Sie die Stelle wieder?«

»Da ist eine Boje.«

»Gut. Vielleicht brauchen wir einen Arzt. Hier gibt es keinen – aber wohnt in Osor einer?«

»Doktor Bratos, doch er ist schon sehr alt und ...«

»Wenn die Möglichkeit besteht, daß das Wesen noch lebt, müssen wir es schnellstens zu retten versuchen. Kann jemand in dieser Stadt ein Auto fahren?«

Die Fischer blickten nachdenklich zum Dach hinauf, während Joze seine Ungeduld in Schranken hielt.

»Ja, ich glaube«, sagte Dragomir endlich. »Petar war im Krieg Partisan.«

»Das stimmt«, entgegnete der andere Fischer. »Er hat mir oft erzählt, wie sie damals deutsche Lastwagen gestohlen haben und wie er mit ihnen gefahren ist ...«

»Gut, dann holt einer von euch diesen Petar und gibt ihm diese Schlüssel zu meinem Wagen. Es ist ein deutscher Wagen, sicher kann er damit umgehen. Der Doktor soll sofort mitkommen.«

Dragomir nahm die Wagenschlüssel, gab sie aber Pribislav, der damit verschwand.

»Wollen wir doch mal sehen, ob wir den Mann heraufholen können«, sagte Joze, nach seiner Tauchausrüstung greifend, und ging zum Boot voraus.

Sie ruderten, Seite an Seite, doch Dragomirs kräftige Schläge nahmen Joze die meiste Arbeit ab.

»Wie tief ist das Wasser da draußen?« fragte Joze. Der Schweiß rieselte ihm schon über den nackten Rücken.

»Die Kvarner Bucht ist drüben bei Rab ziemlich tief, aber wir haben vor Trstenik gefischt, und da sind es nur ungefähr vier Faden bis zum Grund. – Hier ist schon die Boje!«

»Sieben Meter – da sollte er nicht schwer zu finden sein.« Joze schlüpfte in seine Tauchausrüstung, prüfte die Ventile des Atmungsgeräts und wandte sich, ehe er sich das Mundstück zwischen die Zähne schob, noch einmal an den Fischer. »Halten Sie das Boot in der Nähe der Boje, während ich suche. Wenn ich eine Leine oder Hilfe brauche, werde ich über der Fundstelle auftauchen. Dann können Sie das Boot näher an mich heranrudern.«

Er drehte das Sauerstoffventil auf, glitt über den Bootsrand und unter die Wasseroberfläche. Mit kräftigen Schwimmstößen bewegte er sich auf den Boden zu und benutzte die Leine der Boje als Richtungsweiser. Es dauerte nur Sekunden, da sah er den Mann in gespreizter Haltung auf der weißen Sandfläche liegen.

Joze stieß weiter nach unten und ließ sich trotz seiner wachsenden Neugier genügend Zeit. Beim Betrachten des Druckanzugs konnte er nicht sagen, ob es sich um einen Amerikaner oder einen Russen handelte. Es war ein schwerer Anzug, Metall oder ein verstärkter Kunststoff, grüne Farbe, ein einzelnes flaches Gesichtsfenster im Helm.

Weil Größe und Entfernung unter Wasser täuschen können, stand Joze schon neben der Gestalt im Sand, als er feststellte, daß sie nur knapp über einen Meter groß war. Fast hätte er vor Erstaunen das Mundstück verloren.

Dann blickte er durch das Gesichtsfenster und sah, daß die Gestalt in dem Anzug kein menschliches Wesen war.

Joze hustete ein wenig und schickte dadurch einen Strom von Luftbläschen an die Oberfläche. Er hatte seinen Atem angehalten, ohne es zu wissen. Er stand nur da, paddelte langsam mit den Händen, um nicht nach oben getrieben zu werden, und betrachtete das Gesicht des Fremden.

Das Gesicht war so unbeweglich wie eine wächserne Maske – grünes Wachs mit aufgerauhter Oberfläche; geschlitzte Nasenlöcher, geschlitzter Mund und große Augäpfel, die geschlossen, aber hinter den Lidern deutlich zu erkennen waren. Die Gesichtszüge konnte man als ungefähr menschlich bezeichnen, doch kein menschliches Wesen hatte eine Haut von dieser Farbe oder einen fleischigen Hahnenkamm, der im Gesichtsfenster teilweise zu sehen war und über den geschlossenen Augen begann. Joze betrachtete den aus einem unbekannten Material hergestellten Druckanzug und die Apparatur auf dem Rücken des Fremden – wahrscheinlich ein Atmosphärenregenerator. Welch eine Art von Atmosphäre? Er betrachtete wieder das Gesicht des Wesens, sah, daß es jetzt die Augen geöffnet hatte und ihn ebenfalls betrachtete.

Furcht war seine erste Reaktion; er sprang zurück wie ein aufgescheuchter Fisch und paddelte, wütend auf sich selbst, wieder näher. Das fremde Wesen hob langsam einen Arm und ließ ihn matt sinken. Joze blickte durch das Gesichtsfenster und sah, daß die Augen wieder geschlossen waren. Das Wesen lebte, konnte sich aber nicht aufrichten, weil es entweder verletzt war oder Schmerzen hatte. Das Schiffswrack zeigte, daß bei der Landung etwas nicht geklappt hatte. Joze schob so behutsam wie möglich seine Arme unter den kleinen Körper und kämpfte gegen ein Gefühl der

Abneigung an, als seine Haut die Kälte des unbekannten Materials spürte: Metall oder Plastik? Joze hätte ein Experte sein müssen, um das festzustellen. Als er wassertretend nach oben schwamm, hatte das Wesen die Augen noch nicht wieder geöffnet.

Oben spie Joze das Mundstück aus und schrie Dragomir an: »Zum Teufel, wollen Sie mir nicht endlich helfen, Sie idiotischer Tölpel?«

Doch Dragomir schüttelte nur entsetzt den Kopf und wich bis zum äußersten Rand des Bugs zurück, als er sah, was der Wissenschaftler von unten heraufgeholt hatte.

»Es ist ein Wesen aus einer anderen Welt, und es tut Ihnen nichts!«

Dragomir wagte sich nicht näher. Joze fluchte laut und konnte den Fremden nur unter großen Schwierigkeiten ins Boot befördern. Dann kletterte er hinterher. Nur die finsteren Drohungen des Wissenschaftlers trieben Dragomir an die Riemen. Joze warf seine Tauchausrüstung auf den Bootsboden und betrachtete das rasch trocknende Material des fremden Raumanzugs genauer. Seine Furcht vor dem Unbekannten war vergessen und hatte einer wachsenden Begeisterung Platz gemacht. Joze war Kernphysiker, kannte sich aber auch in der Chemie aus und wußte, daß das Material, aus dem der Raumanzug gefertigt war, nach irdischem Maßstab einfach unvorstellbar war. Es war hellgrün und hart wie Stahl über den Gliedern und dem Rumpf der Kreatur, doch war es weich und geschmeidig in den Gelenken, wie es das fremde Wesen beim Heben und Senken des Arms bewiesen hatte. Jozes Blick wanderte über die Gestalt des Fremden. Ungefähr in der Mitte, wo sich beim Menschen die Taille befindet, war eine Verdickung, an der ein Behälter hing, der wie eine übergroße schottische Reisetasche aussah. Der ganze Anzug war anscheinend nahtlos. Aber das rechte Bein!

Diese Stelle war eingedrückt und gequetscht, als habe eine gigantische Zange zugekniffen. Vielleicht erklärte das den Mangel an Bewegung. Konnte die Kreatur verletzt sein und Schmerzen haben?

Die Augen waren wieder geöffnet, und Joze stellte entsetzt fest, daß der Helm mit Wasser gefüllt war. Der Anzug war leck geworden, und das Wesen ertrank darin. Er suchte fieberhaft nach einem Schraubverschluß, während die großen Augen der Kreatur ihn anblickten.

Dann zwang er sich zur Ruhe, gab seine Bemühungen auf und dachte nach. Die Kreatur lag noch immer ruhig, die Augen geöffnet, und kein Bläschen kam aus dem Mund und der Nase. Atmete sie? War das Wasser eingedrungen? Oder war es schon immer dagewesen? War es überhaupt Wasser? Wer wußte schon, welch eine fremde Atmosphäre dieses Wesen gewohnt war? Kohlenwasserstoff, Chlor, Schwefeldioxyd – warum nicht Wasser? Die Flüssigkeit war in dem Anzug, der Anzug war nicht leck, und die Kreatur schien sich nicht wesentlich verändert zu haben …

Joze blickte auf und sah, daß Dragomir, von einer wilden Panik erfüllt, das Boot bereits in den Hafen gerudert hatte, und daß am Ufer eine neugierige Menschenmenge wartete.

Das Boot kippte beinahe um, als Dragomir sich abstieß, auf die Hafenmauer kletterte und mit den Beinen strampelte. Das Boot glitt von der Mauer weg; Joze griff nach der Halteleine und zog es wieder heran. »Festmachen!« rief er hinauf.

Niemand hörte ihn – oder niemand wollte ihn hören. Die Leute starrten auf die Gestalt in dem grünen Schutzanzug auf dem Achtersitz, und ein Wispern flog über ihre Köpfe hinweg wie ein Windstoß, der in Pinienzweigen raschelte. Die Frauen bekreuzigten sich verstört.

»Auffangen!« rief Joze, das Seil hinaufwerfend. Es fiel ihm immer schwerer, sein Temperament zu zügeln. Die Leute sprangen sogar vor dem Seil zurück. Ein Jüngling faßte sich schließlich ein Herz, zog das Seil durch einen rostigen Ring und befestigte es mit zitternden Händen, wobei sein Mund ständig offen stand. Er war ein Schwachkopf, schien nicht zu wissen, worum es wirklich ging, und leistete einfach einem Befehl Folge.

»Helft mir jetzt, dieses Ding hier an Land zu bringen!« rief Joze. Er hatte noch nicht einmal das letzte Wort ausgesprochen, als er wußte, daß er tauben Ohren predigte. Die Leute traten nur noch weiter zurück, ein starrender Mob, von der Furcht vor dem Unbekannten erfaßt; die Frauen wie riesige Puppen in ihren knielangen flatternden Röcken, schwarzen Strümpfen und hohen Filzschuhen. Joze sah ein, daß er alles allein machen mußte, hob den Fremden auf, nahm ihn in seine Arme und hob ihn, auf dem schwankenden Boot balancierend, auf die steinerne Hafenmauer. Die schweigenden Beobachter wichen noch einmal zurück; einige Frauen stießen unterdrückte Schreie aus und rannten in ihre Häuser, während das Gemurmel der Männer anschwoll. Joze kümmerte sich nicht darum.

Diese Leute würden ihm doch nicht helfen, selbst wenn er sich die Seele aus dem Leib brüllte, sie würden ihm höchstens noch Unannehmlichkeiten bereiten. Sein eigenes Zimmer war noch der sicherste Platz; er nahm nicht an, daß sie ihn dort belästigen würden.

Er hatte den Fremden gerade wieder aufgehoben, als sich ein Mann durch die starrenden Leute drängte.

»Was – was ist denn das? Heilige Mutter Gottes, ein Teufel!« Der alte Pfarrer deutete entsetzt auf den Fremden in Jozes Armen, wich zurück und tastete nach seinem Kruzifix.

»Schluß mit Ihrem Aberglauben!« fauchte Joze. »Das

ist kein Teufel, sondern eine empfindsame Kreatur – ein Reisender. Gehen Sie mir jetzt aus dem Weg!«

Er setzte sich in Bewegung, und die Leute rannten vor ihm davon. Joze ging mit raschen Schritten und ließ die Leute hinter sich. Dann hörte er Schritte und blickte über seine Schulter. Es war der Geistliche, Vater Perc. Seine fleckige Soutane flatterte, als er hinter Joze herrannte, und sein Atem pfiff infolge der ungewohnten Anstrengung in seiner Kehle.

»Sagen Sie mir, Doktor … Was ist das? Sagen Sie es mir …«

»Das habe ich Ihnen schon gesagt. Ein Reisender. Zwei Fischer sahen etwas aus dem Himmel stürzen und im Wasser verschwinden. Dieser Fremde wurde hinauskatapultiert.« Joze sprach es so ruhig aus wie möglich. Die Leute konnten ihm nicht viel Ärger bereiten, wenn er den Geistlichen auf seiner Seite hatte. »Es ist ein Wesen aus einer anderen Welt, eine wasseratmende Kreatur, und sie ist verletzt. Wir müssen helfen.«

Vater Perc tippelte neben ihm her und betrachtete dabei mit offensichtlichem Widerwillen den reglosen Fremden. »Es ist etwas … etwas Unsauberes«, murmelte er.

»Weder Dämon noch Teufel – können Sie das nicht begreifen? Die Kirche schließt die Möglichkeit, daß es auch auf anderen Planeten Lebewesen gibt, nicht aus; ihre Gelehrten diskutieren sogar lebhaft darüber. Warum weisen Sie diese Möglichkeit von sich? Selbst der Papst glaubt, daß es auf anderen Welten Leben gibt.«

»Glaubt er das?« Der alte Mann blinzelte mit seinen rotumränderten Augen. »Wirklich, glaubt er das?«

Joze schob sich an ihm vorbei und ging die Treppe zum Haus der Witwe Korenc hinauf. Sie war nirgendwo zu sehen, als er in sein Zimmer trat und die noch immer bewußtlose Gestalt des Fremden auf sein Bett legte. Der Geistliche blieb im Türrahmen stehen und befingerte unschlüssig seinen Rosenkranz. Joze stand neben dem Bett und schloß und öffnete, genauso ratlos, seine Hände. Was konnte er tun? Die Kreatur war verletzt, starb vielleicht; es mußte etwas getan werden. Aber was? Er hörte das lauter werdende Geräusch eines Wagens und seufzte beinahe vor Erleichterung. Es war sein Wagen, er kannte das Geräusch des Motors, und gleich würde der Arzt eintreffen. Der Wagen hielt vor dem Haus. Türen schlugen. Doch niemand trat ein. Joze wartete gespannt. Sicher unterhielt sich der Arzt mit den Leuten, die ihm berichteten, was geschehen war. Einige Minuten verstrichen. Joze wollte hinausgehen, blieb aber vor dem Geistlichen stehen, der sich noch nicht von der Tür weggerührt hatte. Zum Teufel, warum kam denn niemand? Durch das Fenster konnte er nur eine Seitenstraße sehen, aber nicht die Straße vor dem Haus. Endlich wurde die Außentür geöffnet, und er konnte die Witwe flüstern hören: »Hier hinein ... Geradeaus ...«

Es waren zwei Männer, beide in staubiger Kleidung. Einer war offensichtlich der Arzt, ein kleiner, untersetzter Mann, der eine abgegriffene schwarze Tasche in der Hand hatte. Sein kahler Kopf war mit Schweißperlen übersät. Der Mann neben ihm war noch jung, hatte ein sonnengebräuntes, wetterzerfurchtes Gesicht und war wie die anderen Fischer gekleidet. Das mußte Petar sein, der Ex-Partisan.

Es war Petar, der zuerst ans Bett trat; der Arzt stand da, hielt seine Tasche umklammert und blinzelte im Zimmer herum.

»Was ist denn das?« fragte Petar, beugte sich vor, stützte die Handflächen auf die Knie und starrte durch das Gesichtsfenster des fremden Wesens. »Na, was es auch ist, es sieht ziemlich häßlich aus.«

»Es kommt von einem anderen Planeten, mehr weiß ich auch nicht. Gehen Sie jetzt zur Seite, damit der Arzt auch sehen kann.« Joze machte eine wedelnde Handbewegung, und der Arzt trat zögernd näher. »Ah, Sie müssen Doktor Bratos sein. Mein Name ist Kukovic, Professor für Kernphysik an der Universität Ljubljana.« Vielleicht wirkte es sich günstig aus, wenn er ein wenig für sein Prestige Reklame machte, damit der alte Arzt seine zögernde Haltung verlor und endlich etwas tat.

»Sehr erfreut, Professor, sehr erfreut. Es ist mir eine Ehre, Sie kennenzulernen. Aber was soll ich tun? Das begreife ich nicht ganz ...« Er wackelte leicht mit dem Kopf, während er sprach, und Joze erkannte, daß der Mann schon sehr alt war, hoch in den Achtzigern, wenn nicht noch älter. Er mußte Geduld mit ihm haben.

»Dieser Fremde – oder wie man ihn sonst auch bezeichnen mag – ist verletzt und bewußtlos. Wir müssen alles unternehmen, um sein Leben zu retten.«

»Ja, aber was soll ich tun? Dieses Ding steckt in einem Metallgehäuse – sieht aus, als ob es mit Wasser gefüllt ist –, und ich bin Arzt, kein Veterinär, der solche Kreaturen behandelt.«

»Ich habe auch keine Ahnung, Doktor. Kein Mensch auf dieser Welt dürfte eine Ahnung haben. Aber wir müssen unser Bestes tun. Zunächst einmal müssen wir diesem Wesen den Anzug ausziehen, dann werden wir weiter sehen.«

»Das ist ganz unmöglich! Dann wird die Flüssigkeit da drinnen auslaufen.«

»Anscheinend wird sie das – also werden wir die nötigen Vorsichtsmaßnahmen treffen. Wir müssen erst einmal herausfinden, was das für eine Flüssigkeit ist, müssen dann für mehr sorgen und damit die Badewanne im Nebenraum füllen. Ich habe mir den Anzug angesehen. Der Helm scheint separat angebracht zu sein. Wenn wir die Verschlüsse ein wenig lockern, kommen wir risikolos zu unserer Probe.«

Kostbare Sekunden stand Dr. Bratos nur da und nagte an seinen Lippen. Endlich sagte er: »Ja, das könnten wir tun. Ich denke jedenfalls, wir könnten es tun. Aber wie fangen wir diese Probe auf? Das ist eine schwierige und von der Norm abweichende Angelegenheit.«

»Wie und womit wir diese Flüssigkeitsprobe auffangen sollen, fragen Sie?« explodierte Joze. Er wollte noch etwas sagen, überlegte es sich anders und wandte sich an Petar, der schweigend von einem zum anderen blickte. »Wenn Sie helfen wollen, gehen Sie in die Küche und holen einen Suppentopf oder so was Ähnliches.«

Petar nickte nur und ging. Joze hörte das Jammern der Witwe Korenc, aber dann kam Petar mit einem ihrer besten Töpfe wieder.

»So ist es gut«, sagte Joze, den Kopf des Fremden anhebend, »und jetzt den Topf hier herunterschieben.« Als der Topf an der richtigen Stelle stand, öffnete Joze eine der Klemmschrauben. Nichts geschah; es war lediglich eine haarfeine Öffnung entstanden, aus der aber keine Flüssigkeit sickerte. Als Joze die zweite Klemmschraube geöffnet hatte, schoß unter Druck ein Strahl klare Flüssigkeit heraus, und ehe er die Schraube wieder zugedreht hatte, war der Topf zur Hälfte gefüllt. Er hob den Kopf des Fremden wieder an. Petar zog unaufgefordert den Topf hervor und stellte ihn auf den Tisch neben dem Fenster. »Es ist heiß«, sagte er.

Joze berührte die Außenseite des Topfes. »Warm – nicht heiß. Ungefähr fünfzig Grad, würde ich sagen.«

»Aber – ist es Wasser?« fragte Doktor Bratos gepreßt.

»Ich glaube ja – aber sollten Sie das nicht herausfinden? Ist es Süßwasser oder Salzwasser?«

»Ich bin kein Chemiker … Woher soll ich das wissen? Es ist eben alles sehr kompliziert …«

Petar lachte, nahm Jozes Wasserglas vom Nachttisch und sagte: »Das kann man leicht feststellen.« Er tauchte das Glas in den Topf, ließ es zur Hälfte vollaufen, schnupperte daran, schob die Zunge hinein und bewegte die Lippen. »Schmeckt wie gewöhnliches Meerwasser, hat aber noch einen anderen, so einen bitteren Nachgeschmack.«

Joze nahm ihm das Glas weg, und der Arzt protestierte: »Das kann gefährlich sein!« Doch niemand achtete auf ihn. Ja, Salzwasser, heißes Salzwasser mit einer gewissen Schärfe darin. »Schmeckt nach einer Spur Jod … Können Sie die Flüssigkeit auf Jodspuren untersuchen, Doktor?«

»Hier? Nein, das wäre zu kompliziert. Im Labor, mit den entsprechenden Geräten …« Seine Stimme verebbte, als er die auf dem Tisch stehende Tasche öffnete und darin herumkramte. Doch seine Hand kam leer wieder zum Vorschein. »Im Labor, ja.«

»Wir haben kein Labor, Doktor«, sagte Joze mit eindringlicher Stimme, »und wir haben auch keine anderen Hilfsmittel. Wir müssen mit dem zufrieden sein, was uns unmittelbar zur Verfügung steht. Gewöhnliches Meerwasser muß eben genügen.«

»Ich hole einen Eimer und gieße die Badewanne voll«, sagte Petar.

»Gut. Aber das Wasser nicht sofort in die Badewanne gießen. Bringen Sie das Wasser zunächst in die Küche. Wir wollen es erst erhitzen und dann in die Wanne gießen.«

»In Ordnung.« Petar ging an dem schweigenden Geistlichen vorbei und war schon verschwunden. Joze blickte Vater Perc an und dachte an die Bewohner des Dorfes.

»Sie bleiben hier, Doktor«, sagte er. »Dieser Fremde

ist Ihr Patient, und ich glaube, ein anderer als Sie sollte deshalb nicht in seine Nähe kommen. Sie brauchen nur neben ihm zu sitzen.«

»Ja … natürlich … Das ist richtig«, sagte Bratos erleichtert, zog einen Stuhl heran und nahm darauf Platz.

In dem großen Kochherd brannte noch das Kaffeefeuer und flammte auf, als Joze noch ein paar Holzscheite hineinschob. An einem Wandhaken hing ein großer, kupferner Waschkessel. Er nahm ihn herunter und stellte ihn scheppernd auf den Herd. Hinter ihm öffnete sich die Tür des Schlafzimmers der Witwe, wurde aber wieder zugeschmettert, ehe er sich noch ganz umgedreht hatte. Petar kam mit einem Eimer Wasser, das er in den Kessel kippte.

»Wie benehmen sich die Leute draußen?« fragte Joze.

»Laufen herum und treten sich gegenseitig auf die Füße: Ich glaube nicht, daß es Ärger geben wird. Aber wenn Sie sich Sorgen machen, kann ich nach Osor fahren und die Polizei holen. Ich kann natürlich auch ans Telefon gehen.«

»Nein, im Augenblick kann ich Sie hier besser gebrauchen: Sie scheinen hier wahrhaftig der einzige Mensch zu sein, der weder senil noch dumm ist.«

Petar lächelte. »Ich hole jetzt den nächsten Eimer Wasser.«

Die Badewanne war klein, und der Waschkessel groß. Als das heiße Wasser hineingekippt war, füllte es die Wanne reichlich zur Hälfte aus, so daß der kleine Fremde unter der Oberfläche verschwinden konnte. Die Badewanne hatte zwar ein Abflußrohr, aber keine Wasserhähne; sie wurde gewöhnlich mit einem Schlauch gefüllt, den man an den Wasserhahn über dem Spülstein anschloß. Joze hob den Fremden auf, nahm ihn wie ein Kind in die Arme und trug ihn zur Badewanne. Die Augen waren jetzt geöffnet, folgten jeder Bewegung, doch sonst geschah nichts. Er senkte den Fremden behutsam ins Wasser, richtete sich einen Moment auf und holte tief Luft. »Den Helm müssen wir ihm zuerst abnehmen; dann werden wir auch herausfinden, wie wir den ganzen Anzug öffnen können.« Er bückte sich wieder und drehte langsam die Klemmschrauben auf.

Als er alle Schrauben, vier insgesamt, geöffnet hatte, war der Helm frei. Er klappte ihn einen Spaltbreit auf und war innerlich darauf vorbereitet, den Helm, falls sich Schwierigkeiten abzeichneten, sofort wieder zu schließen. Das Meerwasser floß nun in den Schutzanzug und vermischte sich mit der fremden Flüssigkeit, aber die Kreatur gab keinen Klagelaut von sich. Nach einer Minute nahm Joze vorsichtig den Helm ab und stützte mit einer Hand den Kopf des Fremden, so daß er nicht auf den Boden der Wanne schlug.

Kaum hatte er den Helm abgenommen, da sprang der fleischige Kamm über seinen Augen auf wie eine Narrenkappe und ragte hoch über seinen grünen Kopf hinaus. Ein Kabel führte vom Helm zu einem glänzenden Metallstückchen, das an der Schläfe der Kreatur befestigt war. Es handelte sich um eine Art Steckkontakt, und Joze zog den Stöpsel langsam heraus. Vielleicht war es irgendein Hörgerät. Der Fremde öffnete und schloß den Mund, in dem gelbe, knochige Erhöhungen zu sehen waren, und man konnte ein tiefes Summen hören.

Petar preßte ein Ohr auf den Metallkörper. »Entweder redet das Ding oder es gibt nur Geräusche von sich«, sagte Petar: »Ich kann es hören.«

»Geben Sie mir mal ihr Stethoskop, Doktor«, befahl Joze. Als der Arzt keine Bewegung machte, zog er es selbst aus der schwarzen Tasche. Und tatsächlich, als er das Stethoskop auf das Metall gesetzt hatte, konnte er ein bald anschwellendes und bald verebbendes Wimmern hören, bei dem es sich möglicherweise um eine Sprache handelte.

»Wir können ihn nicht verstehen – noch nicht«, sagte Joze und gab das Stethoskop dem Arzt, der es mechanisch an sich nahm. »Wir sollten jetzt versuchen, ihm den Anzug auszuziehen.«

Es gab keine Nähte oder irgendwelche Verschlußvorrichtungen, obwohl Joze den ganzen Anzug sorgfältig mit den Fingerspitzen abtastete. Der Fremde mußte verstanden haben, denn er hob ruckartig eine Hand und fummelte an dem Metallverschlußring um seinen Hals herum. Ein Schlitz entstand auf der Vorderseite des Anzugs, gabelte sich und lief an jedem Bein hinunter. Aus dem verletzten Bein sickerte plötzlich eine blaue Flüssigkeit.

Joze sah grünes Fleisch, merkwürdige Organe und drehte sich nach Bratos um. »Rasch, Doktor! Ihre Tasche. Die Kreatur ist verletzt; diese Flüssigkeit kann Blut sein.«

»Was kann ich schon machen?« sagte Bratos, ohne sich zu bewegen. »Drogen, Antiseptik – ich kann es umbringen, denn wir wissen nichts von der Beschaffenheit dieses Körpers.«

»Sie brauchen nichts dergleichen, Sie brauchen nur die Blutung zu stillen!«

»Natürlich, natürlich«, muffelte der alte Mann. Wenigstens gab er seinen Händen jetzt etwas zu tun, griff in seine schwarze Tasche und brachte zum Vorschein, was man zum Verbinden einer Wunde benötigte.

Joze griff in das warme, schon trübe Wasser, und es kostete ihn Überwindung, eine Hand unter das Bein des Fremden zu schieben und dann das heiße, grüne Fleisch anzufassen. Es war ein seltsames Gefühl, aber kein schreckliches. Er hob das Bein aus dem Wasser und sah eine tiefe Wunde, aus der die blaue Flüssigkeit strömte. Petar wandte sich ab, aber der Arzt verband und bandagierte das Bein. Die Blutung schien aufzuhören. Der Fremde tastete nach seinem neben ihm in der Badewanne liegenden Anzug und bewegte das Bein in Jozes Hand. Joze blickte nach unten und sah, daß der Fremde etwas aus der Tasche zog. Sein Mund bewegte sich wieder, er konnte das gedämpfte Summen seiner Stimme hören.

»Was ist? Was möchtest du?« fragte Joze.

Der Fremde hielt mit beiden Händen einen Gegenstand quer über seine Brust. Der Gegenstand sah aus wie ein Buch. Es konnte ein Buch sein, es konnte alles sein. Vielleicht doch ein Buch... jedenfalls hatte es Ähnlichkeit damit. Das Bein in Jozes Hand bewegte sich stärker, der Mund des Fremden öffnete sich weiter, als brülle er etwas.

»Der Verband wird naß, wenn wir das Bein wieder ins Wasser legen«, sagte der Arzt.

»Können Sie nicht ein breites Plastikband herumwickeln und den Verband auf diese Weise vor Feuchtigkeit schützen, Doktor?«

»In meiner Tasche – aber damit komme ich bei weitem nicht aus.«

Während sie sich noch unterhielten, begann der Fremde hin und her zu rutschen, spritzte Wasser aus der Wanne und versuchte, sein Bein aus Jozes Hand zu ziehen. In der einen dünnen, vielfingerigen Hand hielt er noch immer das Buch, während er mit der anderen Hand den Verband von seinem Bein zu reißen begann.

»Mein Gott, er tut sich selber weh!« sagte der Arzt, von der Wanne zurückweichend. »Das ist ja furchtbar! Er soll aufhören, aufhören ...«

Joze hob eine Papierhülle vom Boden auf, betrachtete sie und schrie den Arzt an: »Sie Narr! Sie unglaublicher Narr! Die Kompressen, die Sie benutzt haben, sind mit Sulfonamid imprägniert!«

»Ich benutze sie immer. Sie verhindern eine Wundinfektion.«

Joze schob ihn zur Seite und tauchte seine Arme ins Wasser, um den Verband so rasch wie möglich abzureißen. Aber der Fremde entwand sich seinem Griff und setzte sich aufrecht hin, so daß sein Oberkörper aus dem Wasser ragte. Seine Augen waren weit geöffnet, starrten schrecklich, und Joze wich zurück, als ein Wasserstrahl aus dem Mund schoß. Ein gurgelnder Laut und dann, als die erste Luft über seine Stimmbänder strich, ein immer lauter werdender, heulender Schmerzensschrei. Dann breitete die Kreatur die Arme aus und kippte, mit dem Gesicht nach vorn, ins Wasser zurück. Sie machte keine Bewegung mehr. Joze brauchte die Kreatur nicht zu untersuchen, um zu wissen, daß sie tot war.

Ein Arm hing aus der Wanne heraus – die Hand hatte noch das Buch umklammert. Langsam erschlafften die vielen Finger, und während Joze noch wie betäubt und keiner Bewegung fähig starrte, fiel das Buch mit einem dumpfen Aufschlag zu Boden.

»Helfen Sie mir mal!« sagte Petar.

Joze drehte sich um, sah, daß der Arzt am Boden lag und Petar neben ihm kniete. »Ein Herzanfall«, sagte Petar. »Oder er wurde ganz einfach ohnmächtig. Was sollen wir tun?«

Joze vergaß seinen Zorn und kniete neben dem Arzt nieder. Bratos schien regelmäßig zu atmen, sein Gesicht hatte sich nicht verfärbt, vielleicht war es tatsächlich nur ein Ohnmachtsanfall. Die Augenlider flatterten. Der Geistliche trat näher und blickte Joze über die Schulter.

Doktor Bratos öffnete die Augen, bewegte den Kopf hin und her, als zähle er die Gesichter der sich über ihn beugenden Männer. »Tut mir leid«, lallte er und schloß wieder die Augen, als könnte er diesen Anblick nicht ertragen.

Joze stand zitternd da. Der Geistliche war gegangen. War alles vorbei? Vielleicht hätten sie den Fremden nie retten können, aber es wäre nicht nötig gewesen, ihn auf so qualvolle Weise ums Leben kommen zu lassen. Dann fiel ihm der nasse Fleck auf dem Boden auf – das Buch des Fremden war verschwunden!

»Vater Perc!« Er schrie die Worte wie eine Beleidigung. Der Mann hatte das Buch mitgenommen, das unschätzbar wertvolle Buch!

Er rannte in den Flur hinaus und sah den Geistlichen gerade aus der Küche kommen. Seine Hände waren leer. Ein eisiger Schreck durchzuckte Joze. Was hatte der alte Mann mit dem Buch gemacht? Er stürzte in die Küche, rannte zum Herd und riß die Feuerungstür auf.

Dort, zwischen den brennenden Holzscheiten, lag das Buch. Es qualmte, war fast schon getrocknet und aufgeklappt. Ja, es mußte ein Buch sein. Joze glaubte, Buchstaben und Bilder zu erkennen. Er drehte sich nach der Schaufel um, und in diesem Augenblick hörte er im Feuer eine Explosion. Eine weiße Flamme schoß quer durch die Küche. Auf dem Fußboden lagen glimmende Holzstücke, und im Herd waren nur noch die Reste des ursprünglichen Feuers. Um welch eine Substanz es sich auch handelte, die Buchseiten waren hochexplosiv gewesen, kaum daß die Hitze des Feuers sie getrocknet hatte.

»Es war böse«, sagte der Geistliche vom Türrahmen her. »Eine böse Kreatur mit einem Buch des Bösen. Wir sind schon früher gewarnt worden, denn solche Dinge haben sich auf Erden schon häufig ereignet, und immer mußten die Gläubigen dagegen ankämpfen …«

Petar schob sich an dem Geistlichen vorbei, führte Joze zu einem Stuhl und wischte die heißen Kohlenstückchen von seiner bloßen Haut. Joze hatte nichts gespürt. Er fühlte nur eine bleierne Müdigkeit.

»Warum hier?« fragte er. »Es gibt so viele zivilisierte

Gegenden in dieser Welt – warum gerade hier? Nur ein wenig weiter westlich, dann wär diese Kreatur in der Nähe von Triest gelandet. Dort gibt es Krankenhäuser, Ärzte, Möglichkeiten einer Rettung. Oder wäre es noch ein wenig länger auf seinem Kurs geblieben, dann hätte es die Lichter sehen und in Rijeka landen können. Etwas hätte getan werden können. Aber warum hier, ausgerechnet hier?« Er sprang auf und schüttelte seine Faust gegen nichts und alles.

»Hier in dieser vom Aberglauben heimgesuchten, engstirnigen, von allen guten Geistern verlassenen Welt! Was ist das für eine Welt, in der ein elektronischer Beschleuniger von fünf Millionen Volt sich keine hundert Meilen von der primitivsten Dummheit entfernt befindet? Daß diese Kreatur eine so weite Entfernung zurückgelegt hat, auf der Erde gelandet ist … Warum?«

Warum?

Er sank wieder zurück, fühlte sich älter denn je und unglaublich matt und elend. Was hätten sie aus diesem Buch alles erfahren können?

Er seufzte; es war ein Seufzer aus tiefster Seele, der seinen ganzen Körper erzittern ließ, als sei er plötzlich von einem furchtbaren Fieber erfaßt worden.

Das Selbstporträt

›11 Uhr in Martins Büro!!!‹ Die auf der oberen rechten Ecke des Zeichenbretts angeheftete Notiz brüllte ihn förmlich an. Er hatte die Worte mit einem Pinsel Nummer 7 gemalt; schwarze chinesische Tusche auf knallgelbem Papier – große Buchstaben, große Worte.

Dicker Schluß unter alles. Pachs versuchte sich einzureden, daß es nur eines von Martins ›majestätischen‹ Kommandos war: eine Lektion, ein wiedergekäutes Geschwätz, eine Beschwerde. Das hatte er gedacht, bevor Miss Finks große, wäßrige Augen ihn angeblinzelt hatten, bevor sie mit heiserer Stimme flüsterte: »Heute trifft der Mark IX ein, Mr. Pachs. Ich habe die Quittung auf seinem Schreibtisch liegen sehen …« Sie hatte wieder wäßrig geblinzelt und bedeutungsvoll nach der geschlossenen Tür von Martins Büro geschielt, um dann davonzuhuschen.

Ein Mark IX … Er hatte gewußt, daß es eines Tages so kommen würde; er hatte es nur nicht zugeben wollen und sich selber zum Narren gehalten mit der Behauptung, daß sie nicht auf ihn verzichten konnten. Er legte die Hände auf das Brett und spreizte die Finger – alte Hände, faltig, mit dunklen Leberflecken, immer etwas mit Tusche beschmiert, an der Innenseite des rechten Zeigefingers eine permanente Schwiele. Wie viele Jahre hatte er Bleistift oder Pinsel gehalten? Er wagte nicht daran zu denken. Vielleicht zu viele Jahre … Er ballte die Hände langsam zu Fäusten und redete sich ein, er sei völlig ruhig.

Bis zu der Unterredung mit Martin hatte er fast noch eine Stunde Zeit und konnte die Story beenden, an der er arbeitete. Er nahm einen neuen Bogen Zeichenpapier und schlug das Manuskript auf. Die dritte Seite einer Serie mit dem Titel ›Prärieliebe‹ für die Juli-Ausgabe des Magazins ›Wahre Liebesromanzen‹. Bildromane mit dem Thema Liebe kamen immer gut an. Inzwischen hatte Miss Fink die Bildtexte und Dialoge getippt; wenigstens die Hälfte aller Kästchen war voll. Der Text zu Kästchen 1 lautete: ›Im Haus. Judy C/U weint, und Robert in BG ist sehr wütend.‹

Für Judy im Vordergrund ein Kopf in Größe 3. Er malte ein entsprechendes Oval, dann die Streichholzfigur des im Hintergrund stehenden Robert. Erhobener Arm, geballte Faust, um seine Wut zum Ausdruck zu bringen. Der Comic-Künstler, Roboter Mark VIII, würde den Rest erledigen. Er schob das Blatt in den Schlitz der Maschine und zog es rasch wieder heraus – er hatte die ›Seifenblasen‹ für den Text vergessen. Schlamperei! Er holte das mit ein paar Bleistiftstrichen nach.

Anschließend drückte er auf einen Knopf der Maschine, die summend zum Leben erwachte. Elektronische Röhren glühten in dem dunklen Gehäuse. Er drückte auf den für die Köpfe bestimmten Kontrollknopf, zuerst das Mädchen: Kopf, Vorderansicht, Größe 3, Trauer, Typ: Heldin. Natürlich hatten die Mädchen in den Comics alle die gleichen Gesichter, die ›Heldin‹ war lediglich ein Hinweis für die Maschine, dieses Schema zu berücksichtigen. Die ›Bösewichte‹ waren schwarz; alle hatten schwarze Haare und Schnurrbärte, so schwarz wie die Haare, damit man sie auf Anhieb vom ›Helden‹ unterscheiden konnte. Die Maschine summte und rasselte vor sich hin, tastete die Gummistempel ab, fand den richtigen und drückte ihn genau auf die gewünschte Stelle. Männerkopf, Frontal,

Größe 6, Typ: Held – ein kleinerer Stempel preßte sich auf den vorgemalten Kopf der Streichholzgestalt. Auf dem Manuskript stand zwar ›sehr wütend‹, aber das brachte die erhobene Faust zum Ausdruck, denn in Comics gab es entweder nur traurige oder nur glückliche Gesichter.

So einfach ist das Leben nicht, dachte Pachs. Ein wenig origineller Gedanke, der ihm – wenn er vor der Maschine saß – wenigstens einmal täglich in den Sinn kam. Männergestalt, Straßenanzug … Er drückte auf die beiden Knöpfe und dann auf den Zeichenknopf. Sofort sank ein schwenkbarer Arm mit einer Zeichenfeder herab und verwandelte flink und zielstrebig die Streichholzgestalt in einen Mann im Straßenanzug. Er beobachtete blinzelnd die geschäftig hin und her zuckende Feder, die fünfzig Jahre lang keinen Strich verändert hatte und ihrem Schema bis auf den winzigsten Punkt treu geblieben war. Kragen, Krawatte, dann zwei Halslinien, die den sauber gemalten Oberkörper mit dem Kopf verbanden. Jetzt schob die Feder sich bis zum Rand des Rockärmels vor und verharrte zitternd. Ein Relais schnurrte, und in einem verstaubten roten Glasfenster erschienen die Worte: ›Bitte um Anweisung!‹ Mit einem wütenden Ruck drückte er auf den Knopf ›Faust‹. Das rote Licht erlosch, und die Feder malte eine hübsche Faust an das Ende des Arms.

Pachs betrachtete die saubere Zeichnung und seufzte. Das Mädchen sah nicht unglücklich genug aus. Er tauchte seinen Federkiel ein und malte zwei Tränen – in jeden Augenwinkel eine. Schon besser. Aber der Hintergrund war, selbst wenn man die Seifenblasen mit dem Text einbezog, noch immer ziemlich leer. Er drückte mechanisch auf den Knopf ›Blasen‹, und die Zeichenfeder der Maschine malte in korrekten Abständen die aus dem Mund des Sprechers quirlenden und nach oben größer werdenden Bläschen. In die größte Blase kam der Text hinein. Ein wenig mehr Hintergrund, das war nur ein Knopfdruck. Er rastete ›Code 473‹ ein, der – er wußte es aus langjähriger Erfahrung – für ›Wohnungsfenster mit Spitzenvorhängen‹ zuständig war. Die Maschine brachte diesen Hintergrund mit zügigen Strichen und in der richtigen Perspektive zu dem davorstehenden Mann zu Papier. Pachs griff nach dem Manuskript und las den Text zu Kästchen 2: ›Judy wirft sich auf die Couch. Robert will sie trösten. Judys Mutter stürzt zornig mit flatternder Schürze herein.‹

In diesem Kästchen war ein vierzeiliger Bildtext, und als auch die Blase mit Buchstaben ausgefüllt war, blieb gerade noch genügend Platz für ein einfaches, kleines Objekt. Pachs gab sich mit diesem Kästchen keine Mühe, wie er es sonst zu tun pflegte, und wählte die Standardmöglichkeit: Haus, klein, Familie. Ein kleines Häuschen, aus dem die Blasen perlten. Sollte der Leser doch raten, wer diese Worte sprach! Pachs fühlte sich heute müde, sehr müde.

Kurz vor elf Uhr hatte er die Bildgeschichte beendet, stapelte die einzelnen Blätter aufeinander, packte das Manuskript in die Ablage und säuberte die Zeichenfeder des Mark VIII; der Zufluß verstopfte immer, wenn man sie einfach trocknen ließ.

Dann war es elf Uhr und an der Zeit, bei Martin vorstellig zu werden. Pachs stellte eine überflüssige Geschäftigkeit zur Schau, rollte seine Hemdsärmel herunter und hängte seinen grünen Augenschirm an den Schwenkarm der Zeichenlampe. Er rückte noch dieses und jenes zurecht, aber es war elf Uhr, und der unangenehme Augenblick konnte nicht länger hinausgezögert werden. Er straffte seine Schultern, ging an Miss Fink, die emsig auf den Tasten ihrer Maschine herumhämmerte, vorbei und durch die offene Tür auf Martins Büro zu.

»Nun hören Sie mal, Louis«, flötete Martin in die Membrane des Telefonhörers, »zwischen meinem Wort und dem Wort eines billigen Schnürsenkelverteilers in Kansas City besteht doch wohl ein wesentlicher Unterschied. Wem würden Sie wohl eher glauben, hm?« Seine Stimme klang süß wie Sirup. »In Ordnung, Louis ... Okay ... Geht klar. Ich rufe dann morgen zurück ... Meine Empfehlungen an Helen.« Er knallte den Hörer auf die Gabel und blickte mit seinen harten Augen zu Pachs auf.

»Sie wünschen?«

»Sie wollten mich um elf Uhr sprechen, Mr. Martin.«

»Ah ja«, sagte Martin, mehr zu sich selbst. Er kratzte sich mit dem abgekauten Ende eines Bleistifts ein paar Schuppenflocken vom Hinterkopf, wobei er in seinem Sessel von einer Seite zur anderen rutschte. »Geschäft ist Geschäft, Mr. Pachs, das wissen Sie, und die Kosten steigen und steigen. Papier – wissen Sie, was eine Tonne Papier heute schon kostet? Also müssen wir Engpässe überwinden und ...«

»Wenn Sie wieder mein Gehalt kürzen wollen, Mr. Martin, so glaube ich nicht, daß ich auch weiterhin bei Ihnen ...«

»Durchaus, durchaus, Mr. Pachs. Ich lasse Sie selbstverständlich gehen. Ich habe einen Mark IX gekauft, um die Betriebskosten zu senken, und ich habe auch schon jemanden eingestellt, der ihn bedienen kann.«

»Das wäre nicht nötig gewesen, Mr. Martin«, sagte Pachs überstürzt. Er wußte, daß seine Stimme plötzlich einen bittenden Klang hatte, kümmerte sich aber nicht darum. »Ich kann die Maschine bedienen, davon bin ich überzeugt. Geben Sie mir nur ein paar Tage Zeit, damit ich mich einarbeiten kann ...«

»Das steht nicht zur Debatte. Erstens ist die Angestellte billiger, weil sie ein junges Mädchen ist und ein niedriges Anfangsgehalt bekommt, zweitens wurde sie an dieser Maschine ausgebildet und kann wirklich etwas aus ihr herausholen. Sie wissen, daß ich kein niederträchtiger Mensch bin, Mr. Pachs, aber Geschäft ist nun mal Geschäft. Und ich will Ihnen mal was sagen: Obwohl heute erst Dienstag ist, zahle ich Ihnen das ganze Wochengehalt. Und Sie können sofort aufhören.«

»Sehr großzügig – besonders nach acht Jahren«, sagte Pachs, seine Stimme zur Ruhe zwingend.

»Mehr kann ich nicht für Sie tun.« Martin war gegen Sarkasmus von Natur aus immun.

Ein Gefühl der Verlorenheit ergriff von Pachs Besitz. Sein Magen schien eine Etage tiefer zu sinken. Martin telefonierte schon wieder, und es gab nichts, was Pachs noch hätte sagen können. Er ging hinaus, ging sehr aufrecht, und das Geklapper von Miss Finks Maschine verstummte für einen Augenblick. Er drehte sich nicht nach ihr um, wollte nicht jene zärtlichen, immer leicht wäßrigen Augen sehen, nicht jetzt.

Er kehrte nicht in sein Studio zurück, sondern öffnete die Korridortür. Er zog sie langsam wieder zu, lehnte sich einen Moment mit dem Rücken dagegen, bis er begriff, daß Miss Fink auf der Milchglasscheibe seine Silhouette sehen konnte. Eilig ging er weiter.

Gleich um die Ecke gab es eine billige Bar, in der er sich an jedem Zahltag ein Bier leistete, und er ging in diese Bar.

»Guten Morgen«, sagte der Robotbarkeeper. »Ich wünsche Ihnen den allerschönsten Morgen... Mr. Pachs.« Er sagte es mit seinem programmierten, kühlen Charme, zögerte zwischen den einzelnen Standardphrasen und der Namenssuche in seinem Kundenregister. »Und trinken Sie dasselbe wie immer?«

»Nein, nicht dasselbe, du Plastikimitation eines irischen Schmierenkomödianten! Ich trinke einen doppelten Whisky.«

»Wie Sie wünschen, Sir.« Der elektronische Barkeeper nickte freundlich, und seine Roßhaarlocke wippte, als er nach der Flasche griff und sorgfältig einen genau doppelten Whisky in ein Glas goß.

Pachs trank das Glas auf Anhieb leer, und die ungewohnte Wärme drang bis auf den Kern seiner stumpfen Gleichgültigkeit. Gott, es war alles vorbei, alles vorbei. Er würde ins Altbürgerheim kommen und war dann so gut wie tot.

Es gab Dinge, über die man nicht nachdenken durfte. Ein weiterer doppelter Whisky folgte dem ersten; das Geld war nicht mehr wichtig, weil er nach Ablauf dieser Woche ohnehin nichts mehr verdienen würde, und der Alkohol linderte den Schmerz. Er mußte, noch bevor er richtig darüber nachzudenken begann, ins Büro zurückkehren, seinen persönlichen Kram zusammenpacken und von Miss Fink den Scheck in Empfang nehmen. Seine Arbeit brauchte er nicht mehr abzuschließen, darüber war er sich im klaren; wenn man für Martin erledigt war, dann wollte er auch nichts mehr von einem sehen.

»Zu welchem Stock, bitte?« fragte die Lautsprecherstimme in der Decke des Lifts.

»Von mir aus direkt zur Hölle!« platzte Pachs heraus. Er hatte sich noch nie vergegenwärtigt, wie viele Roboter es hier gab. Oh, wie er alle haßte!

»Tut mir leid, aber eine solche Firma befindet sich nicht in diesem Gebäude. Haben Sie im Register nachgesehen?«

»Dreiundzwanzigster Stock«, sagte er mit zitternder Stimme und war froh, allein im Lift zu sein. Die Türen schlossen sich.

Zum Studio führte eine Korridortür, die geöffnet war, und Pachs hatte schon einen Fuß über die Schwelle gesetzt, als er sah, weshalb die Tür offenstand. Zum Umkehren war es leider zu spät. Der Mark VIII, den er so viele Jahre gepflegt und benutzt hatte, lag umgekippt in der Ecke und war sehr staubig an der Seite, die an der Wand gestanden hatte.

Das ist gut, durchzuckte es ihn, und gleichzeitig begriff er, daß es albern war, eine Maschine zu hassen. Immerhin erfüllte es ihn mit einiger Genugtuung, daß sie ebenfalls zum alten Eisen gehörte. Auf ihrem Platz stand eine große Apparatur, die fast bis zur Decke reichte und so massiv und wuchtig aussah wie ein Tresor.

»Es ist alles angeschlossen, Mr. Martin. Betriebsfertig mit hundertprozentiger Garantie auf die berechnete Lebensdauer, wie Sie wissen. Aber ich möchte Ihnen nun kurz vorführen, wie die Maschine arbeitet, wie vielseitig diese im wahrsten Sinne des Wortes vielseitige Maschine ist ...«

Der Sprecher trug einen grauen Overall, so grau wie die Maschine, und deutete mit einem glänzenden Schraubenzieher auf sie. Martin beobachtete ihn mit krauser Stirn, Miss Fink flatterte aufgeregt im Hintergrund herum. Es war noch jemand da: ein hageres, junges Mädchen in einem rosafarbenen Pullover, das träge auf einem Stück Kaugummi herumkaute.

»Wir wollen Mark IX einen richtigen Auftrag geben, Mr. Martin. Ein Titelblatt für eines Ihrer Magazine – eine Aufgabe, von der Sie bisher annahmen, daß sie keine Maschine lösen könne. Nun, Mr. Martin, normale Maschinen bringen so etwas nicht zustande, aber ...«

»Miss Fink!« bellte Martin, und sie kam mit einem verstärkten Titelblatt und einer kleinen, farbigen Skizze angesprungen.

»Wir brauchen nur dieses eine Titelblatt, Mr. Martin«, sagte sie mit unsicherer Stimme. »Wir waren einverstanden, daß diese Arbeit von Mr. Pachs ...«

»Zum Teufel damit!« grunzte Martin, riß ihr das Blatt aus der Hand und betrachtete es. »Dieses Blatt ist für unser bestes Magazin, verstehen Sie? Darauf können wir nicht die Gummistempel herumtrampeln lassen – nicht auf dem Titelblatt von ›Wahre Helden in der Schlacht‹!«

»Sie brauchen sich nicht die leisesten Sorgen zu machen, das kann ich Ihnen versichern«, sagte der Mann im Overall und nahm Martin die Skizze aus der Hand. »Ich habe Ihnen versprochen, Sie mit der Vielseitigkeit von Mark IX bekanntzumachen. Ich weiß, Sie werden es erst dann glauben, wenn Sie mit eigenen Augen das Resultat sehen. Ein geübter Programmierer kann von einer Skizze oder auch nur einer Beschreibung einen Mark-IX-Streifen lochen, und das Resultat ist in jeder Hinsicht atemberaubend – gelinde gesagt.« Er nahm vor einer Konsole mit Schreibmaschinentasten Platz, die an der Seite der Maschine angebracht war, und während er tippte, ringelte sich raschelnd ein Lochstreifen in einen ebenfalls seitlich angebrachten Korb.

»Ihre neue Angestellte kennt den Kode, nach dem die Maschine arbeitet, und ist in der Lage, jedes künstlerische Konzept in Standardsymbole umzuwandeln. Der Streifen kann geprüft und korrigiert, gelagert und variiert werden. Man kann ihn, falls erforderlich, immer wieder benutzen. So – nun habe ich Ihre Skizze, das Wesentlichste davon, einprogrammiert und möchte Ihnen noch eine Frage stellen: Welch ein Stil soll es sein?«

Martin gab einen grunzenden, fragenden Laut von sich.

»Sie sind überrascht – nicht wahr, Sir? Nun, das dachte ich mir. Der Mark IX ist auf all diese großen

Meister des sogenannten Goldenen Zeitalters des Comic-Strips programmiert. Sie können Kunstwerke im Stil eines Kubert oder Caniff, Giunta oder Barry haben. Doch bei Ihren Illustrationen können Sie auf Raymond zurückgreifen.«

»Und wie ist das mit Pachs?«

»Oh, tut mir leid, aber ich kenne keinen...«

»Schon gut. War nur ein fauler Witz. Ich möchte also Bilder im Stil von Caniff sehen.«

Pachs spürte eine jähe Hitzewelle und dann eisige Kälte. Miss Fink blickte zu ihm herüber und dann rasch zur Seite. Er ballte seine Hände zu Fäusten, wollte gehen, hob aber lediglich die Füße an und setzte sie an der gleichen Stelle wieder auf. Er hörte zu. Er konnte noch nicht hinausgehen – nein, noch nicht.

»... wird der Lochstreifen in die Maschine eingefüttert, während die Illustrationsfläche dem Abdrucktisch zugeführt wird. Dann drückt man einfach auf den Umlaufknopf. Alles ist so einfach, daß ein dreijähriges Kind die Maschine bedienen könnte. Ein Druck auf den Knopf, und dann abwarten. In dieser Zeitspanne analysiert dieses Genie von Maschine die Angaben und stellt das Bild zusammen. In ihrem Elektronengehirn sind alle Eindrücke gespeichert, die ein Mensch sich nur vorstellen kann. Und diese Eindrücke – genau die erforderlichen Eindrücke – werden dem Textvergleicher sozusagen zur künstlerischen Auswertung und Umwandlung vorgelegt. Wenn das Bild fertig ist, blitzen die entsprechenden Signale auf – da, es ist schon soweit! –, und wir können das komplette Bild betrachten.«

Martin beugte sich vor und blickte durch eine mit einer Kappe versehene Öffnung. Dann atmete er hörbar durch die Nase aus.

»Einfach perfekt – nicht wahr?« sagte der Mann im grauen Overall. »Doch wenn der Bediener dieser

Maschine aus irgendeinem Grund mit dem auf dem Schirm erschienenen Bild nicht zufrieden ist, so kann er es jetzt mit Hilfe zusätzlicher Kontrollknöpfe sozusagen redaktionell bearbeiten und ihm jede gewünschte Note verleihen. Ist er hingegen zufrieden, so kann er gleich auf ›Druck‹ schalten. Das Bild wird auf einen wiederverwendbaren Plastikstreifen gedruckt, der elektrostatisch geladen und in der Lage ist, die einzelnen pulverisierten Farbtöne anzuziehen. Dann wird das Bild in einem einzigen Arbeitsgang abgedruckt.«

Die Maschine keuchte, schien auf theatralische Weise Luft zu holen, um sich auf den entscheidenden Augenblick vorzubereiten. Ein rechteckiger Kasten wurde von einem glänzenden Kolben auf das Papier gepreßt. Es zischte leise. Ein Dampfwölkchen stieg auf. Dann zog der Kolben den Kasten wieder in die Ausgangsposition zurück, und der Mann im Overall hielt das Blatt lächelnd in die Höhe.

»Nun, ist das nicht ein hübsches Kunstwerk?«

Martin stieß einen Grunzlaut aus.

Pachs betrachtete das Bild wie hypnotisiert und kämpfte gegen ein Schwindelgefühl an. Das Titelblatt verriet nicht nur Caniffs Stil – es hätte von dem großen Meister persönlich stammen können. Doch was am furchtbarsten war, es handelte sich um Pachs' Titel, um sein eigenes Layout! Verbessert, und das sehr wesentlich. Er war nie ein großer Künstler gewesen, aber auch kein Nichtskönner. Was Comics betraf, verstand er sein Handwerk und war in den guten Jahren ganz oben gewesen. Aber dieser Berufsstand schrumpfte zusammen, und als die Maschinen kamen, gab es für einen Künstler kaum noch einen Arbeitsplatz, nur hier und da einen Job als Layouter und Maschinenwärter. Er hatte das hingenommen – wie viele Jahre schon? –, war bei seiner Arbeit alt geworden, hatte Erfahrung und konnte noch immer bessere Köpfe zeichnen als jede Maschine, die mit Gummistempeln arbeitete.

Doch das war jetzt vorbei. Er konnte sich nicht einmal mehr selber einreden, daß er noch gefragt war. Schlimmer, man konnte ihn tatsächlich nicht mehr gebrauchen.

Denn die Maschine war besser …

Er bemerkte, daß die Fingernägel sich in seine Handballen gegraben hatten. Er öffnete die Fäuste und rieb seine zitternden Hände. Der Mark IX war abgeschaltet. Alle waren hinausgegangen. Er hörte im Vorzimmer Miss Finks Maschine klappern und das kleine Mädchen zu Martin sagen, was sie noch alles brauche, um die Maschine bedienen zu können. Bevor Pachs die Tür schloß, hörte er noch die Stimme Martins grunzen, daß von zusätzlichen Kosten keine Rede gewesen sei.

Pachs wärmte die Finger in seinen Achselhöhlen, bis sie nicht mehr so stark zitterten. Dann stellte er die Lampe über dem Zeichentisch ein, damit sie ihn nicht blendete. Mit gleichmäßigen Bewegungen entwarf er eine Standardcomicseite und teilte sie in sechs Kästen auf. Der sechste Kasten war der größte und reichte vom linken bis zum rechten Blattrand. Er begann zu zeichnen, stand nur einmal auf, um den Rücken zu strecken, trat ans Fenster und blickte hinaus. Dann kehrte er wieder an sein Zeichenbrett zurück, und als das Licht des Nachmittags schwächer wurde, hatte er seine Arbeit beendet. Sehr sorgfältig wusch er seinen Pinsel, der von Windsor & Newton stammte, schon reichlich alt war, aber von dem er sich nicht hatte trennen können, und schob ihn in den Druckfederhalter zurück.

Er hörte im Vorzimmer Geräusche. Entweder machte Miss Fink gerade Feierabend, oder das neue Mädchen kehrte mit den von Martin verlangten Utensilien zurück. Jedenfalls war es schon spät; er mußte jetzt gehen.

Rasch, damit er seinen Entschluß nicht mehr ändern konnte, rannte er in geduckter Haltung auf das Fenster los, schleuderte seinen Körper gegen die Glasscheibe und stürzte dreiundzwanzig Stockwerke tief mitten auf die Straße.

Miss Fink hörte das Glas splittern und schrie entsetzt auf. Sie schrie noch lauter, als sie ins Studio trat. Martin schimpfte über den Lärm, folgte ihr und schwieg, als er sah, was geschehen war. Ein Glassplitter knirschte unter seiner Schuhsohle, als er aus dem Fenster blickte. Pachs lag deutlich sichtbar, wie eine weggeworfene Puppe, inmitten eines ständig breiter werdenden Kreises von Menschen.

»O Gott, Mr. Martin«, jammerte Miss Fink. »Sehen Sie. Sehen Sie doch nur ...«

Martin machte ein paar Schritte und stand neben ihr vor dem Zeichenbrett, an dem noch immer die Seite mit den sechs Kästen angeheftet war. Eine saubere Arbeit, gut gezeichnet und sorgfältig koloriert.

In dem ersten Kasten sah man ein Selbstporträt von Pachs, der an dieser Seite arbeitete und sich über das gleiche Zeichenbrett gebeugt hatte. Im zweiten Kasten hatte er sich zurückgelehnt und reinigte den Pinsel. Im dritten Kasten war er aufgestanden, und im vierten blickte er durchs Fenster – eine hübsche Studie in Helldunkel mit Rückenlichteffekt. Nummer fünf zeigte einen Blick von oben, die senkrechte Fassade des Gebäudes hinunter, perspektivisch in jeder Hinsicht richtig, und eine der Straßendecke entgegenstürzende Gestalt.

Im letzten Kasten sah man den alten Mann zerschmettert und blutend auf dem demolierten Kühler eines Wagens liegen, der an dieser Stelle stand. Jede schreckliche Einzelheit war mit peinlicher Genauigkeit ausgearbeitet. Die herumstehenden Zeugen machten entsetzte Gesichter.

»Nun sehen Sie sich das an«, sagte Martin zu Miss Fink. Er machte ein angewidertes Gesicht und deutete mit dem Daumen auf den sechsten Kasten des Blatts. »Als er aus dem Fenster sprang, verfehlte er den Wagen doch um wenigstens zwei Schritte. Habe ich Ihnen nicht schon immer gesagt, daß er, was die Details betraf, noch nie eine glückliche Hand hatte?«

Gesetz des Überlebens

Aber dieser Krieg war schon Jahre, bevor ich geboren wurde, zu Ende! Wie kann ein Torpedo, das vor so langer Zeit abgeschossen wurde, heute noch von Interesse sein?«

Dall der Jüngere war über die Maßen beharrlich – es war für ihn außerordentlich günstig, daß der Kommandeur des Schiffes, Lian Stane, vom Temperament her und auch durch lange Erfahrung ungeheuer geduldig war.

»Es ist schon fünfzig Jahre her, seit die Große Sklavokratie besiegt worden ist – aber das bedeutet nicht ausgelöscht«, sagte Kommandeur Stane. Er blickte durch den Ausguck des Schiffes auf das gespenstisch daliegende Reich vor den Sternen, gegen das sie einen so langen Kampf geführt hatten, um es zu zerstören. »Über tausend Jahre lang breitete sich die Sklavokratie ohne Kontrolle aus. Ihre militärische Niederlage hat sie nicht völlig aus der Welt geschafft, sie ermöglichte uns nur den Zugang zu den getrennten Welten. Wir befinden uns noch inmitten des Wiederaufbaus, mit dem wir sie von einer Sklavenwirtschaft wegführen.«

»Das weiß ich ja alles!« Dall der Jüngere stieß einen Seufzer aus. »Ich arbeite auf den Planeten, seit ich dem Militär beigetreten bin. Aber was hat das mit dem mosaischen Torpedo zu tun, dem wir folgen? Während des Krieges muß es Milliarden davon gegeben haben. Wie kann ein einziges nach so langer Zeit noch von großem Interesse sein?«

»Wenn du die technischen Berichte gelesen hättest«, sagte Stane und deutete auf den daumendicken Ordner auf dem Kartentisch, »würdest du darüber Bescheid wissen.« Von allem, was der Kommandeur je von sich gegeben hatte, kam dieser Ratschlag einem Tadel am nächsten. Dall der Jüngere errötete und lauschte voller Aufmerksamkeit.

»Das mosaische Torpedo ist eine Waffe des Raumkriegs; es wurde so konstruiert, daß es alles zerstört, in dessen Nähe es kommt. Sämtliche Torpedos, die je von beiden Seiten angewendet wurden, besaßen Massendetektoren, die eine Defusion hervorriefen, sobald sie sich irgendeinem Objekt von planetarischer Masse näherten; und sie vernichteten eine Welt mit der gleichen Endgültigkeit wie ein Schiff. Du wirst das Interesse verstehen, das in uns erwachte, als wir während der letzten Kriegsmonate ein Torpedo entdeckten, das einzig und allein dazu eingerichtet war, einen Planeten in die Luft zu jagen. Die gesamten Daten seiner Rechenanlagen wurden kürzlich genauestens untersucht und ausgelegt. Das Torpedo war gegen den vierten Planeten des Sterns gerichtet, dem wir uns jetzt nähern.«

»Ist irgend etwas Besonderes an diesem Planeten?« fragte Dall.

»Nichts. Es ist ein unerforschtes System – jedenfalls von unserer Warte aus. Aber die Große Sklavokratie wußte genug über diesen Planeten, um sich die Mühe zu machen, ihn zerstören zu wollen. Wir sind hier, um den Grund dafür herauszufinden.«

Dall der Jüngere runzelte die Stirn, während er angestrengt nachdachte. »Ist das der einzige Grund?« fragte er schließlich. »Da wir sie nun doch daran gehindert haben, diesen Planeten zu vernichten, ist die Sache erledigt, sollte man meinen.«

»Diese Art des Denkens beweist, warum du es in

deiner Laufbahn noch nicht weiter gebracht hast«, stieß Gunner Arnild hervor, während er das Zimmer betrat. Er hatte es zuwege gebracht, in einer sehr kurzlebigen Stellung alt zu werden. Dabei hatte er die Geduld verloren – außer für seine Rechenanlage und die Waffen. »Soll ich ein paar der Möglichkeiten aufzählen, die selbst mir durch den Kopf gegangen sind? Erstens einmal – jeder Feind der Sklavokratie könnte unser Verbündeter sein. Oder umgekehrt: vielleicht existiert ein Feind, der die gesamte menschliche Rasse bedroht, und wir müssen ein Torpedo loslassen, um die Arbeit, die die Sklavokratie begonnen hat, zu beenden. Oder: vielleicht hatten die Sklavos hier irgend etwas – vielleicht ein Forschungszentrum –, das sie lieber vernichtet sahen als in unseren Händen. Siehst du nicht ein, daß jeder dieser Punkte wert wäre, daß wir uns diesen Planeten einmal genauer unter die Lupe nähmen?«

»Wir werden in zwanzig Stunden in die Atmosphäre eindringen«, bemerkte Dall und entfernte sich durch die Bodenluke. »Ich muß das Fahrgetriebe überprüfen.«

»Du siehst dem Jungen zu viel nach«, brummte Gunner Arnild und blickte mißmutig auf den sich nähernden Stern, der sich schon schwach gegen das Schwarz des Raums abhob.

»Und du bist mit ihm zu streng«, entgegnete Stane. »Schätze, das gleicht es aus. Du darfst nicht vergessen, daß er nie gegen die Sklavos gekämpft hat.«

Nachdem es über die äußeren Schichten der Atmosphäre des vierten Planeten dahingeglitten war, jagte das Spähschiff durch die vorberechnete Länge einer schneckenförmigen Umlaufbahn und zog sich dann wieder in die Sicherheit des Raums zurück, während die Computer die Aufnahmen der Kameras und Detektorinstrumente verarbeiteten und auswerteten. Die Ergebnisse wurden vervielfacht und gespeichert, und erst als sie zum Wartepunkt zurückflogen, studierte Kommandeur Stane die Ausbeute ihres Spähflugs.

»Wir sind wieder außer Gefahr«, meinte er erleichtert. »Schauen wir also mal, was wir herausgefunden haben.« Arnild grunzte zustimmend, sein Zeigefinger drückte Knöpfe und Hebel. Sie beugten sich über grafische Aufzeichnungen und Fotografien, die auf dem Tisch ausgebreitet lagen. Dall reckte sich, um über ihre Schultern hinweg die Fotografien zu betrachten, die sie beiseiteschoben. Er sprach als erster.

»Wirklich nicht viel los hier. Viel Wasser, ein großer Kontinent – nicht viel mehr.«

»Sonst ist wirklich nichts zu erkennen«, stimmte Stane zu und legte eine Karte nach der anderen beiseite. »Keine erkennbare Strahlung, auch keine großen Metallager über oder unter der Oberfläche, keine gespeicherte Energie. Sehe absolut keinen Grund für unsere Anwesenheit.«

»Aber wir sind nun mal hier«, brummte Arnild schlecht gelaunt. »Laß uns runtergehen und uns mal persönlich umsehen. Hier wäre eine gute Landungsmöglichkeit«, er tippte auf eine Fotografie und legte sie unter den Vergrößerungsapparat. »Könnte direkt eine primitive Hüttenstadt sein, Leute spazieren umher, Rauch steigt auf.«

»Das da sieht wie Schafe auf Feldern aus«, mischte sich Dall eifrig ein. »Und das da wie Boote am Ufer. Dort werden wir schon Näheres herausfinden.«

»Vielleicht«, sagte Kommandeur Stane. »Bereitet euch für die Landung vor.«

Leicht und geräuschlos fiel das Schiff aus dem Himmel zu Boden und beschrieb eine sanfte Kurve, die gegen eine Baumgruppe auf einem Hügel, der die Stadt überragte, zulief. Die Motoren wurden langsamer und setzten dann ganz aus.

»Bericht über die Atmosphäre positiv«, verkündete Dall, der die Analysegeräte überprüfte.

»Bleib du bei den Waffen, Arnild«, befahl Stane. »Gib uns Deckung, aber schieß nicht, bevor ich dich dazu auffordere.«

»Oder, bevor du tot bist«, erwiderte Amild ohne jede Gemütsbewegung.

»Oder, bis ich tot bin«, antwortete Stane ihm in der gleichen tonlosen Stimme. »In diesem Fall übernimmst du das Kommando.«

Er und Dall schnallten sich die Planetenausrüstung um, kletterten durch die Außenluke und schlossen sie wieder fest hinter sich zu. Die Luft war weich und angenehm warm. Der Duft von blühenden Pflanzen stieg ihnen in die Nase.

»Riecht wirklich gut, nach dem Mief im Schiff«, bemerkte Dall.

»Du besitzt eine große Fähigkeit, das Offensichtliche festzustellen.« Arnilds Stimme krächzte noch mehr als gewöhnlich durch das Mikrophon. »Könnt ihr erkennen, was im Dorf vor sich geht?«

Dall zog sein Fernglas hervor. Stane benutzte seins schon, seit sie das Schiff verlassen hatten. »Nichts regt sich«, sagte Stane. »Richte ein Auge darauf.«

Das Auge löste sich von dem Schiff, und sie konnten erkennen, wie es langsam über dem Dorf dahinschwebte. Ungefähr hundert Hütten von einfachster Bauart standen dicht beieinander, und das Auge besichtigte jede einzelne mit größter Sorgfalt.

»Niemand zu sehen«, sagte Arnild, der auf den Monitor starrte. »Die Tiere sind auch verschwunden, die vorher auf der Weide waren.«

»Die Leute können sich doch nicht einfach in nichts auflösen!« rief Dall. »Überall leere Felder, völlig ohne Schutz. Und aus den Häusern steigt Rauch auf.«

»Rauch gibt es, aber keine Menschen«, stieß Arnild

gereizt hervor. »Geht mal runter und seht es euch selbst an.« Das Auge erhob sich aus dem Dorf und schwebte zurück zum Schiff. Es schwang über die Bäume hinweg und blieb plötzlich mitten in der Luft stehen.

»Halt mal!« krächzte Arnilds Stimme. »Die Hütten sind leer. Aber da drüben in dem Baum sitzt jemand – gleich der nächste Baum von euch – ungefähr zehn Meter über euch.«

Beide Männer bezwangen eine natürliche Reaktion, hinaufzusehen. Sie gingen ein Stückchen zur Seite, wo sie sicher sein konnten, daß sie von oben nichts treffen konnte.

»Weit genug«, versicherte Arnild. »Ich lenke das Auge ein bißchen näher heran.« Sie konnten das schwache Summen des Auges hören, als es seine Position wechselte.

»Es ist ein Mädchen. Sie trägt irgendeine Art Pelzbekleidung. Keine Waffen zu sehen, aber von ihrer Hüfte hängt 'ne Art Beutel herunter. Sie klammert sich einfach mit fest znsammengekniffenen Augen an den Baum. Sieht aus, als hätte sie Angst herunterzufallen.«

Die beiden Männer konnten sie nun auch undeutlich erkennen, eine zusammengekrümmte Gestalt an dem geraden Baumstamm.

»Bring das Auge nicht noch näher«, sagte Kommandeur Stane. »Aber schalte die Sprechanlage ein. Schließ mich direkt an die Leitung an.«

»Du bist schon angeschlossen.«

»Wir sind Freunde ... Komm herunter ... Wir werden dir nichts tun.« Die Worte hallten von dem schwebenden Auge auf sie nieder.

»Sie hat dich gehört, aber vielleicht versteht sie kein Esperanto«, sagte Arnild. »Sie hat sich noch fester an den Baum geklammert.«

Kommandeur Stane hatte während des Krieges ein

paar Brocken der Sklavo-Sprache aufgeschnappt, er suchte in seinem Gedächtnis nach den richtigen Worten. Er wiederholte den gleichen Satz, aber diesmal in der Sprache der besiegten Feinde.

»Das hatte eine Wirkung, Kommandeur«, berichtete Arnild. »Sie zuckte so heftig zusammen, daß sie fast vom Baum gefallen wäre. Jetzt ist sie noch weiter nach oben geklettert.«

»Ich werde sie herunterholen«, schlug Dall vor: »Ich nehme ein Seil mit nach oben. Es ist die einzige Möglichkeit. Anders kriegt man auch keine Katze aus einem Baum.«

Stane überlegte sich den Vorschlag. »Scheint das Beste«, stimmte er endlich zu. »Hol die leichte 200-Meter-Leine und die Steigeisen aus dem Schiff. Aber beeil dich, bald wird's dunkel.«

Die Eisen hakten sich in das Holz; vorsichtig stieg Dall hinauf. Über ihm bewegte sich das Mädchen, er konnte für einen kurzen Augenblick den weißen Fleck seines Gesichts erkennen. Er kletterte höher hinauf, als plötzlich Arnilds Stimme erscholl.

»Warte! Sie klettert weiter nach oben. Hält immer den gleichen Abstand zu dir.«

»Was soll ich tun, Kommandeur?« fragte Dall und blieb in einer Astgabel stehen. Das Klettern strengte ihn an, er fühlte, wie ihm der Schweiß aus allen Poren rann. Er machte den Kragen seines Hemdes auf und holte tief Luft.

»Mach weiter. Sie kann nicht weiter als bis in die Spitze steigen.«

Er kam jetzt leichter voran, die Äste wurden dünner und standen dichter nebeneinander. Er kletterte langsam, um das Mädchen nicht zu erschrecken und zu einem Fehltritt zu veranlassen. Sie waren allein in der Welt der Blätter und schwingenden Zweige, das silberne Auge war das einzige Zeichen für die Nähe des

Schiffs. Dall hielt inne, um in das eine Ende der Leine eine Schlinge zu knüpfen, er ging sehr sorgfältig zu Werk, damit der Knoten auch fest hielt. Zum erstenmal, seit sie sich an diese Aufgabe gemacht hatten, fühlte er, daß er wirklich etwas leistete. Die beiden alten Krieger waren keine schlechten Gefährten, aber sie erdrückten ihn mit ihrer Erfahrung. Aber das hier war etwas, das er besser konnte als sie, und bei diesem Gedanken pfiff er leise durch die Zähne.

Das Mädchen hätte noch höher hinaufklettern können, die Zweige hätten ihr Gewicht gut ausgehalten. Aber aus irgendeinem unerklärlichen Grund zog sie sich auf einen Seitenast zurück. Ein anderer, dicht daneben, diente ihr zum Festhalten, langsam folgte er ihr.

»Kein Grund zur Aufregung«, sagte er freundlich und lächelte, »ich will dich ja nur sicher nach unten bringen, zurück zu deinen Freunden. Warum hältst du dich nicht an dem Seil hier fest?«

Das Mädchen zitterte nur und zog sich noch weiter zurück. Es war jung und recht hübsch. Es trug nur einen kurzen Pelzschurz. Das Haar war lang, es war sorgfältig gekämmt und hinten am Kopf mit einer Spange zusammengehalten. Das einzige, was an der jungen Frau seltsam erschien, war ihre Furcht, die um so stärker zu werden schien, je näher er kam. Sie zitterte am ganzen Körper. Ihre Zähne gruben sich tief in die Lippen, und aus den Mundwinkeln lief Blut. Er hätte es nie für möglich gehalten, daß ein menschliches Auge so entsetzt und voller Verzweiflung blicken konnte.

»Du brauchst keine Angst zu haben«, wiederholte er und hielt in seiner Bewegung, nach ihr zu greifen, inne. Der Ast war dünn und morsch. Wenn er versuchte, sie zu fassen, könnten sie beide hinunterfallen. Er wollte keinen Fehler begehen. Langsam rollte er das Seil auseinander und befestigte es um seine Hüfte, außerdem schlang er es um den nächsten Ast. Aus den Augenwinkeln sah er, wie das Mädchen sich bewegte und wild um sich blickte.

»Freunde!« sagte er, um sie zu beruhigen. Er übersetzte es in die Sprache der Sklavos, die schien sie vorher auch verstanden zu haben. *»Noi'r venn!«*

Ihr Mund öffnete sich weit, ihre Beine versteiften sich. Der Schrei war furchtbar – wie der eines sterbenden Tieres. Er verwirrte ihn, und er streckte verzweifelt die Arme nach ihr aus. Es war zu spät.

Sie fiel nicht. Mit ihrer ganzen Kraft stürzte sie sich von dem Ast, sprang ihrem sicheren Tod entgegen, nur um seiner Berührung zu entgehen. Einen Herzschlag lang schien sie in der Luft zu hängen, vor Angst und Grauen halb wahnsinnig, dann wurde sie von der Schwerkraft nach unten gerissen, durch die Blätter auf den harten Boden. Dall verlor das Gleichgewicht und suchte verzweifelt nach einem Halt.

Die Sicherheitsleine hielt. Halb benommen arbeitete er sich zum Stamm zurück und löste die Knoten. Zitternd kletterte er den langen Weg zum Boden zurück. Es dauerte ziemlich lange, und als er unten ankam, war über die zerschmetterte Gestalt schon eine Decke gebreitet. Er brauchte nicht zu fragen, ob sie tot war.

»Ich versuchte, sie davon abzuhalten. Ich habe mein Möglichstes getan.« Seine Stimme klang etwas schrill.

»Natürlich«, beruhigte ihn Kommandeur Stane, als er den Inhalt des Beutels, den das Mädchen getragen hatte, ausbreitete. »Wir haben dich mit dem Auge beobachtet. Es gab keine Möglichkeit, sie zurückzuhalten, als sie springen wollte.«

»Kein Grund, sie in der Sklavo-Sprache anzureden...«, bemerkte Arnild, während er aus dem Schiff stieg. Er schien noch etwas hinzufügen zu wollen, aber der Kommandeur warf ihm einen heftigen Blick zu. Dall hatte ihn aber auch aufgefangen.

»Ich vergaß!« sagte der junge Mann, abwechselnd auf ihre ausdruckslosen Gesichter starrend. »Ich dachte nur, daß sie es vorher verstanden hatte. Ich glaubte nicht, daß es sie erschrecken würde. Vielleicht war es ein Fehler! Aber jeder kann schließlich mal einen Fehler begehen! Ich wollte nicht, daß sie starb …«

Er biß die Zähne in die zitternden Lippen und wandte sich ab.

»Richte jetzt lieber etwas zu essen her«, ordnete der Kommandeur an. Nachdem Dall gegangen war, deutete er auf den Mädchenkörper. »Wir werden sie unter den Bäumen begraben.«

Es war eine kurze Mahlzeit, keiner von ihnen war sehr hungrig. Hinterher saß Stane am Kartentisch und schob die harte grüne Frucht hin und her. »Deshalb konnte sie sich nicht wie die anderen verstecken. Sie pflückte diese Früchte. Sonst war nichts im Beutel. Es war reiner Zufall, daß wir gerade so dicht bei ihr landeten.« Er blickte zu Dall, wandte sich aber gleich wieder ab.

»Es ist jetzt zu dunkel, um etwas erkennen zu können. Warten wir bis morgen früh?« fragte Arnild. Vor ihm lag ein auseinandergenommenes Handgewehr, das er ölte.

Kommandeur Stane nickte. »Es wird nichts schaden – und immerhin besser, als in der Dunkelheit herumzustolpern. Wir lassen ein Auge mit einem Infrarot-Projektor und einem Filter über dem Dorf und halten es eingeschaltet. Vielleicht können wir herausfinden, wohin sie gegangen sind.«

»Ich bleibe an der Kontrolle«, sagte Dall plötzlich. »Vielleicht finde ich etwas. Ich – bin nicht müde.«

Einen Augenblick zögerte der Kommandeur, stimmte dann aber zu. »Wecke mich, wenn dir irgend etwas auffällt. Ansonsten stehen wir gleich bei der Dämmerung auf.«

Die Nacht war ruhig. Nichts regte sich zwischen den stummen Hütten. Beim ersten Morgenschimmer gingen Kommandeur Stane und Dall den Hügel hinunter, über ihnen schwebte ein Auge, um auf sie aufzupassen. Arnild blieb im verschlossenen Schiff hinter den Kontrollen zurück.

»Hier entlang, Sir«, sagte Dall. »Hier habe ich in der Nacht etwas entdeckt, als ich das Auge die Gegend absuchen ließ.«

Die Ränder der Grube waren durch die Einflüsse des Wetters abgetragen, an den Hängen wuchsen große Bäume. Vom Grund ragten aus einem kleinen Teich Reste verrosteter Maschinen empor. Sie lagen im Wasser, das sich unten angesammelt hatte.

»Sieht aus wie Geräte zum Graben«, sagte Dall. »Obgleich das schwer zu erkennen ist – das Zeug scheint schon lange da unten zu liegen.«

Das Auge ließ sich bis zum Grund der Vertiefung nieder und untersuchte die Trümmer aus der Nähe. Es senkte sich bis unter das Wasser und kam nach einer Minute wieder zum Vorschein, eine nasse Spur nach sich ziehend.

»Schaufelgeräte«, berichtete Arnild. »Manche von ihnen umgekippt und halb begraben, als wären sie da hineingefallen. Und alles Sklavo-Fabrikate.«

Kommandeur Stane blickte gespannt nach oben. »Bist du sicher?« fragte er.

»So sicher, wie ich eine Aufschrift lesen kann.«

»Wir wollen ins Dorf gehen«, ordnete der Kommandeur an, nachdenklich auf den Lippen kauend.

Dall der Jüngere entdeckte, wohin die Eingeborenen geflüchtet waren. Es war nicht schwer zu erraten. Sie fanden es schon in der ersten Hütte heraus. Der Fußboden bestand aus festgetretener Erde, mit einer Feuerstelle aus Felsbrocken. Alle anderen Einrichtungsgegenstände waren einfach und primitiv. Schwere, ungebrannte

Tonschalen, ungegerbte Felle, ein paar Eßutensilien, aus Holz geschnitzt. Dall wühlte in einem Haufen gewebter Matten hinter der Feuerstelle, als er das Loch fand.

»Hierher. Sir!« rief er aus.

Die Öffnung war fast ein Meter im Durchmesser groß und fiel in einer leichten Neigung in das Erdinnere ab. Der Boden des Lochs war genauso festgetreten wie der der Hütte.

»Da drinnen müssen sie sich verstecken«, sagte Kommandeur Stane. »Leuchte mal runter, um zu sehen, wie tief es ist.«

Es war nicht ohne weiteres festzustellen. Das Loch erwies sich als ein Tunnel, der in fünf Meter Tiefe eine scharfe Biegung machte. Das Auge schwebte hinein und blieb über der Öffnung stehen.

»Ich habe mich in den anderen Hütten umgesehen«, berichtete Arnild vom Schiff her. »Das Auge hat in jeder ein Loch wie dieses hier gefunden. Soll ich mich da drin mal umsehen?«

»Ja, aber schön langsam«, antwortete Kommandeur Stane. »Wenn sich da unten Leute versteckt halten, dann wollen wir sie nicht erschrecken. Laß es runter, aber sobald es etwas bemerkt, hol es wieder zurück.«

Das Summen erstarb, als das Auge in den Tunnel schwebte und verschwand.

»Schon wieder ein Tunnel«, berichtete Arnild. »Und jetzt eine weitere Verzweigung. Verwirrend… weiß nicht, ob ich es wieder auf dem gleichen Weg zurückbringe, wie es hineingegangen ist.«

»Das Auge ist entbehrlich«, sagte der Kommandeur. »Geh weiter.«

»Muß fester Felsen ringsherum sein… das Signal wird schwächer, kann kaum noch kontrollieren, was los ist. Irgendeine größere Höhle… Moment! Da ist jemand! Konnte einen Mann erkennen, der in einem der Seitenarme verschwand.«

»Folge ihm«, befahl Stane.

»Gar nicht so leicht«, bemerkte Arnild nach einer kurzen Pause. »Sieht aus wie eine Sackgasse. Ein Felsbrocken blockiert den Gang. Er muß ihn dahin gerollt haben, nachdem er durch war. Ich kehre um... Verdammt!«

»Was ist los?«

»Auch hinter dem Auge ist jetzt ein Felsen – sie haben es in diesem Tunnel in der Falle. Jetzt ist der Bildschirm tot, alles, was ich noch empfange, ist ein Signal, daß es nicht mehr funktioniert!« Arnilds Stimme klang erregt und wütend.

»Sehr geschickt«, sagte Kommandeur Stane. »Sie haben es hereingelotst, in eine Falle gelockt und dann anscheinend den Tunnel gesprengt. Diese Leute scheinen Fremden gegenüber sehr mißtrauisch zu sein, und außerdem eine wirksame Methode entwickelt zu haben, sich ihrer zu entledigen.«

»Aber warum?« fragte Dall, ehrlich erstaunt; er ließ seinen Blick über die einfache Einrichtung der Hütte gleiten. »Was könnten diese Leute besessen haben, auf das die Sklavos so scharf waren? Ganz offensichtlich haben die Sklavos doch eine ziemliche Mühe und Zeit darauf verwendet, sich hier festzusetzen. Ob sie je gefunden haben, wonach sie suchten? Wollten sie den Planeten zerstören, weil sie es gefunden hatten – oder weil sie es nicht gefunden hatten?«

»Wenn ich das wüßte«, brummte Kommandeur Stane mürrisch, »dann fiele mir meine Aufgabe ein bißchen leichter. Wir werden einen ausführlichen Bericht ans Hauptquartier funken – vielleicht fällt denen was ein.«

Auf ihrem Rückweg zum Schiff bemerkten sie frische Erde unter den Bäumen. An der Stelle, an der sie das Mädchen begraben hatten, gähnte jetzt ein leeres Loch. Der Boden war aufgerissen und in alle Winde verstreut worden. An den Baumstämmen klafften Risse von scharfen Schneidegeräten … oder gigantischen Klauen. Irgend etwas oder irgend jemand war wegen des Mädchens gekommen, hatte seinen Körper ausgegraben und eine ungeheure Wut an den ringsum wachsenden Bäumen ausgelassen. Die Schleifspur führte zu einer Öffnung zwischen den Wurzeln eines der Bäume. Sie führte nach unten, ihr dunkler Mund wirkte so rätselhaft und geheimnisvoll wie die anderen Tunnelöffnungen.

Bevor sie sich an diesem Abend zurückzogen, überprüfte Kommandeur Stane zweimal, ob alle Luken fest verschlossen und die Alarmanlagen aktiviert waren. Er ging ins Bett, konnte aber nicht einschlafen. Die Antwort auf die Frage schien greifbar nahe. Es schien genug Tatsachen zu geben, die einen Schluß zuließen. Aber wie war er? Im Halbschlaf dämmerte er dahin, ohne eine eindeutige Antwort zu finden.

Als er aufwachte, war es in der Kabine noch dunkel, aber er hatte das Gefühl, als stimmte etwas nicht. Was hatte ihn geweckt? Angestrengt dachte er nach. Ein Seufzer? Ein Luftzug? Das hätte nur von einer geöffneten Luke her kommen können. Sein plötzliches Entsetzen niederkämpfend, knipste er das Licht an und hob das Gewehr von dem Bettvorleger auf. Gähnend und verschlafen erschien Arnild in der Tür.

»Was ist denn hier los?« fragte er.

»Hol Dall – ich glaube, irgend jemand ist ins Schiff gekommen.«

»Hinausgegangen scheint mir eher zu passen«, krächzte Arnild. »Dall liegt nicht in seiner Koje.«

»Was!«

Er rannte zum Kontrollraum. Die Alarmanlage war ausgeschaltet. Auf dem Schaltpult lag ein Stück Papier. Der Kommandeur griff hastig danach und las das einzige Wort, das darauf stand. Er hielt entsetzt die Luft an, als er den Sinn erfaßte, dann krampfte sich seine Faust um den Zettel.

»Der Narr!« rief er. »Dieser verdammte junge Narr! Bring ein Auge raus. Nein, zwei! Ich stelle die Doppel-Kontrolle ein.«

»Aber was ist denn passiert?« fragte Arnild verständnislos. »Was hat der junge Bursche denn getan?«

»Nach unten ist er gegangen. In die Tunnels. Wir müssen ihn aufhalten!«

Dall war nirgends zu sehen, aber die Öffnung zu dem Tunnel in der Baumwurzel war frisch aufgeworfen.

»Ich lasse da ein Auge runter«, sagte Kommandeur Stane. »Du versenkst das andere in den am nächsten gelegenen Eingang. Benutze die Sprechanlage. Sag ihnen, daß wir Freunde sind, in der Sklavo-Sprache.«

»Aber – du hast doch die Reaktion des Mädchens gesehen, als Dall zu ihr sprach.« Arnild war erstaunt und verwirrt.

»Ich weiß, was geschehen ist«, fauchte ihn Stane an. »Aber was hätten wir sonst für eine Chance? Also, vorwärts!«

Arnild öffnete den Mund, um eine weitere Frage zu stellen, aber als er den Kommandeur angestrengt über die Kontrolltafeln gebeugt sah, hielt er sie zurück. Er lenkte das Auge zum Dorf.

Falls die Leute, die sich in dem Tunnel-Labyrinth versteckt hielten, die Nachricht überhaupt hörten, dann glaubten sie ihr jedenfalls nicht. Das eine Auge wurde in einer Sackgasse gefangen gehalten, während sich hinter ihm die Öffnung mit weichem Sand füllte. Stane versuchte das Auge durch die lockere Erde zu führen, aber es gelang ihm nicht. Das Auge war gefangen. Er konnte schaufeln und graben hören, als noch mehr Schmutz vor die Öffnung geworfen wurde.

Arnilds Auge fand eine große Halle unter der Erde,

sie war mit erschreckten Schafen vollgestopft. Eingeborene waren nicht zu sehen. Auf seinem Weg aus der Höhle wurde das Auge unter einem Felseinsturz begraben.

Am Ende gestand Kommandeur Stane seine Niederlage ein. »Jetzt liegt es nur an ihnen, wir können den Ausgang des Abenteuers nach keiner Seite hin beeinflussen.«

»Da hinten bei den Bäumen bewegt sich was, Kommandant«, unterbrach ihn Arnild scharf. »Hatte es auf dem Detektor, aber jetzt ist's wieder weg.«

Zögernd und mit gezogenen Pistolen gingen sie nach draußen, der Himmel färbte sich langsam rot. Halb und halb wußten sie schon, was sie erwarten würde, doch sie fürchteten sich davor, es sich einzugestehen, so lange sie noch hoffen konnten.

Natürlich gab es keine Hoffnung mehr. Der Körper Dalls des Jüngeren lag nahe dem Eingang zum Tunnel, aus dem er gestoßen worden war. Die rote Dämmerung spiegelte sich in dem roten Blut wider. Er war auf schreckliche Art gestorben.

»Das sind Ungeheuer! Wilde Bestien!« stieß Arnild hervor. »Einem Mann, der ihnen nur helfen will, so etwas anzutun. Arme und Beine gebrochen, fast die ganze Haut abgekratzt. Sein Gesicht – nichts mehr davon übrig ...« Der alte Krieger stieß einen Laut aus, der halb ein Schluchzen, halb ein Brüllen war. »Man sollte sie ausbomben, in die Luft jagen! Wie die Sklavos es beabsichtigten ...« Er begegnete dem brennenden Blick des Kommandeurs und schwieg.

»Genau das haben wahrscheinlich auch die Sklavos gefühlt«, sagte Stane. »Verstehst du denn nicht, was hier passiert ist?«

Arnild schüttelte benommen den Kopf.

»Dall hatte einen Zipfel der Wahrheit erkannt. Nur glaubte er, er könne die Dinge ändern. Aber wenigstens war er sich der Gefahr bewußt. Er ist hingegangen, weil er sich für den Tod des Mädchens verantwortlich fühlte. Deshalb hat er den Zettel mit dem Wort *Sklaven* darauf zurückgelassen, falls er nicht zurückkommen würde. – Es ist wirklich ganz einfach«, fuhr er fort, sich müde gegen einen Baumstamm lehnend. »Wir haben nur nach etwas gesucht, was komplizierter und irgendwie mehr technischer Art war. Dabei war es weniger ein physisches Problem als ein soziales, dem wir gegenüberstanden. Dies hier war ein Planet der Sklavos, von den Sklavos errichtet und organisiert, um ihren besonderen Bedürfnissen entgegenzukommen.«

»Aber was denn nur?« fragte Arnild, der noch immer ganz benommen war.

»Sklaven! Sie dehnten sich beständig immer weiter aus, und du weißt doch, wie kostspielig in bezug auf Menschenleben ihre Kriegsführung war. Sie benötigten andauernd neuen Nachschub, neues Material, und mußten es einfach heranschaffen. Dieser Planet war eine Antwort darauf. Er war gerade wie geschaffen dafür. Ein einziger, nur mit wenig Bäumen bewachsener Kontinent mit nur ganz wenigen Örtlichkeiten, an denen sich die Leute verstecken konnten, wenn die Sklavenschiffe landeten. Sie setzten einen Grundstock aus, gaben den Leuten einfache und ausreichende Nahrungsquellen, aber nicht die geringsten technischen Mittel. Dann gingen sie, um sie sich in Ruhe vermehren zu lassen. Alle paar Jahre kehrten sie zurück und nahmen so viel Sklaven mit, wie sie gerade benötigten, die anderen ließen sie zurück, damit wieder genügend Nachkommen gesichert waren. Nur eines bedachten sie nicht.«

Arnilds Betäubung ließ nach, er begann zu begreifen.

»Die menschliche Fähigkeit, sich anzupassen«, sagte er.

»Ja. Die Fähigkeit – wenn genügend Zeit vorhanden ist –, sich jeder noch so extremen Umgebung anzupassen. Dies hier ist ein perfektes Beispiel dafür. Eine abgeschlossene Bevölkerung – keine Geschichte, keine geschriebene Sprache –, die nur den einen Wunsch hegt, zu überleben. Alle paar Jahre lassen sich aus dem Himmel unbeschreibbare Kreaturen herab und stehlen ihre Kinder. Sie versuchen wegzulaufen, aber es gibt keine Gelegenheit dazu. Sie bauen Boote, aber wo sollen sie hinsegeln? Nichts hilft …«

»Bis irgendein kluger Mann ein Loch gräbt und seine Familie darin versteckt. Und herausfindet, daß es funktioniert.«

»Das war der Anfang«, nickte Kommandeur Stane zustimmend. »Der Gedanke faßt Fuß, verbreitet sich. Die Tunnels werden tiefer und komplizierter. Bis die Sklaven am Ende gewinnen. Dies war wahrscheinlich der erste Planet, der erfolgreich gegen die Große Sklavokratie rebellierte. Man konnte sie nicht ausgraben. Giftgase töteten sie nur, und tot waren sie nichts mehr wert. Maschinen, die man auf sie losließ, wurden gefangen wie unsere Augen. Und Menschen, die dumm genug waren, hinunterzugehen …« Er konnte den Satz nicht beenden. Dalls Körper war ein kräftigerer Beweis als alle Worte.

»Aber der Haß?« fragte Arnild. »Die Art, wie das Mädchen es vorzog, eher zu sterben, als in unsere Hände zu fallen.«

»Die Tunnel wurden zu einer Religion«, erklärte Stane. »Das war notwendig, um sie in Funktion zu erhalten während der langen Jahre, während der die Sklavos nicht kamen. Den Kindern wurde eingeschärft, daß die Dämonen von den Himmeln kamen und die Rettung unter der Erde lag. Genau das Gegenteil unserer Religion auf der Erde. Haß und Furcht wurden jedem anerzogen, so daß jeder, ganz gleich wie jung er war, wußte, was er zu tun hatte, wenn ein Schiff auftauchte.

Überall muß es Eingänge geben. Sekunden nach dem Erscheinen eines Schiffs kann die gesamte Bevölkerung bereits unter der Erde sein. Sie wußten, daß wir Sklavos waren, weil wir aus dem Himmel kamen, denn nur Dämonen kommen aus dem Himmel.

Dall muß das alles zum Teil erkannt haben. Nur dachte er, er könnte mit ihnen vernünftig reden, ihnen erklären, daß die Sklavos nicht mehr existierten und daß sie sich nicht mehr zu verstecken brauchten. Daß nun gute Menschen aus dem Himmel kämen. Aber das ist Ketzerei, und schon allein das hätte genügt, ihn zu töten. Wenn sie sich überhaupt die Mühe machten, ihm zuzuhören.«

Mit größter Behutsamkeit trugen sie Dall den Jüngeren zurück ins Schiff.

»Es wird eine ganz schwere Arbeit sein, diesen Leuten die Wahrheit beizubringen.« Sie blieben einen Augenblick stehen. »Trotzdem verstehe ich nicht, warum die Sklavos eigentlich den ganzen Planeten vernichten wollten.«

»Auch sie suchten nach einem zu komplizierten Motiv«, sagte Kommandeur Stane. »Warum jagt eine besiegte Armee Gebäude in die Luft, zerstört Denkmäler, wenn sie sich auf dem Rückzug befindet? Aus Enttäuschung und Haß – alte menschliche Regungen. Wenn ich etwas nicht haben kann, dann sollst du es auch nicht kriegen. Dieser Planet muß den Sklavos schon viele Jahre lang ein Dorn im Auge gewesen sein, eine erfolgreiche Rebellion, die sie nicht niederschlagen konnten. Sie versuchten, die Rebellen gefangenzunehmen, denn sie waren nicht imstande, zuzugeben, daß sie wegen Mangel an Sklaven besiegt wurden. Als ihr Krieg verloren schien, wollten sie ihre Rachegefühle durch die völlige Vernichtung dieses Planeten abreagieren. Ich stellte fest, daß du das gleiche Bedürfnis gespürt hast, als du Dalls Körper sahst. Es ist eine menschliche Reaktion.«

Sie waren beide alte Soldaten, deshalb verbargen sie ihre Gefühle, so gut es ging, als sie Dalls Leichnam in die Spezialkammer legten.

Dann machten sie das Schiff klar zum Start.

Mitbewohner

Sommer

Die Sonne fiel durchs offene Fenster und brannte auf die nackten Beine von Andrew Rush. Irritiert erwachte er aus tiefem Schlaf, wurde aber erst allmählich der Hitze gewahr und des feuchten, zerknautschten Lakens unter seinem Körper. Er rieb sich die verklebten Augen, lag da und stierte hinauf zu dem rissigen, fleckigen Deckenverputz. Dämmernd wähnte er sich an einen anderen Ort verschlagen, wußte zunächst nicht, wo er war, obwohl er in diesem Zimmer schon über sieben Jahre lang wohnte. Doch schließlich verlor sich die seltsame Empfindung; er gähnte und langte nach der Uhr, die, wie gewöhnlich, auf dem Stuhl am Bett lag. Und wieder mußte er gähnen, als er blinzelnd den Stand der Zeiger unter zerkratztem Glas zu lesen versuchte. Sieben ... sieben in der Früh. In dem kleinen quadratischen Ausschnitt am Rand war eine Neun zu sehen. Montag, der 9. August 1999. Obwohl noch früh am Morgen, war es schon brütend heiß. Seit nunmehr zehn Tagen dauerte die Hitzewelle an, die New York City schmachten ließ und zu ersticken drohte. Andy kratzte einen Schweißtropfen von der Backe, zog die Beine ein, um der prallen Sonne auszuweichen, und stopfte das Kopfkissen unter den Nacken. Jenseits der dünnen Trennwand, die das Zimmer teilte, wurden klappernde Geräusche laut, die sich schnell zu einem schrillen Surren steigerten.

»Morgen ...«, rief er über den Lärm hinweg und fing

zu husten an. Hustend mühte er sich aus dem Bett und wankte auf den Wasserspender an der Wand zu. Ein dünnes, bräunliches Gebräu tröpfelte ins Trinkglas, das er unter den Spund hielt und dann mit einem Schluck leerte. Er klopfte mit den Knöcheln auf die Tankuhr; die Zeigernadel zuckte hoch und fiel auf den Reservebereich zurück. Der Behälter mußte neu gefüllt werden. Andy nahm sich vor, dafür zu sorgen, bevor er um vier am Nachmittag den Dienst antreten mußte. Der Tag hatte begonnen.

In der Tür des klobigen Kleiderschranks steckte ein zersprungener Spiegel. Andy musterte sein Abbild aus kurzer Distanz und massierte das Stoppelkinn. Er mußte sich rasieren. Was für ein trostloser Anblick: die nackte, fahle Haut und die krummen Beine. Nur gut, dachte er, daß sie für gewöhnlich unter der Hose verschwinden. Wie war es möglich, daß die Rippen zum Vorschein traten wie bei einer abgemagerten Mähre, sich aber gleichzeitig ein Spitzbauch gebildet hatte? Er knetete das weiche Fleisch und glaubte die Ursache dafür zu kennen: eine Überdosis an Kohlehydraten. Außerdem mangelte es ihm an Bewegung. Immerhin zeigten sich keine Fettpolster im Gesicht. Die Stirn wurde von Jahr zu Jahr höher, was aber kaum auffiel, solange das Haar kurzgeschoren blieb. Um die Augen herum hatten sich unübersehbare Falten gebildet. Dabei bist du doch gerade erst dreißig geworden, dachte er; und außerdem ist die Nase viel zu groß. War es nicht Onkel Brian, der immer behauptet hatte, daß dieser überlange Familienzinken ein Merkmal walisischer Herkunft sei? Und was für Zähne! Sie stehen viel zu weit vor; beim Lachen siehst du aus wie ein Hyäne. Mann, Andy Rush, was bist du nur für ein flottes Scheusal; ein Wunder nur, daß ein Mädchen wie Shirl dich überhaupt ansieht, geschweige denn zu küssen wagt. Mit zerknautschter Miene suchte er nach einem Taschentuch, um die walisische Nase zu schneuzen.

Dann zog er sich die letzte frische Unterhose an, die in der Schublade zu finden war. Auch dafür mußte heute noch gesorgt werden, für saubere Wäsche. Nebenan war immer noch das heulende Surren zu hören. Andy stieß die Verbindungstür auf.

»Du holst dir noch einen Herzinfarkt, Sol«, weissagte er dem graubärtigen Mann, der auf einem Fahrrad ohne Räder hockte und so eifrig in die Pedale trat, daß ihm der Schweiß über die Brust lief und ins Badetuch sickerte, das er um die Hüften geschlungen hatte.

»Von wegen«, hechelte Solomon Kahn. »Ich bin daran gewöhnt. Die Pumpe macht höchstens dann schlapp, wenn ich damit aufhören würde. Außerdem sind meine Arterien absolut kalkfrei; dafür sorgt die gute Alkoholspülung. Lungenkrebs ist auch nicht zu befürchten, da ich mir keine Zigaretten leisten kann und schon aus dem Grund nicht rauche. Und selbst mit meinen fünfundsechzig Jahren brauche ich mir um die Prostata keine Sorgen machen, weil ...«

»Sol, bitte, verschon mich mit deiner Medizin. Ich habe noch nicht gefrühstückt. Sind noch ein paar Eiswürfel im Gefrierfach?«

»Bedien dich, es wird heiß heute. Und laß die Tür nicht zu lange offenstehen.«

Andy öffnete den kleinen Kühlschrank, holte den Margarinetopf heraus, drückte zwei Eiswürfel aus der Form in ein Glas und schlug die Tür wieder zu. Daraufhin füllte er das Glas am Wasserbehälter und stellte es neben die Margarine auf den Tisch. »Hast du schon gegessen?« fragte er.

»Ich komme sofort; die Dinger dürften inzwischen wieder aufgeladen sein.«

Sol stieg vom Fahrrad. Das Sirren ging in dumpfes Dröhnen über und verstummte schließlich ganz. Er klemmte die Verbindungen zum Stromgenerator ab, der auf der Hinterachse des Fahrrads montiert war, wickelte die Drähte ordentlich zusammen und legte sie neben die vier schwarzen Autobatterien, die auf dem Kühlschrank standen. Dann wischte er die Hände am feuchten Badetuch ab, rückte den aus einem alten Ford ausgebauten Schalensitz zurecht und nahm gegenüber von Andy am Tisch Platz.

»Ich habe die Sechsuhrnachrichten gehört«, sagte er. »Die Altvorderen trommeln heute wieder mal zu einem Protestmarsch aufs Sozialamt zusammen. Da werden dir jede Menge Infarktgefährdete über den Weg laufen.«

»Das bleibt mir Gott sei dank erspart. Mein Dienst fängt erst um vier an, und außerdem gehört die Union Square nicht zu unserem Bezirk.« Er nahm einen Zwieback aus dem Brotkasten, kratzte Margarine darüber und biß zu. Kauend rümpfte er die Nase. »Ich glaube, die Margarine ist ranzig geworden.«

»Wie kommst du darauf?« knurrte Sol, der selber darauf verzichtete, seinen Zwieback zu beschmieren. »Was aus Motoröl und Lebertran besteht, kann doch gar nicht ranzig werden, weil es immer schon ranzig ist.«

Andy spülte den Bissen mit kaltem Wasser hinunter. »Du hast offenbar überhaupt keine Ahnung. Fette, die von der Petrochemie erzeugt werden, sind völlig geschmacksneutral, und außerdem gibt's keine Wale, also auch keinen Lebertran mehr. Margarine wird aus gutem Chlorella-Öl gemacht.«

»Öl ist Öl, egal ob es aus Walen, Heringen oder Plankton gewonnen wird. Es schmeckt in jedem Fall nach Fisch. Und damit mir keine Flossen wachsen, esse ich mein Brot trocken.« Plötzlich klopfte es an der Tür. Sol stöhnte. »Ist noch nicht acht, und schon rücken sie dir auf die Bude.«

»Woher weißt du, daß es für mich ist«, fragte Andy und stand auf, um zur Tür zu gehen.

»So klopft nur einer. Ich gehe jede Wette ein, daß es für dich ist … Na bitte, was hab ich gesagt.« Als Andy die Tür öffnete, zeigte sich der dünne Kurier mit kurzer Hose im Rahmen.

»Was willst du, Woody?«

»Ich will überhaupts nicht«, lispelte er. Obwohl erst Anfang Zwanzig, hatte er keinen einzigen Zahn mehr im Mund. »Der Lieutenant will was; deshalb bin ich hier.« Er reichte Andy einen Umschlag, worauf dessen Name geschrieben stand.

Andy zog eine Tafel aus dem Umschlag, hielt sie ans Licht, las, was der Lieutenant mit krakeliger Klaue darauf geschrieben hatte, setzte dann mit Kreide seine Initialien darunter und schickte den Kurier auf den Weg.

Nachdem er die Tür geschlossen hatte, kehrte Andy mit düsterer Miene an den Tisch zurück, um sein Frühstück zu beenden.

»Sieh mich nicht so scheel an«, sagte Sol. »Ich kann nichts dafür, wenn du schlechte Nachrichten bekommst. Was will man denn von dir?«

»Es ist wegen der Alten. Der Square quillt schon über von ihnen, und das zuständige Revier braucht Verstärkung.«

»Und wieso mußt ausgerechnet du ausrücken? Das ist doch was für die Bullen von der Schlägertruppe.«

»Bullen von der Schlägertruppe! Was sind denn das für Ausdrücke? Natürlich ist in erster Linie die Bereitschaft dafür zuständig, die Menge unter Kontrolle zu halten. Aber es werden auch Kollegen in Zivil gebraucht, die ein Auge werfen auf Rädelsführer, Taschendiebe und was sich da sonst noch so rumtreibt. Im Park wird's heute hoch hergehen. Ich muß um neun in der Dienststelle sein. Es bleibt mir also gerade noch genug Zeit, um frisches Wasser hochzuholen.«

Andy zog sich Hose und Hemd an und stellte einen Topf voll Wasser zum Aufwärmen in die Sonne aufs Fensterbrett. Als er sich dann anschickte, mit zwei Zwanzig-Liter-Behältern aus Plastik das Zimmer zu verlassen, schaute Sol vom Fernseher auf und blickte über den Rand seiner altmodischen Brille.

»Dafür, daß du Wasser holst, mix ich dir einen Drink. Oder ist es dafür noch zu früh am Tag?«

»Ich könnte gut einen vertragen, so wie ich mich fühle...«

Es war stockdunkel im Korridor, als er die Tür hinter sich zuzog. Langsam tastete er sich an der Wand entlang zur Treppe hin, stolperte aber trotz aller Vorsicht über Abfalltüten, die dort irgend jemand deponiert hatte. Zwei Etagen tiefer fiel genügend Licht durch ein Fenster, das nachträglich in die Mauer geschlagen worden war, um das Treppenhaus zu beleuchten. Nach weiteren zwei Treppenabsätzen erreichte er den Flur im Erdgeschoß. Da war es feucht und kühl, doch als er die Tür zur Twenty-fifth Street öffnete, schlug ihm heißer Gestank entgegen, ein atemberaubender Schwall aus Verwesung, Dreck und ungewaschenen Leibern. Er bahnte sich eine Gasse durch die Menge der Frauen und Kinder, die sich schon jetzt auf den Eingangstufen drängten. Weil auf dem Bürgersteig all der Menschen wegen kaum durchzukommen war, wich er auf die Straße aus. In der Gosse türmte sich der Abfall. Die seit Tagen anhaltende Hitze hatte den Asphalt aufgeweicht; er gab nach und klebte unter den Sohlen. Wie gewöhnlich standen die Anwohner vor der Ecke zur Seventh Avenue Schlange. Doch vor der Wasserausgabestelle löste sich die Schlange auf. Es wurde wüst geschimpft; verärgert machten die Leute mit ihren Kanistern kehrt. Andy sah, daß ein Streifenbeamter die Tür des runden Hydrantenhäuschens verriegelte.

»Was ist los?« wollte Andy wissen. »Ich dachte, die Wasserstelle ist bis Mittag geöffnet.«

Der Polizist drehte sich um; die Hand lag auf dem Knauf der Pistole, bis er den Detective aus seinem Bezirk erkannte. Er schob die Schirmmütze in den Nacken und wischte sich mit dem Handrücken den Schweiß von der Stirn.

»Ich habe soeben den Befehl erhalten, sämtliche Wasserstellen für vierundzwanzig Stunden zu schließen. Die Vorräte werden knapp; es muß Wasser gespart werden.«

»Das darf doch nicht wahr sein«, sagte Andy und blickte auf den Schlüssel, der immer noch im Schloß steckte. »Ich muß gleich zum Dienst, und das bedeutet, daß ich für die nächsten Tage nichts zu trinken haben werde.«

Der Polizist sah sich ein paarmal vorsichtig um, öffnete dann die Tür und nahm Andy einen der beiden Kanister aus der Hand. »Mit einer Füllung müßten Sie fürs erste auskommen«, sagte er mit gedämpfter Stimme und hielt den Kanister unter den Zapfhahn. »Im Vertrauen: Ich habe gehört, daß wieder mal die Hauptversorgungsleitung in die Luft gesprengt worden ist.«

»Wieder von den Farmern?«

»Wahrscheinlich. Bevor ich hierher versetzt worden bin, mußte ich draußen an der Trasse Wache schieben, und das war kein Zuckerschlecken. Wenn die da ihre Sprengstoffanschläge ausführen, ist denen völlig egal, ob Menschen dabei zu Schaden kommen oder nicht. Sie behaupten, die Stadt zapfe ihnen das ganze Wasser ab.«

»Die haben doch genug«, antwortete Andy und nahm den gefüllten Kanister zur Hand. »Mehr als genug. Aber hier in der Stadt haben fünfunddreißig Millionen Menschen verdammt trockene Kehlen.«

»Wem sagen Sie das?« entgegnete der Polizist, schlug die Tür vor dem Hydranten zu und schloß ab.

Andy machte sich auf den Rückweg; er drängte sich durch die Menge der Nachbarn und bog in die Einfahrt ein, um über den Hinterhof ins Haus zu gelangen. Sämtliche Toiletten waren besetzt; er mußte warten. Als endlich eine der engen Zellen frei wurde, nahm er die Kanister mit hinein. Ließe er sie unbeaufsichtigt draußen stehen, würde sich eines der Kinder, die zwischen den Müllbergen vor dem Zaun spielten, mit Sicherheit daran vergreifen.

Als er durchs dunkle Treppenhaus zurück in den vierten Stock gestiegen war und die Wohnungstür öffnete, hörte er das Klirren von Eiswürfeln im Glas.

»Klingt wie Beethovens Fünfte«, sagte er, setzte die Kanister ab und ließ sich auf einen Stuhl fallen.

»Meine Lieblingsmusik«, antwortete Sol und ließ mit feierlicher Gebärde je eine Silberzwiebel in die Cocktails fallen. Andy führte eines der Gläser an den Mund und schlürfte den eisgekühlten Drink.

»So oft ich einen deiner Gibsons trinke, bin ich fast der Überzeugung, daß du doch nicht so verrückt bist, wie es scheint. Was hat Gibson eigentlich zu bedeuten?«

»Das ist ein Rätsel aus vergangener Zeit. Warum heißt Bloody Mary Bloody Mary?«

»Keine Ahnung, hab noch nie eine getrunken.«

»Oder dieses grüne Zeug aus den Bumskneipen. Panamas heißen die. Ist bloß ein Name und hat nichts zu bedeuten.«

»Danke«, sagte Andy und schlürfte sein Glas leer. »Schon sieht alles besser aus.«

Er ging in sein Zimmer, nahm den Halfter samt Dienstpistole aus der Schublade und hakte ihn am Hosengürtel ein. Die Dienstmarke hing am Schlüsselbund. Dazu steckte er sein Notizbuch in die Tasche. Es würde ein langer, rauher Tag werden; er mußte auf alles vorbereitet sein. Also kramte er auch unter den Hemden nach den Handschellen und bewaffnete sich außerdem mit dem weichen Plastikschlauch, der, mit Schrotkugeln gefüllt, als Schlagstock diente. Mit dem war in aufgebrachter Menge mehr auszurichten als mit einer Pistole, zumal über verpulverte Munition peinlich genau Rechenschaft abgelegt werden mußte. Er wusch sich, so gut es ging, mit dem Wasser, das er zum Aufwärmen aufs Fensterbrett gestellt hatte, und schmierte das Gesicht mit grauer Sandseife ein, bis die Stoppeln für eine Rasur weich genug waren. Die Rasierklinge war an den Ecken schon arg lädiert; er zog sie an der Innenseite des Trinkglases ab und fand, daß es bald an der Zeit war, eine neue Klinge zu besorgen. Spätestens im Herbst.

Als Andy sein Zimmer verließ, war Sol gerade dabei, seine Kräuter und Zwiebeln zu wässern. »Halt die Ohren steif«, sagte er, ohne von seinem Grünzeug aufzublicken. Sol war um diesen Ratschlag nie verlegen.

Die Hitze über der mit Teer und Beton versiegelten Straßenschlucht hatte schon merklich zugenommen. Der Schattenrand vor der Häuserfront war schmaler geworden. Noch immer standen die Anwohner dicht gedrängt vorm Ausgang. Behutsam schob Andy ein kleines Mädchen mit verrotzter Nase beiseite; es hatte graue, zerlumpte Unterwäsche am Leib. Die verhärmten Frauen machten ihm widerwillig Platz. Die Männer fixierten ihn mit eisigen Blicken. Der Haß stand ihnen im Gesicht geschrieben und machte sie alle ähnlich. Es schien, als gehörten sie zur selben wütenden Familie.

Auf dem Gehweg mußte Andy über einen alten Mann hinwegsteigen, der ausgestreckt am Boden lag. Er sah aus wie tot, was niemanden kümmerte. An einem der bloßen, dreckigen Füße hing eine Schnur, die mit einem nackten Kleinkind verbunden war. Es hockte auf den Steinen und nagte am Rand eines Plastiktellers. Die Schnur war ihm unter den dünnen Ärmchen um die Brust gewickelt; darunter wölbte sich der geschwollene Bauch. War der Alte tatsächlich tot? Wie dem auch sei, tot oder lebendig, er hatte noch eine Aufgabe in dieser Welt: Er war der Anker für das Kleinkind.

Jetzt, da Andy draußen auf der Straße war, und sich bis zur Rückkehr nicht mehr mit Sol unterhalten konnte, fiel ihm auf, daß er es wiederum nicht geschafft hatte, Shirls Namen auszusprechen. Er vergaß oder vermied es, sie zur Sprache zu bringen. Dabei gab es eigentlich gar keinen Grund für seine Zurückhaltung. Sol erzählte ständig davon, wie toll er es mit den Frauen getrieben hatte, damals, als er noch beim Militär gewesen war. Er würde Andy auf Anhieb verstehen.

Andy und Sol teilten sich eine Wohnung; sie bildeten eine Zweckgemeinschaft, mehr nicht. Nun ja, sie waren auch befreundet, und daran würde sich nichts ändern, wenn ein Frau zu ihnen zöge.

Warum also hatte er ihm noch nichts von ihr erzählt?

Herbst

»Alle sagen, daß der Oktober noch nie so kalt gewesen ist wie in diesem Jahr. Und dann der Regen. Er reicht zwar nicht, um die Talsperre zu füllen, aber die Feuchtigkeit in der Luft macht die Temperaturen noch unerträglicher.«

Shirl nickte, obwohl sie der Frau nicht zugehört hatte, die unmittelbar vor ihr in der Schlange stand, ein ungestaltes Bündel aus dicken Kleidungsstücken unter einem zerrissenen Regenschutz aus Plastik, einem plumpen Sack gleich, den ein um die Taille geschnürter

Strick vergeblich in Form zu bringen versuchte. Tja, ich sehe wohl auch nicht besser aus, dachte Shirl und zog den Zipfel der Wolldecke, mit der sie sich umhüllt hatte, tiefer in die Stirn. Der Sprühregen hörte und hörte nicht auf. Noch standen an die zwanzig, dreißig Leute vor ihr in der Schlange. Es war schon dunkel geworden. Damit, daß sie so lange würde anstehen müssen, hatte Shirl nicht gerechnet. Vom Tanklastzug leuchtete eine Lampe herab. Durch den Lichtschein fiel ein Vorhang aus dünnen Regentropfen. Wieder ging es um einen Schritt weiter nach vorn. Die Frau vor Shirl zog ein Kind hinter sich her. Es war in seinen Lumpen ebenso unförmig wie die Mutter. Durch den verknoteten Schal, der das Gesicht verdeckte, tönte unablässiges Wimmern.

»Hör endlich auf!« sagte die Frau. Sie wandte sich Shirl zu. Ihr Gesicht war rötlich, aufgedunsen, der Mund fast zahnlos. »Er heult, weil er beim Arzt war. Jetzt glaubt er nämlich, wer weiß wie krank zu sein, dabei hat er bloß Kwasch.« Sie hob die geschwollene Hand des Jungen. »Das sieht man an den geschwollenen Gelenken, und auf den Knien bilden sich schwarze Punkte. Wir mußten zwei Wochen warten für den Termin beim Arzt, und der sagte dann bloß, was ich längst wußte. Hat sich trotzdem gelohnt. Für den Bezugsschein, den er unterschrieben hat, konnte ich Erdnußbutter tauschen. Mein Alter ist verrückt darauf. Sie wohnen doch auch in unserem Block, oder? Mir ist, als hätte ich Sie da schon mal gesehen.«

»Twenty-sixth Street«, sagte Shirl, schraubte den Verschluß von ihrem Kanister und steckte ihn in die Manteltasche. Sie fror am ganzen Körper und fürchtete schon, sich eine Erkältung eingefangen zu haben.

»Na bitte, wußt ich's doch. Dann können wir ja gleich gemeinsam zurückgehen. Es ist schon spät; zu dieser Zeit laufen viele Ganoven rum, die einem das

Wasser klauen könnten. Mrs. Ramirez – eine aus dem Süden, aber ganz in Ordnung, wissen Sie, wohnt mit ihrer Familie schon seit dem Zweiten Weltkrieg bei uns im Haus – Mrs. Ramirez hat einen Baseballschläger ins Gesicht gekriegt; jetzt fehlen ihr zwei Zähne, und das Auge ist so zugeschwollen, daß sie darauf nichts mehr sieht. Irgendein Schwein ist über sie hergefallen und hat ihr das Wasser abgenommen.«

»Ja, gehen wir zusammen zurück. Gute Idee«, antwortete Shirl. Sie fühlte sich plötzlich ziemlich allein.

»Die Karten«, sagte ein Streifenpolizist. Shirl reichte ihm drei Fürsorgecoupons, ihre, die von Andy und die von Sol. Er hielt sie ans Licht und gab sie ihr dann zurück. »Sechs Liter«, sagte er dem Mann am Zapfhahn.

»Das stimmt aber nicht«, protestierte Shirl.

»Die Ration ist heute gekürzt, Lady. Machen Sie voran, hinter Ihnen stehen auch noch Leute.«

Der Mann am Zapfhahn steckte einen großen Trichter in ihren Kanister und füllte Wasser ein. »Der nächste«, rief er.

Es ärgerte Shirl, wie leicht der Kanister war. Das Wasser schwappte darin hin und her. Die Frau mit dem Kind wartete. Sie trug einen Benzinkanister, der fünf Gallonen faßte und bis zum Rand gefüllt zu sein schien. Offenbar hatte sie eine große Familie.

»Gehen wir«, sagte die Frau und zog das immer noch jammernde Kind hinter sich her.

Als sie den Bahndamm an der Twelfth Avenue verließen, wurde es schlagartig dunkler. Der Regen schluckte den letzten Rest von Licht. Ringsum erhoben sich alte Lager und Fabrikgebäude. Hinter den kahlen, dicken Mauern hausten Menschen. Die Straße war inzwischen fast leer. Die nächste Laterne stand einen Block entfernt.

»Mein Mann wird wütend sein, daß ich so spät nach

Hause komme«, sagte die Frau, als sie in die Seitenstraße einbogen. Zwei Gestalten versperrten ihnen den Weg.

»Her mit dem Wasser!« forderte einer der beiden; in seiner Hand schimmerte eine Messerklinge.

»O nein, bitte nicht«, flehte die Frau und hielt den Behälter hinterm Rücken versteckt. Shirl drückte sich an die Mauer und sah, als die beiden näherkamen, daß sie noch jung waren. Teenager. Aber sie hatten ein Messer.

»Her mit dem Wasser!« knurrte der eine und drohte mit dem Messer.

»Nimm!« schrie die Frau und schleuderte den Kanister einhändig und mit erstaunlicher Leichtigkeit im Halbkreis nach vorn und traf damit den Kopf des Jungen, bevor der sich ducken konnte. Heulend ging er zu Boden und ließ das Messer fallen. »Und jetzt bist du dran, Bursche!« zischte sie und trat auf den zweiten Jungen zu. Er war unbewaffnet.

»Nein, ich will keine Scherereien haben«, stammelte er und wich zurück. Als sich die Frau bückte, um das Messer aufzuheben, zerrte der Junge den am Boden liegenden Kumpel auf die Beine und verschwand mit ihm um die Ecke. Es waren nur wenige Sekunden vergangen. Shirl hatte zitternd mit dem Rücken zur Wand gestanden und sich nicht zu rühren gewagt.

»Die haben ihr Fett weg«, krähte die Frau und inspizierte das schartige Schnitzmesser. »Kann ich gut gebrauchen, jedenfalls besser als diese Mistkerle.« Sie war erregt und voller Stolz. Während der gesamten Szene hatte sie ihr Kind nicht von der Hand gelassen. Es jammerte lauter denn je.

In Begleitung der Frau erreichte Shirl ihr Haus ohne weitere Zwischenfälle. »Vielen Dank«, sagte sie. »Ohne Sie wäre ich aufgeschmissen gewesen ...«

»Nichts für ungut«, sagte die Frau grinsend. »Mit solchen Lumpen werde ich noch allemal fertig, und obendrein hat's mir ein Messer eingebracht.« Sie stapfte davon, an der einen Hand den schweren Wasserbehälter, an der anderen das Kind. Shirl ging ins Haus.

»Wo bist du so lange gewesen?« fragte Andy, kaum daß sie die Wohnungstür aufgestoßen hatte. »Ich habe mir schon Sorgen gemacht.« Im Zimmer war es warm; ein leicht fischiger Geruch lag in der Luft. Andy und Sol saßen am Tisch und hielten einen Drink in den Händen.

»Die Schlange reichte bis zum nächsten Häuserblock. Man hat mir bloß sechs Liter gegeben. Die Rationen sind wieder mal gekürzt worden.« Von dem Zwischenfall auf dem Rückweg sagte sie nichts. Andy würde sich nur schrecklich aufregen, und sie wollte ihm nicht den Appetit verderben.

»Ist ja toll«, spottete Andy. »Es hat schon so nicht ausgereicht, und jetzt gönnt man uns noch weniger. Zieh die nassen Sachen aus, Shirl. Sol wird dir einen Gibson einschenken. Sein Wermut ist reif, und ich habe Wodka gekauft.«

»Hier, wohl bekomm's!« Sol reichte ihr ein eisgekühltes Glas. »Die Suppe ist gleich fertig. Ich habe sie aus diesem Energiefraß gemacht; nur so ist das Zeug genießbar. Und danach gibt's was ganz Besonderes«, sagte er und wies bedeutungsvoll mit einem Kopfnicken in Richtung Kühlschrank.

»Was ist?« fragte Andy. »Gibt's ein Geheimnis zwischen euch?«

»Ach was, nur eine kleine Überraschung«, antwortete Shirl und öffnete den Kühlschrank. »Die hab ich heute auf dem Markt besorgt.« Sie holte einen Teller mit drei kleinen Sojaburgern zum Vorschein. »Für jeden von uns einen. Das sind die ganz neuen, für die im Fernsehen zur Zeit Werbung gemacht wird. Mit Rauch- und Grillgeschmack.«

»Die waren bestimmt sündhaft teuer«, sagte Andy. »Wovon sollen wir den Rest des Monats leben?«

»So teuer waren sie nicht, und außerdem habe ich sie von meinem Geld bezahlt.«

»Na und? Geld ist Geld. Für eins dieser Dinger könnten wir bestimmt eine ganze Woche auskommen.«

»Die Suppe ist fertig«, sagte Sol und verteilte tiefe Teller auf dem Tisch. Shirl steckte ein Kloß im Hals; sie brachte kein Wort heraus, setzte sich an den Tisch und kämpfte gegen ihre Tränen an.

»Tut mir leid«, sagte Andy. »Aber du weißt doch, wie steil die Preise in die Höhe gehen. Wir müssen uns vorsehen. Wegen der steigenden Sozialausgaben werden mir von meinem Gehalt inzwischen achtzig Prozent an Steuern abgezogen. Uns steht ein harter Winter bevor. Natürlich weiß ich es zu schätzen, daß du ...«

»Warum hältst du dann nicht den Mund und ißt deine Suppe?« unterbrach Sol.

»Misch du dich da nicht ein«, entgegnete Andy.

»Wenn ihr euch streiten müßt, dann nicht in meinem Zimmer, sondern nebenan. Seid jetzt endlich friedlich, sonst ist das ganze Essen für die Katz.«

Andy verkniff sich, was er noch zu sagen hatte. Er streckte den Arm aus und berührte Shirls Hand. »Guten Appetit, und laß es dir gut schmecken.«

Sol schlürfte Suppe vom Löffel und verzog das Gesicht. »Na ja«, sagte er. »Nur gut, daß uns noch was Leckeres bevorsteht.«

Es wurde still am Tisch. Schweigend aßen sie die Suppe, bis Sol schließlich Anekdoten von seiner Zeit beim Militär erzählte, Geschichten, die so unglaublich waren, daß alle darüber lachen mußten. Der Abend war gerettet. Sol schenkte den Rest seiner Cocktailmischung aus, während Shirl die Sojaburger servierte.

»Wenn ich betrunken genug wäre, würde ich den Belag für Fleisch halten«, sagte Sol und kaute zufrieden.

»Sie sind wirklich gut«, fand auch Shirl. Andy nickte zustimmend. Die Burger waren schnell verzehrt bis auf den letzten Krumen. Shirl nippte an ihrem Drink. Der Überfall auf dem Nachhauseweg war fast vergessen. Was hatte die Frau gesagt? Woran war der Junge erkrankt?

»Weiß einer von euch, was ›Kwasch‹ ist?« fragte sie.

Andy zuckte mit den Achseln. »Irgendeine Krankheit. Mehr weiß ich auch nicht. Warum willst du das wissen?«

»Als ich fürs Wasser anstand, bin ich mit einer Frau ins Gespräch gekommen. Sie hatte einen kleinen Jungen bei sich, der davon geschwollene Hände bekommen hat. Ich fand es nicht richtig, daß sie ihn bei diesem Wetter mit nach draußen nimmt. Ist dieses Kwasch womöglich ansteckend?«

»Nur keine Bange«, sagte Sol. »Kwasch ist eine Abkürzung von Kwaschiokor. Wenn du dir, wie ich es tue, die Gesundheitsprogramme im Fernsehen anschauen oder mal ein Buch aufschlagen würdest, wüßtest du Bescheid. Kwasch ist eine Mangelkrankheit wie Beriberi und kann darum nicht ansteckend sein.«

»Ich habe weder vom einen noch vom anderen je gehört«, sagte Shirl.

»Beriberi kommt auch bei uns nicht so oft vor, Kwasch aber um so mehr, weil unsere Kost kaum Eiweiß enthält. Früher gab es diese Krankheit nur in Afrika, aber jetzt haben wir's auch hier damit zu tun. Ist doch großartig, oder? Fleisch ist nirgends aufzutreiben, Linsen und Sojabohnen kosten viel zu viel, und darum füttern Mütter ihre Kinder mit Keksen und Zucker, mit allem, was billig ist...«

Plötzlich begann das Licht zu flackern und ging schließlich ganz aus. Sol stand auf und tastete nach einem Schalter zwischen all den Drähten auf dem

Kühlschrank. Von den Batterien gespeist, leuchtete eine schwache Glühbirne auf.

»Ich müßte mal wieder 'ne Runde trampeln«, sagte Sol. »Aber damit warte ich lieber bis morgen. Allzuviel Bewegung nach dem Essen bekommt weder dem Kreislauf noch der Verdauung.«

»Gut, daß du dich so gut auskennst«, frotzelte Andy. »Ich brauche ärztlichen Rat. Mein Problem ist, daß alles, was ich zu mir nehme, im Magen verschwindet...«

»Sehr komisch. Shirl, wie hältst du es bloß mit diesem Witzbold aus?«

Nach dem Essen war allen dreien sehr viel wohler zumute. Sie unterhielten sich noch eine Weile, bis Sol schließlich das Licht ausdrehte, um, wie er sagte, Saft zu sparen. Die Holzkohle im Ofen war zu Asche verbrannt; es wurde kühler. Sie wünschten sich eine gute Nacht, und Andy wechselte als erster ins Nebenzimmer, um die Taschenlampe zu suchen.

»Ich bin zwar noch nicht müde«, sagte Shirl, »verkrieche mich aber gleich im Bett. Da ist es wenigstens warm.«

Andy versuchte die Deckenlampe einzuschalten, vergeblich. »Der Strom ist immer noch abgestellt. Seit einer Woche schon. Dabei habe ich noch dringend ein paar Dinge zu erledigen.«

»Ich lege mich ins Bett und leuchte mit der Taschenlampe. Einverstanden?«

»Ach was, das mach ich selbst.«

Er legte das Notizbuch offen auf die Kommode und kopierte, was darin stand, auf den Berichtzettel, ein Formblatt, das wiederverwendet werden konnte. Beim Schreiben hielt er mit der Linken die Stablampe und sorgte so für ausreichend Licht. In der Stadt war es ruhig; Kälte und Regen hatten die Leute von den Straßen getrieben. Ungewöhnlich laut klangen das Surren des winzigen Generators und das Quietschen des Filzstiftes auf der Plastikfolie. Shirl zog sich aus bis auf die Socken. Fröstelnd schlüpfte sie in den Schlafanzug, zog den dicken Pullover darüber und stieg ins Bett. Die Decken waren klamm und seit der Wasserknappheit ungewaschen. Shirl hatte sie so oft wie möglich zum Lüften hinausgehängt. Feucht wie die Laken waren auch ihre Wangen. Als sie mit den Fingern darüberwischte, fiel ihr auf, daß sie weinte. Um Andy nicht zu stören, gab sie keinen Laut von sich. Er gab sein Bestes, tat alles, was in seiner Macht stand. Es war alles ganz anders gewesen, bevor sie hierherkam. Sie hatte komfortabel gelebt, eine warme Wohnung und immer gut zu essen gehabt. Wenn sie ausging, wurde sie von Tab, ihrem Leibwächter begleitet. Als Gegenleistung mußte sie nur ein paarmal in der Woche mit ihm schlafen. Sie haßte es, konnte es kaum ertragen, von ihm berührt zu werden, aber immerhin war die Sache immer schnell vorüber gewesen. Mit Andy das Bett zu teilen, war ihr dagegen ein Vergnügen, und sie wünschte jetzt, daß er zu ihr kommen würde. Wieder fing sie zu zittern an. Ach, könnte sie doch bloß das Weinen einstellen.

Winter

New York City steuerte einer weiteren Katastrophe entgegen. Jedes verbarrikadierte Kaufhaus war von hungrigen, verängstigten Menschen belagert, die Schuldige suchten für ihre Not. Ihre Wut wiegelte zum Aufruhr auf. Sie plünderten Lebensmittel- und Wasservorräte, zogen raubend umher. Die Polizei versuchte dagegenzuhalten und kämpfte an der engen Front zwischen wütendem Protest und blutigem Chaos.

Als der Einsatz von Knüppeln nicht mehr ausreichte, wurden die Aufständischen mit Reizgas auseinandergetrieben. Die Spannung wuchs. Kaum war eine Zusammenrottung aufgelöst, bildeten sich anderenorts neue. Einzelne Gruppen, die Versorgungsstellen zu stürmen versuchten, konnten zwar mit Wasserwerfern aufgehalten werden, doch es gab weder genügend Einsatzfahrzeuge noch Wasser für deren Tanks. Das Gesundheitsamt hatte den Gebrauch von Flußwasser verboten, das, völlig verseucht und von den Wasserwerfern abgespritzt, der Wirkung von chemischen Keulen gleichgekommen wäre. Die knappen Reserven mußten für das Löschen von Bränden angezapft werden, die überall in der Stadt ausbrachen. Durch zahllose Straßenblockaden behindert, blieb der Feuerwehr oft nichts anderes übrig, als meilenweite Umwege zu fahren. So breiteten sich manche Brände ungehindert aus; sie konnten dann nur noch im Großeinsatz sämtlicher Löschmannschaften bekämpft werden.

Am 21. Dezember, wenige Minuten nach Mittag, fiel der erste Schuß. Ein Wachposten des Versorgungsamtes tötete einen Mann, der in das Lebensmitteldepot am Tompkins Square einzubrechen versuchte.

Etliche Brennzonen waren ringsum mit Natodraht verhauen, doch auch hier reichte das Material nicht aus. Hubschrauber kreisten über den Stadtbezirken, um zu melden, wo neue Aufstände ausbrachen – ein sinnloses Unterfangen, da sämtliche Polizeikräfte im Einsatz waren; sie kämpften an vorderster Front.

Andy konnte mittlerweile nichts mehr erschüttern. Wie jeder andere Polizist in der Stadt trotzte er der Gewalt und wandte selbst Gewalt an in dem fast aussichtslosen Bemühen, Gesetz und Ordnung wiederherzustellen. Ausruhen konnte er erst, als er dem eigenen Reizgas zum Opfer fiel und behandelt werden mußte. Er schleppte sich zum nächsten Krankenwagen, wo ihm eine Schwester die Augen auswusch und Tabletten gegen Magenkrämpfe gab. Er lag auf der Trage, hielt

Helm, Knüppel und Reizgasmunition gepackt. Der Krankenwagenfahrer hockte an der Tür, bewaffnet mit einem Karabiner, um jeden abzuwehren, der allzu großes Interesse am Wagen oder an der medizinischen Ausstattung zeigte. Andy wäre allzugern geblieben, doch es zog so kalt durch die angelehnte Tür, daß er mit den Zähnen klapperte. Er raffte sich auf und kletterte wieder nach draußen. Durch Bewegung wurde ihm wärmer. Der Angriff war zurückgeschlagen worden. Er gesellte sich zu einer Gruppe von blau uniformierten Kollegen, die die Nasen rümpften über den fauligen Gestank seiner Kleidung.

Von nun an war er nur noch müde; durch den Kopf tummelten ihm Erinnerungsfetzen von schreienden Gesichtern, fliehenden Gestalten und explodierenden Reizgasgranaten, von einem Schlag auf den Handrücken, der zu einem dicken Bluterguß geführt hatte.

Mit der Dämmerung fing es zu regnen an. Unter die kalten Tropfen mischten sich Schneeflocken. Was die Polizei nicht vermocht hatte, schafften Erschöpfung, Nässe und Kälte: die Menschen zogen sich zurück. Doch für die Beamten fing die Arbeit jetzt erst recht an. Zerschlagene Fenster und eingetretene Türen mußten bewacht, Verletzte von den Straßen aufgesammelt und ins Krankenhaus gebracht werden. Die Feuerwehr brauchte Hilfe im Kampf gegen die zahllosen Brände. Die ganze Nacht über dauerte sein Einsatz, und im Morgengrauen hing Andy müde und matt auf einer Bank im Revier und hörte seinen Namen, den Lieutenant Grassioli von einer Liste ablas.

»Das sind alle, auf die wir fürs erste verzichten können«, fügte der Lieutenant hinzu. »Holen Sie Ihre Ration ab, und lassen Sie die Waffen hier. Um achtzehn Uhr treten Sie wieder ihren Dienst an. Krankmeldungen werden nicht akzeptiert. Wir brauchen jeden Mann.«

Irgendwann während der Nacht hatte es zu regnen aufgehört. Die aufgehende Sonne warf lange Schatten und ließ den nassen Straßenbelag golden aufschimmern. Aus einem ausgebrannten Haus stieg immer noch Rauch auf. Andy kletterte über verkohlte Balken, die auf der Straße lagen. An der Ecke zur Seventh Avenue standen zwei kaputte Fahrraddroschken, von denen alle brauchbaren Teile abmontiert waren. Wenige Schritte weiter traf er auf eine am Boden eingerollte Gestalt. Sie schien zu schlafen, doch dann blickte Andy in das Gesicht eines Toten. Er kümmerte sich nicht weiter darum und ging weiter. Das Ordnungsamt würde heute etliche Tote von den Straßen auflesen müssen.

Aus den Eingängen zur U-Bahn kamen die ersten Höhlenbewohner geschlichen und blinzelten ins Tageslicht. Während des Sommers noch hatte man über diese Leute gelacht. Das Sozialamt hatte ihnen die außer Betrieb befindlichen U-Bahn-Stationen als Unterkunft zugewiesen. Aber jetzt, da es kalt war, wurden sie nicht mehr belacht, sondern beneidet. Unten in den Schächten mochte es zwar dreckig, staubig und dunkel sein, aber immerhin war es dort halbwegs warm. Die Fürsorge ließ sie nicht erfrieren. Andy bog in seine Straße ein.

Im Treppenhaus stolperte er über welche, die schlafend auf den Stufen lagen, doch er nahm kaum Notiz davon, so müde war er. Vor der Tür hatte er Probleme, den Schlüssel ins Schloß zu stecken. Sol hörte ihn und machte auf.

»Ich habe gerade Suppe gekocht«, sagte er. »Du kommst goldrichtig.«

Andy kramte zerbröckelte Zwiebackreste aus der Manteltasche und warf sie auf den Tisch.

»Hast du die gehamstert?« fragte Sol, nahm eins der Stücke und knabberte daran. »Ich dachte, für die nächsten zwei Tage würden keine Lebensmittel mehr ausgegeben.«

»Polizistenration.«

»Wenigstens etwas. Wäre wohl auch zuviel verlangt, Mitbürger auf nüchternen Magen zu verprügeln. Wir könnten einen Teil davon in die Suppe tun; das macht sie ein bißchen dicker. Du hast gestern nicht zufällig ferngesehen? Im Kongreß ist der Teufel los ...«

»Ist Shirl wach?« wollte Andy wissen. Er schüttelte den Mantel aus und ließ sich auf den Stuhl fallen.

Sol zögerte die Antwort hinaus. Schließlich sagte er leise: »Sie ist nicht hier.«

Andy gähnte. »Warum? Sonst geht sie doch immer später.«

Sol hatte seinem Mitbewohner den Rücken zugekehrt und rührte in der Suppe. »Sie ist schon gestern gegangen, kurz nach dir, und seitdem nicht wieder aufgetaucht.«

»Soll das heißen, sie war während der Aufstände unterwegs und die ganze Nacht über weg? Was hast du unternommen?« Er saß kerzengerade da; die Müdigkeit war wie weggeblasen.

»Was hätte ich tun sollen? Nach ihr suchen und mich zu Tode trampeln lassen? Ihr wird schon nichts passiert sein. Wahrscheinlich hat sie, als es mit dem Ärger losging, bei einer Freundin Unterschlupf gefunden und ist deshalb nicht zurückgekommen.«

»Bei was für einer Freundin? Wovon redest du? Ich muß los und nach ihr suchen.«

»Verdammt, mach keinen Blödsinn«, knurrte Sol. »Du mußt jetzt was essen und dich erst einmal ausschlafen. Mach dir keine Sorgen.« Und kleinlaut fügte er hinzu: »Es geht ihr gut, das weiß ich.«

»Was weißt du?« Andy war aufgesprungen. Er faßte Sol bei den Schultern und wirbelte ihn herum.

»He, sieh dich vor!« brüllte Sol. Dann, mit ruhiger

Stimme: »Ich weiß nur, daß sie was Bestimmtes vorhatte. Unter ihrem Mantel trug sie ein verflixt schickes Kleid. Und Nylonstrümpfe. Ziemlich edel. Und als sie sich an der Tür noch mal umdrehte, sah ich, daß sie jede Menge Make-up im Gesicht hatte.«

»Was willst du mir damit einreden?«

»Ich will dir gar nichts einreden, sondern sage bloß, daß sie sich ausstaffiert hat, und zwar nicht, um einzukaufen, sondern wahrscheinlich, weil sie jemanden besuchen wollte. Ihren Verflossenen vielleicht.«

»Wieso sollte sie den besuchen wollen?«

»Was fragst du mich? Ihr hattet doch Streit oder etwa nicht? Womöglich sucht sie jetzt Trost.«

Andy sank auf den Stuhl zurück und preßte die Hände vors Gesicht. Ja, sie hatten sich gestritten. Gestern abend; nein, es war am Abend davor gewesen. Dicke Luft hatte es schon seit Tagen zwischen ihnen gegeben. Aus nichtigen Anlässen waren sie immer wieder aneinandergeraten. Plötzlich bekam er es mit der Angst zu tun. Er blickte auf. »Hat sie ihre Sachen mitgenommen? Alles?« fragte er.

»Nur einen kleinen Beutel«, antwortete Sol und stellte den dampfenden Topf vor Andy auf den Tisch. »Komm, essen wir ein bißchen. Sie wird bestimmt bald wieder auftauchen.«

Andy war zu müde, um zu widersprechen. Und was hätte er auch sagen sollen? Lustlos löffelte er die Suppe und merkte beim Essen, wie ausgehungert er war. Den Ellbogen auf die Tischplatte gepflanzt, stützte er mit der freien Hand den Kopf.

»Du hättest hören sollen, was gestern im Senat für Sprüche geklopft wurden«, sagte Sol. »Da waren die reinsten Komiker am Werk. Anscheinend dämmert ihnen endlich das Ausmaß der Katastrophe, die schon vor Jahren vorherzusehen war. Trotzdem reden sie nach wie vor um den heißen Brei herum.« Sol imitierte die

Stimme eines Senators aus den Südstaaten: »Ehm ... angesichts der mißlichen Versorgungsengpässe schlagen wir vor, daß sich ... ehm ... ein Ausschuß bildet mit der Aufgabe ... ehm ... zu prüfen, welche Maßnahmen geeignet sind, das Wasser des Mississippi sinnvoller zu nutzen. Deiche und Kanäle könnten weite Strecken des Landes, die heute noch brachliegen, in fruchtbares Ackerland verwandeln.« Sol verdrehte die Augen. »Im Grund geht's um was ganz anderes, und dafür wollen sie jetzt die gesetzlichen Grundlagen schaffen. Aber keiner wagt es, die Sache auf den Punkt zu bringen. Statt dessen kommen sie uns mit Ausschüssen und Empfehlungen.«

»Was faselst du da eigentlich?« fragte Andy, der nur halb zuhörte und in Gedanken bei Shirl war.

»Ich spreche davon, daß ein Gesetz zur Geburtenkontrolle in Vorbereitung ist, ein Gesetz, das Abtreibung legalisiert. Außerdem soll jede schwangere Frau pflichtgemäß auf diese Möglichkeit hingewiesen werden. Mann, ich höre schon das Gezeter der selbsternannten Tugendwächter, und der Papst wird auf die Barrikaden steigen.«

»Verschon mich, Sol; ich bin müde. Hast du mir von Shirl denn gar nichts auszurichten?«

»Ich habe dir alles gesagt ...« Er stockte, als im Flur Schritte zu hören waren. Dann klopfte es leise.

Andy war im Nu zur Stelle und riß die Tür auf.

»Shirl!« rief er. »Alles in Ordnung?«

»Ja, klar ... mir geht's gut.«

Er drückte sie an sich, schnürte ihr fast den Atem ab. »Bei dem Theater draußen auf den Straßen dachte ich schon ... Ich war außer mir vor Sorge ...«, stammelte er. »Wo bist du gewesen? Was ist passiert?«

»Ich wollte nur mal für eine Weile raus.« Sie rümpfte die Nase. »Was riechst du so komisch?«

Er trat einen Schritt zurück, verlegen und verärgert

zugleich. »Ich hab eine Ladung Reizgas abgekriegt und mußte mich übergeben. Das Zeug ließ sich nicht restlos abwischen. Was soll das heißen, daß du mal für 'ne Weile raus wolltest?«

»Laß mich den Mantel ablegen.«

Andy folgte ihr ins andere Zimmer und zog die Tür hinter sich zu. Sie holte ein Paar hochhackige Schuhe aus dem Beutel und stellte sie in den Schrank. »Ich höre«, sagte er.

»Was denn? Mach's nicht so kompliziert. Ich hatte einfach das Bedürfnis, mal rauszukommen. Du bist immer im Dienst, und ich hocke hier in der Kälte herum. Außerdem ist mir unser Streit auf die Nerven gegangen. Ich mußte mich abreagieren. Darum habe ich mich ein bißchen zurechtgemacht und bin in eins der Restaurants gegangen, wo ich früher oft war. Ich wollte mir endlich mal wieder was gönnen.« Sie sah ihn an, wich aber seinem kalten Blick sofort wieder aus.

»Und was war dann?« fragte er.

»Ich bin nicht im Beichtstuhl, Andy. Und du hast keinen Grund, mich so anzufahren.«

Er drehte sich um und schaute zum Fenster hinaus. »Du bist die ganze Nacht lang weggewesen. Was soll ich davon halten?«

»Du weißt, wie es gestern in der Stadt zugegangen ist. Ich habe mich nicht mehr auf die Straße getraut. Ich war bei Curly's ...«

»In dem teuren Laden?«

»Teuer wird's nur, wenn du da was ißt. Ich habe ein paar Bekannte getroffen und mich mit ihnen unterhalten. Sie wollten dann noch auf eine Party und haben mich dazu eingeladen. Also bin ich mitgegangen. Im Fernsehen erfuhren wir von den Aufständen. Anschließend wollte keiner mehr weg, und so haben wir die Nacht durchgefeiert. Das war alles.«

»Wirklich alles?«

»Ich wiederhole: Das war alles«, antwortete sie, und ihre Stimme klang nun so schroff wie seine.

Sie kehrte ihm den Rücken zu und zog das Kleid aus. Der Schlagabtausch hatte eine tiefe Kluft zwischen ihnen aufgerissen. Andy ließ sich aufs Bett fallen. Voneinander abgewandt lagen sie da wie Fremde.

Frühling

Das Begräbnis ließ die beiden zusammenrücken wie nichts sonst während der kalten Wintermonate. Es war ein rauher Tag mit heftigen Böen und Regenschauern, und doch lag unverkennbar Frühling in der Luft. Für Sol aber hatte der Winter zu lange gedauert. Er hatte sich eine schwere Erkältung zugezogen, dann eine Lungenentzündung. Und was blieb einem alten Mann ohne Medikamente in einem kalten Zimmer zu tun übrig? Er konnte nur noch sterben, und so starb er. Während seiner Krankheit hatten die beiden ihren Streit ausgesetzt; Shirl hatte Sol gepflegt, doch mit guter Pflege allein ist einer Lungenentzündung nicht beizukommen. Das Begräbnis war so kurz und kalt wie der Tag. In der frühen Dämmerung gingen sie zurück in die Wohnung. Sie waren kaum eine halbe Stunde dort, als es an der Tür klopfte.

»Der Kurier«, stöhnte sie verärgert. »Das darf nicht wahr sein. Du hast doch heute frei.«

»Keine Bange. Nicht einmal Grassy wäre so taktlos, mich jetzt holen zu lassen. Und außerdem klopft der Kurier anders.«

»Vielleicht ist es ein Freund von Sol, der nicht zur Beerdigung kommen konnte.«

Sie ging zur Tür und öffnete. Im Flur stand ein

Mann, den sie wegen der Dunkelheit nicht sofort erkennen konnte.

»Tab! Du bist es doch, oder? Komm rein. Andy, das ist Tab, mein Leibwächter. Ich habe dir von ihm erzählt …«

»Guten Tag, Shirl«, grüßte Tab, blieb aber vor der Tür stehen. »Entschuldige, ich bin im Dienst und will nicht lange stören.«

»Was ist los?« fragte Andy und trat an Shirls Seite.

»Ich hoffe, du verstehst, wenn mir ein Job angeboten wird, muß ich zugreifen«, sagte Tab. Er machte einen verdrossenen Eindruck. »Ich bin seit September letzten Jahres beim Personenschutz. Wir haben alle keine Festanstellung und arbeiten nur bei Bedarf. Ich muß mich also dranhalten und nehmen, was kommt. Sobald ich einen Job ablehne, bin ich raus aus dem Geschäft, und das kann ich mir nicht leisten, zumal ich eine Familie zu versorgen habe …«

»Worauf wollen Sie hinaus?« fragte Andy. Er hatte bemerkt, daß Tab nicht allein war. In der Dunkelheit des Flurs rührte sich etwas.

»Ja, kommen Sie endlich zur Sache«, sagte ein Mann hinter Tab mit unangenehm näselnder Stimme. »Ich bin im Recht und habe Sie bezahlt. Zeigen Sie ihm den Bescheid!«

»Ich ahne, worum es geht«, sagte Andy. »Kommen Sie rein, Tab, wir haben mit Ihnen zu reden.«

Tab setzte sich in Bewegung; der Mann im Flur eilte hinterher. »Sie gehen da nicht rein ohne mich!« zeterte er, doch Andy schlug ihm die Tür vor der Nase zu.

»Das hätten Sie besser bleiben lassen«, sagte Tab. Er trug einen Schlagring und ballte die Faust.

»Beruhigen Sie sich«, entgegnete Andy. »Ich will nur kurz mit Ihnen unter vier Augen sprechen und erfahren, was eigentlich Sache ist. Dieser Mann hat also eine Zuzugsberechtigung, stimmt's?«

Tab nickte verlegen und senkte den Blick.

»Was redet ihr da?« fragte Shirl und blickte nervös von einem zum anderen.

Statt Andy antwortete Tab. »Eine Zuzugsberechtigung wird vom Gericht ausgestellt, und zwar in Einzelfällen und nur an diejenigen, die ihre Wohnung verlassen und eine neue Unterkunft finden müssen. Wer einen solchen Bescheid hat, kann sich selbst nach leerstehenden Zimmern umsehen. Dabei kommt es natürlich immer wieder zu Schwierigkeiten. Niemand hat es gern, wenn ein Fremder bei ihm einzieht. Leute, die mit einer Zuzugsberechtigung auf Zimmersuche gehen, lassen sich deshalb oft von einem Leibwächter begleiten. Und so komme ich ins Spiel. Belicher, so heißt der Mann draußen im Flur, hat mich angeheuert.«

»Ich verstehe immer noch nicht ganz«, sagte Shirl. »Wieso hat dieser Belicher Personenschutz nötig?«

»Weil er ein Ungeheuer ist«, antwortete Andy. »Wahrscheinlich lungert er auf dem Friedhof rum und erkundigt sich da, wo ein Zimmer freigeworden ist.«

»So kann man's auch sehen«, sagte Tab, um Beherrschung bemüht. »Ich sehe es anders. Er hat Frau und Kinder und braucht unbedingt eine Wohnung.«

Es klopfte stürmisch an der Tür, und Belichers Stimme war zu hören. Er beklagte sich lauthals. Shirl schien endlich begriffen zu haben, warum Tab gekommen war. »Du bist also hier, um diesen Leuten zu helfen«, sagte sie. »Die haben herausgefunden, daß Sol tot ist und wollen jetzt sein Zimmer haben.«

Tab nickte stumm.

»Da fällt mir was ein«, sagte Andy. »Wenn einer meiner Kollegen aus dem Revier bei uns einziehen würde, müßten sich die Belichers woanders nach einer Bleibe umsehen.«

Das Klopfen wurde lauter. Tab trat einen halben

Schritt zurück zur Tür. »Tja, dann sähe die Sache vielleicht anders aus, vielleicht aber auch nicht. Belicher würde sich wahrscheinlich gerichtlich durchsetzen können. Er hat schließlich eine Familie. Ich würde Ihnen ja gern helfen, aber Belicher ist mein Auftraggeber.«

»Machen Sie nur ja die Tür nicht auf!« sagte Andy in scharfem Tonfall. »Nicht, bevor wir die Sache geklärt haben.«

»Mir bleibt nichts anderes übrig.« Tab straffte die Schultern und ballte die mit dem Schlagring bewehrte Faust. »Versuchen Sie nicht, mich aufzuhalten. Sie sind bei der Polizei und müßten sich über die Rechtslage eigentlich im klaren sein.«

»Tab, gibt es denn wirklich keine andere Möglichkeit?« fragte Shirl mit dünner Stimme.

Er wandte sich ihr zu und zuckte die Achseln. »Wir waren mal gute Freunde, Shirl, und daran erinnere ich mich gern. Aber ich habe einen Job zu erledigen und muß sie reinlassen, auch auf die Gefahr hin, daß du mich danach nicht ausstehen kannst.«

»Na los, dann öffnen Sie doch die verdammte Tür«, sagte Andy bitter, drehte sich um und ging ans Fenster.

Die Belichers schwärmten herein. Mr. Belicher war ein dünner Mann mit seltsam geformtem Kopf, fast ohne Kinn, aber anscheinend doch intelligent genug, um das Antragsformular bei der Fürsorge zu unterschreiben. Mrs. Belicher schien die Stütze der Familie zu sein; aus ihrem Fett waren zehn Kinder hervorgegangen, Nummer elf kündigte sich mit der Wölbung ihres Bauches an. Drei der jungen Belichers waren schon tot, gestorben an Vernachlässigung oder Unfall. Die älteste Tochter – sie mochte an die zwölf sein – trug einen Säugling im Arm; er hatte das Gesicht voller Ausschlag, stank zum Himmel und wimmerte unablässig. Die anderen Kinder plapperten nun aufgeregt durcheinander, nachdem sie still und unter Anspannung im dunklen Flur hatten ausharren müssen.

»Oh, seht mal…«, rief die Mutter, watschelte zum Kühlschrank und öffnete die Tür.

»Lassen Sie das!« sagte Andy.

Belicher packte ihn am Arm. »Das Zimmer gefällt mir. Es ist zwar relativ klein, aber ganz nett. Was haben wir da hinten?« Er ging auf die Tür in der Trennwand zu.

»Das ist mein Zimmer«, sagte Andy und baute sich vor der Tür auf. »Da haben Sie nichts zu suchen.«

»Regen Sie sich ab, Mann«, erwiderte Belicher und wich zurück wie ein Hund, der allzuoft getreten wurde. »Ich habe ein Recht dazu. Mit meinem Ausweis kann ich mich überall umsehen.« Er wich noch weiter zurück, als Andy einen Schritt näher rückte. »Nichts für ungut, Mister. Ich bin schon zufrieden mit dem Zimmer hier. Ein guter Tisch, Stühle, ein Bett…«

»Das sind alles meine Sachen, und außerdem ist das Zimmer viel zu klein für Sie und Ihre Familie.«

»Uns reicht es. Wir haben schon in noch engeren Verhältnissen gelebt.«

»Andy, sieh mal! Das geht zu weit.« Shirls verzweifelter Ruf ließ Andy herumfahren. Zwei der Jungen hatten, wohl auf der Suche nach Eßbarem, die Päckchen gefunden und aufgerissen, in denen Sol seine so sorgsam gehegten Kräuter aufbewahrte.

»Legt das sofort wieder hin!« brüllte er – zu spät. Sie hatten den Mund bereits vollgestopft und spuckten aus.

»Bäh!« schrie der ältere der beiden und kippte den Inhalt des Päckchens auf den Boden. Der andere Junge sprang vor Vergnügen auf und ab und warf die getrockneten Kräuter aus seinem Päckchen in die Luft, bevor Andy einschreiten konnte.

Kaum hatte sich Andy von ihm abgewandt, kletterte

der Kleine auf den Tisch, verschmierte die Platte mit seinen vor Dreck strotzenden Fußwickeln und schaltete den Fernseher ein. Musik heulte auf, begleitet vom Geschrei der Kinder. Vergeblich versuchte die Mutter, für Ruhe zu sorgen. Tab hielt Belicher davon ab, den Kleiderschrank zu inspizieren.

»Raus mit den Kindern!« fauchte Andy, bleich vor Wut.

»Ich habe eine Zuzugsberechtigung und damit einen Anspruch darauf, hier zu wohnen«, zeterte Belicher und wedelte mit der Folie, dem amtlichen Dokument, in der Luft herum.

»Interessiert mich nicht«, entgegnete Andy und riß die Tür zum Flur auf. »Wir reden darüber, sobald die Blagen draußen sind.«

Tab packte eins der Kinder beim Kragen und zerrte es zur Tür hinaus. »Mr. Rush hat recht«, sagte er. »Die Kinder sollten draußen warten, bis die Angelegenheit geregelt ist.«

Mrs. Belicher nahm auf der Bettkante Platz und schloß teilnahmslos die Augen. Ihr Mann stand mit dem Rücken zur Wand und grummelte vor sich hin. Keiner achtete auf das, was er sagte. Die Kinder setzten ihr Geschrei im Flur fort. Andy drehte sich um und sah Shirl im Nebenzimmer verschwinden. Der Schlüssel klickte im Schloß. An Tab gewandt, sagte Andy: »Läßt sich da denn gar nichts machen?«

Der Leibwächter hob verlegen die Schultern. »Tut mir leid. Wirklich. Aber was bleibt mir anderes übrig? Auch Sie müssen sich damit abfinden. Die Leute wollen hier wohnen und haben ein Recht dazu.«

»Jawohl, wir haben ein Recht dazu«, wiederholte Belicher mit tonloser Stimme.

Mit geballten Fäusten konnte Andy nichts ausrichten; er war gezwungen, sie zu öffnen. »Würden Sie mir helfen, die Sachen ins Nebenzimmer zu bringen?«

»Klar«, antwortete Tab und packte am Tischende zu. »Bitte, versuchen Sie, Shirl zu erklären, was ich mit der ganzen Sache zu tun habe. Ich hoffe, sie versteht, daß ich nur einen Job erledige.«

Unter ihren Füßen knisterten trockene Kräuter und Samenkörner. Andy antwortete nicht.

Die Goldenen Jahre der Stahlratte

»Na, wenn das nicht der alte Drecksack Jim diGriz ist!«

Der häßliche Kerl grinste hämisch, als er mich mit Handschellen an den hünenhaften Polizisten gefesselt sah. Mit unverhohlener Schadenfreude warf er die Tür weit auf und packte mich derb beim Arm, nachdem mir die Handschellen abgenommen worden waren. Ich wankte, fand aber schnell das Gleichgewicht zurück und schlurfte durch die Tür, über der ein von Grünspan überzogenes Kupferschild hing mit der eindringlichen Aufschrift:

UND WENN ER NOCH SO GICHTIG TATTERT,
BEI UNS WIRD JEDER GREIS VERGATTERT.

Typisch Polizei, daß sie auf denjenigen, die am Boden liegen, auch noch herumtrampeln muß. Der Sadist legte einen Schritt zu und zerrte an meinem Arm.

»Ich muß mich setzen...«, stöhnte ich und versuchte matt, mich von ihm loszureißen, um auf der Bank an der Wand Platz nehmen zu können.

»Bald hast du jede Menge Zeit zum Sitzen, Opa, denn mehr wird für dich nicht mehr drin sein. Aber zuerst müssen wir den Direktor sehen.«

Widerstand war zwecklos. Er schleifte mich durch den Korridor bis hin zu einer schweren Stahltür. Mit der Faust klopfte er an. Erschöpft schnappte ich nach Luft, sah mich um und blickte in mein Spiegelbild an der Wand. Darüber stand zu lesen:

BIST DU SAUBER?
BIST DU REIN?
WANN HAST DU DIR ZULETZT
DIE FÜSSE GEWASCHEN.
DU SCHWEIN?

»Weiß ich nicht mehr ...«, krächzte ich. Mit Entsetzen betrachtete ich mein Gesicht im Spiegel. Das dünne weiße Haar war struppig und verfilzt. Von der schlaffen Unterlippe baumelte ein weißer Sabberfaden. Die Haut hing lappig, die Augen waren gerötet und triefend. Kein schöner Anblick.

»Rein mit dir!« sagte der Aufseher, als ein grünes Licht aufblinkte und das Türschloß aufsprang. Mit seiner fleischigen Pranke stieß er mich in den Raum. Ich geriet ins Taumeln, konnte mich nur mit Mühe auf den Beinen halten. Hinter mir fiel die Tür ins Schloß. Vor mir saß der Direktor und brütete über einer dicken Akte. Es war meine.

Dann blickte er auf und musterte mich von oben bis unten. Sein unrasiertes Gesicht sah aus wie das eines Kamels. »Sie sind also James diGriz alias ›Die Edelstahlratte‹.« Die gummiartigen Lippen verzogen sich und zeigten ein verunglücktes Lächeln. »Von wegen Edelstahl ... mir scheint, Sie haben ganz schön Rost angesetzt.« Er kicherte lautlos über seinen eigenen Witz. Plötzlich verschwand das Lächeln. Statt dessen fletschte er die Zähne.

»Mir entwischt keiner, Rostratte. Am Ende wandern sie alle ins Kittchen. Da hilft kein Laufen, kein Verkriechen, ich krieg euch schließlich doch. Auch der cleverste Ganove wird mal alt und senil, dann macht er den entscheidenden Fehler und landet – schwupp – bei uns in ›Haus Endstation‹. Das ist der offizielle Anstaltsname. Wissen Sie eigentlich, als was unser Knast für gewöhnlich bezeichnet wird?«

»Wartezimmer zur Hölle!« Unwillkürlich rutschte mir das Wort über die Lippen und tropfte fettig zu Boden.

»So ist es. Von außen betrachtet. Doch diese Perspektive werden Sie nicht mehr einnehmen können. Intern haben wir einen viel schöneren Namen für unser Haus. Wir nennen es Purgatorium, kurz: Purgy. Wissen Sie, was das heißt?«

»Ich muß mal aufs Klo«, ächzte ich und stellte die Beine quer.

»Immer dasselbe mit euch alten tröpfelnden Knakkern.« Er drückte einen Knopf und ließ die Tür hinter mir quietschend aufschwingen. »Bogger zeigt Ihnen, wo's Klo ist. Anschließend wird er Sie zum Doktor bringen. Wir wollen schließlich, daß Sie fit bleiben, diGriz, damit Sie noch recht lange unsere Gastfreundschaft genießen können.«

Sein gehässiges Lachen folgte mir durch den Korridor. Ich kann nicht behaupten, daß mir dieser Empfang Vergnügen bereitet hätte.

Auch die Untersuchung war wenig erfreulich. Zwei Aufseher, stämmige, gelangweilte Typen, zogen mir die Sachen vom Leib, warfen mir einen dünnen, grauen Kittel über die Schultern und führten mich von einem Diagnoseapparat zum nächsten. Dabei nahmen sie nicht im geringsten Notiz von meinen Protesten, kommentierten aber vorwitzig sämtliche Untersuchungsergebnisse.

»Künstliche Hüfte. Sieht ziemlich vergammelt aus.«

»Nicht so vergammelt wie die Plastikknie. Der alte Knacker hat 'ne Menge Meilen hinter sich.«

»Das hier wird dem Doktor besonders gut gefallen.

Flecken auf der Lunge. Ich tippe auf TBC oder Teerablagerungen.«

»Fertig?« fragte Bogger und meldete sich zurück wie eine unschöne Erinnerung.

»Fertig. Er gehört dir, Bogger. Schaff ihn weg.«

Er ließ mir keine Zeit zum Anziehen. Das Zeugs vor die Brust gedrückt und barfüßig auf kaltem Steinbelag, kam ich in eine Zelle. Dort nahm er mir die Sachen ab, ließ den Inhalt der Taschen auf den Boden fallen und warf eine Armladung von grober Gefängniskleidung aufs Bett.

»Um sechs wird zu Abend gegessen. Eine Minute vorher geht die Tür auf. Wer zu spät kommt, geht leer aus.« Kichernd machte er kehrt und verriegelte die Tür von außen.

Fröstelnd kauerte ich mich auf das Bett und hielt die Hände vors Gesicht – ein trauriger Anblick für alle, die durch irgendwelche verborgenen Spione in meine Zelle blicken würden. Das Ende eines wenn auch kriminellen, so doch stolzen Mannes. Ein verdammter Neunzigjähriger, der das Ende seiner Laufbahn erreicht hatte.

Was keiner hätte sehen können, da meine Hände das Gesicht versteckten: Ich grinste glücklich bis über beide Ohren. Ich hatte es geschafft.

Als ich den Kopf hob, war das Lachen verschwunden, und statt dessen ließ ich wieder die Lippen beben.

Das Glas meiner billigen Plastikuhr war so verkratzt, daß die Anzeige kaum abzulesen war. Ich hielt sie ans Licht, blinzelte angestrengt und erkannte endlich, wie spät es war.

»Um sechs wird zu Abend gegessen. Ach, du liebe Zeit. Ich muß raus, sobald die Tür aufgeht.« Ich stand auf und kam gerade rechtzeitig herbeigeschlurft, als das Schloß klickte. Ich stieß die Tür auf und ging hinaus.

Der Speisesaal war leicht zu finden; ich brauchte

bloß den grau gekleideten, altersschwachen Gestalten zu folgen, die alle in dieselbe Richtung taperten. Ich tat es ihnen gleich, nahm am Eingang ein Tablett zur Hand und ließ mir einen Teller voll Anstaltspampe daraufstellen. Der Fraß war weder optisch noch geschmacklich zu identifizieren. Blieb nur zu hoffen, daß er ein paar Nährstoffe enthielt. Mit zittriger Hand löffelte ich das Zeug in mich rein.

»Dich hab ich hier noch nie gesehen«, bemerkte ein Achtzigjähriger, der neben mir saß. Er war sichtlich argwöhnisch. »Bist du ein Polizeispitzel?«

»Ich bin ein rechtskräftig verurteilter Straftäter.«

»Willkommen im Purgatorium, hehe«, kicherte er vor Freude über ein neues Gesicht. »Schon mal ein Raumschiff gekapert?«

»Ein- oder zweimal.«

»Ich dreimal. Der letzte Versuch war ein Fehler. Da hat man mich in die Falle gelockt. Aber ich war finanziell übel dran, hatte mich verspekuliert und konnte nicht mehr so gut sehen. Immerhin ging ich stramm auf die Achtzig zu ...«

Seine Erinnerungen sprudelten wie ein Bächlein und waren fast ebenso interessant. Ich ließ ihn plappern und aß derweil meinen Teller leer. Als ich gerade den letzten Löffelvoll im Mund stecken hatte, übertönte eine mir bekannte, unangenehme Stimme das Geklappere und Geschmatze im Saal.

»Rostratte. Wie ich sehe, bist du fertig. Also steh auf und setz deine spröden Knochen in Bewegung! Der Doktor erwartet dich. Marsch, marsch!«

»Wo finde ich ihn?«

»Immer den grünen Pfeilen an der Wand nach, du dumme Nuß. Dalli!«

Ich mühte mich auf und ging. An den Wänden waren Pfeile in allen möglichen Farben, die in unterschiedliche Richtungen wiesen. Ich trat näher heran, strengte die Augen an, entdeckte, woran ich mich halten sollte, und machte mich auf den Weg.

»Kommen Sie rein, nehmen Sie Platz, antworten Sie auf meine Fragen! Leiden Sie unter Inkontinenz?« Der Arzt war jung, sehr in Eile und ungeduldig.

Ich kratzte mich am Hinterkopf. »Ich weiß nicht…«

»Das müssen Sie doch wissen.«

»Wie sollte ich? Was soll das Wort überhaupt bedeuten?«

»Einnässen. Pinkeln Sie ins Bett?«

»Nur wenn ich betrunken bin.«

»Das wird hier wohl kaum vorkommen, diGriz. Ich habe mir Ihre Befunde angesehen. Sie sind ein Wrack. Flecken auf der Lunge, eine künstliche Hüfte, Klammern im Schädel…«

»Ich mußte harte Zeiten durchmachen, Doktor.«

»Zweifellos. Ihre elektrolytischen Werte sind hundsmiserabel. Ich werde Ihnen ein paar Spritzen geben, die den Verfall aufhalten. Und von diesen Pillen hier nehmen Sie eine dreimal täglich.«

Er drückte mir ein Glas in die Hand. Darin befanden sich geschoßförmige Kapseln.

»Reichlich groß.«

»Sie sind auch reichlich krank. Die Pille hat multiple Wirkung und ist eigens für Sie zusammengemischt worden. Sorgen Sie dafür, daß das Glas immer griffbereit in der Nähe ist. Ein Piepser im Deckel erinnert Sie daran, wann es Zeit wird, eine Pille zu schlucken. Und jetzt krempeln Sie den Ärmel hoch.«

Er zog eine abscheulich dicke Spritze auf. Ich schwöre, die Nadel hat mehrere Male auf Knochen gestoßen. Mit schmerzenden Armen irrte ich in den Gängen umher auf der Suche nach meiner Zelle. Ein Aufseher wies mich zurecht. Die Tür fiel hinter mir ins Schloß; wenige Minuten später wurde das Licht heruntergedreht. Ich fummelte mir die Kleider vom Leib, zog den häßlich orangefarbenen Schlafanzug an und stieg ins Bett. Kaum war ich unter die Decken geschlüpft, ging das Licht ganz aus.

Das war's also. Ende der Fahnenstange. Purgatorium. Das Fegefeuer vor der Hölle. Abgefüttert und verarztet, um noch eine Weile brummen zu können.

Ach ja! murmelte ich leise vor mich hin und gestattete mir unter der Decke ein glückseliges Grinsen. Vergnügt kratzte ich die juckenden Stellen unter den durchsichtigen und auf den ersten Blick nicht zu erkennenden Plastikpflastern. Sie waren mit einer bleihaltigen Antimonlegierung beschichtet und somit für Röntgenstrahlen undurchlässig. Ich hatte darauf spekuliert, daß im Knast keine teuren Tomographien durchgeführt wurden, und meine Rechnung war aufgegangen. Auf den Röntgenbildern sahen die Pflaster aus wie Flecken auf der Lunge, Stifte in den Beinen oder Klammern im Schädel. Sie hatten ihre Aufgabe erfüllt und würden sich unter der Dusche auflösen.

Ich hatte es geschafft. Die erste und mit Abstand schwierigste Phase meines Plans, nämlich die Erkundung des Gefängniskrankenhauses, war ein voller Erfolg gewesen. Schon im Vorfeld hatte ich viel riskiert, um diese Adresse in der regierungsamtlichen Datenbank in Erfahrung zu bringen. Riskant, aber zugleich auch sehr interessant. Angelina und ich hatten jahrelang alle Hände voll zu tun gehabt, um unseren Zwillingen eine erfolgreiche, semilegale Karriere zu ermöglichen. Jetzt waren die beiden aus dem Gröbsten raus und mehr als gut betucht. Wir, die Eltern, blickten nun auf einen geruhsamen Lebensabend. Angelina hatte großen Spaß daran, Luxuskreuzfahrten zu unternehmen, und flog von einem Vergnügungsplaneten zum anderen. Sie können sich sicherlich vorstellen, daß mir diese Art von Zeitvertreib überhaupt nicht behagte. Hätte ich nicht hin und wieder eine Bank leerräumen oder eine schmucke Raumyacht knacken können, wäre ich des Lebens nicht mehr froh geworden. Doch was ich auch tat, es waren im Grunde nur Kinkerlitzchen. Bis sich mir dann diese wundervolle Gelegenheit bot. Ich erfuhr davon über eine winzig kleine Meldung in den Abendnachrichten, ließ sie unverzüglich ausdrucken und schob den Zettel Angelina vor die Nase. Sie warf einen flüchtigen Blick darauf, schien aber nicht weiter interessiert zu sein.

»Wir müssen was unternehmen«, sagte ich.

»Nein«, antwortete sie kurz und bündig.

»Ich finde, wir stehen in seiner Schuld. Du mehr als ich.«

»Unsinn. Er ist ein erwachsener Mann und für sich selbst verantwortlich.«

»Zugegeben. Trotzdem würde ich gern wissen, wo er einsitzt.«

Ich nahm also seine Spur auf und fand heraus, wo man ihn eingebunkert hatte: in der sogenannten Endstation, deren Lage geheimgehalten wird. Sofort tüftelte ich einen Plan aus und erzählte Angelina davon. Sie hörte mir mit grimmiger Miene zu und nickte schließlich.

»Mach es, Jim. Es ist gefährlich, selbstmörderisch, aber wenn einer das Ding drehen kann, dann du. Natürlich nur mit meiner Hilfe.«

»Natürlich. Deine erste Aufgabe wird sein, einen krummen, aber kompetenten Arzt zu finden.«

»Kein Problem. Kennst du vielleicht einen Arzt oder Anwalt, der, ob krumm oder nicht, widerstehen könnte, wenn ihm ein Stapel Banknoten auf den Schreibtisch geschoben wird?«

»Mir fällt auf die schnelle keiner ein. Apropos, wie stehen unsere Konten?«

»Sieht mau aus. Ein paar Millionen könnten uns wieder frisch machen. Wie wär's, wenn du kurzerhand noch bei einer Bank abkassierst, während ich einen geeigneten Arzt auftreibe?«

»Das ist Musik in meinen Ohren.«

Es dauerte fast ein ganzes Jahr, bevor sämtliche Vorbereitungen getroffen waren. Übertriebene Eile und Schlampereien durften wir uns nicht erlauben, denn schon der klitzekleinste Fehler würde mir den Hals brechen können.

Angelina holte mich von der Klinik ab – und erstarrte vor Entsetzen.

»Jim ... du siehst scheußlich aus!«

»Danke. Ich habe mir auch viel Mühe gegeben. Es war nicht einfach, so rapide abzumagern, die Haut schrumpeln und das Haar lichten zu lassen. Um die Muskeln tut's mir besonders leid.«

»Mir auch. Du warst so gut gebaut.«

»Die Enzyme haben kurzen Prozeß gemacht. War nicht anders zu machen. Wenn ich als Greis durchgehen will, muß ich auch so aussehen. Was soll's? Sobald die Sache erledigt ist, werde ich ein paar Gewichte stemmen und bald wieder wie neu sein.«

In ihren Augen glitzerten Tränen, als sie mich umarmte. »Und das tust du alles für mich.«

»Na klar. Aber auch für ihn und nicht zuletzt für den alten Jim diGriz, damit ich wieder in den Spiegel sehen kann, auch wenn ich darauf im Augenblick besser verzichten sollte.«

So weit, so gut. Was nun anstand, erledigte ich mit links. Ich raubte einen Juwelier aus und ging dabei so stümperhaft vor, daß man mich auf frischer Tat erwischte. Mir war einzig und allein daran gelegen, auf Heliotrop-2 geschnappt zu werden, dort nämlich, woher die Nachrichtenmeldung stammte, die alles ins Rollen gebracht hatte.

Und es rollte alles prächtig, denn ich landete bald darauf, wie geplant, im Purgatorium und hatte noch eine Woche Zeit, mich mit meiner Umgebung, dem Alarmsystem und der Videoüberwachung vertraut zu machen, bevor Phase zwei in Angriff genommen werden konnte. Ich nutzte die Zeit. Am nächsten Morgen schaute ich mich beim Frühstück unter meinen kahlköpfigen beziehungsweise grauhaarigen Mitgefangenen um. Ich entdeckte ihn sogleich, hielt mich aber vorläufig bedeckt, denn es galt, eine günstigere Gelegenheit abzuwarten, um die alte Bekanntschaft aufzufrischen. Ich löffelte den violetten Brei, den man uns vorgesetzt hatte, und beobachtete jede seiner Bewegungen.

Plötzlich kamen mir Zweifel. War er es wirklich? Ja doch, keine Frage. Sein Haar war inzwischen schlohweiß, das Gesicht voller Runzeln. Aber wir hatten schließlich zwei Monate lang zusammen in einer Eishöhle gesteckt, und es gibt Dinge, die man nie vergißt. Ich folgte ihm, nachdem wir unsere Tabletts abgelegt hatten, und nahm im Aufenthaltsraum neben ihm Platz.

»Schon lange hier, Burin?« fragte ich.

Er wandte sich mir zu und musterte mich aus kurzsichtigen Augen. Dann strahlte sein Gesicht freudig auf.

»Jimmy diGriz, so wahr ich lebe und atme!«

»Es freut mich, daß du noch lebst und atmest. Burin Bache, der beste Zinker in der Geschichte der Galaxis!«

»Danke für das Kompliment, Jimmy. Aber es trifft nicht mehr zu, schon lange nicht mehr.« Sein Lächeln verschwand, und ich legte schnell meinen Arm um ihn.

»Was machen die Frostbeulen an deinen Füßen?«

»Hör bloß auf! Ich brauche nur Eiswürfel in einem Drink zu sehen, und schon tut mir wieder alles weh.«

»Kann ich mir vorstellen, aber das mit der Eishöhle war eigentlich halb so wild im Vergleich …«

»Halb so wild? Na ja, Kumpel, vielleicht hast du recht. Immerhin hat uns der Coup damals so viel Zaster eingebracht, daß ich zehn Jahre lang keinen Finger mehr zu rühren brauchte. Was du da abgezogen hast, war wirklich genial. Um so trauriger ist es, dich hier im Knast wiedersehen zu müssen. Ich hätte nie gedacht, daß du dich mal erwischen läßt.«

»Es erwischt auch mitunter die besten von uns.«

Ich hatte meinen Mehrzweckstift aus dem Ärmel flutschen lassen und schrieb, während ich sprach, eine Nachricht auf die Innenfläche der Hand. Dann rieb ich mir mit dem Handrücken übers Kinn und wartete, bis Burin Notiz davon nahm. Seine Augen gingen sperrangelweit auf.

»Ich muß jetzt gehen«, sagte ich und wischte das Gekritzel mit Spucke weg. »Wir sehen uns.«

Er war so baff, daß es ihm die Sprache verschlug. Verständlich, denn er hatte seit seiner Inhaftierung wohl nicht einmal im Traum daran gedacht, daß er jemals diese Worte lesen würde: WIR BÜCHSEN AUS.

Die Riesensumme, mit der Angelina den Beamten vom Katasteramt geschmiert hatte, zahlte sich für uns aus. Die Grundrißpläne waren zwar nicht komplett, aber durchaus brauchbar, zumal auch jene Tür darin eingezeichnet war, auf die es mir ankam. Ich hatte sie am zweiten Tag vor Ort ausfindig gemacht. Am dritten steckte ich meinen Mehrzweckstift ins Schlüsselloch, den ich zuvor eine Stunde lang in der Achselhöhle hatte weich werden lassen. Das Plastik schmiegte sich an die Zuhaltung, kühlte ab und erstarrte zu einer perfekten Negativkopie des Schlosses.

Wir hatten jeden Tag eine Stunde Freigang im Gefängnishof. Dort fand ich eine Bank, die von keiner der Überwachungskameras einzusehen war. Ich setzte mich, schlug ein Buch auf und schmökerte. Was ich sonst noch tat, war nur aus nächster Nähe zu erkennen.

Am Morgen hatte ich in der Zelle von meiner abgegriffenen Brieftasche einen Teil des Plastiküberzugs abgepellt und darauf herumgekaut. Das Zeug schmeckte auch nicht schlechter als der Anstaltsfraß. Es reagierte mit meinem Speichel und entwickelte eine teigartige Konsistenz. In diesem Zustand war es auch im Innern meiner Tasche geblieben. Jetzt preßte ich das Material gegen die Form, die ich vom Schloß gemacht hatte. So entstand ein paßgenaues Duplikat des Schlüssels. Zufrieden mit dem Ergebnis, hielt ich die geformte Plastikmasse ins Sonnenlicht, um sie aushärten zu lassen.

Um im Ernstfall keine bösen Überraschungen zu erleben, entschloß ich mich zu einem Probedurchlauf. Schließlich sollte zur gegebenen Zeit die Aktion reibungslos über die Bühne gehen.

Burin war mehr als glücklich, helfen zu dürfen. Wir verglichen die Uhrzeit und sprachen uns ab. Genau in dem Augenblick, da ich die Tür erreichte, geriet er ins Stolpern und stürzte auf einen Tisch, an dem gerade Karten gespielt wurden. Damit sorgte er für gehörige Aufregung. Derweil steckte ich den Nachschlüssel ins Schloß und versuchte, die Tür zu öffnen.

Fehlanzeige. Ich holte tief Luft, konzentrierte und besann mich auf die Fähigkeiten, die ich im Laufe der Jahre als Panzerknacker erworben hatte.

Unter leisem Kratzen geriet das Schloß in Bewegung. Die Tür öffnete sich.

Blitzschnell schlüpfte ich durch den Spalt, drückte leise die Tür hinter mir zu, schloß ab und lauschte auf herbeieilende Schritte oder Alarmgeklingel. Doch nichts dergleichen.

Erst jetzt sah ich mich um. Ich befand mich in einem Lagerraum, vollgepackt mit Akten und Formularen, all den Dingen, die der Bürokratie so sehr am Herzen liegen. Durch ein kleines Fenster drang genügend Licht herein. Ich registrierte den Grundriß des Raums und stellte einen Karton zur Seite, der uns im Weg stehen könnte. So, das reichte vorerst. Zeit zu gehen. Nur ja keinen Fehler mehr machen so kurz vor dem entscheidenden Moment. Draußen im Gang war alles still. Ich schlich hinaus, schloß hinter mir ab und ging zurück in den Aufenthaltsraum, wo ein wüster, recht altmodischer Boxkampf im Schwange war. Daß wir das Kartenspiel verdorben hatten, tat mir leid, doch mein Bedauern darüber hielt sich in Grenzen. Burin sah mich kommen; ich zwinkerte ihm verschwörerisch zu und ging weiter.

Angelina und ich hatten uns schon vorher darauf verständigt, daß die erste Kontaktaufnahme wortlos und nach Anbruch der Dunkelheit stattfinden sollte, allerdings noch bevor in den Zellen das Licht ausgedreht wurde. An dem verabredeten Abend verließ ich als erster den Eßsaal und schlurfte hastig in Richtung Toilette. Von dort aus mußte ich ein Stockwerk nach oben steigen. Die Zeit war knapp bemessen. Mir blieben nur noch wenige Sekunden. Ich öffnete die Tür, schloß hinter mir ab und schlich – die Uhr griffbereit in der Tasche – zum Fenster hin.

Dort angekommen, legte ich die Uhrkette über den Fensterriegel, hielt beide Enden der Kette gepackt und fing zu sägen an. Durch die Reibung löste sich der Plastiküberzug auf; darunter kam das scharfe, flexible Sägeband zum Vorschein, das sich mühelos durch den Riegel fräste. Ich stopfte die Uhr zurück in die Tasche und riß das Fenster auf.

Angelina war da – ganz in Schwarz, mit schwarzen Handschuhen und geschwärztem Gesicht. Sie drückte mir das Paket in die Hand. Trotz unserer Abmachung konnte sie es sich nicht verkneifen, mir zuzuflüstern: »Beeil dich!«

Ich begab mich anschließend sofort in meine Zelle und versteckte Angelinas Mitbringsel einstweilen unter dem Kopfkissen.

Erst gegen Mittag suchte ich Burin Bache auf und setzte mich neben ihn auf die Sonnenterrasse. Fragend kniff er die Brauen zusammen.

»Alles in Butter«, sagte ich. »Aber sprich nicht so laut. Der Kontakt ist hergestellt.«

»Du hast alles beisammen?« Seine Stimme zitterte vor Erregung.

»Alles. Und der größte Teil davon ist gut versteckt. Wir treffen uns in genau zwölf Minuten im Garten.«

»Wozu?«

»Weil ich im Mund einen optischen Laserkommunikator versteckt halte.« Ich öffnete die Lippen und entblößte die Linse. »Ich kann jetzt durch den Gaumen hören.«

»Wie bitte? Was denn?« Er war perplex.

»Die süßen Töne meiner geliebten Angelina, die gerade auf dem Weg ins Obergeschoß des Bürogebäudes ist, das du da hinten jenseits der Mauer siehst. Wir stehen in unbelauschbarer Verbindung. Los jetzt!«

Ich lehnte mich im Liegestuhl zurück und lächelte in die Richtung des fernen Hochhauses. Da Angelina eine Zwei-Meter-Empfangslinse auf mich richtete, brauchte ich nicht so genau zu zielen.

»Guten Morgen, Schatz.«

»Jim, ich bereue schon, daß wir uns auf diesen Irrsinn eingelassen haben.« Ihre Stimme drang schrill durch meine Schädelknochen.

»Wir dürfen jetzt nur noch nach vorn blicken.«

»Ich weiß. Trotzdem. Es hat beileibe keinen Spaß gemacht, die Mauer zum Fenster hochzuklettern – trotz molekular wirksamer Hafthandschuhe und Steigstiefel.«

»Aber du hast es geschafft, Liebste. Du bist tüchtig und stark ...«

»... für eine Frau in meinem Alter? Das wolltest du doch sagen, oder? Hüte deine Zunge, sonst setzt's Hiebe, sobald du da raus bist. «

»So eine Bemerkung würde mir im Traum nicht einfallen. Aber was ich noch fragen wollte: Wär's möglich, statt einem gleich zweien zur Flucht zu verhelfen? Mir ist hier ein alter Bekannter über den Weg gelaufen. Wir haben mal zusammen in einer Eishöhle gesteckt, und ich verdanke ihm mein Leben. Ich werde dir später mehr davon erzählen. Was meinst du?«

Sie ließ sich mit der Antwort Zeit, und ich konnte mir lebhaft vorstellen, wie sie nun ihr niedliches Stirnchen in Fältchen legte. Meine Angelina denkt nach, bevor sie spricht.

»Von mir aus. Allerdings muß ich mich dann noch nach einer weiteren Transportmöglichkeit umsehen.«

»Gut. Je größer das Gefährt, um so besser.«

»Reicht's, wenn vier Personen darin Platz haben?«

»Nicht ganz. Ich dachte an eine Zahl so um die fünfundsechzig.«

»Die Verbindung ist schlecht. Wiederhole. Mir war, als hättest du ›fünfundsechzig‹ gesagt.«

»Bingo, du hast richtig verstanden.« Ich versuchte, möglichst heiter zu klingen.

»Mach keine Witze, diGriz. Fünfundsechzig? Das wäre doch die komplette Belegschaft.«

»Exakt, und darum schlage ich vor, du besorgst einen Reisebus. Und mach dir keine unnötigen Gedanken; es wird schon schiefgehen. Wir sprechen uns morgen um die gleiche Zeit. Ich muß jetzt Schluß machen, da kommt jemand ...« Ich unterbrach den Kontakt, obwohl wir getrost hätten weiterreden können, aber ich wollte Angelina Gelegenheit geben, ihr Mütchen während der nächsten vierundzwanzig Stunden abkühlen zu lassen.

»Was ist los?« fragte Burin. »Ich habe von deinem Gemurmel nichts verstanden.«

»Es läuft alles wie am Schnürchen. Meine liebe Frau

ist außer sich vor Begeisterung über den neuen Plan, vor allem über die Dimensionserweiterung.«

»Wie bitte?«

»Details erfährst du später. Wir müssen jetzt zu Mittag essen. Übrigens, trink nichts von dem Wasser.«

»Warum nicht?«

»Ich habe es heute morgen analysiert. Es ist voll von Beruhigungsmitteln, Salpeter und Drogen, die plemplem machen. Darum sind die Jungs hier nicht richtig auf der Reihe. Ich vermute, daß die meisten von ihnen normalerweise sehr viel besser auf Draht sind.«

Angelinas Ärger hatte sich tatsächlich gelegt, als wir am nächsten Tag miteinander sprachen. Sie wirkte geradezu unterkühlt. Ihre Stimme vibrierte dermaßen frostig in meinen Gehörknöchelchen, daß ich mich unwillkürlich an die Eishöhle erinnert fühlte.

»Ich hab den Bus. Legal erstanden. Was brauchst du noch?«

»Eine Busfahreruniform für dich, damit plausibel wird, daß eine so anmutige Person, wie du es bist, hinterm Steuer sitzt. Ach ja, und noch etwas ...«

»Zum Beispiel?«

Als ich ihr meine Wunschliste vorgestellt hatte, erreichte der Kältegrad ihrer Stimme die Temperatur von flüssigem Stickstoff. »Das ist der verrückteste, idiotischste, abwegigste Plan, der mir jemals zu Ohren gekommen ist. Ich werde mir alle erdenkliche Mühe geben, daß er gelingt und daß du mit heiler Haut davonkommst, damit ich sie dir anschließend eigenhändig vom Leib reißen kann.«

»Schatz, das ist doch wohl nicht dein Ernst.«

»Wart's nur ab.« Sie brach den Kontakt ab.

Vielleicht war es doch keine so gute Idee von mir gewesen, doch der eingeschlagene Weg ließ sich nicht mehr verlassen. Zum erstenmal überschatteten Zweifel meine Zuversicht. Womöglich hatte ich zuviel von dem verpanschten Wasser getrunken. Doch dann erinnerte ich mich an die Medizin, die mir von Angelina eigens für solche Fälle ins Päckchen mit eingewickelt worden war.

In meiner Zelle öffnete ich das Luftschachtgitter, das vom Spion über der Tür nicht einzusehen war, und kramte eine Plastikflasche mit der Aufschrift »VORSICHT – HOCH EXPLOSIV« aus meinem Versteck. In gewisser Weise handelte es sich tatsächlich um eine durchaus brisante Flüssigkeit; sie war hochprozentig und hatte zwölf Jahre in Eichenfässern gelagert. Nach einem kräftigen Schluck ging es mir schon wieder sehr viel besser.

Über eine Woche hielt ich täglich mit Angelina ein kurzes Schwätzchen per Laserübertragung. Sie war jedesmal sehr nüchtern und sachlich, so sehr ich mich auch bemühte, freundlich zu sein und die Gespräche durch gut plazierte Scherze aufzulockern. Vergeblich. Mein Schatz war schlecht gelaunt – aus triftigem Grund, wie ich zugeben muß. Es gab allerdings kein Zurück mehr.

Am siebten Tag bestritt ich die Unterhaltung fast ganz allein. Sie sagte nur ein einziges Wort und brach die Verbindung ab. Ich schaltete den Sender mit der Zunge aus und wandte mich Burin zu, der nun, da er kein Wasser mehr zum Essen trank, schon sehr viel aufgeweckter dreinschaute.

»Der Termin steht fest.«

»Wann?«

»Das verrate ich dir nach dem Abendessen.«

Er wollte etwas sagen, hielt aber dann doch den Mund, vertrauend auf die Weisheit meiner Entscheidung. Je weniger Bescheid wußten, desto geringer war das Risiko einer Pleite. Ein Geheimnis ist bei einem einzigen am besten aufgehoben.

Als an diesem Abend das Geklapper der Löffel auf

den Blechtellern abgeebbt war und statt dessen das Schlürfen quabbeligen Puddings laut wurde, trug ich mein Tablett in die Küche, kehrte gleich darauf in den Speisesaal zurück und machte die Tür hinter mir zu. Manche der Schlürfer glotzten mich aus trüben Augen an, als ich eine winzige Metallkassette an das Übertragungskabel der Wandkamera klemmte.

»Ich bitte um eure Aufmerksamkeit«, rief ich in den Saal und hämmerte mit dem Löffel auf den Tisch. Ich wartete, bis es leise geworden war, und deutete dann auf den Nebeneingang.

»Wir werden jetzt alle aufstehen und durch diese Tür dort gehen. Burin Bache macht sie für uns auf. Wir werden ihm schön brav folgen.« Ich mußte lauter reden, um das Gebrabbel einzelner zu übertönen. »Ruhe und keine Fragen! Ihr werdet früh genug Bescheid bekommen. Nur soviel kann ich euch jetzt schon sagen: Was wir hier vorhaben, wird der Obrigkeit ganz und gar nicht schmecken.«

Jetzt wurde fleißig mit den Köpfen genickt, denn wenn es darum ging, der Obrigkeit eins auszuwischen, waren alle Knackis voll bei der Sache. Die beruhigenden Mittel im Trinkwasser taten ihr übriges dazu, daß der ganze Trupp gehorsam meinen Befehlen folgte. Ich stand neben der Tür, lächelte und klopfte jedem einzelnen, der an mir vorbeipilgerte, aufmunternd auf die Schulter. Es fiel mir beileibe nicht leicht, keine Nervosität zu zeigen.

Mit jeder Minute, die verstrich, wuchs die Gefahr, entdeckt zu werden. Das Küchenpersonal und die beiden Aufseher schliefen friedlich im Abstellraum. Die Überwachungskamera an der Wand übertrug Bilder von zufrieden mampfenden Häftlingen. Die beiden anderen Türen waren verschlossen. An dieser Stelle hatte mein Plan zwei Fragezeichen. Vom Personal kam normalerweise nie jemand während der Mahlzeiten in den

Eßsaal. Doch jede Regel hat Ausnahmen. Ich drückte beide Daumen und hoffte, das der heutige Tag ausnahmsweise ohne Ausnahmen bleiben würde.

Als die letzte krumme Schulter vorbeigeschlurft war, atmete ich erleichtert auf und verriegelte die Tür von außen. Ich folgte der greisen Schar durchs Treppenhaus in den Verwaltungstrakt und hatte unterwegs jede Menge Türen zu öffnen und zu schließen. Dann ging's ab in den Keller bis hin zum Heizungsraum. Die Brandschutztür war besonders schwer und fiel krachend hinter uns ins Schloß.

Vergnügt massierte ich die Hände und schaute in die Runde meiner Kollegen.

»Was machen wir hier?« wollte einer wissen.

»Wir brechen aus.« Ich warf einen Blick auf die Uhr. »In genau sieben Minuten.«

Meine Antwort erregte die tumben Gemüter nicht schlecht. Ich hörte mir das Geplapper eine Weile mit an und sorgte dann lauthals für Ruhe.

»Nein, ich bin nicht verrückt. Und ich bin auch nicht so alt, wie's den Anschein hat. Ich habe mich verhaften und hier einsperren lassen aus einem einzigen Grund: um auszubrechen. Macht jetzt bitte Platz, danke, und stellt euch alle da hinten an die Wand, ja, so ist es recht. Vielleicht wißt ihr es oder auch nicht: Das Gebäude liegt an einem Hang; an diesem Ende hier befinden wir uns auf Höhe der Straße. Bitte, bleibt da, wo ihr seid. Schaut her, ich hefte jetzt eine Makrothermit-Ladung an die Außenwand. Wenn ich sie zünde, brennt sie sich durch das Mauerwerk durch.«

In gespannter Stille sahen sie zu, wie ich eine teigige Masse an der Wand zu einem halbwegs runden Fladen ausknetete, mit Siegellack übersprühte und den Zünder hineinsteckte.

»Rückt nahe aneinander und haltet Abstand von der Wand«, riet ich und schaute auf die Uhr. Fünf

Sekunden vor dem verabredeten Zeitpunkt machte ich den Zünder scharf und eilte hinüber zu den anderen.

Der Anblick war spektakulär. Der Zünder blitzte, und von der Wand sprang ein Feuerkranz. Es fauchte, flammte, rauchte. Der Ventilator unter der Decke saugte zwar kräftig, aber dennoch brach unter uns ein wildes Gehuste aus. Schließlich rollte ich den Löschschlauch von der Halterung, öffnete den Wasserhahn und spritzte die Wand ab. Das Husten nahm besorgniserregende Ausmaße an; es wurden auch ein paar ängstliche Schreie laut, als der Raum sich mit Dampf füllte.

Doch bald kehrte wieder Ruhe ein. Ich drehte das Wasser ab und baute mich vor der Wand auf, hob den Fuß und trat mit voller Wucht in den schmorenden Kreis. Das Mauerstück gab nach und polterte nach draußen.

»Licht aus!« befahl ich, und Burin drückte den Schalter.

Im Schein der Straßenlaterne war die Teppichrolle zu erkennen, die nun, von einem Flexmotor angetrieben, für uns ausgerollt wurde. Der Teppich war, wie von mir angeordnet, rot.

»Raus mit euch! Einer nach dem anderen. Haltet die Klappe und berührt weder Wand noch Boden. Bleibt auf dem Teppich, der ist hitzeabweisend. Burin, komm her!«

»Es funktioniert, Jim, es funktioniert tatsächlich!«

»Schnapp nicht gleich über. Sieh zu, daß keiner mehr hier ist, wenn du rausgehst.«

»Ay ay.«

Ich reihte mich unter den Kollegen ein, eilte über den Teppich und lief mit ausgebreiteten Armen auf die adrett uniformierte Gestalt meiner Frau zu.

»Schatz ...«

»Schnauze!« sagte sie. »Da ist der Bus. Schaff die Kerle rein.«

Das Schmuckstück stand bereit, blankpoliert und mit laufendem Motor. An der Seite hing ein breites Transparent:

GRAUE PANTHER FAHREN INS BLAUE

»Hier lang«, rief ich und ließ die Männer einsteigen. »Nach hinten durchrücken. Es ist Platz für jeden da. Zieht die Sachen an, die ihr auf eurem Sitz findet. Auch die Perücken.«

Endlich tauchte auch Burin auf. Er wiederholte meine Durchsage, während ich den Rest der Bande zusammentrieb. Angelina setzte sich schweigend hinters Steuerrad.

»Wir sind komplett«, sagte ich so munter wie möglich.

»Türen schließen und ab die Post. So'n ähnliches Ding hab ich schon mal abgezogen, vor Jahren, nur hatten wir damals bloß Fahrräder zur Verfügung.« Ich drehte mich um und nickte anerkennend den verkleideten Jungs zu. Sie trugen graue Perücken und schmucke Kostüme. Ein hübsches Damenkränzchen.

»Ihr seht großartig aus«, rief ich. »Großartig.«

Bis auf das eisige Schweigen meiner Frau war alles in bester Ordnung. Frohgemut fuhren wir in die Nacht hinein und hatten die Stadt schon weit hinter uns gelassen, als vor uns eine Polizeikontrolle auftauchte. Hastig stieg ich in mein Kostüm, stülpte die Perücke über den Kopf und ließ meine Damen ein Liedchen anstimmen. »Hab mein' Wagen vollgeladen, voll mit alten Weibern ...«

Wir hatten kaum die Straßensperre erreicht, und schon winkte man uns durch. Jubelschreie schrillten auf, und Taschentücher flatterten zum Abschied, als wir weiterfuhren.

Kurz vor Mitternacht traf das Licht der Scheinwerfer auf ein Schild mit der Aufschrift: ZUM VERWEILCHEN – ERHOLUNGSHEIM FÜR DAMEN VON ADEL. Ich sprang hinaus, öffnete das Tor und ließ den Bus passieren.

»Treten Sie ein, meine Damen«, rief ich. »Es gibt Tee und Kuchen. Alles weitere finden Sie in der Selbstbedienungsbar.«

Die letzte Bemerkung entfesselte einen Beifallssturm sondergleichen. Die Alten stürmten ins Haus und warfen voll Freude die Perücken in die Luft. Angelina winkte mich zu sich. Ich ließ sie nicht lange warten.

»Was soll ich ihm sagen?«

»Ich dachte, du wärst sauer auf mich.«

»Schwamm drüber. Im Augenblick beschäftigt mich vor allem die Frage ...«

Er stand abseits von den anderen und beobachtete uns. Langsam schlenderte er herbei.

»Ich möchte euch danken ... dafür, daß ihr uns allen geholfen habt.«

»Keine Ursache, Pepe«, antwortete ich. »Um ehrlich zu sein, haben wir ursprünglich nur dich rausboxen wollen. Aber dann ist die ganze Sache – was soll ich sagen? – 'ne Nummer größer geworden.«

»Erinnerst du dich noch an mich, Angelina? Ich habe dich sofort wiedererkannt.« Er lächelte, und die Augen wurden ihm feucht.

»Es war meine Idee«, beeilte ich mich zu sagen, bevor mir die Situation aus den Händen glitt. »Ich bin durch eine Zeitungsmeldung auf dich aufmerksam geworden und fühlte mich verpflichtet, was zu unternehmen. Der alten Zeiten wegen. Immerhin war ich es, der dich als Kaperer eines Raumkampfschiffes hopp genommen hat.«

»Und ich war diejenige, die dich auf den Pfad der Untugend gebracht hat«, meinte Angelina. »Darum fühlten wir uns irgendwie ... verantwortlich.«

»Vor allem auch deshalb, weil wir seit Jahren glücklich verheiratet sind und zwei prächtige Söhne haben«, fügte ich hinzu, um von vornherein klarzustellen, wie die Karten verteilt waren. »Wenn ihr beiden nicht Partner gewesen wärt, hätte ich nie das Glück meines Lebens kennengelernt.«

Pepe Nero nickte und zwinkerte mir zu. »Tja, ich möchte euch jedenfalls herzlich danken. Am Ende sind wir dann wohl alle quitt miteinander. Angelina, ich glaube, ich bin schon immer für die kriminelle Laufbahn bestimmt gewesen. Du hast nur meinen Fuß in die entsprechende Richtung gesetzt. Und jetzt werde ich mir endlich mal einen großen Drink genehmigen.«

»Das ist ein Wort«, stimmte ich zu.

Burin stand da mit erhobenem Glas. »Ein Toast auf Jim und Angelina, Wohltäter der Gebeutelten. Unseren besten Dank!«

Tassen und Gläser wurden angestoßen; alle Anwesenden stimmten heisere Hochrufe an. Ich legte meinen Arm um Angelinas Taille, und diesmal war ich es, der feuchte Augen bekam.

HARRY HARRISON BEI HEYNE

DIE TODESWELTEN-TRILOGIE:
Die Todeswelt · 0603067
Die Sklavenwelt · 0603069
Die Barbarenwelt · 0603136
Auch als Sonderausgabe in einem Band:
Todeswelten · 06055; auch als 0604350

ZU DEN STERNEN-TRILOGIE:
Heimatwelt · 0603910
Radwelt · 0603911
Sternwelt · 0603912
Auch als Sonderausgabe in einem Band:
Zu den Sternen · 0604695

BILL, DER GALAKTISCHE HELD:
Der unglaubliche Beginn! · 0605171
Die Welt der Roboter-Sklaven · 0605172
Die Welt der eßbaren Gehirne · 0605173
(mit Robert Sheckley)
Die Welt der unaussprechlichen Wonnen · 0605174
(mit David Bischoff)
Die Welt der zehntausend Bars · 0605175
(mit David Bischoff)
Die Welt der Zombie-Vampire · 0605176
(mit Jack C. Haldeman II.)
Das letzte inkohärente Abenteuer · 0605177
(mit David Harris)

In der **BIBLIOTHEK DER SCIENCE FICTION LITERATUR:**
New York 1999 · 06026
Todeswelten · 06055

HEYNE BÜCHER